Fare la cosa giusta

Marie Force

UNO

Blaise
Presente

Rientro tardi dal lavoro e di pessimo umore dopo l'ennesima, lunga giornata in cui quell'idiota del mio capo, Wendall, mi ha sbraitato contro ordini impossibili da portare a termine in un mese, figuriamoci in un giorno solo. Invece è proprio quello che si aspetta lui: tutto e *subito*. Sei mesi fa, ho smesso di rispondere alle sue chiamate dopo l'orario di lavoro perché non sono pagata per badare a lui per più di otto ore al giorno. Non gli concedo un minuto di più.

La cosa non gli è andata giù.

Chissenefrega. Siamo arrivati al punto in cui è lui ad avere molto più bisogno di me che io di lui, e lo sa bene.

I miei amici qui in città sono diventati verdi di invidia quando ho ottenuto il lavoro di assistente personale della stella più sexy di Broadway, ma loro non sanno che quest'uomo è un incubo. Non lo sa nessuno a parte me e i suoi colleghi di *Materia Grigia*, lo spettacolo campione di incassi di quest'anno. Più lo show ha successo, più lui fa lo stronzo con chiunque gli stia attorno.

Gli concederò ancora sei mesi prima di passare oltre. La vita è troppo breve per lavorare per una persona che non sopporto.

Sono appena entrata nel mio appartamento quando ricevo una chiamata da mia madre. Visto l'umore di merda, ho un attimo di esitazione prima di rispondere ma, se non lo faccio, lei si preoccupa, perciò premo il tasto verde.

«Ciao, mamma.» Mi sfilo le scarpe da ginnastica e lascio la borsa sul divano. Dentro ci sono il portatile e i tacchi che uso a teatro, dove trascorro le mie giornate.

«Sono davvero contenta che tu abbia risposto, tesoro. Ho provato a chiamarti ieri, ma è partita la segreteria.»

Non so più quante volte le ho detto che non ascolto mai la segreteria e che, se ha voglia di fare due chiacchiere, deve scrivermi un messaggio, ma lei non ha mai capito bene come fare a mandarli. Con i miei fratelli, abbiamo cercato di insegnarglielo, ma lei sostiene di avere un blocco mentale. Secondo me, non le interessa. «Che succede?»

«Teagan è di nuovo incinta.»

Sono scioccata. Mia sorella ha quattro figli entro i sette anni di età. «Wow. Quattro non le bastavano?»

«Probabilmente no. È felicissima. L'ho capito dalla voce quando mi ha chiamato per darmi la notizia. Doug guadagna bene con il nuovo lavoro e lei potrà stare a casa con i bambini. Non vede l'ora di fare la mamma a tempo pieno.»

«Sono contenta per lei. Doveva fare i salti mortali con il lavoro.»

«Era diventato troppo, e comunque gran parte del suo stipendio serviva per pagare il nido.»

«Le scriverò per farle le congratulazioni.»

«Le farà piacere sentirti.»

Percepisco la tristezza nella sua voce. Come potrei ignorarla? C'è dal giorno in cui me ne sono andata di casa senza più guardarmi indietro. Nel corso degli anni, la mia famiglia mi ha chiesto più volte come mai non torno mai, nemmeno per le vacanze che un tempo adoravo, ma non sono mai riuscita a dare una risposta soddisfacente. Per me va bene così; stare lontano da quel posto, e dai ricordi, mi ha permesso di avere uno scopo nella vita senza essere divorata dal senso di colpa.

Da quando sono partita per l'università, quasi tredici anni fa, sono tornata a casa una volta soltanto, per la morte improvvisa di mio padre.

Ho sempre saputo che, se mi trattenessi lì a lungo, il castello di carte che ho costruito con tanta cura crollerebbe.

Mia madre continua a parlare di gente che ricordo a malapena, dei ragazzi con cui sono cresciuta e che ora sono diventati genitori, dei nipoti delle sue amiche e di altri pettegolezzi.

«Ryder Elliott aveva la tua età o quella di Arlo?»

Nel sentire quel nome, mi sento mancare la terra sotto ai piedi.

Ryder Elliott.

«Blaise? Pronto? Ci sei?»

Deglutisco a fatica. «Sì, ci sono. Che cosa hai detto?»

«Ryder aveva la tua età? O quella di Arlo?»

In bocca non ho più un goccio di saliva e mi rivedo nel bosco, la sera in cui tutto è cambiato. L'odore di legna bruciata sarà per sempre legato a quella sera, insieme alla canzone *Jet Airliner* di Steve Miller.

«Ehm, la mia» riesco in qualche modo a dire.

«È candidato al Congresso. Ci credi che qualcuno con cui andavi a scuola adesso faccia una cosa del genere?»

Sento come un boato, così forte che sovrasta ogni altro pensiero nella mia testa. «No.»

«Come? Hai detto qualcosa, cara?»

Dentro di me, sto urlando. *No, no, no, no.* È candidato al Congresso? Oh, no. No, è impossibile. Non può essere. Qualcosa in quella frase mi spinge oltre il precipizio su cui sono rimasta in bilico per quattordici anni. Non resisto nemmeno un secondo di più.

Ricordo ogni dettaglio di quella sera come se fosse accaduto cinque minuti fa. A differenza di altre cose che si sono dissolte nell'etere, ogni dettaglio è vivido come allora.

«Mamma?»

«Mi stai spaventando, Blaise. Che c'è che non va?»

«Torno a casa.»

Blaise
Passato

La mamma ha fatto il polpettone, una delle cinque cose che mangiamo tutti. Stanca delle battaglie all'ora di cena con quattro bambini schizzinosi, le ripropone a rotazione e, di solito, il polpettone è il mio preferito. Ma sono così nervosa che riesco a stento a mandarne giù un boccone. Mentre i miei genitori, le mie sorelle e mio fratello chiacchierano senza sosta, cerco di non vomitare.

Tra un mese compirò diciassette anni, è la prima sera delle vacanze estive e sto per fare una cosa che non ho mai fatto prima: disubbidire ai miei genitori. Certo, ho raccontato qualche innocente bugia ogni tanto, bevuto qualche birra e persino fumato dell'erba un paio di volte, ma non sono mai andata con la macchina in un posto in cui mi hanno espressamente detto di non andare.

Mi vibra il telefono per un messaggio di Sienna Lawton, la mia migliore amica. *Ci stai ancora ad andare?*

Non dovremmo usare il cellulare a tavola, perciò le rispondo di sì tenendolo sulle gambe.

Sto per vomitare.

«Che c'è, Blaise?» mi chiede mia madre. «Come mai non mangi? È il tuo preferito.»

«Ho mangiato tanto tornando dalla spiaggia. Posso metterlo da parte per dopo?»

«Certo, cara. Non c'è problema.»

«È delizioso, mamma. Grazie per la cena.»

Mi sorride. «Prego.»

Sono una brava ragazza. A scuola mi impegno, ho ottimi voti e in generale faccio quello che mi viene detto, a differenza di mia sorella Teagan che ha tre anni più di me e non combina altro che guai. Io passo inosservata e mi sta bene così. Non vorrei mai l'attenzione che Teagan riceve dai miei, che include un sacco di urla, porte sbattute e liti per ogni cosa.

Mio fratello Arlo, che ha un anno più di me, è il mio eroe. Fa qualsiasi cosa voglia e riesce sempre a farla franca. I miei lo considerano il figlio perfetto, ma io conosco la maggior parte dei suoi scheletri nell'armadio. Informazioni che mi porterò fin nella tomba. Io e lui ci prendiamo cura l'uno dell'altra. Anche se tra di noi non ce lo diciamo mai, ci guardiamo le spalle.

La mia sorellina Juniper (meglio nota come June o Junie) parla senza sosta, cosa che di solito mi dà fastidio, mentre stasera sono grata per la distrazione.

Devo andare in macchina a una festa oltre il fiume, a Land's End, dove ho il divieto assoluto di andare. Secondo i miei genitori, le lunghe strade buie e piene di curve per arrivarci sono un incidente annunciato per un adolescente. E poi, lo sanno tutti a Hope, la nostra cittadina, che i ragazzi di Land's End, che vengono nel nostro liceo perché da loro non ce n'è uno, adorano le feste.

Se conoscessero i miei piani per la serata, i miei andrebbero fuori di testa.

Non mi sorvegliano il telefono perché non gliene ho mai dato motivo, mentre pagano per una nuova applicazione che registri ogni mossa di Teagan. Lei mi definisce la Ragazza d'Oro e, detto dalla principale sobillatrice della famiglia Merrick, non è affatto un complimento. Solo perché non finisco di continuo nei guai non significa che non sappia divertirmi. Non sono tra le ragazze più popolari come Teagan quando era al liceo, lo ammetto, ma me ne sono fatta una ragione. Ho diverse buone amiche, anche se nessuna di noi rientra nell'"élite".

Sienna sta a cavallo tra i due mondi grazie al suo ragazzo, Camden Elliott. Insieme a suo fratello maggiore Ryder, anche lui in classe con noi perché ha cominciato l'asilo con un anno di ritardo, sono i ragazzi più popolari della scuola. Oltre che co-capitani della squadra di football, sono pure stelle del baseball (Camden) e dell'atletica (Ryder).

E sono i migliori amici di Arlo. Con un'amica e un fratello nella cerchia dei ragazzi più popolari della scuola, verrebbe da pensare che anche il mio status dovrebbe trarne beneficio, invece non è così.

Sienna e Cam stanno insieme da che ho memoria. Non riesco praticamente a ricordarla senza di lui. Ultimamente però, le cose tra loro sono strane, ecco perché correremo il rischio di spiarlo a una festa a cui non siamo state invitate. Cam ha finto di non sapere nulla della festa, rendendo Sienna sospettosa e paranoica e, siccome non è riuscita ad avere la macchina dei suoi per stasera, la sua paranoia è diventata un mio problema.

Di sopra, mi metto dei pantaloncini di jeans e un top allacciato al collo. Nella remota possibilità di riuscire a imbucarci alla festa, mi trucco in particolare gli occhi azzurri che, secondo tutti, sono il mio punto forte. Mi spazzolo i capelli castani tendenti al rosso che ho stirato prima. Vorrei cambiare colore, ma mia madre non me lo permette. Provateci voi ad avere i capelli rossi. Mi hanno appioppato qualsiasi soprannome da Formica Rossa a Palla di Fuoco, ma il peggiore di tutti resta Fiamma.

Come tocco finale, metto un po' del costoso profumo che la nonna mi ha regalato per Natale. Non l'avevo mai sentito, ma lei ha detto che è meglio non avere lo stesso profumo di nessun altro.

Sono pronta per uscire, ma ho ancora la nausea. Busso alla porta di Teagan, che è a casa soltanto perché è in punizione. Di nuovo.

«Che c'è?» Ha vent'anni e, a maggio, ha finito il secondo anno all'università, superando a malapena gli esami. Le manca ancora un anno di studio. Nonostante sia minorenne, la settimana scorsa è stata pizzicata in un bar a Newport. Imbestialiti, i miei si sono fatti consegnare il suo documento falso. Conoscendola, ne avrà altri due nascosti in camera.

«Hai dell'antiacido?»

Mi lancia un flacone, mancandomi di poco la testa. Lo prendo al volo, tiro fuori due pastiglie e lo lascio sulla scrivania, ingombra di vestiti e altre cavolate. Da quando nostra madre gliel'ha comprata, non ha mai visto un libro.

«Grazie.»

Per tutta risposta, lei borbotta qualcosa senza staccare gli occhi dal telefono che ha riavuto facendo i lavori di casa dopo l'ultima lite con i miei.

In un certo senso, le sono riconoscente, perché distoglie l'attenzione da me.

In corridoio, incontro Arlo. Con i capelli castano chiaro bagnati dopo la doccia, mi squadra rapidamente con i suoi occhi azzurri. «Che cosa ti prende?»

«Niente. Perché?»

«Ti sei vestita bene.» Si sporge verso di me e mi annusa. «Ti sei messa il profumo e ti sei truccata. Dove vai?»

«Da nessuna parte.» Se c'è qualcuno in grado di fiutare le mie bugie è proprio lui, cosa che mi conforta e mi infastidisce al tempo stesso.

«Sarà meglio che non ti veda a Land's End stasera, capito?»

«Perché dovrei andarci?»

Mi fulmina con lo sguardo, come fanno i fratelli maggiori con le sorelle minori fin dai tempi dei tempi. «Tieniti. Alla. Larga.»

«Ho di meglio da fare che andare alla tua stupida festa.»

«Non dire niente a mamma e papà, altrimenti ti ammazzo.»

Alzo gli occhi al cielo, come a dire «figurati se comincio adesso a parlare». Perché dovrei dire loro che i genitori di Houston Rafferty sono via e che lui darà una festa con fiumi di alcol? Sono giorni che a Hope e a Land's End non si parla d'altro. Mi sorprende che i miei non abbiano ancora captato la cosa.

Grazie all'antiacido, quando arrivo di sotto mi sento moderatamente meglio.

Mio padre sta lavando i piatti. Mia madre cucina e lui pulisce. Vanno molto d'accordo e si scontrano solo per Teagan. Lui è duro con lei mentre la mamma è più molle, cosa che fa infuriare il papà che, come gli piace ricordarle, cerca solo di tenerla fuori di prigione. Secondo lei è un'esagerazione, ma io sono d'accordo con lui. È solo grazie a mio padre se non finisce in guai seri.

Lui mi lancia un'occhiata e sorride. «Sei pronta per uscire?» Squadra il modo in cui sono vestita. Detesta i top corti che impazzano tra le ragazze della mia età ma, per fortuna, non ne fa una questione di stato.

Caccio giù il groppo che ho in gola. «Sì.»

«Andrete al cinema e magari in centro, vero?»

«Sì.» Mi sento male a mentirgli.

«Torni per mezzanotte?»

«Ci provo. Se faccio tardi, vi scrivo.»

Mi passa le chiavi del suo SUV della Toyota e mi dà un bacio sulla guancia.

«Siamo davvero contenti che tu abbia la testa sulle spalle.»

Sono lì lì per vuotare il sacco e dirgli la verità. Ma lui non mi lascerebbe mai guidare fino a Land's End e Sienna conta su di me.

Quante volte rimpiangerò di non avergli rivelato i miei veri piani per la serata?

Ogni giorno per il resto della vita.

DUE

Blaise
Passato

Sienna sale in macchina senza nemmeno aspettare che sia del tutto ferma e caccia un urletto entusiasta che per poco non mi fa esplodere. Con i ricci selvaggi e scuri ancora umidi dopo la doccia, sembra che si sia fatta il bagno nel deodorante di Victoria's Secret. «Ero convintissima che ti saresti tirata indietro.» Cambia stazione alla radio e, appena parte *Freebird*, alza il volume.

«C'è mancato poco. Potrei vomitare.»

«Andrà tutto bene. Andiamo, vediamo che cosa fa Cam e torniamo indietro. Niente di che.»

Giusto. Niente di che. Non è lei a rischiare il culo se ci beccano. La gente conosce la macchina di mio padre e, per questo, guidiamo a zonzo per un'ora in attesa del favore delle tenebre.

Superiamo il ponte per Monroe, il paese tra Hope e Land's End. Una volta i ragazzi di Land's End andavano nel liceo di Monroe ma, per qualche motivo che ignoro, sono finiti nel nostro. La scuola si è fatta molto più interessante da quando sono arrivati al primo anno, soprattutto Dallas Rafferty.

Lui non sa nemmeno che io esisto, ma pazienza. Una ragazza può sempre sognare. Nessuno sa che mi piace, nemmeno Sienna, che cercherebbe di combinare le cose tra noi visto che Cam gioca a football con Dallas e lo frequenta anche fuori dalla scuola.

In realtà, a dare la festa stasera è Houston, il fratello maggiore di Dallas (la madre viene dal Texas e hanno una sorella di nome Austin). Quando l'ho saputo, sono rimasta sorpresa visto che il loro padre è il capo della polizia di Land's End, ma Sienna ha sentito che i loro genitori sono in crociera e quindi fuori dai giochi. Houston è all'ultimo anno di università ed è maggiorenne, il che significa che ci sarà un sacco di birra e altri alcolici. In molti da Hope attraverseranno il fiume stasera, motivo di più per avere paura. Qualcuno potrebbe riconoscere la macchina di mio padre e fare la spia.

Molti dei miei amici possono fare quello che vogliono. I loro genitori non chiedono mai dove vanno, con chi o a che ora rientreranno. Anche se a una parte di me piacerebbe, sono grata che a qualcuno importi abbastanza di me da chiedersi dove sono se non tornassi a casa. Se succedesse, i miei chiamerebbero la polizia.

Sul sedile del passeggero, Sienna freme. «Guidi come mia nonna.»

Quando è stressata diventa iperattiva, e sono giorni che sta sulle spine per il timore che Cam le stia mentendo.

«Perché non gli chiedi direttamente se andrà alla festa?»

«Non voglio che sappia che so della festa.»

«Perché no?»

«Penserebbe che non mi fido di lui.»

Mi sfugge la logica del suo discorso. «Be', però non ti fidi di lui...»

«Certo che mi fido! Questo è solo un incidente di percorso. Io e lui siamo una coppia solida, da sempre e per sempre.»

«Assolutamente.» È quello che ha bisogno di sentire ma, ultimamente, non ne sono più così sicura. Ho notato dei piccoli segnali per cui Cam si è allontanato da lei, anche se lei non vuole ammetterlo.

Se dovessero lasciarsi, preferirei non esserci. Mi inventerò un viaggio dell'ultimo minuto in Siberia per evitarla. Non che non voglia stare accanto alla mia migliore amica, ma non riesco a immaginarla senza Cam. Loro due sono un'istituzione, la coppia più duratura di tutta la scuola, il re e la reginetta del ballo per due anni di fila e i più quotati per sposarsi. Hanno persino intenzione di andare all'università insieme in Arizona. Tutta la sua vita è legata a quella di Cam e viceversa.

Spero davvero che non lo beccheremo a fare qualcosa di imperdonabile alla festa.

La strada in cui vivono i Rafferty è piena di macchine.

«Dove parcheggiamo? Se Arlo vede la macchina, sono fregata.»

«Una volta Cam mi ha fatto vedere una stradina secondaria. Supera la casa e fa' il giro fino al prossimo isolato. Poi torniamo indietro a piedi.»

Seguo le indicazioni e parcheggio al buio tra due lampioni. Non appena scendiamo dalla macchina, sento la festa. La musica, le voci e le risate alimentano la mia ansia e, mentre superiamo un boschetto, si fanno sempre più forti. Nell'aria aleggia l'odore di legna bruciata. Houston è famoso per i suoi falò epici. Almeno, così mi hanno detto, visto che non sono mai stata invitata alle sue feste.

Sienna mi prende per un braccio per fermarmi. «Ci vediamo anche da qui.»

La festa è enorme. C'è ogni ragazzo di Hope, di Monroe e di Land's End, a parte noi.

Colpisco una zanzara sulla mia nuca. «Merda, ci siamo dimenticate lo spray antizanzare.»

Sienna si mette a rovistare nella borsa gigantesca che porta ovunque. «Ce l'ho io.»

Scherziamo sempre sul fatto che lì dentro ci sia qualsiasi cosa possa servirci.

L'odore del falò e dello spray mi ricorderanno per sempre questa fatidica serata.

«Ecco Cam» sussurro.

Lei si sporge per vedere meglio.

Cam assomiglia molto a Ryder, ma con i capelli più chiari e meno muscoli. Sienna dice che è perché adora la pizza.

Merda, sta parlando con Brooke, che ha un anno più di noi e le tette grandi il doppio rispetto a Sienna. «Stanno solo parlando» bisbiglio. «Non è niente di grave.»

Azzardo un'occhiata a Sienna e, dalla sua faccia, capisco che per lei è gravissimo. Vorrei chiederle come vanno le cose tra loro quando sono soli, ma ho paura a farlo. Dall'esterno, si vede che qualcosa è cambiato e, se l'ho notato io, di certo se n'è accorta anche lei.

Di nuovo con il mal di stomaco, prego che Cam non faccia nulla di irreparabile. Già il fatto che lo stiamo spiando dovrebbe essere un gigantesco campanello d'allarme riguardo alla loro storia, ma di certo non lo dirò alla mia amica.

Tra la folla scorgo Arlo, che tiene banco come sempre. Alto, con i capelli scuri, bello e alla mano, tutti lo adorano. Vorrei essere più simile a lui che a una ragazzina ansiosa e insicura. Per me il viaggio è appena iniziato, mentre lui è già arrivato a destinazione. Se non gli volessi tanto bene, lo odierei.

«Che cosa cavolo ci fa qui *lei*?» sussurra Sienna.

In un primo momento, non capisco di chi parli, ma poi la vedo: la ragazza nuova, Denise Sutton, meglio nota come Neisy. I maschi vanno matti per lei e le femmine la odiano perché è stupenda, con le tette grandi, lunghi capelli baciati dal sole e labbra carnose. È arrivata nella nostra scuola a settembre, all'inizio del terzo anno, e ha scompigliato le carte con l'impatto di un tornado forza cinque. Persino le ragazze più popolari della nostra classe non possono competere con lei, e loro ne sono consapevoli, motivo per cui la detestano.

La trattano come se fosse radioattiva, si scostano in corridoio per evitarla, a pranzo occupano i tavoli più lontani dal suo e mettono in giro voci crudeli su di lei, per esempio che l'autunno scorso si è scopata tutta la squadra di football dopo una partita e che secondo qualcuno nella sua vecchia scuola ha abortito al primo anno.

Il modo in cui viene trattata da ragazze che conosco da tutta la vita mi ha lasciato sorpresa e schifata.

È difficile capire a che cosa credere. Ogni giorno ce n'è una nuova. Non mi stupirei se qualche ragazza si inventasse delle stronzate solo per boicottarla, anche se i maschi sono troppo abbagliati per badare a quello che si dice su di lei.

Oh, merda. Adesso Cam sta parlando con Neisy.

Indignata, Sienna freme accanto a me.

Lui si sporge verso Neisy per sentire quello che gli dice e scoppia in una risata tanto fragorosa che è come se fosse qui con noi.

«Lo accoltello, cazzo» borbotta Sienna.

«Non fa niente di male a parlare con altre ragazze.»

«Sa come la penso su di lei.»

Non sapevo che Sienna avesse un'opinione su Neisy. «E come la pensi su di lei?»

«È una sgualdrina.»

«Che cosa? Non puoi saperlo.»

«Hai sentito anche tu le voci.»

«Non vuol dire che siano vere!»

«Da che parte stai?»

«Dalla tua» la rassicuro. «Sempre.» Siamo migliori amiche dalla terza elementare. «Ma non la conosciamo abbastanza per definirla così.»

«A quanto dice Cam, tutta la squadra di football la conosce.»

«Compreso lui?»

«Lui non lo farebbe mai.»

Non ne sono così sicura, però me lo tengo per me. Da quando hanno finalmente fatto sesso l'inverno scorso, Sienna è diventata superpossessiva nei suoi confronti.

I minuti passano e Cam gira tra la folla, parlando con tutti. Sienna si trincera nel silenzio. Non è mai un buon segno.

Accovacciata tra gli alberi, comincio ad avere i crampi alle gambe.

«Ecco Ryder» bisbiglia Sienna. «Non muoverti, altrimenti ci vede.»

Considero Ryder Elliott un figo fin da quando ho scoperto il significato del termine. Con i capelli scuri mossi, due occhi azzurri da sogno e un corpo muscoloso, a scuola è come un dio, riverito da tutti e ricercato dalle università per le sue doti atletiche. Ogni ragazza vorrebbe mettersi con lui, che però sta con Louisa Davies dal primo anno di liceo. Sono una coppia perfetta ed è scontato che si sposeranno subito dopo l'università, sempre che lei ci arrivi.

Louisa combatte contro un linfoma di Hodgkin da quando aveva quattordici anni. Ryder le è sempre rimasto accanto, organizzando raccolte fondi per la sua famiglia e assicurandosi che lei abbia tutto ciò che le serve. Non molto tempo fa, hanno festeggiato la sua remissione dopo un estenuante ciclo di cure che le ha impedito di frequentare gran parte del secondo anno e il secondo quadrimestre del terzo.

Andava tutto bene, fino a quando lei ha avuto l'ennesima ricaduta. Ha ripreso le cure e, per via del fragile sistema immunitario, non può uscire di casa. Ho sentito che Ryder le lascia dei fiori davanti alla porta ogni mattina. Lei è una ragazza dolcissima e preghiamo tutti affinché guarisca, in particolare Ryder.

A un paio di metri da noi, lui si ferma e si volta per parlare con qualcuno.

Neisy.

Sono scioccata. È impossibile. Che cosa ci fa con lui? Dovrebbe sapere che ha una ragazza di lunga data. Forse quello che si dice in giro di lei è vero.

Vorrei implorare Sienna di andarcene, ma non riesco a parlare.

Non so più quante volte mi sono chiesta che cosa sarebbe stato peggio, se quello che abbiamo visto o che nessuno sapesse quello che lui le ha fatto.

All'inizio, si limitano a parlare.

Sentiamo ogni parola.

Lui beve da un bicchiere di plastica rosso. «Mi fai impazzire con il modo in cui mi guardi a scuola.»

«E come ti guardo?»

«Come se volessi scoparmi.»

Lei incrocia le braccia. «Non è così.»

«Sì, invece.»

«No, per niente.»

«Non c'è niente di peggio di una rizzacazzi. È quello che dicono tutti di te. Che sei una rizzacazzi, tra le altre cose.»

«Che dicano quello che vogliono. Io so la verità. Pensavo avessi detto che volevi parlare di Louisa.»

Come se lei non avesse aperto bocca, Ryder le si avvicina. «Non ti importa di quello che dicono di te?»

«Perché dovrebbe? Nemmeno le conosco, quelle persone. Non conosco nemmeno te. Perché pensi che vorrei scoparti?»

Lui si muove così in fretta che lei resta spiazzata, e anche noi. Un attimo sono in piedi a qualche centimetro di distanza e, quello dopo, sono a terra e lui le sta sopra, con una mano a tapparle la bocca mentre con l'altra le solleva i vestiti.

Lei prova a divincolarsi dalla sua presa, si oppone con forza, ma non può competere con lui.

Sienna mi conficca le dita nel braccio.

Vorrei andarmene subito. Non voglio vedere. Sento la bile bruciarmi in gola.

Neisy gli morsica la mano e lui le rifila un forte schiaffo.

Lei urla ma, tra le centinaia di voci e *Empire State of Mind* sparata a tutto volume, nessuno la sente.

«Dobbiamo fare qualcosa» sussurro a Sienna.

«Non possiamo. Finiremo in grossi guai.»

«Le farà del male.»

Lui le infila una mano tra le gambe.

Distolgo lo sguardo. Voglio andare via. Strattono Sienna. «Ti prego, andiamocene.»

«Lui ci vedrà se ci muoviamo.»

La bile mi brucia in gola.

Neisy lo implora di non fare quello che ormai ha già cominciato. «Ti prego, non ho mai...» Caccia un urlo di dolore.

«Chiudi la bocca» dice lui con un grugnito. «Chiudi questa cazzo di bocca e prenditi quello che volevi fin dal giorno in cui ci siamo conosciuti.»

Voglio morire.

Niente avrebbe potuto prepararmi a questo.

Accanto a me, Sienna piange in silenzio. Mi stringe il braccio così forte che mi lascerà un livido.

Un minimo movimento, e lui ci vedrebbe.

I nostri genitori scoprirebbero che eravamo qui. Finiremmo in punizione per il resto della vita. Verremmo rovinate per aver spiato la festa. Per aver spiato Ryder.

Neisy la conosciamo a stento.

Però conosciamo lui. Lo conosciamo da tutta la vita.

Sono disgustata.

Non appena finisce, con un sonoro gemito, si alza, tira su i pantaloni e si allontana da lei, lasciandola a singhiozzare per terra.

«Dobbiamo andare da lei» sussurro a Sienna.

«Non possiamo, Blaise.»

«Che cosa vuoi dire? Chissenefrega se finiamo nei guai.»

«Lui è il fratello di Cam e il migliore amico di Arlo. *Non possiamo.*»

La guardo come se non l'avessi mai vista prima.

Raggomitolata a palla, Neisy singhiozza ancora a terra, con le mutandine intorno alle caviglie.

Sienna mi tira verso la macchina.

«Non possiamo lasciarla lì.»

«Non la conosciamo nemmeno» sibila lei.

«Sienna! Che importa se non la conosciamo? Lui l'ha *stuprata*.»

Mi trascina fino alla macchina. «Torniamo a casa e dimentichiamoci di tutto questo.»

«Ma sei matta? Non lo dimenticherò mai.»

«Devi farlo. Lei non è niente per noi, mentre lui fa parte della nostra vita da sempre. Farà parte della mia per sempre. Non devi dire niente. Tanto nessuno ci crederebbe.»

Ha ragione, e detesto la cosa.

A scuola, tutti odiano Neisy.

E adorano lui.

Sarebbe la nostra parola, e la sua, contro quella di lui. Verremmo screditate.

Mi piego in avanti e vomito il polpettone, che mi brucia la gola.

Non mangerò mai più il polpettone.

«Per l'amor del cielo, Blaise. Come sei melodrammatica.»

Torniamo a casa in un silenzio di tomba. Mi tremano così tanto le mani che fatico a tenere la macchina nella corsia giusta. E pensare che, quando sono uscita, la mia più grande paura era di essere beccata sull'altra sponda del fiume. Adesso è l'ultimo dei miei pensieri. Accosto davanti a casa di Sienna, una villa coloniale a due piani con le persiane nere.

«Non dovrai mai dire nulla di questa storia.»

Resto in silenzio. Mi sembra di non conoscerla affatto.

«Giurami che non dirai niente, Blaise. Non lo sa nessuno, ma Ryder ha già un colloquio fissato all'Accademia navale.»

A queste parole, mi torna la nausea. La sua vita dorata andrà avanti come se nulla fosse, mentre Neisy non sarà più la stessa. E nemmeno io.

«Blaise?»

Dopo quasi dieci anni di amicizia, siamo ridotte a questo punto. Se farò la cosa giusta, perderò la mia migliore amica e a scuola diventerò un'emarginata. Per non parlare del fatto che Arlo mi odierà, visto che Ryder è suo amico fin da quando erano piccoli. Non sono mai stata tanto combattuta. Se dirò quello che ho visto, la vita che conosco finirà e la gente mi odierà per aver preso le parti di Neisy e non di Ryder.

«Non dirò niente.»

«Bene.» Sienna scende dalla macchina, richiude la portiera con un colpo e scompare dentro casa, abbandonandomi lì. Sono scossa da tremiti fuori controllo, tanto che forse non dovrei guidare per il breve tragitto fino a casa mia. Rimango ferma a lungo, cercando di riprendermi per rientrare sana e salva.

Piango così forte che temo di vomitare di nuovo.

Non ricordo di aver guidato fino a casa. Per quei pochi minuti, ho un vuoto totale nella mente, mentre la scena a cui ho assistito nel bosco resterà per sempre vivida nella mia memoria.

Quando entro, mia madre è in cucina.

«Sei tornata presto» dice, intenta a prepararsi il tè rilassante senza cui non riesce a dormire.

«Non mi sento bene. Mi fa male lo stomaco.»

Mi tocca la fronte. «Hai pianto?»

«Dopo aver vomitato.»

«Non sei calda. Hai bevuto qualcosa?»

«No. Dovevo guidare. Voglio solo andare a letto.»

Recupera da sotto il lavandino il catino verde che usiamo da tutta la vita quando stiamo male. «Prendilo, per sicurezza.»

Ubbidisco, nella speranza che non veda che mi tremano le mani. «Buona notte.»

«Vieni a chiamarmi se hai bisogno stanotte.»

«Va bene.»

Entro in soggiorno diretta alle scale e trovo mio padre. «Che cosa succede? Pensavo restassi fuori ancora per qualche ora.»

«Non sto bene.»

«Oh, che peccato.»

«Già. A domani.»

«Riprenditi.»

«Grazie.»

Chiudo la porta della mia stanza, scivolo fino a terra e, con il viso nascosto tra le mani, piango come non ho mai fatto in vita mia, nemmeno dopo che è morto il nonno. Ogni cellula del mio corpo è nauseata. Abbiamo sbagliato ad abbandonare Neisy. Mi hanno insegnato a trattare gli altri come vorrei che trattassero me e, se mi succedesse qualcosa del genere, vorrei che qualcuno mi aiutasse.

Ancora non sapevo che quella sensazione di malessere mi avrebbe accompagnato per sempre.

TRE

Neisy
Passato

Sono sotto shock. Probabilmente è per questo che le braccia e le gambe si rifiutano di collaborare e ignorano le istruzioni del cervello di alzarsi e andare via prima che qualcuno mi trovi mezza nuda e sanguinante. L'idea di dover spiegare quello che è successo mi dà l'impulso per tirarmi su e provare a ricompormi. Con le mani scosse da forti tremiti, sollevo le mutandine lungo le cosce striate di sangue.

Ryder Elliott mi ha stuprato.

Nonostante le parole si facciano largo nella mia mente, stento a crederci.

Al pensiero del suo disgustoso alito di birra, mi viene la nausea e vomito sulle foglie secche per terra accanto a me. Detesto l'odore di birra, e adesso lo odierò per sempre.

Mi alzo sulle gambe tremanti, mi rimetto i sandali che a un certo punto devo aver perso, riabbasso la gonna e mi avvio tra la vegetazione fitta verso la strada in cui ho parcheggiato. Quando emergo sul marciapiede, ho le braccia piene di graffi.

Sono come anestetizzata al dolore di ogni parte del corpo, soprattutto tra le gambe. Contrariamente alle voci che girano su di me, ero vergine.

Adesso non lo sono più e questa consapevolezza mi spezza il cuore in un milione di pezzi.

Fatico a respirare, con il petto oppresso dal fardello di questa nuova realtà.

Nella mente vedo il viso sorridente di Kane. La mia prima volta avrebbe dovuto essere con lui. Se ci penso adesso, perderò la calma che mi serve per andarmene.

Oddio, dov'è la chiave?

Ho ancora addosso la borsa, ma la chiave non c'è. Mi sarà caduta.

Non posso tornare indietro a cercarla.

Non ce la faccio.

Per i casi come questo, mio padre ha nascosto una chiave di riserva sotto al paraurti posteriore della Honda Civic bianca che mi ha comprato. Cerco a tastoni la scatolina e la faccio cadere a terra. Mi inginocchio per raccoglierla, ringraziando mio padre per cui la sicurezza viene prima di tutto.

Mi sfugge un singhiozzo.

Lui non dovrà mai sapere quello che è successo. Ammazzerebbe Ryder.

Con le guance rigate di lacrime, salgo in auto e gemo al contatto della pelle sensibile con il sedile. Appoggio la testa al volante, scossa dai singhiozzi e con la gola intasata dalle lacrime. Quando Ryder ha detto che voleva parlarmi di Louisa, non mi è neanche venuto in mente di non seguirlo in un posto più tranquillo.

Lo sanno tutti che è innamorato pazzo di Louisa e quanto è stato carino con lei durante la malattia.

Accendo il motore e mi immetto sulla strada. Forse non dovrei guidare, ma devo andarmene da qui prima che qualcuno mi veda e cominci a fare domande. Guido piano, anche se una volta ho sentito mio padre dire che per la polizia è un campanello d'allarme per gli ubriachi al volante. Preferisco pensare a quello che dice mio padre piuttosto che a quello che è successo nel bosco.

Provo a mettermi comoda sul sedile e mi rendo conto di avere i vestiti bagnati. Di sangue o... Non posso pensarci. Non ce la faccio.

Per la prima volta in vita mia, sono contenta che mio padre stia più tempo fuori che a casa. Cavarmela con mia madre non sarà un problema, mentre con lui non ce la farei mai.

Ancora scossa dai tremiti e con la nausea, supero il ponte verso Hope e prendo l'uscita che porta alla casa a due piani che i miei hanno comprato quando ci siamo trasferiti qui nel giugno scorso, perché mia madre stesse vicino ai genitori anziani. Mi sembra un secolo fa dopo l'anno d'inferno che ho passato al liceo di questa cittadina, dove gli altri ragazzi mi hanno odiato a prima vista.

L'estate scorsa ho lavorato nel ristorante di mio cugino insieme a Houston Rafferty, ed è l'unico motivo per cui sono stata invitata alla festa. Non avrei dovuto andarci. Lo sapevo, ma mi rifiuto di nascondermi da quegli stronzi dei miei compagni di scuola.

Mi immagino ad accusare Ryder Elliott di stupro e una forte ondata di nausea mi costringe ad accostare per vomitare, con violenti conati e la bile che mi brucia la gola. Non vedo l'ora che passi per andarmene prima di attirare l'attenzione della polizia, l'ultima cosa di cui ho bisogno al momento.

Nessuno dovrà mai saperlo, altrimenti la mia vita diventerà ancora più orribile di quanto già non sia. Siccome mio padre è un ufficiale di alto rango della Marina, sono abituata a essere quella nuova a scuola, eppure non è mai stata dura come qui. I miei compagni mi hanno preso in un'antipatia viscerale fin dal primo giorno e non c'è stato verso di fargli cambiare idea. Da allora, la mia vita è un incubo.

Houston è uno dei pochi, veri amici che mi sono fatta qui. Lui mi dice sempre di ignorare gli stronzi e non smettere di essere fantastica. È facile dirlo, per lui. Nessuno ha mai fatto il pezzo di merda con lui. Mi tratta come la sua sorellina Austin, e gliene sono grata, ma siccome è rimasto a Boston all'università praticamente per tutto il tempo che ho passato qui, non mi è di grande aiuto a scuola.

Vorrei tanto raccontargli quello che è successo con Ryder, ma non posso. Il padre di Houston è il capo della polizia di Land's End. Se glielo dico, lui lo riferirà a suo padre e lo sapranno tutti.

Nessuno dovrà mai saperlo, altrimenti l'inferno che è la mia vita diventerà ancora peggio.

Imbocco il nostro vialetto. Non riesco a sentirmi a casa qui. Questo è solo l'ultimo di una lunga serie di edifici che ci hanno ospitato per il tempo passato in ogni dato luogo. Spengo il motore e, prima di entrare, resto seduta a lungo, nel tentativo di ricompormi.

Di solito a quest'ora mia madre è già crollata, dopo essersi scolata almeno un paio di bottiglie di vino. In genere, il fatto che beva mi disgusta ma, questa sera, ne sono grata. Entro dal retro, passando dal garage e poi dalla cucina. Supero in punta di piedi il soggiorno, dove lei dorme sul divano, e una volta di sopra vado dritta nel bagno di fronte alla mia stanza. Mi spoglio e, con sgomento, noto tutto il sangue, mischiato ad altri fluidi.

E se fossi rimasta incinta?

A questa possibilità, vomito di nuovo, fino a quando nello stomaco non mi rimane più niente.

Butto i vestiti nella vasca e mi infilo sotto la doccia.

Non ho mai apprezzato tanto l'acqua bollente come adesso, mentre mi sfrego il corpo dalla testa ai piedi, gemendo per il dolore quando insapono la pelle abusata tra le gambe. Scoppio di nuovo a piangere e scivolo lungo la parete fino a mettermi a sedere con l'acqua che mi piove addosso, lavando via in parte l'orrore.

Nei miei diciassette anni di vita ho vissuto in dieci città diverse e quindi non sono un'ingenua, eppure non avrei mai pensato che potesse succedermi una cosa del genere. Sono prudente, scafata e attenta. Mio padre se ne è assicurato. Continuo a ripensare a quando Ryder mi ha detto di volermi parlare di Louisa. Eravamo in classe insieme prima che lei dovesse ritirarsi da scuola. Mi era sembrata molto dolce e avevo avuto la sensazione di piacerle.

La sua gentilezza mi era rimasta impressa visto che tutti gli altri si comportavano da idioti.

Non avevo motivo di temere Ryder.

Certo, in passato aveva flirtato con me, ma tutti i ragazzi lo fanno. Per questo le femmine mi odiano tanto, anche se io non faccio niente per incoraggiare l'altro sesso. Kane, il mio ragazzo, al momento vive in Spagna. Ci siamo conosciuti quando le nostre famiglie erano di stanza a Jacksonville, in Florida, per quattro anni. Il periodo più lungo che io abbia trascorso nello stesso posto.

Stiamo insieme dalla seconda media. È una follia, lo so, ma tra noi è nato subito un legame profondo, che è rimasto tale nonostante l'oceano che ci separa.

Kane aveva qualche dubbio sulla mia decisione di andare alla festa di Houston, a cui di sicuro ci sarebbero stati gli stessi ragazzi che mi hanno reso un'emarginata. Sa che Houston è l'unico buon amico che ho e non volevo perdermi la sua festa solo per quegli stronzi. Avrei dovuto dargli ascolto.

Mi cingo le ginocchia e appoggio la testa su un avambraccio.

Kane...

Avrebbe dovuto essere il primo ragazzo con cui avrei fatto l'amore, l'unico. Da anni so che lui è l'amore della mia vita e viceversa. Certo, siamo giovani e in tanti ci hanno detto di non farci troppe speranze sul nostro rapporto, ma quando lo sai, lo sai.

Come faccio a raccontargli tutto questo?

Dopo un po', sono ancora sotto la doccia quando finisce l'acqua calda. Quella fredda è come uno schiaffo e mi rialzo. Nel vedere che l'acqua dove ero seduta è rosa pallido, avverto un brivido per il freddo e il trauma subìto.

Anche se fa caldo e mio padre odia pagare per l'aria condizionata, mi metto dei comodi pantaloni della tuta e una maglietta a maniche lunghe e mi infilo a letto, con le coperte tirate fin sopra la testa. Se potessi, resterei qui per sempre.

Nessuno dovrà mai saperlo. Nonostante sia sotto shock, di questo sono certa. Ryder Elliott è il re del liceo di Hope. Potrei anche salire sul tetto e urlare quello che mi ha fatto, ma nessuno mi crederebbe. Lo conoscono da sempre. Ha frequentato l'asilo con molti di quei ragazzi. I loro genitori sono stati compagni di classe.

Io sono un'estranea, in ogni senso possibile.

E mi considerano una sgualdrina, come mi definirebbero se lo accusassi.

Una volta ho visto un film su una ragazza che denunciava uno stupro e vedeva la propria vita fatta a pezzi dagli amici e dalla famiglia del colpevole. Succederebbe anche a me. Per questo non sono andata dritta alla polizia, come avrei dovuto fare.

Se anche mi fossi preoccupata di conservare le prove, sarebbe la mia parola contro quella di Ryder Elliott.

Mi farebbero a pezzi.

Blaise
Passato

Il giorno dopo, ci aspettano a casa di mia nonna per una riunione famigliare pianificata da tempo e che aspettavo con ansia da mesi. Non vedo spesso i miei cugini, e ci saranno quasi tutti.

Non riesco ad alzarmi dal letto.

Teagan compare sulla porta della mia stanza, con aria minacciosa. «Che cavolo stai facendo? Ti stiamo aspettando.»

«Non sto bene.»

«Nemmeno io, però ci vado.»

«Non ce la faccio.»

«Che cavolo, Blaise! Prima aiuti a organizzare questa stupidata, e adesso non ci vuoi andare?»

«Ci voglio andare, ma non sto bene.»

«Che cosa succede, ragazze?» Nel vedermi ancora a letto, la mamma corruga la fronte. «Alzati, Blaise. Dobbiamo essere dalla nonna tra mezz'ora.»

«Sto ancora male da ieri sera.»

Mi tocca la fronte. «Sei un po' calda, in effetti.»

«Sta *fingendo*» commenta Teagan.

«Taci» ribatte mia madre. «Quello lo fai tu, non lei.»

Mia sorella mi lancia un'occhiataccia.

«Sei sicura di non poter venire, tesoro?» mi chiede la mamma. «Non vedevi l'ora di oggi. Verrà anche un fotografo per fare una foto a tutta la famiglia.»

Si rabbuia al pensiero che non sarò nella foto, ma non ce la faccio proprio, nemmeno per lei.

«Mi dispiace, mamma.»

«Non preoccuparti. Era da tanto che non ti ammalavi. Doveva succedere.»

Adesso mi sento doppiamente in colpa per averle mentito.

«Saluta tutti da parte mia e di' che mi dispiace di non esserci.»

«Lo farò.» Mi dà un bacio sulla guancia. «Ti porto qualcosa prima di andare?»

Al pensiero di mangiare qualcosa, anche in futuro, mi torna la nausea. «No, grazie.»

«Ti porterò qualcuno dei brownies della nonna.»

«Va bene.» Ricaccio giù la bile. «Grazie.»

Mia madre se ne va.

Teagan si attarda nella mia stanza. «Che stronzata. Perché stai fingendo?»

«Non sto fingendo.»

«Sì, invece, e scoprirò perché.»

Se ne va come una furia, lasciandomi con lo stomaco sottosopra al pensiero che scopra come mai sto saltando la riunione famigliare.

Due ore più tardi, mi suona il telefono.

È Sienna. «Ciao.»

«Sei alla riunione?»

«Non sto bene.»

«Davvero?»

«Sì.»

Dopo il modo in cui si è comportata ieri sera, è come se fosse un'estranea. Il suo primo impulso è stato di coprire Ryder, non di aiutare Neisy, e per questo la odio, almeno quanto odio me stessa per essere stata tanto debole da piegarmi alle sue pressioni.

«Ieri sera è successo un bel casino.»

Se proprio vogliamo definirlo così.

Si schiarisce la voce. «Io, ehm... Non l'hai detto a nessuno, vero?»

«No.»

«Oh» dice, con un sospiro di sollievo. «Bene. Molto bene.»

«Non va bene. Non va affatto bene. Ryder l'ha *stuprata*, Sienna.»

«Non dirlo! Potrebbe sentirti qualcuno.»

«Non c'è nessuno.»

«Non dirlo a voce alta.»

«Tutto questo è sbagliato. Lo sai anche tu.»

«Come può essere sbagliato proteggere qualcuno con cui siamo cresciute da qualcuno che non conosciamo nemmeno?»

«È stato lui a farlo a *lei*, non il contrario.»

«Lei avrà fatto qualcosa per fargli venire voglia.»

«Sienna...» L'ho mai conosciuta sul serio? «Uno stupro non è mai colpa della vittima. Dimmi che lo sai.»

«Come facciamo a sapere che non si siano già dati da fare in passato? Magari a lei piace così. Un po' spinto.»

La nausea si fa ancora più intensa. «Devo andare.»

«Non devi dire niente. Mi hai promesso di non farlo.»

Vorrei mandare a fanculo lei e qualsiasi promessa pensa che le abbia fatto.

«Blaise, dimmi che hai capito che non devi dire niente. Non ci crederebbe nessuno.»

«Sì, invece, se parlassimo tutte e due.»

«Io non parlerò. Né adesso né mai.»

«Come fai a fingere di non aver assistito a un reato?»

La sua risata stridula è come una coltellata al petto. «Un *reato*? Di che diamine stai parlando? Due ragazzini arrapati ci hanno dato dentro nel bosco, e tu lo chiami un *reato*?»

«È quello che è stato, e lo sai anche tu.»

«Negherò di essere stata presente. Se dirai qualcosa, io negherò.»

«Come può importarti così poco di quello che le è successo?»

«Lei non conta niente per me.»

Sono disgustata. Ho sempre saputo che a volte è un po' superficiale, ma qui siamo a un altro livello. «È un essere umano.»

«Siamo cresciute con lui. È uno di noi. Lei no. Non c'è niente da discutere. E poi, se è furba, terrà la bocca chiusa. La odiano già tutti. Se proverà ad accusare Ryder, non finirà bene per lei.»

«A meno che un testimone non confermi la sua storia.»

«Non oseresti farlo.»

Non so come ribattere.

«Dimmi che non dirai niente, Blaise. Rovinerai tutto! Non ti importa di me? Che cosa dirà Cam se la mia migliore amica accusasse suo fratello di un reato?»

«Ma suo fratello ha commesso un reato!»

«Sarebbe la parola di Neisy contro quella di Ryder, e nessuno crederebbe a lei. Lo sanno tutti che lui è innamorato pazzo di Louisa.»

«Se è così, allora perché ha aggredito Neisy?»

«Chissà che cosa gli avrà detto lei per spingerlo oltre il limite. È così stressato per Louisa. Per quanto ne sappiamo, magari sono settimane che Neisy ci prova con lui. Magari se l'è cercata.»

Sussulto, disgustata dalla mia cosiddetta migliore amica. «Come fai a dire così? Nessuna ragazza si merita di essere stuprata, Sienna.»

«Hai visto anche tu come si comporta con i ragazzi. Sempre a stuzzicarli e a flirtare.»

«Potrebbe anche andare in giro nuda, ma comunque non si meriterebbe di essere stuprata.»

«Mi sono rotta di parlare di questa storia. Tieni la bocca chiusa, altrimenti vedrai.»

«Vedrò che cosa?»

«Vedrai i guai in cui finirai quando tutti ti odieranno per aver preso le sue parti invece di quelle di Ryder.»

La comunicazione si interrompe.

Non riesco a credere che mi abbia riattaccato in faccia né alle cose che ha detto.

Travolta da un'intensa ondata di nausea, corro in bagno e vomito di nuovo. Nello stomaco ho soltanto bile, che mi brucia la gola e la bocca. Quando l'anno scorso è morto mio nonno, pensavo che non mi sarei mai sentita peggio e invece, per quanto sia stato brutto, non era niente in confronto a ora.

Detesto il fatto che Sienna abbia ragione. Se dicessi qualcosa o prendessi le difese di Neisy, non potrei più vivere in questa città. Mi odierebbero tutti, persino i genitori che mi hanno sempre considerato una brava ragazza. Nessuno vorrebbe sentir dire che Ryder ha aggredito e violentato Neisy e, anche se mi facessi avanti per corroborare la sua storia, nessuno ci crederebbe.

Ryder è il figlio che tutti vorrebbero avere. L'ho sentito dire l'estate scorsa, quando lavoravo nel negozio di alimentari di McChord. L'anno prossimo si diplomerà come primo della classe, è la stella di diversi sport e andrà all'Accademia navale. Chissà come sarebbe, aveva chiesto una collega del reparto gastronomia, avere un figlio così giovane e già tanto affermato? E aveva scherzato che suo figlio, in seconda superiore, era stato promosso per il rotto della cuffia.

Scossa dai tremiti, penso alle conseguenze del fare la cosa giusta.

Mi odierebbero tutti, persino mio fratello.

Appoggio la testa sulle ginocchia e mi lascio travolgere dai singhiozzi.

Se fino a ieri mi avessero chiesto se fossi il tipo di persona che fa sempre la cosa giusta, avrei risposto assolutamente di sì.

Adesso, so che non c'è niente di assoluto.

Odio me stessa quanto Ryder e Sienna. Odio il fatto che dei ragazzi con cui sono cresciuta e che consideravo miei amici siano in grado di fare cose simili.

Più di tutto però, odio il fatto di dover convivere per sempre con quello che ho visto. Odio il fatto che una giovane donna stia soffrendo dopo essere stata vittima di un crimine orribile e che io non possa farci un cavolo di niente senza rovinarmi la vita.

Quattro

Neisy
Passato

Le ultime settimane sono state dure. Mi alzo a stento dal letto e, con tutti i turni che ho saltato, mi hanno licenziato dal ristorante del cugino di mia madre. Per la prima volta in vita mia, sono contenta di avere una madre alcolizzata tanto presa da se stessa da accorgersi a malapena di me.

Mio padre però dovrebbe rientrare oggi e vedrà subito quello che a lei è sfuggito. Io e lui abbiamo sempre avuto un legame profondo e, anche se ho risposto ogni giorno ai suoi messaggi intanto che era via, gli basterà un'occhiata per capire che qualcosa non va.

Una parte di me spera che intuisca che è successa una cosa terribile.

L'altra teme che lo scopra.

Che cosa gli dirò quando pretenderà di sapere che problema c'è?

Sa che ho avuto vita dura qui e che forse ha sbagliato a lasciarsi convincere da mia madre a farmi trasferire nella sua città natale per gli ultimi due anni di liceo mentre lui è di stanza a Washington, dove lei detestava stare quanto io detesto stare qua.

Mi mancano gli amici che avevo in Virginia, con cui sono ancora in contatto e che spero di ritrovare alla University of Virginia dopo un altro, lunghissimo anno nel Rhode Island.

Mi manca disperatamente Kane, che è preoccupatissimo per me. Nonostante l'oceano tra noi, ha capito che non sono più io e continua a chiedermi spiegazioni. Ieri sera mi ha messaggiato per sapere se per caso ho incontrato un altro e ho paura a dirglielo.

No! ho risposto. *Va sempre di merda in questo posto. Tu non c'entri niente. Sei l'unico raggio di sole nella mia vita.*

Vorrei che non fossi costretta a stare lì. Perché non puoi tornare a Washington con tuo padre e nella vecchia scuola?

Perché lui è troppo impegnato per tenere d'occhio un'adolescente, o almeno così dice. Lavora dodici ore al giorno.

Staresti comunque meglio rispetto a ora.

Non succederà. Ho perso quella battaglia un anno fa, quando hanno insistito per trasferirsi.

I miei erano preoccupati per la «brutta» compagnia che frequentavo in Virginia. Ho cercato di dire loro che si sbagliavano sui miei amici, che eravamo dei normali adolescenti, ma loro non mi hanno dato retta. Quando mio padre ha appoggiato mia madre riguardo al trasloco, non gli ho parlato per un mese.

La cosa l'ha turbato molto, ma non abbastanza per fargli cambiare idea.

Se solo sapesse quello che è successo con Ryder, andrebbe fuori di testa.

Non deve scoprirlo.

In previsione del suo arrivo, mi costringo ad alzarmi e faccio la doccia. Per la prima volta da settimane, mi asciugo i capelli con il phon e mi trucco per mascherare i cerchi neri sotto agli occhi. Scruto il riflesso nello specchio ed è come se guardassi una sconosciuta. Chi è questa ragazza dopo quello che le è successo?

Mi brucia lo stomaco per l'ingiustizia. Mentre io sono devastata, lui va avanti con la sua vita dorata come se nulla fosse cambiato. Ho visto su Facebook che ha organizzato l'annuale raccolta fondi per la famiglia di Louisa, radunando una folla immensa e quasi centomila dollari. Ha postato alcune foto in cui sfoggia un sorriso smagliante e tiene il braccio intorno alla sua bella e fragile ragazza, circondati dai loro genitori.

La sua ipocrisia mi dà la nausea.

Ha deciso di stuprarmi perché non può fare sesso con lei? Ha scelto me perché sa che la gente mi odia e che non avrei osato denunciarlo?

Io e Kane aspettavamo di fare sesso il mese prossimo, quando verrà a trovarmi, ed è l'ennesima cosa che Ryder mi ha sottratto: la mia prima volta con una persona di cui sono davvero innamorata. Adesso, non riesco nemmeno a immaginare di farlo con Kane né con nessun altro.

Mai.

Se prima aspettavo di farlo con ansia e un briciolo di paura, adesso voglio evitarlo a tutti i costi.

Vorrei che Ryder la pagasse per quello che mi ha rubato.

Sono arrabbiata, ferita e terrorizzata al pensiero che mi abbia messo incinta. Tra due giorni dovrebbe arrivarmi il ciclo e, se così non fosse, non so che cosa farò.

Un paio d'ore dopo, mentre fingo di leggere un libro sdraiata sul letto, che ho rifatto per la prima volta da settimane, sulla porta della mia stanza compare mio padre.

«Ecco la mia piccolina.»

«Ciao, papà.» Mi alzo e lo abbraccio. È alto, scuro e bello, come lo descrive sempre mia madre.

Non appena sento il suo profumo familiare mentre mi abbraccia, mi viene voglia di crollare e raccontargli tutta questa sordida vicenda.

Ma non posso.

Non posso farlo.

«Come sta la mia figlia preferita?»

«Sono ancora la tua unica figlia, a quanto ne so.»

I nostri scambi di battute sono tra le cose più belle della mia vita.

Il suo sorriso si offusca. «Come sta la mamma?»

«Un po' peggio del solito.»

«Com'è possibile?»

«Non lo so.»

Si passa le dita nei capelli, come fa ogni volta che è seccato o frustrato. Quando si tratta di lei, entrambe le cose. «Dovrò farla entrare in qualche programma.»

«È inutile, se lei non è pronta.»

Abbiamo fatto qualche ricerca e, un anno fa, avevamo trovato una struttura qui vicino pronta a ricoverarla per un trattamento intensivo di tre settimane, ma lei si è rifiutata di andarci e abbiamo scoperto che non potevamo costringerla, perché ha dei diritti.

E i nostri, di diritti? aveva chiesto all'epoca mio padre.

«L'altro giorno mi ha chiamato Ronnie.»

Ho un tuffo allo stomaco. «Ha chiamato *te*?»

Ronnie è primo cugino di mia madre, nonché il proprietario del ristorante dove lavoravo.

«Era preoccupato per te visto che hai smesso di andare al lavoro.» Si appoggia allo stipite della porta. «Tua madre non rispondeva alle sue chiamate e tu sei stata vaga riguardo alla situazione. Non mi avevi detto che hai lasciato il lavoro. Pensavo ti piacesse.»

«Infatti. Cioè, mi piaceva.»

«Che cosa è successo?»

«Non sono stata bene un paio di giorni e Ronnie si è arrabbiato quando mi sono data malata.»

«Però non l'hai chiamato. Non ti sei presentata e basta, e non è da te.»

Cazzo, cazzo, cazzo. Non pensavo che Ronnie l'avrebbe contattato.

«Sono un po' giù in queste ultime settimane.»

A queste parole, raddrizza le spalle. «Come in passato?»

«Forse. Un po'.»

In seconda media, ho avuto un episodio depressivo, come è stato definito all'epoca. Ho ricominciato a sentirmi me stessa dopo più di un anno di terapia e cure con farmaci che prendo tuttora.

«Dobbiamo farti controllare. Forse devi cambiare dosaggio adesso che sei cresciuta. Ti prendo appuntamento alla clinica della base.»

«Grazie, papà.»

«Avresti dovuto dirmelo, Neisy.»

«Non volevo farti preoccupare visto che sei così impegnato.»

«Non sono mai troppo impegnato per te, lo sai.» Mi scruta con attenzione. «Le cose vanno meglio con i ragazzi di questa città?»

«Ehm» dico. «Sono quelle che sono.»

«Mi dispiace che il trasloco si sia rivelato tanto complicato per te, tesoro. Lo detesto.»

Oh, papà, non hai idea... «Non c'è problema.» Vorrei implorarlo di riportarmi a Washington con lui, ma non lo farebbe mai. Ogni mese, si divide tra qui e là, e non mi lascerebbe mai da sola quando deve venire dalla mamma. «Manca solo un anno. Posso farcela.»

Ah, sì? Come farò a tornare a scuola, dove sarò costretta a vedere *lui* nei corridoi mentre si comporta come se non fosse successo niente? Per lui, è davvero così. Per me, è cambiato tutto, ed è colpa sua.

«Neisy? Dov'eri andata?»

«Da nessuna parte.»

«Sono preoccupato per te, tesoro.»

«Non ce n'è motivo.»

«Ti prendo quell'appuntamento, così starai meglio.»

«Va bene.»

Due giorni dopo, mio padre mi accompagna alla clinica della base. Ho cercato di dissuaderlo, ma lui ha insistito per venire dicendo che dopo andremo a pranzo insieme.

Ha preso un permesso per farlo e gliene sono grata, anche se temo di crollare davanti a lui e confessargli tutto.

Vorrei farlo.

Vorrei dirglielo.

Vorrei vederlo andare fuori di testa e trasformare la favolosa vita di Ryder in un inferno come la mia.

Perché è questo che farebbe.

Ma poi verrebbe a sapere che tutte le mie compagne a scuola mi considerano una sgualdrina solo perché i loro ragazzi mi trovano attraente. Scoprirebbe che dicono che mi sono fatta la squadra di football e che ho messo gli occhi su quella di pallacanestro o qualsiasi altra cazzata si siano inventate.

È davvero ironico: prima che Ryder si prendesse la mia verginità ero illibata ma, grazie a quelle vipere, nessuno ci crederà.

«Vuoi che entri insieme a te, tesoro?» mi chiede mio padre in sala d'attesa.

«No. Sicuramente non ci vorrà molto.»

«Ricordati di dire che i farmaci sono stati fondamentali per farti stare meglio la prima volta che è successo.»

«Certo.»

«Bene. Scrivimi se hai bisogno.»

«Denise?»

Nessuno mi chiama così, perciò è strano quando capita. Mi alzo e seguo il giovane infermiere nell'ambulatorio.

Per fortuna lascia la porta aperta mentre mi pesa e mi misura la pressione, altrimenti gli avrei detto io di farlo. Mi conta i battiti con lo sguardo fisso sul mio seno.

Sono tentata di dirgli che mio padre, un capitano della Marina, farebbe fuori lui e la sua carriera se lo beccasse a guardarmi così.

Un pensiero che non avrei mai fatto prima che Ryder mi stuprasse. Provavo un moderato piacere a ricevere le attenzioni dei ragazzi e degli uomini. Poi ho scoperto di che cosa sono capaci. Adesso, non voglio che mi guardino o che mi immaginino nuda o nessuna delle altre cose disgustose che possono pensare.

«La dottoressa Cummings arriverà tra poco» dice l'infermiere e se ne va.

Rimasta sola, tiro un sospiro di sollievo che a visitarmi sarà una donna. C'è un costante ricambio di ufficiali medici e non sai mai chi ti capiterà.

Non voglio che nessun uomo mi si avvicini, nemmeno in un posto come questo, in cui dovrei essere al sicuro.

Ma esistono davvero luoghi sicuri?

La dottoressa è bassa, bionda e decisamente incinta, con la casacca color cachi dell'uniforme che non entra nei pantaloni per via del pancione. Lancio un'occhiata alla mostrina d'oro sul colletto: tenente comandante. Mio padre sarebbe orgoglioso. A sei anni, conoscevo già tutti i gradi.

«Ciao, Denise. Sono la dottoressa Cummings.» Si lava le mani al lavandino. «Come va?»

«Bene.»

Si asciuga con una salviettina di carta e si siede su uno sgabello. «Come mai sei qui oggi?»

«Ultimamente mi sento un po' giù.»

«Ti è già successo prima?»

«Quando avevo dodici anni. Da allora prendo dei farmaci. Secondo mio padre, forse bisogna rivedere il dosaggio.»

«Vediamo un po' che cosa stai prendendo.» Recupera la mia cartella e legge il nome e il dosaggio dei farmaci. «Potremmo aggiungere dieci milligrammi al giorno e vedere se ti aiuta.»

«Va bene.»

«Nelle ultime settimane hai introdotto dei cambiamenti nella dieta o nell'esercizio fisico o altro?»

Sono tre settimane che mangio a stento e non esco dalla mia stanza, ma non posso dirglielo. «No.»

Può capire quello che è successo dandomi una sola occhiata? Vorrei scappare ma, se lo facessi, dove andrei? Come spiegherei il mio comportamento a lei o a mio padre? Sto andando in iperventilazione e la dottoressa ha a malapena digitato qualche frase sulla tastiera del computer.

«Ti senti bene?» mi chiede, con la fronte aggrottata per la preoccupazione.

«Sono solo... nervosa.»

Vorrei disperatamente dirle la verità ma, al pensiero di quanto siano state cattive con me le altre ragazze, non ci riesco. Nessuno mi crederebbe e peggiorerei soltanto la situazione.

«Fa' dei respiri profondi e cerca di rilassarti. Parleremo soltanto, va bene?»

«Mmh mmh.»

«Ho un questionario di routine per avere qualche informazione di base.»

Rispondo a diverse domande sulla mia salute: età del primo menarca, data dell'ultima mestruazione e una serie completa di quesiti sulla depressione, come quelli a cui avevo risposto in passato. Mi fanno tornare in mente quando stavo così male da chiedermi come potessi essere ancora viva. Allora non sapevo che fosse possibile stare addirittura peggio.

«C'è la possibilità che tu sia incinta?»

Vorrei morire. Può capire se lo sono, e se sto mentendo?

«Va tutto bene, Denise. A me puoi dirlo.»

Come se una diga cedesse, scoppio a piangere così forte che non riesco a respirare, a pensare né a fare niente che non sia piangere.

La dottoressa mi viene accanto e mi tiene la mano mentre vengo travolta da questo tsunami emotivo. Era solo questione di tempo.

«Ti prendo dell'acqua.» Mi dà un fazzoletto. «Torno subito.»

Torna con un bicchiere di plastica, che regge mentre io bevo e lei mi massaggia la schiena. «Mi dispiace.»

«Non devi. Come posso aiutarti?»

«Non può. Nessuno può.»

«Non è vero.»

Con una risata amara, asciugo le lacrime con il terzo fazzoletto. «In questo caso, sì.»

«Qualsiasi cosa ti opprima, parlarne aiuta. Condividerlo con qualcuno che può aiutarti, allevia il fardello che porti sulle spalle.»

Le sue parole mi avvolgono come una coperta calda. Vorrei tanto dirlo a qualcuno, ma ho il terrore delle conseguenze.

«Dovrà riferire a mio padre quello che dirò qui dentro?»

«Assolutamente no. Resterà tra noi, però potrei incoraggiarti a parlarne con lui o con qualcuno che possa aiutarti.»

«Sono incinta?»

«Non posso dirlo con certezza senza fare degli esami.»

Le mie peggiori paure diventano realtà e mi sfugge un singhiozzo. «Si può restare incinta la prima volta?»

«Sì.»

Non è quello che volevo sentire. Da settimane ero tentata di chiederlo a Google, ma avevo paura della risposta. Sono passati anni dalle lezioni di educazione alla salute e non ricordo i dettagli. E poi, prima di tutto questo non avevo bisogno di conoscerli.

«Hai una relazione con qualcuno?»

«Sì, ma lui vive in Spagna.»

Non ribatte, probabilmente nella speranza che io prosegua.

«Questo... Quello che è successo... Non era...» Non riesco a parlare né a respirare per le emozioni che mi chiudono la gola.

«Denise, sei stata stuprata?»

Eccolo. Il momento della verità. Se glielo dico, non sarà più un segreto solo mio e di Ryder. Qualcun altro lo saprà.

Lei continua a descrivermi dei cerchi sulla schiena per calmarmi. «Sei al sicuro. Qualsiasi cosa mi dirai, resterà confidenziale a meno che tu non lo voglia.»

«Do-dovrà riferirlo alla polizia?»

«Solo se vorrai che io lo faccia.»

Dopo un lungo attimo di silenzio, non riesco più a trattenermi. «Sono stata stuprata. Tre settimane fa.»

«Conosci la persona che ti ha aggredito?»

Annuisco. «Andiamo nella stessa scuola.» Non riesco a credere al profondo sollievo che mi pervade alla consapevolezza che qualcun altro sa quello che mi è successo.

«Ed è stata la tua prima volta?»

«S-sì.»

«Mi dispiace molto per quello che ti è accaduto, Denise.»

«Gli amici mi chiamano Neisy.»

«Neisy.» Mi dà altri fazzoletti. «Ti ha fatto del male?»

«Credo di sì. Forse. Ho sentito male per un bel po' di tempo dopo.»

«Mi dai il permesso di visitarti per assicurarmi che tu sia guarita correttamente?»

«Non... non so se ce la faccio.»

«Va bene. Possiamo aspettare.»

«Che... che cosa devo fare?»

«Non posso dirtelo io.»

«Che cosa farebbe lei?»

«Vorrei che la pagasse per quello che mi ha fatto.»

«Non mi crederebbe nessuno. Lui è amico di tutti, un atleta e uno studente coi fiocchi. È rimasto accanto alla sua ragazza mentre lei combatte contro il cancro. Io sono arrivata a scuola l'anno scorso e mi odiano tutti. Sarebbe la mia parola contro la sua.»

«Se sei incinta, il DNA del bambino confermerebbe la tua storia.»

Non ci avevo pensato e, per la prima volta, provo un barlume di speranza di ottenere giustizia per quello che mi è stato fatto. Poi però penso a quello che succederebbe se accusassi Ryder Elliott di stupro e mi faccio piccola piccola per la paura.

«Non posso denunciarlo. Non posso. Sarebbe un incubo.»

«Sei stata vittima di un crimine, Neisy, un crimine che non è stato in nessun modo colpa tua.»

«Le ragazze a scuola diranno che me la sono cercata. Fin dal primo giorno hanno deciso che ero una sgualdrina e da allora hanno detto cose orribili su di me.»

«Mi dispiace che tu abbia dovuto passare tutto questo.»

Mi stringo nelle spalle. «La maggior parte delle volte me ne frego di quello che dicono, perché io so la verità. Ma questo... sarebbe diverso. Sono cresciuti con lui. Lo difenderebbero e direbbero che è impossibile. Mi farebbero passare per una puttana e direbbero che dovevo aspettarmelo.» Al solo pensiero, rabbrividisco.

«Forse sarà così, ma lo costringeresti a difendersi in tribunale. Anche se venisse assolto, questa accusa lo accompagnerebbe per sempre. E potresti scoprire di non essere la sola che ha aggredito.»

Non avevo mai pensato a questa possibilità.

«Oppure potresti essere la prima, ma non l'ultima.»

La bile mi risale dallo stomaco in gola e mi viene da vomitare.

La dottoressa mi allunga il bicchiere e bevo con cautela qualche sorso d'acqua.

Bussano alla porta.

Lei va ad aprire.

«Il padre della paziente chiede se va tutto bene.»

«Digli che ci serve ancora qualche minuto.»

«D'accordo.»

Richiude la porta e vi si appoggia contro. «Se vuoi, possiamo fare un test di gravidanza, così sapremo per certo come stanno le cose.»

«Come funziona?»

«Basta un campione di urina.»

«Ehm, va bene.»

«Prenditi un minuto e poi vieni nel mio ufficio qui di fronte. Intanto preparo il necessario.»

«Posso chiederle una cosa?»

«Quello che vuoi.»

«Se sono incinta, dovrò smettere di prendere i farmaci?»

«No, è sconsigliato.»

«Oh, bene.»

«Sono qui davanti.»

Non appena esce, vado al lavandino e mi bagno il viso con l'acqua fredda. Respiro a fondo per un paio di minuti, apro la porta e la raggiungo.

«Sai come raccogliere un campione di urina?»

Annuisco. «Da piccola ho avuto diverse volte la cistite.»

Mi consegna una salviettina disinfettante e il contenitore. «Il bagno è due porte più avanti, sulla sinistra. Ti aspetto qui.»

Non riesco nemmeno a pensare alla possibilità di essere incinta.

E se Kane non credesse che sono stata stuprata e pensasse che l'ho tradito? Come farò a raccontargli tutto? Mi amerà ancora dopo averlo scoperto? Il pensiero che non mi ami più è insopportabile. Negli ultimi quattro anni, lui è stato la mia roccia e il mio migliore amico. Nonostante ci sia un oceano tra noi, siamo ancora migliori amici.

Lo amo.

Non posso perderlo.

Con le guance rigate dalle lacrime, raccolgo il campione.

Mi lavo le mani e, con un sussulto, scorgo il mio riflesso devastato nello specchio.

Mio padre capirà che è successo qualcosa di terribile.

Una cosa alla volta, Neisy.

Consegno il campione alla dottoressa.

«Mettiti comoda. Torno subito.»

Al suo ritorno, dieci minuti più tardi, capisco dalla sua espressione che il test è positivo.

Con un tuffo al cuore, cedo alla disperazione. «Che cosa faccio adesso?»

«Sta solo a te deciderlo.»

«Come può spettare a me? Non so che diamine fare.»

«Tuo padre potrebbe aiutarti?»

«Morirebbe se sapesse che sono incinta, e poi vorrebbe ammazzare il responsabile.»

«Però non lo farà.»

«Non lo so. Forse.»

«Ho due figlie e, in questa situazione, il mio primo pensiero sarebbe per il loro benessere e mi assicurerei che abbiano tutto il supporto necessario per affrontare la cosa.»

«E se non mi credesse su come è andata?»

«Perché non dovrebbe? Gli hai mentito in passato?»

«Una volta. In quinta elementare. Avevo detto di non essere con alcuni compagni mentre facevano degli scherzi telefonici, ma avevano registrato la mia voce. Ci ha messo un sacco a superare la cosa.»

«Eri molto più piccola. Gli hai più mentito da allora?»

«Mai. Mi ero sentita tristissima per averlo deluso e non voglio che si senta di nuovo così.»

«Di certo avrà visto quanto ti sei sforzata per essere sincera.»

Mi stringo nelle spalle. «Credo di sì. È spesso in missione.»

«E tua madre?»

«Ha dei problemi. Lei, ehm... beve. Parecchio.»

«Capisco.»

«Non le dirà che gliel'ho detto, vero?»

«No. Questa conversazione è confidenziale.»

«Oh, bene. Grazie. Andrebbe fuori di testa. Non le piace parlarne.»

«Vuoi che faccia entrare tuo padre così gli parliamo insieme?»

«Lo farebbe davvero?»

«Certo. Di qualsiasi cosa tu abbia bisogno, Neisy, sono qui per te.»

«Avrà altri pazienti.» Cerco un motivo qualsiasi per evitare di dirlo a mio padre. «La staranno aspettando.»

«Ho chiesto ai miei colleghi di coprirmi mentre ti aiuto.»

Alla sua cortesia, sento tornare le lacrime. «È davvero gentile da parte sua.»

«Nessun problema.»

Di sicuro non è vero, ma apprezzo la sua gentilezza, che mi dà il coraggio di affrontare il passo successivo. «Dovrò pur dirlo a mio padre a un certo punto.» Tanto vale farlo con la dottoressa presente per aiutarmi.

«Lo faccio entrare.»

«Può... può chiedergli di non dare di matto? Non mi aiuterebbe.»

«D'accordo.»

Esce e, dopo pochi minuti, sento delle voci in corridoio, tra cui quella di mio padre.

«Che problema ha?» chiede, alzando il tono.

«Vorrebbe parlarle di una cosa che potrebbe scioccarla e vorrebbe che lei si trattenesse dal reagire fino a quando non le avrà detto tutto.»

«Di che diavolo sta parlando? Dov'è lei?»

«Da questa parte.»

La dottoressa entra seguita da mio padre che, nel vedere il mio viso arrossato e gonfio, si blocca di colpo.

«Neisy, tesoro, che cosa succede?»

«Può sedersi, per favore, capitano Sutton?»

A malincuore, si siede accanto a me e mi prende una mano. «Di qualsiasi cosa si tratti, tesoro, troveremo una soluzione.»

A queste parole, le lacrime mi rigano le guance.

«Tesoro, mi stai spaventando. Che c'è che non va?»

Guardo la dottoressa, che annuisce per incoraggiarmi.

«Qualche settimana fa» esordisco sottovoce, «sono andata a una festa a Land's End con alcuni miei compagni di scuola. Era a casa di Houston. Ti ricordi di lui, al ristorante?»

«Certo che me lo ricordo. È un bravo ragazzo.»

«Sì. Di solito non vado a queste feste perché, beh, lo sai... Però lui è mio amico e avevo voglia di andarci.» Prendo un fazzoletto dalla scatola che la dottoressa spinge verso di me sulla scrivania e mi asciugo gli occhi. «Alla festa, un mio compagno di scuola mi ha detto che voleva parlarmi della sua ragazza, che era in classe con me. Le è molto malata e volevo sapere come sta, perciò l'ho seguito lontano dagli altri e, ehm... Lui ha detto delle cose su come lo guardo, ma non erano vere. Poi mi ha spinto a terra e...»

«Oh, no.» Mio padre esala un lungo sospiro. «Neisy.»

«Mi dispiace tanto, papà.» Sono scossa dai singhiozzi. «Giuro che non ho mai fatto niente per incoraggiarlo.»

Mi stringe tra le braccia tanto in fretta che mi coglie di sorpresa. «Sss, non è colpa tua. Tu non hai fatto niente di male.»

Inspiro il suo profumo familiare e mi godo il calore del suo abbraccio, sollevata che ora lo sappia e che mi creda.

«Chi è?»

«Non voglio dirtelo.»

«Denise ha paura che lei possa fargli del male.»

«Giuro sulla tua vita che non gli farò male fisicamente.»

Non avrebbe potuto dire nulla di più importante. La cosa più importante nella sua vita sono io, e lo so bene. «Ryder Elliott.»

«Il giocatore di football?» È scioccato quanto me quando è accaduto.

«Sì.»

Si rivolge alla dottoressa. «È tenuta a riferirlo alla polizia?»

«Non senza il consenso di Denise, e lei teme che sarebbe la sua parola contro quella di lui. Sono passate settimane.»

«Quindi non ci sono prove.»

«Forse una c'è.» Lei mi guarda in cerca di conferma.

Mio padre si ritrae e mi guarda in faccia. «Quale prova?»

«Sono incinta.»

Non dimenticherò mai l'espressione sul suo viso nell'assimilare questa frase. È completamente sotto shock, come non l'avevo mai visto né prima né dopo.

«Incinta.»

«Sì» conferma la dottoressa. «E, tra la nona e la dodicesima settimana di gestazione, il DNA del bambino potrebbe essere usato per avvalorare la versione di Denise.»

Mio padre si prende la testa tra le mani.

«Mi dispiace tanto, papà.»

Lui si riscuote e mi fissa. «Non dire così. È una cosa che hai subìto tuo malgrado, e me ne occuperò io.»

«Come?»

«Non devi preoccuparti.»

«Sì, invece! È la mia vita. Non puoi fare a modo tuo e tagliarmi fuori.»

«Tanto per cominciare, farò due chiacchiere con il padre di Ryder.»

«Se posso...»

Mio padre guarda la dottoressa.

«Le suggerirei di andare prima alla polizia, ma solo se Denise è d'accordo.»

Si voltano entrambi verso di me.

Ci siamo. Un altro momento della verità. Se renderò pubbliche le accuse, verrò denigrata come mai prima.

Ma che differenza farebbe rispetto al modo in cui mi trattano adesso? Nessuna. L'unico vero amico che ho trovato qui è Houston, ma si è appena laureato ed è stato assunto come agente di polizia alla periferia di Boston. Quando questa faccenda verrà alla luce, non sarà qui ad aiutarmi ad affrontare l'ultimo anno di liceo né tutto il resto.

Spetta a me decidere.

Voglio che Ryder la paghi per quello che mi ha fatto?

Sì, che cavolo.

Mi importa delle conseguenze?

Non quanto dovrebbe.

«Vorrei sporgere denuncia alla polizia.»

«Allora è quello che faremo» sentenzia mio padre.

CINQUE

Blaise
Passato

Sono circa le dieci e mezzo e sono appisolata, quando ricevo una marea di messaggi. Tutti quelli che conosco mi chiedono se ho sentito che Neisy ha accusato Ryder di averla stuprata.

Seduta nel letto, scorro in fretta i messaggi e poi vado su Facebook, dove le nostre compagne di scuola hanno già cominciato a darle della bugiarda.

Ryder non la toccherebbe mai, scrive Brooke in un post particolarmente intenso. *Lo sanno tutti che è innamorato di Louisa e che non ha mai guardato nessun'altra da quando stanno insieme. Neisy sta mentendo. Non credetele. Ryder è innocente!*

Mio fratello non è colpevole di queste vili accuse, scrive Cam. *Non credete a tutto ciò che sentite da persone sempre in cerca di attenzioni. #GiustiziaperRyder*

Fa sul serio? rincara Sienna. *Dev'essere pazza a pensare che lui possa anche solo avvicinarsi a lei. #GiustiziaperRyder*

Le sue parole sono una coltellata al cuore. Lei *sa* che Neisy sta dicendo la verità eppure, nonostante quello che gli ha visto fare, sta prendendo pubblicamente le difese di Ryder.

Mi torna la nausea come quando è successo, soprattutto a mano a mano che altri intervengono con parole crudeli contro Neisy.

La porta della mia stanza si spalanca e Arlo entra con lo sguardo spiritato. «Hai sentito?»

«Sì.»

«Che cosa cazzo crede di fare *quella*?»

«Io, ehm, non lo so.» Vorrei tanto dirgli quello che ho visto.

Per anni, continuerò a chiedermi perché non l'abbia fatto.

In quel momento, non riesco a pronunciare le parole che cambierebbero tutto per noi.

«Spara solo stronzate! Lo sanno tutti quello che lui prova per Louisa. Dio, chissà che cosa starà pensando lei. Hai sentito che andrà in un hospice? Non risponde alle cure e i medici non possono fare più niente per lei. Come se lei e Ryder non avessero già abbastanza a cui pensare.»

Ho un tuffo al cuore. «Non lo sapevo. È terribile.»

«Non so davvero che altro riusciranno a sopportare. Cam dice che il padre di Neisy ha sollevato un pandemonio alla polizia, chiedendo che Ryder venga arrestato.»

«Lo faranno davvero?»

«Non lo so. Ho sentito che forse c'è una prova, ma non ci credo. Non ci crederò mai.» Mi guarda, con il fuoco negli occhi. «Lo difenderemo in ogni modo possibile, cominciando con una manifestazione a scuola domani per chiunque creda a lui. Non permetteremo a una come lei di rovinarlo. Ti passo i dettagli appena li ho.»

Se ne va in fretta come è arrivato, impegnato a sostenere il suo migliore amico.

Corro in bagno a vomitare, come quasi ogni giorno da quella sera. Ho perso sei chili, e non ne avevo affatto bisogno, e mia madre si interroga su che cosa non vada.

Niente va.

Assolutamente niente.

Non so come convivere con quello che so senza poter fare nulla. Se dirò la verità, mi odieranno tutti, compresi mio fratello e la mia ormai ex migliore amica. Non sento Sienna dalla sera in cui mi ha chiamato per ripetermi di tenere la bocca chiusa altrimenti ci sarebbero state delle conseguenze. Meglio, perché trovo rivoltante il suo comportamento, però mi manca avere qualcuno con cui parlare, soprattutto adesso, perché di certo non posso farlo con nessun altro.

Ho pensato di rivolgermi a Teagan. In passato, non molto tempo fa, eravamo legate. Prima che lei decidesse che fare la ribelle era più importante che essere una buona sorella. Adesso mi degna a malapena di uno sguardo ma, se andassi da lei e le raccontassi l'accaduto, voglio credere che mi starebbe accanto.

E se così non fosse? Se si rivoltasse contro di me, mi desse della bugiarda o raccontasse in giro che mi sono inventata una storia folle su Ryder? Che cosa farei?

Non posso correre questo rischio. Mi resta ancora l'ultimo anno di liceo e passarlo come una reietta non rientra nei miei programmi.

In un lampo, torno a pensare a Neisy e a quello che sta passando. Ho di nuovo la nausea. Vorrei essere abbastanza forte per sacrificare me stessa e il rapporto con la famiglia e gli amici; per affrontare i guai in cui finirei se confessassi dov'ero quella sera; per fare la cosa giusta.

Ma non lo sono.

Una brava persona parlerebbe, direbbe la verità a prescindere dalle conseguenze per sé. Mi affrange la consapevolezza di non essere una brava persona come ho sempre creduto. Prima, non avrei mai pensato di poter assistere a un crimine violento senza denunciarlo.

Chissà come mai Neisy ha deciso di sporgere denuncia dopo così tante settimane. Chissà se è successo qualcosa. E come ha fatto a scoprirlo suo padre? Spero che la polizia arresti Ryder. Mi sentirei molto meglio, anche se sarebbe comunque la parola di lei contro quella di lui. Arlo ha parlato di una prova. Mi piacerebbe proprio sapere quale sia.

Nulla mi renderebbe più felice di vederla avere la meglio su di lui.

Tornata in camera, prendo il telefono e leggo i post al vetriolo contro l'estranea che ha accusato di un crimine indicibile uno di noi.

I commenti, al cento percento in favore di Ryder, ricordano l'enorme ruolo che lui ha a scuola e nella nostra vita. È rappresentante di classe fin dalla terza media, per non parlare dei numerosi successi in campo sportivo e scolastico.

È risaputo che sia destinato a fare carriera come ufficiale della Marina.

Chissà se le accuse di Neisy rovineranno i suoi piani.

Teagan bussa alla porta ed entra nella mia stanza. «La conosci la ragazza che accusa Ryder?»

Sono le prime parole che mi rivolge da giorni.

«Non molto. È nella nostra classe.»

«Credi che lui possa averlo fatto?»

Mi stringo nelle spalle, perché ormai ho deciso che non mi posso fidare di lei.

«Con tutto il tempo da cui è malata Louisa, sarà sessualmente represso.»

«È disgustoso, Teagan.»

«È vero. Non mi stupirei se si fosse dato da fare con un sacco di ragazze alle sue spalle.»

«Uno stupro non è come darsi da fare.»

«Quindi pensi che l'abbia fatto?»

«Come faccio a saperlo?»

«Non l'ha fatto, Teagan» strilla Arlo dietro di lei. «E sarà meglio che non te lo senta più ripetere.»

«Datti una calmata, fratellino. Stavo solo chiedendo a Blaise che cosa ne pensa.»

«Non importa quello che pensa la gente. Io lo *conosco*. So la verità. Chiunque dica il contrario è morto per me, capito?»

«Ho capito» dice lei con indifferenza. «Tanto, cosa mi frega? Lui non è niente per me.»

«È il mio *migliore amico* e questa storia potrebbe rovinargli la vita, quindi scusa se a me importa.»

«Che cosa succede?» chiede nostra madre dal corridoio.

Arlo fulmina nostra sorella con lo sguardo. «Teagan spara stronzate su cose di cui non sa nulla.»

«Chiudi la bocca, Arlo. Ho solo chiesto a Blaise se secondo lei è stato lui.»

«E io ti ho solo detto di tacere.»

«Basta così, Teagan. Questa storia ha turbato i tuoi fratelli. Sono amici di Ryder.»

«Io no.» Ci tengo a rimarcarlo con chiunque mi starà a sentire.

Arlo mi fissa, incredulo. «Sei cresciuta con lui, Blaise. Non sarete migliori amici, ma sei obbligata a difenderlo da un'estranea che cerca di rovinargli la vita.»

«Nessuno è obbligato a fare niente, Arlo» sentenzia mia madre. «Tu fa' quel che devi e Blaise farà ciò che vuole.»

«È tutta la vita che predichi che dobbiamo essere leali, mamma.» Arlo è prossimo alle lacrime. «Lui è *uno di noi*. È praticamente cresciuto in questa casa. Come potete dubitare di lui anche solo per un secondo?»

«Non dubito di lui» ribatte lei. «Però non lo conosco bene quanto te, quindi non puoi aspettarti che sia sicura come lo sei tu.»

«Lo conosci! Hai contribuito a crescere lui e Cam come i loro genitori hanno contribuito a crescere me.»

«È vero, ma non ho idea di come si comporti quando i genitori non guardano.»

A queste parole, vorrei darle il cinque, ma lo faccio solo nella mente.

«Non ci credo» esclama Arlo. «Mi avete davvero deluso.»

«Fa' un respiro profondo, Arlo» dice nostra madre. «E prova a pensare perché questa ragazza dovrebbe dire una cosa simile se non è vera. Che cosa ci guadagnerebbe?»

«La vendetta.» Al tono basso e sinistro di Arlo, avverto un brivido lungo la schiena. «La gente la tratta di merda da quando è comparsa a scuola dal nulla e questo è il suo modo di farcela pagare.»

Lo fissiamo tutte e tre sbigottite.

«È una follia» commenta nostra madre. «Così rovinerà la propria vita, oltre a quella di lui. Perché dovrebbe accusarlo di una cosa del genere solo per vendicarsi delle persone che l'hanno calunniata?»

«Perché ha capito quanto lui conti per noi» ribatte Arlo con convinzione. «Se non lo sosterrete come fareste se stesse succedendo a me, allora non ho altro da dirvi.»

Se ne va a grandi passi in camera sua, sbattendo la porta.

«Ha ragione» dice Teagan. «Ryder è cresciuto in questa casa e dobbiamo dimostrargli il nostro sostegno e la nostra lealtà.»

Nostra madre non sembra così sicura, però non dice niente.

Teagan va in camera sua e si chiude dentro.

«Vorrei parlarti» dice la mamma e chiude la porta della mia stanza. «Che cosa succede, Blaise? E non dirmi che non è niente. Sei uscita a malapena se non per andare al lavoro e hai smesso di mangiare. Lo sai come la penso a riguardo.»

Da adolescente ha combattuto contro l'anoressia ed è sempre stata attenta con noi.

«Ultimamente non mi sento in forma» dico. «Non so come mai.»

«Se non ricomincerai a mangiare e a vivere la tua vita, sentirò il dottore. Persino Junie è preoccupata per te. Non permetterò che accada a una delle mie ragazze. Hai capito?»

«Sì. Mi dispiace di darti dei pensieri.» E che anche la mia sorellina si preoccupi per me.

Mi dà un bacio sulla fronte. «Non mi hai mai dato pensieri. Non cominciare adesso, d'accordo?»

Mi sforzo di sorridere. «D'accordo.»

«Ti voglio bene, piccola.»

«Ti voglio bene anch'io, mamma.»

«Adesso dormi. A domani.»

Non appena se ne va, torno a letto a leggere la sfilza di commenti orrendi su Neisy, sulle sue motivazioni, sulla sua reputazione di sgualdrina e qualsiasi altra cosa odiosa la gente pensi di lei.

L'ho sempre saputo che avrebbe fatto una cosa simile, scrive una ragazza cattiva di nome Abby. *Si vedeva lontano un miglio. Ha scelto la compagnia sbagliata da far arrabbiare. Siamo con te, Ryder. #GiustiziaperRyder*

Mi piange il cuore per Neisy.

Quanto vorrei che qualcuno mi dicesse che cosa fare.

Potrei andare dallo psicologo della scuola, ma mi torna in mente una lezione che abbiamo fatto alle medie su questa posizione. Per legge sarebbe obbligato a riferire che ho assistito a un crimine, perciò è fuori questione.

Non c'è nessuno con cui possa parlare che manterrebbe l'informazione confidenziale e, siccome non sopporterei che tutti mi detestassero più di quanto io detesti me stessa, dovrò restare zitta.

Anche se mi sento morire.

Neisy
Passato

Niente in vita mia, nemmeno l'inferno dello scorso anno scolastico, avrebbe potuto prepararmi a quello che succede non appena denuncio l'aggressione alla polizia. Prima ancora che abbia modo di dirlo a Kane, ricevo una marea di messaggi da numeri che non conosco, in cui vengo chiamata con ogni epiteto esistente dalla puttana alla bugiarda e minacciata insieme alla mia famiglia.

Uno mi sprona a uccidermi prima che sia qualcun altro a farlo.

Mio padre riferisce le minacce alla polizia.

Ryder viene convocato per un interrogatorio e rilasciato non appena appare chiaro che sarà la sua parola contro la mia. Nega l'aggressione e sostiene che io ci abbia provato con lui per mesi, ma che gli interessi molto di più la salute in declino della sua ragazza che di andare con un'altra.

Su Facebook impazzano i post su come io l'abbia adescato allontanandolo da Louisa quando lei aveva bisogno di lui, cosa che mi rende ancora più puttana di prima.

I cugini a cui mia madre è più legata, amici degli Elliott, le scrivono per dirle che io e lei siamo morte per loro e chiedono come io abbia potuto inventare una simile bugia su Ryder. Dopo aver ricevuto il messaggio, mia madre è stata ubriaca per giorni.

Io mi sento stranamente distaccata da tutto, come se aleggiassi sopra la mischia e osservassi tutto succedere a qualcun altro. L'unica buona notizia è che mio padre ha accettato di non farmi più tornare al liceo di Hope e sta cercando di iscrivermi nella vecchia scuola in Virginia per l'ultimo anno. Anche se forse non sarà possibile, perché di certo questo casino mi seguirà ovunque andrò.

E poi c'è la questione del bambino che aspetto e che, non appena sarò di nove o dieci settimane, dimostrerà che non ho mentito su quello che mi ha fatto Ryder. Non voglio neanche pensare al procedimento per ottenere il DNA di un bambino ancora in utero.

La notte, ricevo un messaggio da Kane. *Neisy, che cosa cavolo sta succedendo?*

Puoi parlare?

Sì.

Lo chiamo su Skype, così da non pagare.

«Ciao» mi saluta. «Stai bene?»

Adoro il fatto che sia questa la sua prima domanda.

«Sono stata meglio.»

«Neisy... Perché non me l'hai detto?»

È affranto.

Gli occhi mi si riempiono di lacrime, che mi rigano le guance. «Non l'avevo detto a nessuno.»

«Io non sono nessuno.»

«Pensavo che ti saresti arrabbiato.»

«Che cosa? *Perché?* Tu non hai fatto niente di male.»

«Forse sì. Forse l'ho stuzzicato davvero e...»

«No, Neisy. Assolutamente no. È stato lui a farti tutto questo. Ti... cioè, ti ha fatto male?»

«Un po', ma adesso sto meglio. C'è un'altra cosa che devo dirti...» Sto per andare in iperventilazione. «Io, ehm, sono incinta.»

«Oh, tesoro. Oh, no.»

«In realtà, è un bene. Il DNA del bambino proverà che non sto mentendo sull'aggressione.»

«Mi dispiace moltissimo che sia successo proprio a te. Vorrei venire lì e strozzarlo.»

«Non vedo l'ora di vederti, ma senza omicidi» dico tra i singhiozzi. «Tu...»

«Che cosa, tesoro?»

«Mi ami ancora adesso che lo sai?»

«Ti amerò nei secoli dei secoli.»

Sono anni che ce lo diciamo e, nel sentire queste parole, mi si spezza il cuore. «Doveva essere con te» dico tra i singhiozzi. «La mia prima volta doveva essere con te.»

«E lo sarà. Quello che lui ti ha fatto non conta.»

Piango così forte che non riesco a parlare.

«Sss. Va tutto bene. È tutto a posto.»

«No, invece.»

«Si sistemerà tutto.»

Non so se è vero. Ho la sensazione che niente si sistemerà più. «Mi dispiace di non avertelo detto.»

«Non preoccuparti. Eri traumatizzata.»

«Non so se è il momento migliore perché tu venga qui, con tutto questo casino.»

«Proprio per quello è il momento migliore per venire a darti sostegno. Ero così preoccupato. Sapevo che qualcosa non andava e pensavo che avessi incontrato qualcuno che ti piaceva più di me.»

«Non succederà mai.»

«Penso solo a te, voglio solo te e ho bisogno solo di te. Non vedo l'ora di vederti.»

«Anche se sai che sono emotivamente a pezzi?»

«Soprattutto per questo.»

«Ho paura che mio padre si cacci nei guai. È incazzatissimo.»

«Non lo farà. È troppo intelligente.»

«Non lo so... Non l'ho mai visto così agitato. E ce l'ha con mia madre perché non si è accorta di nulla mentre lui era via. L'ho sentito dirle che ne ha abbastanza di lei, dell'alcol e della sua disattenzione. Le ha detto che se non si farà aiutare, e a breve, la lascerà e mi porterà con sé.»

«Be', era nell'aria da un po', no?»

«Credo di sì. È arrabbiatissimo che sia successo quando ero a casa da sola con lei, senza che lei si accorgesse che qualcosa non andava. Hanno litigato un sacco.»

«Mi dispiace che sia un'estate di merda, ma presto sarò lì e farò di tutto per farti stare meglio.»

«Avevo una gran paura che mi avresti odiato.»

«Mai. Ti amo più di prima. Tieni duro. Ne usciremo insieme. Te lo prometto.»

Parliamo un po' della vacanza che ha fatto con la famiglia nel sud della Francia e dei cugini di San Diego che sono andati a trovarlo.

È un sollievo pensare per qualche minuto a qualcosa di diverso dalla mia situazione ma, non appena ci salutiamo, sprofondo di nuovo all'inferno. Mi fa male il seno e ho la nausea. Ho letto che è normale all'inizio di una gravidanza, ma questa gravidanza non ha nulla di normale.

Sento bussare e mi metto a sedere. «Avanti.»

Mio padre entra e richiude la porta. È ridotto uno straccio, come se non dormisse da giorni. Ha il viso tirato per lo stress e un accenno di barba sul mento che solo raramente gli avevo visto. Di solito è sempre rasato e composto, e il suo aspetto mi sconvolge. «Stavi parlando con Kane?»

«Sì. Finalmente gli ho raccontato tutto.»

Si siede in fondo al letto. «Come l'ha presa?»

«È turbato, ovviamente, però è stato carino.»

«Sono contento che ti sostenga. Verrà comunque la settimana prossima?»

«L'idea è quella.»

«Stavo pensando... al bambino.» La sua espressione mi angoscia.

«Che cosa pensavi?»

«Non è giusto che tu sia costretta a tenere un bambino concepito in questo modo. Se preferisci trovare un'alternativa, ti sosterrò qualsiasi cosa tu decida.»

Entrambi i miei genitori sono contrari all'aborto, ma non prenderebbero mai una decisione simile al posto di qualcun altro. Il fatto mi stia paventando questa possibilità è una cosa grossa.

«In quel caso, riusciremmo comunque a verificare il DNA del bambino?»

«Sì, credo di sì. Voglio solo che tu abbia tutte le opzioni. Alla fine, la decisione spetta a te.»

«Grazie del sostegno.»

«Sto male al pensiero che tu abbia affrontato tutto da sola per settimane, Neisy. Avresti dovuto chiamarmi. Sarei tornato subito a casa.»

«Lo so, però mi serviva del tempo per elaborare tutto. Continuo a ripensarci, a cercare il punto in cui lui ha pensato che fosse giusto fare quello che ha fatto. Aveva detto che voleva parlare di Louisa e l'ho seguito, lontano dagli altri. Non avrei mai pensato che...»

La mano calda di mio padre agguanta la mia, fredda. Ultimamente, ho sempre freddo. «Tu non hai fatto niente per incoraggiarlo, e nemmeno per meritare quello che ha fatto. Un vero uomo non aggredisce una donna e non la costringe a fare sesso con lui.»

«Papà...» Mi divincolo perché la stretta alla mano comincia a farmi male.

Me la lascia all'istante. «Scusami, piccola. È solo che sono sconvolto. Vorrei andare da lui e stringergli il collo per fargli vedere quello che succede agli animali che stuprano le donne.»

«Non farlo, ti prego. Lasciamo che sia la polizia a occuparsene. Non mettere a rischio la carriera e la pensione per lui. Non ne vale la pena.»

«Ho sentito che avrà un colloquio all'Accademia navale. Ci penserò io, ci puoi scommettere. In Marina non ci servono quelli della sua specie.»

«Promettimi che non andrai a casa sua.»

Abbassa lo sguardo, come se dentro di sé stesse combattendo una battaglia. «Vorrei ucciderlo per averti fatto soffrire.»

«Lo so, e significa molto per me. Però ti prego, papà, promettimi che non farai nulla che peggiori la situazione.»

«Non farò nulla per fargli male fisicamente» concede dopo una lunga pausa. «Ma farò tutto ciò che è in mio potere per assicurarmi che la paghi per quello che ti ha fatto.»

SEI

Camden
Passato

Ho avuto un giorno intero per metabolizzare la notizia, ma ancora non ci credo. Neisy Sutton ha accusato Ryder di averla stuprata. Come se lui farebbe mai una cosa del genere, soprattutto visto che è innamorato pazzo di Louisa da che tutti hanno memoria.

La polizia l'ha convocato per un secondo interrogatorio.

I miei stanno perdendo la testa. Hanno assunto un autorevole avvocato di Boston che ha consigliato a Ryder di stare alla larga dal commissariato.

«Non dare loro la possibilità di incastrarti facendoti dire qualcosa che non è vero» ha detto l'avvocato non appena è arrivato a casa nostra. «Lascia che alla polizia ci pensi io. Tu resta qui e non parlare con nessuno.»

«Ha gli allenamenti di football» interviene mio padre. «È il capitano della squadra. Non può mancare.»

«Allora va' agli allenamenti» concede l'avvocato. «E poi torna dritto a casa. Non parlare del caso con *nessuno*. Dimmi che hai capito quando dico *nessuno*.»

«Ho capito» conferma Ryder.

«Deve risolvere questa storia» interviene mia madre, isterica. «Che qualcuno possa accusarlo di un crimine tanto orrendo... C'è in gioco il suo futuro.»

«So bene che cosa c'è in gioco, signora Elliott. Farò quel che posso.»

L'avvocato rivede passo passo la sera in questione, segnandosi i nomi degli amici che possono attestare che Ryder era alla festa di Houston, che non si è avvicinato a Neisy e che l'accusa che lei ha mosso è impossibile.

Sono passate settimane dalla festa. È difficile ricordare i dettagli. Da allora, sono successe un sacco di cose: il ricovero di Louisa all'hospice e il conseguente trauma; le uscite con gli amici; i festeggiamenti per il quattro luglio; gli allenamenti di football due volte al giorno.

L'avvocato chiede a Ryder di riferirgli ogni conversazione avuta con Neisy e lui ne ricorda tre, tutte di sfuggita.

«Ci hai mai provato con lei, le hai chiesto di uscire, hai detto qualcosa di inappropriato a lei o su di lei a qualcun altro?»

«No, mai. Ho la ragazza. Stiamo insieme dalle medie.»

Mi piange il cuore per lui e per Louisa, che ha già abbastanza a cui pensare da quando le hanno detto che non c'è più nulla da fare per lei. Non riesco a immaginare la vita senza di lei. Chissà come deve sentirsi Ryder. È stata una notizia devastante, ed è successo prima che la polizia si presentasse alla nostra porta.

L'avvocato se ne va, con la promessa di darci notizie a breve.

I miei sono a pezzi e Ryder è bianco come un cencio e trema.

Con un cenno della testa, gli faccio capire di seguirmi nell'oasi sul retro che i miei hanno creato con tanta cura. Adoriamo stare qui fuori ma, in questo momento, non ci è di alcun conforto. Da quando la notizia è apparsa online, le nostre sorelle più grandi, che vivono in un altro stato, non la smettono di scriverci.

«Che cosa posso fare?» chiedo a mio fratello, il mio amico e confidente più intimo.

«Non lo so.»

«Vuoi qualcosa da bere?»

Scuote la testa. Non beve mai durante la stagione del football, ma c'è una prima volta per tutto.

Ci sediamo sulle sedie di legno intorno al braciere di pietra che ha costruito nostro padre.

«Se ti va di parlare, lo sai che io ci sono sempre.»

«Sì, lo so.»

«Le ragazze avevano ragione su Neisy. Ha portato guai fin dal principio.»

Ryder tiene lo sguardo fisso davanti a sé, ammaliato come se il fuoco fosse acceso.

Soffro per lui. Darei qualsiasi cosa per cancellare questa situazione. Continuiamo a ricevere messaggi che ignoriamo. I nostri amici, scioccati e increduli, stanno facendo cerchio intorno a noi, offrendoci tutto l'aiuto possibile.

Nessuno crede a lei.

Sono cresciuti insieme a Ryder. Lo conoscono. Sanno che non farebbe mai una cosa come quella di cui lei lo accusa.

«Cam.»

«Sì?»

«Devo dirti una cosa.»

«Va bene.»

«Dovrai portarla con te nella tomba.»

«Di che si tratta?»

«Giuramelo. Qualsiasi cosa accada, resterà tra noi.»

«Hai la mia parola.»

Resta zitto a lungo, a tamburellare sull'erba con il piede. «Quello che Neisy ha detto...»

Tutt'intorno a noi cala il silenzio. Persino i grilli tacciono.

Trattengo il fiato, curioso di sapere quello che deve dire e, al tempo stesso, terrorizzato da come cambierà ogni cosa.

«È andata come ha detto lei.»

Nella mente sento un boato, come uno tsunami che mi travolge mentre mi sforzo di assimilare queste parole, le conseguenze, l'orrore...

«No, Ryder. Tu non l'avresti mai fatto.»

«Non ci stavo con la testa. Avevo saputo che Louisa sarebbe finita in un hospice. Dopo tutto questo tempo, dopo la guerra che lei ha combattuto, che *noi* abbiamo combattuto, morirà *comunque*? Avevo bevuto tutto il giorno, da quando me l'avevano detto. Era tutto confuso e Neisy era lì, sai? Lei non piace a nessuno... Non so nemmeno come sia successo. È capitato e basta.»

«L'hai... l'hai stuprata?»

«Non volevo farlo. Lei mi guarda sempre come se io le interessassi, allora le ho chiesto se potevamo parlare e una cosa tira l'altra. Ero come posseduto. Louisa sta così male... è un sacco che non vado con lei. Dimmi che capisci.»

No. Non capisco. Potrebbe avere qualsiasi ragazza. Non ha bisogno di aggredirne nessuna.

«Ti prego, Camden. Dimmi che capisci. Non ero in me dopo aver saputo di Louisa. Sta per *morire*.» Ha un tono disperato, come se avesse perso la ragione, e sta usando il mio nome di battesimo. Non l'ho mai visto così. Lui mantiene sempre il controllo; quello emotivo sono io. «Ho bisogno di te.»

Il peso della sua confessione mi sembra già insostenibile, e lo so appena da pochi minuti. Vorrei tornare indietro a prima di uscire, prima che si confidasse con me. «Perché me l'hai detto?»

«Avevo bisogno che qualcuno lo sapesse. Questa storia mi dà il voltastomaco.»

Anche a me. «Perché l'hai fatto o perché lei è andata alla polizia?»

«Perché è successo!» Si tira i capelli, sconvolto. «Quella ragazza mi fa impazzire fin dal primo giorno che è arrivata a scuola.»

Un'altra cosa che avrei preferito non sapere. «E... e Louisa?»

Rialza lo sguardo su di me, con espressione addolorata e tormentata. «La amo più di qualsiasi cosa o persona e la amerò sempre, ma la malattia... È tanto, non sapere che cosa accadrà e poi scoprire che, dopo tutto quello che ha passato, che *abbiamo* passato, morirà comunque... Ero ubriaco e devastato e ho sbroccato, cazzo. È l'unica spiegazione che ho. Devi aiutarmi, Cam. Non so a chi altro rivolgermi. Il senso di colpa mi sta divorando. Perché ho tradito Louisa. Perché ho fatto del male a Neisy. Perché è successo tutto questo.» Si prende la testa tra le mani. «Non so perché è successo.»

Caccio giù il groppo che sento in gola. Io ho diciassette anni, ma lui ne ha uno di più, perciò per la legge è adulto e finirebbe in galera per un crimine del genere. Non so che farmene di questa informazione né come aiutarlo. Vorrei picchiarlo a sangue per aver fatto una cosa che potrebbe rovinarci tutti. I nostri genitori sono in ansia perché dovranno accendere un'altra ipoteca sulla casa per pagare l'avvocato, oltre all'università per quattro figli. E adesso so che lui ha *davvero* aggredito Neisy... Dio. Deglutisco la bile che mi risale in gola.

«Camden.»

Non mi chiama mai così, e l'ha fatto due volte nel giro di cinque minuti.

Mi costringo a guardarlo. «Che c'è?»

«Aiutami, ti prego.»

Non so che cosa mi prenda. Chiamatela consapevolezza o come vi pare, ma capisco che sono poche le cose nella vita che conteranno più di come mi comporterò adesso. Ryder è mio fratello, il mio più caro amico, la mia anima gemella (per chi ci crede), e farò qualsiasi cosa per proteggerlo.

«Non devi dirlo a nessun altro. A nessuno. Nemmeno a Louisa. Hai capito?»

«S-sì. Va bene. A nessuno.»

Lo guardo dritto negli occhi. «Nemmeno a Louisa.»

«Nemmeno a Louisa.»

«Non devi avere altri momenti di debolezza in cui senti il bisogno di liberarti di questo peso. Per quanto ci riguarda, non è successo niente. Lei sta mentendo. Le ragazze a scuola la odiano e lei ha deciso di pareggiare i conti accusando uno dei ragazzi più popolari di un crimine gravissimo. Nessuno le crederà. Crederanno a te. Ti *conoscono*.»

Mentre parlo, lui annuisce come uno di quei pupazzi con la testa a molla, pendendo dalle mie labbra.

«Dimmi che hai capito quello che devi fare.»

«Devo dire che lei sta mentendo. Che non è successo niente.»

«Non dovrai mai e poi mai cambiare versione.»

Mi fissa negli occhi mentre sigliamo la nostra scellerata alleanza. «Non lo farò.»

«Se senti il bisogno di parlare, vieni da me. Solo da me.»

«Solo da te.»

Allungo la mano, che lui prende e stringe forte, senza staccare gli occhi dai miei.

Qualsiasi cosa accada ora, ci siamo dentro insieme.

SETTE

Blaise
Presente

Con un unico pensiero in testa, guido la costosa macchina a noleggio che ha inciso seriamente sul mio budget sempre tirato. Chissenefrega. Era il modo più rapido per arrivare nel Rhode Island e, comunque, una volta lì mi servirà una macchina. Sapendo che vengo dallo stato più piccolo degli Stati Uniti, la gente mi chiede se usiamo la macchina per spostarci, ma non è mica *così* piccolo.

Pensare a queste banalità mi aiuta a distrarmi dal luogo in cui sono diretta e da quello che ho intenzione di fare non appena arriverò.

Dopo Rye, nello stato di New York, entro in Connecticut e supero Greenwich, Norwich, Stanford, New Haven e New London. A ogni minuto e a ogni chilometro che passano, sono sempre più in ansia.

Non guidavo da tempo. In circostanze normali mi diverte, ma questo viaggio non ha nulla di normale né di divertente.

Alle due, supero il confine con il Rhode Island e premo sull'acceleratore, desiderosa di arrivare a destinazione prima che sia troppo tardi. Non voglio aspettare nemmeno un giorno di più.

Sarebbe un giorno di troppo. È già passato troppo tempo. Non ce la faccio più nemmeno per un secondo, né per un'altra ora, notte o mattina.

Dev'essere oggi.

Prima che perda il coraggio.

Di nuovo.

C'ero quasi riuscita una volta, un paio di mesi dopo l'accaduto, spaventata all'idea di avere un crollo nervoso se non avessi fatto subito la cosa giusta.

Avevo deciso di andare alla polizia di Land's End il giorno dopo per raccontare la verità, e al diavolo le conseguenze. Mi ero rassegnata a una vita da emarginata. Qualsiasi cosa mi pareva meglio del purgatorio in cui ero finita mentre i ragazzi con cui ero cresciuta screditavano Neisy chiamandola con ogni genere di epiteto.

Non ce la facevo più.

Ma poi Louisa morì e non riuscii a farlo.

Mi dissi che ero rimasta zitta per lei, per Louisa; che con il mio silenzio stavo onorando la sua memoria, ma era una stronzata.

L'unica persona che stavo proteggendo ero io.

Lo sapevo allora e l'ho sempre saputo, ogni giorno.

Per quattordici anni, mi sono odiata per aver mantenuto il segreto.

Ma questa storia finirà oggi.

La notizia che Ryder è candidato al Congresso ha cambiato tutto. Mi detesto per non aver agito prima. Non è passato giorno che non abbia pensato a quella sera, a Neisy e a quello che ha passato o a come avrei potuto aiutarla e invece non l'ho fatto, non solo nell'immediato ma nei giorni successivi.

Non ce la faccio più a tenermelo dentro.

Nonostante sia certa che le conseguenze per me saranno devastanti come lo sarebbero state allora (mio fratello è ancora amico di entrambi i fratelli Elliott, che adesso sono sposati e hanno figli e carriere di successo), non mi importa quello che mi succederà.

Voglio bene ad Arlo.

Sul serio. Sto male al pensiero di rovinare il nostro rapporto, in modo forse irreparabile. Detesto il pensiero di creare una spaccatura in seno alla nostra famiglia, che mia madre e i miei fratelli verranno guardati male e io verrò apostrofata, giudicata e denigrata.

Ma non mi importa.

Quando supero il Newport Bridge (non lo chiamerò mai Pell Bridge), scorgo l'isola che è stata la mia casa per i miei primi diciotto anni e vengo travolta da un fiume di ricordi. Ho avuto un'infanzia idilliaca, fatta di lunghe giornate in spiaggia, gite in barca a Narragansett Bay, Natali in famiglia, partite di football, feste e un senso di appartenenza che si prova soltanto nelle piccole cittadine, dove tutti conoscono te e la tua famiglia e i genitori si prendono cura di tutti i bambini, non solo dei propri.

Non appena confesserò ciò che non potrò rimangiarmi, farò a pezzi la cittadina in cui ora Arlo, Ryder e Cam vivono con le loro famiglie. Tramite i social, so che Cam ha sposato Sienna e che hanno quattro figli entro i sette anni di età.

Ryder ci ha messo molto a riprendersi dalla perdita di Louisa e, una volta sfumato il colloquio all'Accademia navale, ha studiato ingegneria alla University of Rhode Island e, dopo la laurea, ha servito otto anni in Marina.

Dopo essere stato congedato con onore, ha ottenuto un importante impiego presso una prestigiosa società di ingegneria a Providence.

E adesso è candidato al Congresso, per rappresentare il distretto in cui siamo cresciuti.

Non se potrò impedirlo.

Mi viene da vomitare.

Con lo stomaco sottosopra per la nausea e il petto e la gola che bruciano, provo una sensazione che mi ricorda quella terribile estate. Ero talmente nauseata da non riuscire a mangiare e persi nove chili. Al rientro a scuola per l'ultimo anno, tutti mi dissero che stavo benissimo e si interrogarono sull'evidente rottura tra me e Sienna, con infinite ipotesi su che cosa fosse successo alle migliori amiche fin dalla terza elementare.

Nessuna di noi due lo rivelò mai.

«La gente si allontana» dissi a mia madre quando mi fece domande a riguardo.

Mi isolai da tutti i miei amici, non andai più alle partite di football o di pallacanestro e stetti per conto mio a scuola e fuori. Mi rifiutai di andare al ballo e salii sul palco il giorno del diploma solo su insistenza dei miei genitori. Non permisi loro di dare una festa per me però, preferendo fare il conto alla rovescia fino al giorno in cui me ne sarei andata una volta per tutte da quel posto.

Arrivata nel dormitorio della NYU, per la prima volta dopo un anno tirai un sospiro di sollievo. Ero sopravvissuta, in qualche modo, e avevo davanti una vita intera in una città in cui potevo sparire tra la folla.

Tuttavia, quando ti trasferisci portando con te un bruciante segreto, in realtà non cambia niente. Anzi, è ancora peggio senza più il contatto quotidiano con le persone che cercavi di proteggere con il tuo silenzio.

Durante il primo semestre, la mia salute ebbe un tracollo. Affrontai dei disordini alimentari e la mononucleosi e per poco non persi l'anno. Se mi ripresi alla fine del semestre e ottenni una media rispettabile fu solo perché il pensiero di tornare a casa mi rivoltava. Ma i problemi di salute non mi abbandonarono e soffrii di fastidiose malattie della pelle e di disturbi alimentari.

Continuai a stare sulle mie, conducendo un'esistenza solitaria.

Mi dissi che era meglio restare isolata, anche se già allora mi sembrava insostenibile.

Nessuno può estraniarsi del tutto dagli altri a lungo andare e così, alla fine, dovetti rientrare nel mondo, anche solo per mantenermi, ma la vergogna rimase sempre con me. La immaginavo come un tumore che non mi avrebbe ucciso ma che mi avrebbe fatto stare male fino a quando mi fosse rimasto dentro.

E, oggi, lo rimuoverò.

Attraverso la cittadina di Hope, oltre gli infiniti muretti di pietra e i campi d'erba dove io e i miei fratelli giocavamo a calcio, lacrosse, baseball e softball. Nella via che porta al quartiere in cui abitava Sienna, provo una fitta di nostalgia per il lontano passato in cui pensavo che un'amicizia come la nostra sarebbe durata per sempre.

Ora so che non è così.

All'imbocco del mio quartiere, lancio un'occhiata di sfuggita ma resto concentrata sulla strada, quella che porta a Land's End, dove confesserò tutto al padrone di casa dell'ormai famigerata festa.

Houston Rafferty è diventato capo della polizia ed è con lui che condividerò la mia storia.

Con nessun altro.

Lo conosco solo di nome, ma confido che farà la cosa giusta con le informazioni che gli rivelerò.

Avevo scordato quanto è lungo il tragitto da Hope a Land's End e tortuosa la strada. Ricordo ancora l'entusiasmo quando i ragazzi di questa remota cittadina si erano uniti a noi per il primo anno di liceo. L'arrivo di cinquanta alunni nella nostra classe fu la cosa più eccitante che ci capitasse da anni.

In confronto a noi, molti erano scalmanati: vivevano in mezzo al nulla e, per venire a scuola, dovevano farsi un'ora di pullman; i loro fratelli maggiori davano le feste più belle e i loro genitori erano estremamente alla mano. Era come se ci si fosse aperto un nuovo mondo, che noi adoravamo. Bastava guardare oltre il fiume per vedere la loro cittadina, eppure pareva che venissero da un altro paese.

Siccome Teagan e Arlo avevano già sperimentato l'afflusso dei nuovi amici, i miei genitori avevano imparato a diffidare di quanto accadeva «laggiù» fino a quando non avevano conosciuto quei ragazzi e le loro famiglie. Io avevo qualche amico a Land's End, ma non eravamo molto legati. Difficile a credersi, ma la prima festa a cui partecipai «laggiù» fu la sera che cambiò per sempre la mia vita.

Non ci torno da allora. Tutta sudata e con lo stomaco sottosopra, il GPS mi guida sempre più vicino al commissariato e all'appuntamento con il destino.

Parcheggio davanti alla stazione di polizia e, per un quarto d'ora abbondante, resto seduta a fissare l'edificio dipinto di un giallo allegro, con le imposte blu e alcuni vasi di fiori. Non sembra un commissariato, anche se non sono certo un'esperta in materia.

Scendo dalla macchina e mi avvio all'ingresso principale, dicendomi che andrà meglio non appena avrò condiviso questo fardello con qualcuno che possa fare qualcosa.

Non posso saperlo, però.

Forse rivelare il segreto peggiorerà le cose.

Com'è possibile?

Niente può essere peggio che tenersi dentro questa terribile informazione per quattordici, lunghi anni.

Apro la porta ed entro, decisa a farla finita. Qualunque siano le conseguenze, sono pronta ad accettarle pur di liberarmi di questo peso enorme.

«Posso aiutarla?» mi domanda una giovane agente.

«Vorrei vedere il comandante Rafferty, per favore.»

«È già andato via. Tornerà domattina alle otto.»

«Ho bisogno di vederlo oggi. È una questione urgente.»

«Può dirmi il suo nome?»

Mi inumidisco le labbra. Ci siamo: o la va o la spacca.

«Mi chiamo Blaise Merrick e vorrei denunciare un crimine.»

OTTO

Neisy
Passato

Con l'arrivo di Kane, le cose vanno meglio. Consapevole della mia precaria salute mentale, mio padre non si oppone al fatto che Kane dorma nella mia stanza, cosa che sarebbe stata impensabile prima dei recenti avvenimenti. Stare tra le braccia del mio ragazzo mi strappa all'inferno delle ultime settimane. Da quando le accuse contro Ryder sono diventate di pubblico dominio, ho dovuto cancellarmi da Facebook ed evitare internet per via della crudeltà nei miei confronti.

Hope Times e altre testate locali hanno pubblicato in prima pagina una foto di lui all'udienza in cui gli hanno contestato i capi d'accusa, che è avvenuta solo su insistenza di mio padre, visto che per il procuratore tutto si riduce alla mia parola contro la sua. Spetterà al giudice stabilire se procedere con un processo.

Nell'articolo, si menzionava che la sua fidanzata storica, Louisa Davies, era da poco stata ricoverata in un hospice dopo una lunga battaglia contro un linfoma di Hodgkin. L'inclusione di questo dettaglio mi ha fatto infuriare. Che cosa c'entra con il fatto che lui mi ha stuprato? Persino la stampa sta prendendo le sue difese, o almeno così sembra.

«Facciamo un viaggio e andiamocene per un po' da qui» propone Kane nel cuore della seconda notte nel mio letto. Chi l'avrebbe mai detto. Pensavo che avremmo passato la notte insieme non prima dell'anno prossimo, all'università. «Hai bisogno di staccare da questa follia.»

«È l'idea migliore che abbia mai sentito. Dove possiamo andare?»

«Saliamo in macchina e partiamo. Ci penseremo strada facendo.»

«Mi andrebbe proprio.»

«Bene. Allora partiremo domani.»

«Mi dispiace che questa vacanza non sia come l'avevamo sperata.»

Mi accarezza la schiena. «Non hai motivo di scusarti. Per essere felice, ho bisogno solo di te.»

«Anch'io.» Poso la testa sul suo petto e mi addormento cullata dal battito del suo cuore. Mi sveglio dopo un po' per un certo trambusto al piano di sotto. Qualcuno sta bussando con forza alla porta e mio padre scende di corsa le scale.

«Che cosa succede?» chiede Kane.

«C'è qualcuno alla porta.»

La sveglia sul comodino indica le tre e dieci.

Mi alzo e vado a vedere.

Qualcuno sta urlando contro mio padre. «Che cosa sta facendo? Gli *rovinerà la vita*! Non le interessa che sua figlia stia *mentendo*? Mio figlio non ha bisogno di stuprare nessuno. Potrebbe avere tutte le ragazze che vuole!»

«Se ne vada prima che chiami la polizia» dice mio padre in un tono freddo che non gli ho mai sentito usare.

«La *prego*.» Il signor Elliott è quasi in lacrime ora. «Da padre a padre. Non possiamo trovare una soluzione? Sono i soldi che volete? Posso darvi dei soldi.»

«*Se ne vada*» ripete mio padre.

Kane mi raggiunge da dietro e mi mette una mano sulle spalle, facendomi trasalire.

«Tranquilla, tesoro. Sono io.»

Mi rilasso contro di lui, con il cuore che batte come un martello pneumatico.

«Non le permetterò di rovinargli la vita! La rovinerò a lei prima che ci riesca. È una bugiarda! Lo dicono tutti quelli che la conoscono. Possiamo farla finita adesso, da padre a padre.»

«Chiamo la polizia» dice Kane.

Vorrei impedirglielo, perché peggiorerebbe soltanto le cose, ma temo che il signor Elliott possa fare del male a mio padre.

Nel giro di pochi minuti, la nostra via si riempie di macchine con i lampeggianti rossi e blu accesi.

Mentre lo portano via, il signor Elliott urla delle oscenità. «È una bugiarda di merda! Mio figlio non l'ha toccata!»

Mi accorgo delle lacrime solo quando Kane mi prende tra le braccia. «È tutto a posto, tesoro. Adesso se n'è andato.»

«Non tornerà mai più tutto a posto.»

«Sì, invece. Faremo in modo che accada.»

«Come?»

Mio padre sale le scale, con una maschera di rabbia in viso. «Mi dispiace che abbiate sentito tutto. Quell'uomo non vuole credere che il suo prezioso figliolo sia capace di una tale atrocità.»

«Vorrei portarla via» dice Kane. «Subito.»

«Dove andrete?» s'informa mio padre.

«Lontano da qui.»

Mio padre è visibilmente sconvolto.

Mia madre probabilmente ha dormito per tutto il tempo, annebbiata dall'alcol. Le invidio la capacità di estraniarsi dal mondo che la circonda. Se non avessi visto da vicino la fine che comporta, forse quest'estate comincerei a bere anch'io.

«Mi sembra una buona idea. Partite e basta. Al resto penseremo poi.»

«Dovrebbe prenotarci una camera d'albergo» aggiunge Kane.

Mio padre si passa una mano tremante nei capelli. «Penserò a qualsiasi cosa vi serva. Neisy ha la mia carta per le emergenze, e questa lo è di certo.»

«Non posso tornare qui, papà.»

«Lo so. Escogiteremo un piano. Tu non preoccuparti di niente.»

Mi abbraccia. «Ne usciremo insieme. Te lo prometto.»

«Voglio restare con lei» interviene Kane. «Ho raccontato ai miei quello che è successo. Se lei parlasse con loro, capitano Sutton, potremmo convincerli a farmi frequentare l'ultimo anno insieme a Neisy. Dovrebbero comunque tornare negli Stati Uniti per Natale e non erano convinti di farmi trasferire a metà anno. Con il suo appoggio, probabilmente mi lascerebbero restare.»

«Parlerò con loro. Troveremo una soluzione.»

Il mio cuore fa i salti di gioia al pensiero che Kane resti con me per il prossimo anno scolastico. Quello che prima mi intimoriva, adesso mi sembra fattibile.

«Andate a fare le valigie. Voglio che Neisy se ne vada da qui.»

Nessuno lo vuole più di me.

In mezz'ora, io e Kane prendiamo vestiti per ogni temperatura, dai costumi da bagno alle felpe. Tanto vale divertirci mentre siamo in viaggio, mi ha detto lui, e non potrei essere più d'accordo.

Mentre ci allontaniamo da casa alle quattro e mezzo di notte, non mi volto mai indietro. Spero di non tornare più in questo posto, se non per testimoniare contro Ryder quando verrà il momento. Non vedo l'ora di quel giorno. Farò tutto il possibile per assicurarmi che abbia quel che si merita, anche se al solo pensiero di testimoniare mi tremano le gambe e mi sudano le mani. Se non tornerò però, forse non rivedrò più i miei amati nonni. Per fortuna, ci sono un sacco di modi per tenersi in contatto. Ho insegnato loro a usare un iPhone e mandano messaggi da morire dal ridere.

Mia madre ha spiegato loro con delicatezza quello che sta succedendo e, nonostante siano devastati per me, mi hanno dato un gran sostegno.

Kane mi prende la mano. «Fa' un respiro profondo, tesoro. Respira.»

«Grazie per questa fuga. Non sai quanto avessi bisogno di te.»

«Adesso sono qui e non ti lascerò più. Qualsiasi cosa accada, ci siamo dentro insieme.»

«Dovremmo... parlare del bambino.»

«Non c'è bisogno di farlo ora. Andiamocene da qui. Avremo tutto il tempo di affrontare gli argomenti difficili.»

Gli stringo la mano e, per la prima volta da quando siamo stati svegliati dal signor Elliott, tiro un sospiro di sollievo. Se non sapranno dove sono, non potranno toccarmi.

O almeno, credo.

Cam
Passato

La lettura dei capi d'accusa a mio padre e mio fratello è surreale. Ryder è accusato di aggressione sessuale di primo grado e mio padre di molestie nei confronti della famiglia di Neisy. Non riuscivo a crederci quando mi ha chiamato dalla prigione perché prelevassi dei soldi e gli pagassi la cauzione.

In piedi davanti al giudice, Ryder è pallido e tirato in viso. È accusato di un reato grave, punibile con più di quindici anni di carcere. Probabilmente ora ci sarà un'udienza tra un mese, durante la quale il procuratore presenterà il caso, si potranno sentire dei testimoni e il giudice stabilirà se ci sono prove sufficienti per procedere con un processo.

A preoccuparmi è la questione della prova. E se Neisy avesse fatto un kit dello stupro o conservato i vestiti o potesse in qualche modo collegare Ryder e il suo DNA a lei?

Questi pensieri mi tengono sveglio la notte, mentre rifletto sulla seria possibilità che mio fratello finisca in prigione. Doveva andare all'Accademia navale e, adesso, potrebbe trascorrere gran parte della vita dietro le sbarre se Neisy riuscirà a convincere il giudice e la giuria che lui l'ha stuprata. Da quando so come è andata davvero, penso a lei quasi quanto a lui.

Come ha potuto Ryder fare una cosa simile dopo che siamo stati cresciuti per rispettare le donne e trattarle come vorremmo che venissero trattate le nostre sorelle?

Le ultime settimane sono state le peggiori della mia vita e temo che sia soltanto l'inizio.

Sienna mi prende la mano.

Mi ero scordato che si è presentata in tribunale per darmi il suo sostegno senza avvisarmi. Le avrei detto di non venire.

Secondo me, è qui soprattutto per essere in prima fila con i dettagli più scabrosi.

Sarà anche ingiusto nei suoi confronti, ma non mi interessa. Non mi interessa niente a parte tirare fuori mio fratello da questa orribile situazione, e adesso pure mio padre.

Quando viene il suo turno, si dichiara non colpevole del reato minore di molestie. L'avvocato ci ha detto che, siccome la polizia l'ha arrestato davanti a casa di Neisy alle tre di notte, probabilmente verrà condannato.

La testimonianza del capitano Sutton, rispettato ufficiale della Marina, avrà un certo peso per il giudice.

Dopo l'arresto, mio padre è stato sospeso dal lavoro senza stipendio, proprio nel momento peggiore possibile. Le parcelle dell'avvocato di Ryder si accumulano e adesso ci sono anche quelle per lui. Nel suo caso, la pena va da una multa di cinquecento dollari a un anno di carcere, oppure entrambe le cose.

Con la nostra solita fortuna, i media dello stato si sono interessati al caso della giovane che ha accusato di stupro il brillante atleta e studente la cui ragazza storica sta morendo di cancro. Visto da fuori, sembra il copione di un film.

Per noi, è un incubo che ha inglobato quasi ogni momento della giornata.

All'uscita dal tribunale, veniamo accerchiati dai giornalisti che vogliono una dichiarazione di Ryder, di mio padre o persino mia. Non riesco a credere che uno mi chiami per nome, come se ci conoscessimo, per sapere se sosterrò mio fratello.

Vorrei mandarlo a fanculo.

Invece, stringo più forte la mano di Sienna e vado alla mia Jeep. Penseremo poi alla sua macchina.

Ryder sale sul sedile posteriore.

Durante il tragitto verso casa, cala un silenzio carico di stress.

Darei qualsiasi cosa per tornare alla sera della festa di Houston e restare appiccicato a Ryder, per assicurarmi che non sgattaioli via insieme a Neisy e non commetta un reato.

Ho pensato e ripensato a quella sera e non ricordo né lui né Neisy che lasciano la festa. C'erano un sacco di persone. Centinaia. Era impossibile controllare quello che facevano tutti. La polizia sta parlando con tutti i presenti. Se anche uno solo di loro dirà di aver visto Ryder allontanarsi con lei, seguirla o aver fatto qualsiasi cosa con lei, siamo fottuti.

Lancio un'occhiata a mio fratello nello specchietto retrovisore. Sta guardando fuori dal finestrino. «Stai bene, Ry?»

«Come no, mai stato meglio.»

«Lei dovrà portare delle prove» esclama Sienna. «Come farà?»

Non sapendo come rispondere, restiamo zitti.

Siamo troppo impegnati a pregare che Neisy non abbia alcuna prova.

NOVE

Neisy
Passato

Questi giorni con Kane sono una manna dal cielo. Dopo l'inferno delle ultime settimane, ne avevo davvero bisogno. A parte chiamare mio padre una volta al giorno, non guardo nemmeno il cellulare.

Siamo sulle sponde di un lago nel nord dello stato di New York, dove mio padre ci ha affittato un piccolo bungalow sulla spiaggia. Un'altra cosa che qualche mese fa sarebbe stata impensabile per lui ma, d'altra parte, di che cosa dovrebbe preoccuparsi dopo che sono stata stuprata e messa incinta da un compagno di scuola?

Kane ha fatto scorta di beni di prima necessità, così da non doverci muovere. Non mi va di vedere nessuno, ancora scottata dagli eventi che ci hanno spinti a venire qui.

Stento ancora a credere che il signor Elliott si sia davvero presentato a casa nostra per affrontare mio padre.

Per fortuna, lui ha mantenuto la calma e non si è cacciato nei guai.

Mi ha detto che il signor Elliott è stato accusato di molestie o qualcosa del genere.

Di sicuro, tutti mi daranno la colpa anche di questo.

Di ritorno da una corsetta, Kane mi trova su una delle sedie di legno affacciate sul lago pittoresco. Mi dà un bacio sulla guancia. «Come va?»

«Bene.»

Faccio fatica ad abituarmi alla nausea e alla stanchezza. Non sono abituata a stare male e a sentirmi stanca tutto il tempo.

«Vado a fare una nuotata e poi dobbiamo parlare.»

«Perché? È successo qualcosa?»

«Non che io sappia, però dobbiamo prendere delle decisioni.»

Riguardo al bambino.

Nelle due settimane da quando siamo partiti, abbiamo girato intorno all'argomento senza decidere nulla. A breve, la gravidanza sarà abbastanza avanti per aiutarmi a dimostrare che Ryder mi ha stuprato.

All'inizio di settembre, cominceremo l'ultimo anno nel liceo nella contea di Fairfax che frequentavo prima e, con mio grande sollievo, i miei amici sono entusiasti che torni. Sanno quello che mi è successo e che dovrò testimoniare contro Ryder, ma si sono dimostrati solidali e preoccupati per me.

Sono sollevata anche di essermene andata dalla cittadina in cui ero infelice già da tempo prima dell'aggressione. Se potessi rifare tutto, andrei da mio padre e lo implorerei di ritirarmi da quella scuola prima di questo epilogo disastroso. Prima che andassimo alla polizia e partisse la gogna su Facebook, lui sapeva che non ero felice, ma non fino a che punto.

Adesso lo sa ed è affranto per quello che ho dovuto sopportare senza alcun aiuto. È ancora più arrabbiato con mia madre e le ha dato un ultimatum: o smette di bere e va in riabilitazione o lui chiederà il divorzio. È imbestialito che lei non si sia accorta che mi era capitato qualcosa di terribile e, se non ci saranno dei cambiamenti, non rimarrà con lei.

Spero davvero che lei lo ascolti. Anche se so che l'alcolismo è una malattia, sta sprecando la sua vita bevendo fino a perdere i sensi. Vorrei essere più comprensiva nei suoi confronti, però vorrei anche avere di nuovo una madre. Chissà se resterà nel Rhode Island o se ci seguirà in Virginia. Il fatto che non mi importi la dice lunga su quanto ci siamo allontanate negli ultimi anni.

«Possiamo parlarne?» mi chiede Kane e mi rendo conto che avevo la mente da un'altra parte.

«Non oggi. Non mi sento molto bene.»

«Che cos'hai?»

«Non so perché, ma mi fa male la schiena e non sono in forma.»

«Vuoi andare a sdraiarti?»

«Preferisco uscire in barca.» Il bungalow ne ha una di legno a remi che abbiamo usato quasi ogni giorno da quando siamo arrivati. È rilassante galleggiare sull'acqua con l'unico pensiero di che cosa mangiare per cena.

«Lo preparo io il picnic oggi.»

Di solito spetta a me. «Grazie.»

«Non c'è bisogno che mi ringrazi.»

«Sì, invece. Hai messo la tua vita in pausa per venire qui, scappare senza una meta e starmi accanto in questo inferno. Sono in debito con te.»

Si accovaccia vicino a me e mi prende una mano. «Ti amo, Neisy. Ti amo da così tanto tempo che non ricordo neanche come fosse *non* amarti. Starti lontano era una tortura. Per quanto detesti quello che ti è successo e tutto il dolore e la preoccupazione che stai affrontando, sono contento di essere di nuovo con te e di sapere che non ti lascerò mai più.» Mi bacia il dorso della mano. «Quindi no, non sei affatto in debito con me.»

Prima che possa ribattere a queste dolci parole che mi fanno venire un nodo in gola, lui si alza ed entra nel bungalow.

Siamo stati fortunati a incontrarci così presto. I nostri genitori ci avevano messo in guardia dall'impegnarci seriamente alla nostra giovane età, ma noi non li siamo stati a sentire. Siamo certi dei nostri sentimenti e non ho il minimo dubbio di voler passare con lui il resto della vita. La consapevolezza che sia lo stesso per lui è la ricompensa più grande.

Dopo qualche minuto, Kane torna con il cesto per il picnic che abbiamo trovato in un armadio, due felpe, degli asciugamani e la borsa con la crema solare e l'e-reader che i nonni mi hanno regalato per Natale. Kane mi prende in giro che amo più quell'aggeggio di lui. Da quando ho imparato a leggere, i libri sono il mio passatempo preferito ma, nelle ultime settimane tumultuose, non avevo la concentrazione per fare niente, nemmeno la mia attività preferita. Questo posto però mi ha aiutato a placare la mente e ora posso di nuovo godermi il piacere della lettura.

Kane mi aiuta a salire sulla barca, le dà una spinta e salta a bordo mentre ci allontaniamo dalla riva.

I cuscini e l'ombrello sono dove li ho lasciati ieri.

Confortata, mi rilasso e mi godo lo spettacolo dei suoi muscoli mentre rema.

Kane è stupendo, con i capelli scuri lisci come seta, la carnagione olivastra, gli occhi marroni e la pelle liscia. Gli dico sempre che non è giusto che lui non abbia nemmeno un'imperfezione mentre io combatto con l'acne da quando avevo tredici anni. I farmaci mi aiutano, mentre lui non ha alcun problema.

Sarebbe una giornata perfetta se la schiena non mi facesse tanto male. Quanto vorrei prendere dell'ibuprofene come al solito, ma ho letto che è meglio non assumerlo quando si è incinta. Non farei mai nulla che possa nuocere a un bambino innocente, ecco perché ho più o meno deciso di portare a termine la gravidanza e di darlo in adozione. Non l'ho ancora detto a Kane, ma lo farò presto.

Kane rema a lungo, fino a quando il bungalow è solo un puntino in lontananza. Il sole è caldo, l'aria è frizzante e il lago è placido e calmo.

«È davvero bello qui» dico dopo un lungo silenzio.

È una delle cose che più mi piacciono con lui: siamo così felici insieme che non abbiamo bisogno di riempire costantemente il vuoto facendo conversazione.

«È vero. Dovremmo tornarci ogni estate, a meno che non ti ricordi qualcosa che preferiresti dimenticare.»

«Sto molto meglio da quando siamo qui. Mi piacerebbe tornarci.» Mi dimeno sui cuscini, in cerca di una posizione più comoda per il dolore sempre più intenso alla schiena.

«Che c'è che non va?» s'informa Kane.

«È solo questo strano mal di schiena che non fa che peggiorare.»

«Perché non me l'hai detto prima?»

«Pensavo fosse uno strappo muscolare o qualcosa di simile, ma...»

Piegata in due, avverto una fitta acuta che si irradia verso il davanti togliendomi il respiro e sento del liquido colarmi tra le gambe.

Kane molla i remi e viene verso di me. «Neisy, perdi sangue!»

«No! Il bambino!»

Se lo perdo, perderò anche la prova che Ryder mi ha stuprato.

«Torno a riva.»

Rema come un campione olimpionico, fermandosi solo per prendere di tasca il telefono. «Cavolo, non c'è campo.» Riprende a remare.

Il dolore è incredibile. Non ho mai provato niente di simile, nemmeno per l'appendicite a dieci anni.

«Stai bene, Neisy?»

«Oh...» Non riesco a mettere insieme un pensiero coerente.

Il fondo della barca è pieno di sangue.

Più vicini a riva, Kane riprova con il telefono. «Grazie al cielo prende.»

L'ora successiva è confusa. Vengo caricata su un'ambulanza con Kane al mio fianco e portata in ospedale. Vorrei ricordargli che ci serve il DNA del bambino per far condannare Ryder, ma non riesco a parlare per via del dolore lancinante. A un certo punto, perdo i sensi e mi risveglio in una sala dalla forte luce e circondata di gente. Dov'è Kane? Vorrei chiedere di lui, ma non ci riesco. Non riesco a fare niente a parte sentire questo dolore insopportabile.

Quando un ago mi penetra nella mano, mi accorgo a stento della puntura, ma il sollievo è immediato.

Ho le palpebre pesanti. Non riesco a tenerle aperte.

Quando le riapro, sono in una stanza semibuia.

Kane è qui, seduto accanto al letto, e mi tiene per mano.

Mi inumidisco le labbra, tanto secche che mi sembrano carta vetrata. «Che cosa è successo?»

«Hai avuto un aborto spontaneo.»

«Oh.»

«Hai perso molto sangue. Hanno dovuto farti una trasfusione.»

Cerco di metabolizzare le sue parole, ma è come se avessi il cervello di bambagia. Nulla ha senso.

«Mi hai fatto spaventare.»

«Scusami» sussurro.

Mi accarezza il viso e mi scosta i capelli dalla fronte. «Non devi scusarti.»

«Potrò...» Mi sforzo di metterlo a fuoco. «Potrò ancora avere figli?»

«Certo.»

Il mio sospiro di sollievo si trasforma in un singhiozzo, che arriva dal profondo di me. Il bambino che non volevo non c'è più. Dovrei essere rincuorata, invece mi sento a pezzi per la perdita di un astante innocente in questa tragica situazione. Le lacrime mi solcano le guance.

Kane si siede sul bordo del letto e le asciuga con un fazzoletto.

«Non so perché piango.»

«Hai vissuto un trauma.»

«Hai chiamato mio padre?»

«Non ancora. Ho pensato fosse meglio che sia tu a farlo, così sentirà la tua voce.»

«Grazie del pensiero.»

«Figurati.»

Ho un'altra domanda, la più importante. «Sono riusciti a prendere il DNA del bambino?»

«No, tesoro. Quando siamo arrivati, era troppo tardi.»

La delusione è straziante. Senza la prova del DNA del bambino, come farò a farla pagare a Ryder per quello che mi ha fatto? Sarà la mia parola contro la sua e, visto quanto è popolare, crederanno a lui. In confronto, io non sono nessuno. Forse è per questo che ha scelto di aggredire me. Sapeva di potermi schiacciare in ogni senso.

Kane si sdraia accanto a me e mi abbraccia mentre piango. «So che al momento non sembra, ma ti riprenderai. Te lo prometto.»

Profuma di aria fresca e di crema solare.

Noto che anche lui sta piangendo e mi ritraggo per guardarlo, sconvolta dalla sua espressione devastata. «Kane...» Gli asciugo le lacrime. «Che c'è?»

«In pronto soccorso c'era un'infermiera... è stata davvero carina. Ha... ha detto che siamo giovani e che potremo riprovarci. Che avremo un sacco di bambini quando saremo pronti.»

«Oddio. Mi dispiace tanto.» Ovviamente quella donna ha pensato che il bambino fosse nostro. Perché non avrebbe dovuto?

«È vero, sai. Siamo giovani e ci riprenderemo e avremo tanti bambini e una vita felice. Non permetteremo che questo rovini tutto, hai capito?»

«Sì, ho capito.»

«Per quanto sia brutta la situazione, ne usciremo insieme e più forti.»

«Spesso mi chiedo come possa essere così fortunata da averti incontrato tanto presto e da sapere di voler stare con te per sempre, a prescindere da tutto il resto.»

«Lo stesso vale per me, tesoro. Siamo fortunati, e continueremo a esserlo.»

Mi stringe il più forte possibile a sé. Non c'è altro posto in cui vorrei stare. Come sempre, averlo accanto mi fa sentire molto meglio di come starei senza di lui. Quando mi dice che andrà tutto bene, gli credo.

Il giorno dopo, mio padre mi chiama per sentire come sto dopo che mi hanno dimessa, con l'ordine di stare a riposo per le prossime quattro/sei settimane. Ieri sera gli abbiamo scritto per informarlo, ma non mi andava di parlare e gli ho chiesto di aspettare fino a oggi.

«Come ti senti, tesoro?»

«Stanca e dolorante ma, per il resto, bene.»

«Mi dispiace che tu abbia dovuto affrontare un altro trauma.»

Sta piangendo, e la cosa mi distrugge. Mio padre è la persona più forte che io conosca e detesto sentirlo a pezzi per colpa mia. «Sto bene, papà. Te lo giuro. Ma che cosa succederà adesso che non possiamo usare il DNA del bambino per dimostrare l'aggressione?»

«Non lo so. Più tardi devo chiamare il procuratore per aggiornarlo.»

«Voglio comunque testimoniare contro di lui. Anche se perderemo, voglio che la gente sappia quello che mi ha fatto.»

«Glielo riferirò. Sono sbalordito, Neisy. Sono davvero fiero di te.»

«La determinazione l'ho presa da te.»

«Forse, ma alla tua età non ero forte come te.»

«Cos'è che mi dici sempre? Che la gente si fa avanti quando è costretta? È quello che sto facendo.»

«Sono davvero fiero.»

«È l'unica cosa che conta per me. Lo sai, vero?»

«Sì, piccola, lo so. Vuoi che ti raggiunga?»

«Non ce n'è bisogno. Stiamo bene. Kane si prende cura di me al meglio.»

«Ringrazialo da parte mia.»

«Lo farò. Come sta la mamma?»

«Non beve da una settimana ed è andata a una riunione degli alcolisti anonimi con la signora Dalton. La conosci?»

«La vicina che vive in fondo alla strada?»

«Sì. Tua madre ha scoperto che sta seguendo un programma e l'ha contattata e lei si è offerta di accompagnarla alla prima riunione e di farle da sponsor.»

«Sta facendo dei progressi.»

«Direi di sì. Vedremo se funzionerà senza che si ricoveri da qualche parte.»

«Lo spero.»

«Anch'io.»

«La ami ancora, papà?»

«È una domanda complicata. Se me l'avessi chiesto prima di tutto questo, ti avrei detto di sì. Adesso... non lo so. Sono furioso che ti abbia lasciato soffrire in silenzio per settimane dopo l'aggressione. Come ha potuto *non* capire che ti era capitato qualcosa di tanto orribile?»

«È malata. Non gliene faccio una colpa, e non dovresti nemmeno tu.»

«Ci sto provando. La signora Dalton mi ha suggerito di andare a una riunione per i famigliari degli alcolisti e ci sto pensando. Ne ho sentito parlare bene.»

«Dovresti provare. Male non può fare, no?»

«L'ha detto anche la signora Dalton. Più tardi fammi sapere come stai.»

«D'accordo. Grazie della chiamata.»

«Ti voglio bene, tesoro. Spero che tu lo sappia...»

«Certo. L'ho sempre saputo. Ti voglio bene anch'io.»

«Come se la cava?» s'informa Kane mentre mi porta una tazza di tè.

Mi tiro su a sedere sul divano. «Grazie. Sta bene. È sgomento, ovviamente. Direi che è la parola giusta per descrivere questa estate. Sgomento.»

«Io preferisco resilienza, coraggio o ispirazione.»

Nonostante lo pensassi impossibile oggi, riesce a farmi sorridere.

«È strano se, nonostante tutto, sono triste per il bambino?»

«È comprensibile. Non c'entrava niente con questa storia e si merita che qualcuno pianga per lui o lei.»

«Mi aiuta sapere che mi capisci.»

«È così. Anch'io sono triste, e non solo perché il bambino ti avrebbe aiutato a ottenere giustizia.»

«Adesso sarà molto più complicato.»

«Puoi solo dire la verità e sperare per il meglio.»

Al pensiero di come sarà salire sul banco dei testimoni contro Ryder, mi irrigidisco tutta.

«Non pensarci adesso.» Ormai dovrei sapere che riesce sempre a leggermi nella mente. «Avrai tutto il tempo per prepararti. Adesso, devi riposarti e guarire. Va bene?»

Incrocio il suo sguardo, colmo di premura e di amore. Tanto amore. «Va bene.»

DIECI

Neisy
Passato

Due settimane dopo l'aborto spontaneo, io e Kane torniamo nel Rhode Island per un'udienza. L'avvocato di Ryder ha presentato una mozione perché le accuse cadano per mancanza di prove fisiche e la giudice incaricata del caso ha chiesto a entrambe le parti di essere presenti per rispondere ad alcune domande.

Dopo di che, andremo in Virginia, nell'appartamento in cui vive mio padre, che sta cercando una casa da affittare nel nostro vecchio distretto scolastico per l'ultimo anno di liceo.

Non so ancora se mia madre verrà con noi, ma non faccio domande. Mi basta non dover tornare a scuola nel Rhode Island.

Kane teme che io non sia abbastanza forte per l'udienza.

Dovrò raccontare quello che è successo in pubblico, davanti a Ryder, alla sua famiglia e ai suoi amici. Al pensiero di rivederlo, mi sento male come dopo l'aborto ma, se non mi presenterò, lui la farà franca.

La decisione dipende interamente dalla giudice.

Il viceprocuratore, un uomo gentilissimo di nome Neil DeGrasso, mi ha detto che le possibilità di vittoria sono del cinquanta percento. Tutto dipende da a chi crederà la giudice e se riterrà che ci sia abbastanza per convincere una giuria della colpevolezza di Ryder.

Senza prove né testimoni a confermare la mia versione, è possibile che la mia testimonianza non verrà ritenuta sufficiente. Di sicuro la difesa si assicurerà che la giudice tenga conto di tutti i traguardi di Ryder. Neil mi ha avvisato che il suo avvocato chiederà come mai un ragazzo amato e di successo come lui dovrebbe stuprare qualcuno. Non è una domanda giusta, l'ha ammesso anche Neil, ma voleva che fossi pronta.

Arriviamo a casa dei miei alle undici la sera prima dell'udienza.

Mio padre ci aspetta sulla porta. Da quando ha saputo dell'aggressione, sembra invecchiato di dieci anni.

Mi abbraccia forte.

Quando si scosta per lasciarci entrare, vedo con sorpresa mia madre, che aspetta nervosa il suo turno di salutarmi.

La abbraccio. «Ciao, mamma. Che bello vederti.»

«Anche per me. È bello averti a casa.»

«Grazie.» Vorrei dirle che questa non sarà mai casa mia, ma non c'è bisogno che le ricordi che tutti i miei problemi sono cominciati quando mi ha portato nella sua città natale, dove non ho mai avuto nessuna possibilità di integrarmi con dei ragazzi che sono cresciuti insieme. Se non altro, nella mia vecchia scuola c'erano un'infinità di figli di militari come me, quindi non era così complicato. Anche qui ce n'è qualcuno ma, chissà perché, nessuno ha avuto i miei stessi problemi.

Forse dipende da me. Devo aver fatto qualcosa per essermi guadagnata il loro disprezzo immediato. Ci ho riflettuto molto nelle ultime settimane e ho analizzato ogni secondo del periodo iniziale nella scuola nuova, ma non c'è stato verso di trovare niente che possa averli spinti a odiarmi così tanto.

Secondo Kane, si sono sentiti intimiditi dalla mia bellezza.

Secondo me, è una stupidata. Molte di quelle ragazze sono più belle di me.

Lui ne dubita.

Gli ho detto che è di parte, e mi rifiuto di credere che le cose che ho dovuto subire possano dipendere da qualcosa di tanto superficiale come l'aspetto fisico.

Tornare nella mia stanza è come rivivere il trauma. Darei qualsiasi cosa pur di non passarci nemmeno una notte ma, con Kane al mio fianco, ce la faccio.

La mattina dopo, quando entro nell'aula di tribunale, il trauma che ho vissuto mi travolge come uno tsunami non appena vedo Ryder seduto a uno dei tavoli, accanto a un uomo dai capelli grigi chino verso di lui per sentire quello che gli sta dicendo.

Sotto lo sguardo (o meglio, le occhiatacce) di tutti i presenti, raggiungo il posto in prima fila che Neil mi ha indicato.

La mano di Kane alla base della schiena mi ricorda di respirare, per andare fino in fondo e scappare di qui il prima possibile.

I miei genitori ci seguono e si siedono. Kane mi prende la mano destra e mio padre la sinistra.

Il vicesceriffo ci intima di alzarci per l'ingresso della giudice.

«Presiede la corte la giudice Morgan Denton.»

«Seduti» dice lei.

È più giovane di quanto mi aspettassi. Avrà al massimo quarant'anni, con la carnagione e gli occhi scuri e un'espressione seria sul bel viso.

«Siamo qui per esaminare la mozione della difesa per far cadere le accuse per mancanza di prove. Prima di decidere se la mozione sia ammissibile, vorrei sentire la signorina Sutton.»

Kane mi stringe la mano e me la lascia.

Ho pensato molto a come vestirmi oggi e ho optato per il vestito color navy che ho indossato al matrimonio di mio cugino poco prima dell'inizio della scuola l'anno scorso. Ho lasciato i capelli sciolti e, a parte il lucidalabbra, ho evitato il trucco. Sono rimasta sorpresa quando Neil mi ha chiesto cosa mi sarei messa e mi ha suggerito di avere uno stile il più semplice possibile.

Una volta seduta al banco accanto alla giudice, l'ufficiale giudiziario mi fa giurare sulla Bibbia.

«Le sono grata per essere venuta oggi, signorina Sutton» esordisce la giudice. «Ho chiesto che prestasse giuramento perché mentire sotto giuramento è un reato. Lei accusa il signor Elliott di un crimine molto grave e, prima di prendere una decisione in merito alla mozione della difesa, vorrei sentire la sua versione. Ha capito?»

«Sì.»

Nella mezz'ora successiva, Neil mi guida nel racconto degli eventi di quella sera. Mi sforzo di restare impassibile ma, quando arrivo alla parte in cui devo descrivere in dettaglio l'aggressione, non riesco a trattenere le lacrime che mi rigano le guance.

«Signorina Sutton» interviene la giudice, «che contatti aveva avuto con il signor Elliott prima di quella sera?»

«Lo conoscevo tramite la scuola. Cioè, lo conoscevano tutti.»

«Aveva parlato con lui o avuto un'interazione diretta con lui?»

«Una o due volte, ma solo per salutarci.»

«Eppure lui disse che lei lo guardava come se volesse scoparlo? Disse così?»

Annuisco.

«Deve rispondere a voce per lo stenografo.»

«Sì. Disse così, ma non è vero. Ho un ragazzo che amo molto. Stiamo insieme da anni e non ho mai voluto nessun altro. E poi a scuola lo sapevano tutti che Ryder stava con Louisa, quindi rimasi scioccata quando lui disse quelle cose.»

«Obiezione.» L'avvocato della difesa scatta in piedi. «La testimone sta dando la sua opinione.»

«Respinta. Il motivo per cui siamo qui è stabilire che cosa sia successo quella sera e se ci siano le basi per andare a processo. Voglio sentire quello che ha da dire la signorina Sutton.»

L'avvocato torna a sedersi, seccato.

Mi rifiuto di guardare Ryder, ma sono consapevole che lui e tutti i presenti mi fissano con malcelata ostilità.

«Signorina Sutton» riprende Neil, «quando il signor Elliott le chiese di parlare in privato, lei ebbe paura di lasciare la festa insieme a lui?»

«No. Non ne avevo alcun motivo. Disse che si trattava della sua ragazza, Louisa. Io e lei eravamo in classe insieme prima che lasciasse la scuola. Lei mi piaceva e pensavo di piacerle anch'io. E quando lui disse quelle cose... Sul modo in cui lo guardavo... Rimasi scioccata.»

«Che cosa successe dopo quella sera?»

«Un paio di settimane dopo, scoprii di essere incinta.»

In aula scoppia il pandemonio e la giudice si mette a battere con il martelletto per ristabilire l'ordine.

«Chi era il padre del bambino?» chiede Neil.

«Ryder Elliott.»

«Obiezione!»

«Respinta.»

«È ancora incinta?»

«No, ho avuto un aborto spontaneo a cinque settimane.»

«Ha raccontato la verità oggi su quello che accadde quella sera?»

«Sì.»

«Non ho altre domande» conclude Neil.

L'avvocato della difesa si alza. «È vero che a scuola lei aveva la reputazione di essere promiscua?»

«Non ho fatto niente per guadagnarmela.»

«Però è vero che veniva definita in questo modo?»

«Si dicevano un sacco di cose su di me, ma nessuno mi conosceva.»

«La prego di limitarsi a rispondere alle domande che le vengono poste. È vero che ha avuto rapporti intimi con alcuni membri della squadra di football?»

«No, non è vero.»

«Vostro onore, abbiamo la dichiarazione giurata di dieci membri della squadra che afferma il contrario.»

«È una bugia!»

«Signorina Sutton, la prego di controllarsi nella mia aula.»

«Stanno mentendo! Non sono mai andata a letto con nessuno di loro!» E se Kane ci credesse? Come possono giurare che ho fatto qualcosa che non ho fatto? Guardo Neil, nella speranza che faccia qualcosa per questa orribile calunnia. Non mi sorprende che gli amici di Ryder abbiano fatto fronte comune per difenderlo, ma comunque... sono scioccata che abbiano mentito sotto giuramento.

«Obiezione!» esclama Neil dopo aver ricevuto una copia del documento. «Sono il fratello e gli amici più stretti dell'imputato. È ovvio che mentirebbero per proteggerlo.»

«Questa è un'accusa molto grave, avvocato DeGrasso. Questi ragazzi hanno rilasciato una dichiarazione giurata e sono stati informati delle conseguenze del mentire sotto giuramento.»

«Abbiamo le dichiarazioni di Camden Elliott, Arlo Merrick...»

Sciorina una lista di nomi che riconosco, ma sono tutte menzogne. Non mi sono mai avvicinata a nessuno di loro.

Neil mi lancia un'occhiata e, quando i nostri sguardi si incrociano, mi rendo conto che non sa a chi credere.

«Signorina Sutton» riprende l'avvocato difensore, «è vero che è stata sessualmente promiscua nel periodo in cui ha frequentato il liceo di Hope?»

Scuoto la testa. «No, non è vero. Non avevo mai fatto sesso prima che Ryder Elliott mi violentasse.»

«Signorina Sutton, la prego di limitarsi a rispondere alle domande che le vengono poste» ripete risentito l'avvocato. «Un'ultima domanda. Rimase delusa quando invitò Ryder Elliott a uscire e lui rifiutò?»

Rimango a bocca aperta per lo shock. «Non è mai successo.»

«Deve rispondere sì o no, signorina Sutton. Rimase delusa?»

«No, perché non gli ho mai chiesto nulla del genere.»

«Non ho altre domande.»

«Signorina Sutton, può andare.»

Guardo la giudice, incredula che abbia permesso che mi calunniassero in questo modo.

Lei evita il mio sguardo.

In questo momento, capisco che lo lascerà andare, che le bugie raccontate da Ryder e dai suoi amici prevarranno sulla verità.

Sono talmente devastata che trovo a stento la forza di alzarmi e tornare al mio posto. E va ancora peggio quando Kane non mi prende la mano. Non può credere davvero che gli farei una cosa simile, giusto? E se invece ci credesse?

Se perdessi lui, non mi riprenderei più.

«È una situazione molto difficile» esordisce la giudice.

Nella sala cala un silenzio sinistro e carico di tensione in attesa del verdetto.

«Signorina Sutton, credo che quella sera sia accaduto qualcosa ma, senza una prova fisica che colleghi il signor Elliott a un crimine, non posso permettere che si vada al processo. Le accuse sono respinte. Signor Elliott, è libero di andare.»

Tra le acclamazioni dei suoi sostenitori, lui abbraccia prima l'avvocato e poi i genitori.

Tutt'intorno, gli stessi ragazzi che hanno mentito per lui esultano per il suo proscioglimento.

«Portami via da qui, ti prego» dico a mio padre.

Lui mi circonda con un braccio e mi fa uscire in una manciata di secondi.

Ho così freddo che penso che non mi riscalderò mai più.

Torniamo a casa nel silenzio più assoluto.

Kane guarda fuori dal finestrino della macchina.

Che cosa starà pensando?

Arrivati nel vialetto di casa, i miei scendono.

Io e Kane restiamo immobili.

«Venite?» chiede mio padre, con espressione assolutamente devastata.

«Tra un minuto.» Non posso stare un secondo di più senza sapere che cosa sta pensando Kane. Non appena la portiera si richiude, mi giro verso di lui. «Di' qualcosa! Non era vero niente! Tu sei l'unico che amo e lo sai.»

«Hanno giurato che era vero.»

«Hanno *mentito*! Giuro su Dio. Non ho mai nemmeno incontrato Arlo Merrick, Camden Elliott e la maggior parte dei ragazzi che hanno firmato quella *bugia*!»

Tiene lo sguardo fisso davanti a sé, con la guancia che gli pulsa per la tensione.

E poi mi accorgo che sta piangendo.

«Kane...»

«Pensavo di sapere quello che hai passato con questa gente... E invece, fino a oggi, non avevo idea di quanto sia stato orrendo.»

Mi allungo verso di lui.

Mi stringe tra le braccia. «Mi dispiace così tanto, Neisy.»

«Non è colpa tua.»

«Vorrei ucciderli per aver mentito su di te.»

È un tale sollievo che mi creda.

Restiamo abbracciati a lungo e, quando ci stacchiamo, abbiamo tutti e due il viso bagnato dalle lacrime.

«Andiamocene da questo posto.»

«Sì, ti prego.»

«E non torniamoci più.»

UNDICI

Blaise
Presente

Passa un bel po' prima che Houston arrivi al commissariato, vestito con jeans e una maglia a maniche lunghe. Ha i capelli scompigliati dal vento e le guance arrossate, come se avesse fatto esercizio fisico. È più alto di quanto ricordassi, con i capelli biondo scuro e gli occhi verde acqua. Suo fratello Dallas, per cui avevo una cotta fino a quando mentì su Neisy, ha lo stesso fisico, ma con gli occhi e i capelli più scuri.

Mi alzo per salutarlo.

«Sono venuto il prima possibile, Blaise. Scusa se ti ho fatto aspettare.»

«Non c'è problema.»

«Vieni.»

Mi conduce oltre l'agente che mi ha aiutato a rintracciarlo, in un ufficio sul retro dell'edificio. Mi lascia entrare per prima, chiude la porta e si siede alla scrivania.

Il cuore mi martella tanto in fretta che temo di svenire prima di pronunciare le parole che ho tenuto sepolte dentro di me per quattordici anni angoscianti.

«Come va? Pensavo che vivessi a New York adesso.»

Mi stupisco che sappia qualcosa di me. Ho quattro anni meno di lui e si è diplomato prima che io mettessi piede al liceo, però conosceva Teagan e Arlo. «Sì, cioè, è lì che vivo.»

«Ti ammiro. Io impazzirei. Sopporto a malapena di starci per un fine settimana.»

«Quando sei abituato a questo posto, qualsiasi cosa in confronto sembra folle.»

Scoppia a ridere. «Vero. Stavo allenando la squadra di calcio dei miei nipoti, altrimenti sarei arrivato prima. Mi hanno detto che vuoi denunciare un crimine?»

«Sì.»

«Sono un po' confuso, visto che non vivi più qui.»

«È successo quattordici anni fa.»

«Oh, va bene...»

«Alla festa che avevi dato.»

Raddrizza la schiena e strabuzza gli occhi. «Stai parlando di Ryder e Neisy?»

Ci siamo. Ho la bocca talmente secca che faccio fatica a deglutire. Tutti i liquidi del mio corpo si sono concentrati sui palmi delle mani, che tengo serrati tra loro. «Sì.»

«Che cosa stai dicendo, Blaise?»

«Io... lo vidi mentre la aggrediva.»

Rimane immobile a lungo, in silenzio, senza sbattere nemmeno le palpebre. «Vedesti Ryder mentre violentava Neisy.»

«Sì.»

«Blaise...» Pronuncia il mio nome con espressione incredula. «Perché non ti sei fatta avanti prima?»

Inclino la testa, come a dirgli che lo sa benissimo il perché. «Ho sbagliato a non farlo e l'ho sempre saputo. Mi è mancato il coraggio di stravolgere completamente la mia vita e la cosa mi tormenta da allora. Ci sto male oggi come il giorno in cui è successo.»

«Allora perché ti stai facendo avanti adesso?»

«Ho sentito che è candidato al Congresso e non posso più tacere, nemmeno per un secondo.»

«Nascondere le prove di un crimine può essere a sua volta considerato tale.»

Non ci avevo pensato e, per un attimo, non so che cosa rispondere. Poi però, trovo le parole. «Sono pronta ad accettare qualsiasi punizione mi spetterà per fare quello che avrei dovuto fare quattordici anni fa.» La mia voce trema, ma non la mia determinazione. Non posso più vivere con questo segreto.

«Qualcun altro assistette al crimine?»

«Parlo solo a nome mio.»

«Quindi è un sì?»

«Non posso confermarlo e nemmeno negarlo.»

Con un profondo sospiro, giocherella con una penna sulla scrivania, d'un tratto interessatissimo alla parete dietro di me. «Sai quello che succederà non appena riferirò al procuratore generale che si è fatta avanti una testimone?»

«Credo di sì.»

Si china in avanti, con le braccia posate sulla scrivania e lo sguardo fisso su di me. «Sarà un incubo, Blaise. Ti attaccheranno per non aver parlato all'epoca. Metteranno in dubbio i motivi per cui lo stai facendo adesso. Faranno a pezzi ogni aspetto della tua vita. Ritireranno fuori le vecchie stronzate del liceo. Gli Elliott ti daranno battaglia, e ci andranno giù duro. Sei sicura di essere pronta per tutto questo?»

«In altre parole, succederà quello che sarebbe successo quattordici anni fa, ma sarà peggio perché verrò diffamata per aver aspettato così a lungo a parlare. Ho capito bene?»

«Sì» conferma, senza battere ciglio.

«Affronterò tutto.»

«Ne sei sicura?»

«No, non ne sono sicura! Tu lo saresti, al posto mio?»

«Io non avrei taciuto per più di dieci anni.»

«Davvero? Ne sei così certo? Avresti avuto il fegato di metterti contro un intero paese di persone che conoscevi da tutta la vita per aver osato accusare uno di loro di un tale crimine? Avresti avuto il coraggio di farti odiare dal tuo unico fratello per aver accusato uno dei suoi migliori amici di una simile mostruosità? Avresti accettato di diventare un reietto, un emarginato e un bersaglio su Facebook all'età di diciassette anni?»

«Forse no» ammette. «Però tra diciassette e trentuno ce ne passano, di anni.»

«Lo so e non avrei dovuto metterci così tanto. Non so che altro dire se non che ho sbagliato. Lo sapevo allora e lo so adesso, ma voglio rimediare.»

«Dovrò comunicare la novità a Neisy. Dev'essere d'accordo anche lei per riaprire il caso.»

«Sai dove si trova?»

«No. Dovrò rintracciarla. Suo cugino gestisce ancora il ristorante dove lavoravamo io e lei. Comincerò da lì.»

Si appunta il mio numero e promette di farsi sentire dopo aver parlato con lei e con il procuratore generale.

«Tu mi credi, Houston?»

Passa del tempo prima che risponda. «Credo che non avresti nessun motivo per inventarti una cosa che metterà a soqquadro la tua vita quanto quella di Neisy e di Ryder.»

«Grazie.»

«Voglio che tu sia pronta, Blaise. Se procederemo, non sarà affatto bello.»

«Ho capito.»

«Devi trovare un posto sicuro dove stare.»

«Andrò da mia madre.»

«No.» Scrive qualcosa su un post-it e me lo consegna. «Va' dal mio amico Jack Olsen e digli che ti mando io. Ha dei bungalow che affitta. Nessuno penserà di cercarti lì. Voglio che tu ci vada e che ci resti fino a quando ti contatterò.»

«Pensi davvero che sia necessario?»

«Sì, lo penso davvero.»

Houston
Presente

Salutata Blaise, resto seduto per cinque minuti buoni, cercando di capacitarmi di quanto mi ha detto.

Ryder Elliott ha *davvero* stuprato Neisy Sutton.

E l'ha fatta franca per quattordici anni, durante i quali ha frequentato l'università, si è laureato a pieni voti, si è arruolato per otto anni in Marina e si è congedato con tutti gli onori. Ingegnere di professione, da allora lavora per una grossa azienda di Providence. È sposato con tre figli piccoli e abita in una casa nella stessa via di Hope dove è cresciuto con Cam e le sue sorelle.

Io e Dallas giochiamo a poker con lui, Cam e il fratello di Blaise, Arlo, il terzo sabato di ogni mese.

Mi viene il voltastomaco al pensiero di averlo considerato un amico.

Per tutto questo tempo...

Quando le accuse divennero di pubblico dominio, nessuno credette a Neisy. Nessuno si fece avanti sostenendo che non si sarebbe mai inventata un'accusa di stupro, perché nessuno la conosceva abbastanza per garantire per lei. Non mi feci avanti nemmeno io, che ero tra i suoi pochi amici in zona, perché non ero del tutto sicuro che non mentisse. Anche se Ryder aveva tre anni meno di me, conoscevo lui e la sua famiglia molto meglio e da molto di più tempo rispetto a lei.

Pur senza dirlo mai apertamente, mi schierai dalla parte di lui.

Lo fecero tutti, compresi i compagni di squadra che giurarono che lei era andata a letto con ognuno di loro e tra i quali c'era mio fratello. Alla luce delle parole di Blaise, a questo pensiero mi viene la nausea.

Neisy non ebbe mai nessuna possibilità.

Vado nell'archivio nell'altra stanza per cercare il fascicolo originale del caso, lo porto in ufficio e chiudo la porta. Mi verso la quarta tazza di caffè della giornata e lo apro. Risale all'epoca in cui mio padre lavorava qui, prima che tutto il dipartimento venisse computerizzato. Lui è sempre stato meticoloso. Lo prendiamo sempre in giro perché la sua scrittura potrebbe essere un font.

Ho risposto a una chiamata del capitano della Marina Rick Sutton, il quale ha riferito che la figlia, Denise, ha subito un'aggressione sessuale da parte di Ryder Elliott nel bosco vicino a casa mia tre settimane fa. La presunta aggressione è avvenuta a una festa data da mio figlio, Houston, mentre io e mia moglie eravamo fuori città. Il giorno dopo, il capitano Sutton ha portato la figlia al commissariato e la ragazza ha raccontato quanto segue:

Andai alla festa organizzata dal mio amico Houston Rafferty, con cui avevo lavorato al The Daily Catch l'estate scorsa. Nel corso della festa, Ryder Elliott chiese di potermi parlare della sua ragazza, Louisa, e mi condusse lontano dagli altri, lungo un sentiero che portava a una zona piena di alberi e cespugli. Gli chiesi che cosa volesse dirmi riguardo a Louisa e lui disse che sapevo quello che voleva in realtà. Io non lo sapevo. Non gli avevo mai parlato prima, se non un paio di volte per dirgli ciao. Sapevo che praticava diversi sport e sapevo di lui e Louisa e che lei era malata. Ero in classe con lei e il fratello di lui, Camden, ma non avevo mai interagito con nessuno dei fratelli Elliott. Chiesi a Ryder di spiegarmi che cosa intendeva e lui rispose che lo facevo impazzire con il modo in cui lo guardavo a scuola. Quando gli chiesi come lo guardavo, lui disse che lo guardavo come se volessi scoparlo. Dissi che non era così e bisticciammo. Lui insisteva che fosse vero e disse che gli altri ragazzi mi davano della rizzacazzi. Io ribattei che lo conoscevo a malapena e che non avevo motivo di volerlo scopare. Poi lui, agendo tanto in fretta da prendermi alla sprovvista, mi fece cadere a terra. Si mise sopra di me e cominciò a tirarmi i vestiti. Indossavo un abitino. Mi afferrò le mutandine e me le abbassò. Io gli urlai di smetterla e chiamai aiuto, ma nessuno mi sentì. La musica era forte e c'era così tanta gente che nessuno mi sentì.

Leggere il seguito mi costa un grosso sforzo. Una volta finito, Ryder si era rialzato e si era allontanato, abbandonandola sanguinante e in lacrime. Alla fine, lei era riuscita a ricomporsi e a tornare alla macchina, che aveva parcheggiato a circa cinquecento metri dalla casa.

Quando mi alzo per andarmene, mi sento schiacciato dal senso di colpa e dal rimpianto. Neisy era una mia amica. Perché non andai in sua difesa quando aveva bisogno di me? Avevo lavorato con lei per un'estate intera, tra noi c'era un bel rapporto e, se non fosse stata così tanto più piccola di me, le avrei chiesto di uscire. Invece, mi comportavo più come un fratello maggiore con lei. Quando accusò Ryder di averla stuprata, il mio primo pensiero fu che era impossibile, soprattutto perché lui stava da anni con Louisa e le era rimasto fedelmente accanto durante la sua terribile malattia.

Non riuscivo a conciliare quel ragazzo con la persona descritta da Neisy nella denuncia, che avevo letto dopo averlo chiesto a mio padre. Mi aveva turbato molto scoprire, a distanza di settimane, che forse c'era stata un'aggressione sessuale alla mia festa. All'epoca, ricordo di aver pensato che, se il responsabile fosse stato chiunque altro, le avrei creduto.

Ma Ryder Elliott? No. Mi rifiutai di credere che fosse possibile e, come me, anche mio fratello e i nostri amici.

Dallas lo conosceva bene e si ostinava a dire che non avrebbe mai fatto una cosa simile. Ricordo le urla con cui aveva difeso Ryder durante una lite con mio padre, che non aveva avuto altra scelta se non indagare sull'accaduto.

Mio padre si era infuriato con me per aver dato una festa con alcol e minorenni mentre lui e mia madre si erano presi una meritata vacanza. È stata l'unica volta in cui io e lui siamo stati veramente ai ferri corti. La delusione che gli causai fu un duro colpo per me.

Ricordo di essermi incazzato con Neisy per avermi creato dei problemi con mio padre denunciando una cosa successa alla festa che non avrei dovuto dare. Se lei non avesse accusato Ryder, i miei non l'avrebbero mai scoperto. Pur sapendo già allora che era ingiusto, non riuscii a fare a meno di pensarla così.

Fu un momento difficile per tutte le persone coinvolte, ma soprattutto per Neisy, che se ne andò dal paese poco dopo e, a quanto ne so, tornò solo per l'udienza preliminare da cui Ryder uscì come un uomo libero.

Deciso a parlare con mio padre di questo sviluppo, mi dirigo verso la casa in cui sono cresciuto con mio fratello e mia sorella. È un tragitto breve, lungo le sinuose strade rurali che abbondano in paese. Non è cambiato molto qui. Accanto ai negozi di frutta e verdura, di antiquariato e ai bar non ci sono le insegne delle grandi catene, e a noi piace così. Ci teniamo alla bellezza bucolica di Land's End che, nel corso dell'ultimo decennio, si è trasformato in un'enclave esclusiva. Gran parte delle case sulla costa vengono usate solo per le vacanze estive e rimangono vuote per il resto dell'anno.

Fare il poliziotto in questo paese può essere noioso a volte, ma non per me da quando sono diventato capo, quattro anni fa. Molti giovani agenti non durano a lungo e se ne vanno, in cerca di qualcosa di più eccitante del nostro angolo di mondo.

Non gliene faccio certo una colpa. Dopo aver finito l'università a Boston, ho lavorato per due anni in un sobborgo della città, ma poi sono tornato qui. Non ho mai voluto vivere da nessun'altra parte.

Questa è casa mia.

Imbocco la strada sterrata sulla sinistra che porta alla mia casa d'infanzia, dove i miei vivono anche adesso che sono in pensione (dopo la carriera in polizia per mio padre e come direttrice della scuola elementare per mia madre).

Ora si occupano dei loro cavalli, del giardino e dei cinque nipoti che hanno grazie a mio fratello e a mia sorella.

Parcheggio il SUV del dipartimento dietro al vecchio pick-up della Ford di mio padre ed entro.

«Toc, toc» dico.

«Non c'è bisogno che ti annunci» ribatte mia madre, come ogni volta che vengo e insisto per bussare. Mi porge una guancia per un bacio. «Che bella sorpresa. Hai fame?»

«Sempre.»

«Ho fatto il brasato stasera. Ti preparo un piatto.»

«Sta di nuovo mangiando i miei avanzi?» esclama mio padre, entrando in cucina.

«Taci, Chuck. Ne avanza più che a sufficienza per te.»

I loro scambi di battute mi hanno sempre divertito e vorrei tanto avere una relazione come la loro. Non è ancora successo ma non perdo la speranza, anche se, siccome ormai vado per i quaranta, le prospettive diminuiscono sempre più.

Mio padre stappa una birra per sé e una per me. «Che succede?»

«Volevo parlarti di una cosa.»

«Posso andare a guardare la televisione, se vuoi parlare in privato con tuo padre» si offre mia madre mentre pulisce il piano di lavoro.

«Resta pure. Vorrei anche il tuo parere ma, come al solito, è una faccenda strettamente confidenziale.»

«Non ne faremo parola» dice lei.

So che è vero perché non l'hanno mai fatto, e ho condiviso molte cose con loro.

Mangio qualche boccone delizioso e mando giù tutto con la birra. «Ricordate quando Ryder Elliott fu accusato di stupro?»

«Oh, cielo» esclama mia madre. «Come no. Fu orribile. Mi pianse il cuore per Mary e Dave. Erano davvero sconvolti.»

«Come mai?» Lo sguardo di mio padre è quello di un collega che lavorò al caso quando successe. Ci volle molto tempo perché io e lui superassimo quella grossa violazione della sua fiducia, perciò tirare fuori l'argomento con lui è l'ultima cosa che vorrei. Tuttavia, ho bisogno della sua opinione.

«Una donna si è fatta avanti oggi dicendo di aver assistito all'aggressione.»

Sono esterrefatti per lo shock.

«Che cosa?» chiede mia madre con un filo di voce. «Sono passati *anni*.»

«Quattordici.»

«E questa donna si fa avanti solo adesso?»

«Sì. Ha detto che ci sta male fin da quel giorno e che, dopo aver saputo che lui è candidato al Congresso, non è più riuscita a stare zitta nemmeno per un minuto.»

«Tu le credi?» s'informa mio padre.

Mi massaggio la nuca, dove si accumula tutta la tensione. «Sì. A parte ripulirsi la coscienza, non ha nulla da guadagnarci e molto da perderci, compreso il fratello, che è ancora amico intimo di Ryder.»

«Come te» interviene mia madre.

«Non direi che siamo amici intimi. Giochiamo a carte una volta al mese.»

«È comunque un tuo amico.»

«Già.»

«Che cosa hai intenzione di fare?» chiede mio padre.

«Troverò Neisy e le dirò che è saltata fuori una testimone. Starà a lei decidere che cosa fare perché, anche con una testimone, io non posso fare niente senza di lei.»

«All'epoca rilasciò una dichiarazione giurata» mi ricorda lui.

«Non so se è sufficiente per riaprire il caso senza che lei testimoni.»

«Quindi, se lei non sarà disposta a collaborare, lascerai perdere?» insiste lui.

«Che cosa faresti tu?»

«È una situazione difficile. Da un lato, hai una prova nuova per un vecchio caso ma, senza la collaborazione della vittima, non sono sicuro che tu possa fare granché a parte usare la sua dichiarazione di allora. Dall'altro, c'è il fatto che la testimone ci ha messo quattordici anni a farsi avanti, e ciò mina la sua credibilità.»

«Dal suo punto di vista, aveva un buon motivo per tacere visto che tutti avevano fatto fronte comune per difenderlo. Mettiti nei suoi panni di diciassettenne che deve scontrarsi con tutti gli amici con cui è cresciuta, per non parlare del fatto che Ryder era il migliore amico di suo fratello. Sarebbe tanto per chiunque, soprattutto in una comunità unita come quella di Hope.»

«Non riesco a smettere di pensare alla povera ragazza che fu aggredita» dice mia madre. «Questa testimone non era minimamente preoccupata per lei?»

«Lo era eccome ma, davanti al proprio benessere, ha scelto se stessa. È così che fanno i ragazzini.»

«Da tempo non è più una ragazzina» obietta mia madre in tono più duro. «Perché non ha agito prima?»

«Questo lo sa soltanto lei, ma la gente ha le proprie ragioni, mamma. Lo capisco, anche se non lo condivido. Mi ha chiesto che cosa avrei fatto io al posto suo e, sinceramente, non so se mi sarei comportato in modo diverso.»

«Certo che sì» dice mio padre. «Tu hai sempre fatto la cosa giusta.»

«Non sempre. Diedi quella festa mentre voi eravate via.»

«Non avresti taciuto una cosa del genere per tutto questo tempo.»

Mi concedo un profondo sospiro. «A tutti piace pensare che faremmo la cosa giusta in qualsiasi situazione ma, fino a quando non ci siamo dentro, a confrontarci con tutte le conseguenze, non possiamo essere sicuri di quello che faremmo.»

«Hai ragione» conferma mia madre, corrucciata. «La gente ama pensare di sapere che cosa farebbe se succedesse questo o quello ma, fino a quando non capita, non possiamo saperlo davvero.»

«Per questo voglio concederle il beneficio del dubbio. Non è facile farsi avanti per accusare di un crimine orrendo un ragazzo con cui sei cresciuta. Secondo me, conta più il fatto che si sia decisa a parlare rispetto al tempo che ci ha messo a farlo.»

«Il procuratore generale potrebbe pensarla diversamente» dice mio padre. «Prima di spingerti troppo in là con questa storia, consultati con lui.»

«Certo. È la prima cosa che farò domattina. Se lui è d'accordo, il prossimo passo sarà rintracciare Neisy.»

«Non ti invidio, figlio mio» aggiunge mio padre. «Se deciderai di andare avanti, non sarà affatto facile. La gente ha un'ottima opinione di Ryder.»

«Lo so. Che cavolo, anch'io l'ho sempre avuta. Ma, adesso che so che c'è una testimone, non posso fare finta di niente.»

«No, non puoi.»

DODICI

Blaise
Presente

Seguo le indicazioni che mi ha dato Houston e imbocco un lungo viale delimitato su entrambi i lati da un muro in pietra fino a una grande casa bianca in stile coloniale con le imposte nere. Mentre parcheggio, esce un uomo vestito con jeans sbiaditi e una camicia di flanella, a piedi nudi.

«Ti serve qualcosa?»

Scendo dalla macchina. «Mi manda Houston Rafferty. Ha detto che affitti dei bungalow a breve termine.»

«Giusto.» Mi porge la mano. «Jack Olsen.»

Gliela stringo. È un bell'uomo, con gli occhi marrone dorato e i capelli biondo scuro che avrebbero bisogno di una bella tagliata. «Blaise Merrick.»

«Piacere di conoscerti.» Quando mi fa segno di seguirlo sul retro della casa resto interdetta, ma poi mi ricordo che è stato Houston a mandarmi qui. È un'esitazione che dipende da quello che ho visto quella notte. I problemi di fiducia mi hanno causato enormi difficoltà nelle mie sporadiche interazioni con gli uomini.

«Vieni?» domanda Jack, con un'occhiata dietro le spalle.

«Certo.»

Mi conduce sul retro della proprietà, verso tre bungalow dal tetto di scandole su un piano solo, uno accanto all'altro lungo l'ennesimo muro in pietra.

«In ognuno ci sono un letto, un divano, una cucina e un bagno. La stagione è finita ormai, quindi puoi scegliere quello che preferisci.»

«Quanto vuoi?»

«Cento dollari a settimana?»

Faccio due rapidi calcoli per capire se posso permettermelo oltre all'affitto a New York senza lavorare per un po'. Ho dei risparmi, ma non dureranno a lungo. Per fortuna esistono le carte di credito.

«Va benissimo, grazie.»

«Gli amici di Houston sono anche amici miei» commenta lui con un sorriso caloroso. «Non fa mai male avere un favore da riscuotere dal capo della polizia.»

È pure affascinante; non che io badi a queste cose. «Non so quanto resterò.»

Con un'alzata di spalle, apre la porta del bungalow di mezzo. «Non importa. Ho solo una prenotazione per il Ringraziamento. Dà pure un'occhiata.»

Varcata la soglia, vengo accolta da un profumo di limone. «È molto carino.»

«Il merito va a una mia amica del liceo. Lavora come interior designer. Mi ha fatto un buon prezzo.»

«È stata davvero brava.»

La trapunta color navy sul letto si intona al divano.

Mi giro verso di lui e, vedendo che mi ha seguito in questo spazio ristretto, ho un sobbalzo.

«Tranquilla.» Alza le mani. «Non hai nulla da temere qui.»

«Scusami.»

«Non c'è problema. Che ne pensi?»

«Lo prendo.»

Jack stacca una chiave dal portachiavi e me la consegna. «Fa' come se fossi a casa tua. Se hai bisogno di qualcosa, mi trovi nella casa più grande dall'altra parte del giardino. Conosci la zona?»

«Sono di Hope, ma non sono mai venuta granché da queste parti.»

Mi spiega dov'è il supermercato e un nuovo negozio di articoli da giardino con bar annesso a Monroe.

«Grazie. Se a te sta bene, ti pago domattina per questa settimana.»

«Certo. Ti lascio il mio numero in caso avessi delle domande.»

Me lo dice e lo memorizzo nel telefono.

«Mandami un messaggio, così ho il tuo.»

Non appena lo riceve, esce dalla porta che aveva lasciato aperta. Non saprei dire perché, ma mi sento rassicurata, come se avesse capito che non volevo stare chiusa in questo spazio ristretto con un uomo appena conosciuto. Molti uomini si sono sentiti offesi dal mio bisogno di sicurezza e mi hanno definito riservata, fredda e distaccata, dicendomi che esagero troppo.

Ma io so bene che, in questi casi, non si esagera mai troppo.

Con questo piccolo gesto, Jack si è guadagnato dei punti preziosi. «Se svolti a destra rispetto al vialetto, puoi arrivare con la macchina fino a qui» dice girando appena la testa. «Entrando, a sinistra.»

«Buono a sapersi. Grazie ancora.»

«Non c'è di che.»

Chissà se vive da solo o se è sposato.

Ma che importa? Resterò qui solo fino a quando Houston capirà come muoversi. Tra pochi giorni, sarò di nuovo a New York.

Mi suona il telefono e, vedendo che è Wendall, rispondo solo perché devo dirgli che mi prendo un po' di ferie.

«Che cavolo, Blaise. Dove sei?»

«Nel Rhode Island.»

«Che cosa? Da quando?»

«Da quando mi ha chiamato mia madre per un'emergenza famigliare. Ti avrei mandato un messaggio.»

Sarebbe capacissimo di dirmi che non è una scusa per saltare il lavoro ma, per sua fortuna, si astiene. «Come faccio senza di te?» Riesco a immaginare la sua aria imbronciata.

«Sono sicura che te la caverai per qualche giorno. A breve ti mando il programma per domani.»

«D'accordo.»

Aspetto un minuto per dargli il tempo di ringraziarmi, ma non lo fa. A volte, mi chiedo se la parola *grazie* esista nel suo vocabolario.

«Io, ehm, spero che la tua famiglia stia bene.»

Sono scioccata. «Grazie.»

Termino la chiamata prima che aggiunga qualcosa che rovini la gratitudine che si è guadagnato con questa gentilezza di base.

Torno alla macchina e seguo le indicazioni di Jack fino al bungalow. Una volta scaricate la valigia e la borsa con il portatile, mando a Wendall il programma per domani, perché non gli venga una crisi di nervi. Devo pensare a che cosa mangiare per cena.

Squilla il telefono. È mia madre. «Ciao, mamma.»

«Pensavo che stessi tornando a casa.»

«Sono a Land's End.»

«Che cosa ci fai lì?»

«Devo occuparmi di una faccenda.»

«Quale faccenda, Blaise? Che cosa sta succedendo?»

Vorrei tanto dirglielo, ma prima voglio capire come si muoverà Houston con le informazioni che gli ho dato. Sarebbe inutile mandare all'aria la mia vita se Neisy o il procuratore generale decidessero di non procedere.

«Te lo dirò appena posso, mamma.»

«Non so che cosa pensare. Prima stai via per anni, poi torni di corsa non appena scopri che Ryder è candidato al Congresso e, adesso, resti in un altro paese invece di venire da me.»

«È meglio così per ora. Verrò a trovarti presto, va bene?»

«E mi racconterai che cosa sta succedendo?»

«Quando potrò.»

«Sei al sicuro?»

«Sì. Non preoccuparti.»

«È come dirmi di non respirare.»

«Lo so, mamma. Mi dispiace. Vorrei poterti dire di più.»

«Mi chiami domani?»

«Certo.»

«Ti voglio bene, Blaise.»

«Anch'io ti voglio bene, mamma.»

Mi sdraio sul divano con il telefono ancora in mano, esausta dopo gli eventi tumultuosi di questa giornata. Soprattutto però, sono sollevata. Qualcun altro conosce il mio terribile segreto. Me ne sono liberata e, qualsiasi cosa succeda ora, sarà comunque meglio rispetto a tenermelo dentro per tutto questo tempo.

O almeno, credo.

Houston
Presente

La mattina seguente, per prima cosa chiamo il viceprocuratore con maggiore anzianità di servizio, quello con più probabilità di ricordare un caso di quattordici anni fa visto che Neil DeGrasso è in pensione da cinque anni.

«Vagamente» risponde Joshua Spurling quando gli domando se ricorda il caso contro Ryder Elliott, archiviato dopo l'udienza preliminare per mancanza di prove.

«Si è fatta avanti una testimone.»

«Una testimone.»

«Sì, una persona che vide Ryder Elliott stuprare Denise Sutton.»

«E dov'è stata questa testimone negli ultimi quattordici anni?»

«All'epoca era una ragazzina, molto legata a Elliott e alla sua famiglia visto che era cresciuta insieme a lui. Ebbe paura di farsi avanti, ma adesso è pronta a farlo.»

«Perché adesso?»

«Ha sentito che lui è candidato al Congresso e non è più riuscita a mantenere il segreto.»

«Non so, Houston. Un avvocato difensore la farebbe a pezzi sul banco dei testimoni.»

«Ne è consapevole e aveva dei buoni motivi per non parlare. Almeno, all'epoca le parve sensato non farlo ma, a suo dire, ha sofferto fin dal giorno in cui avvenne il fatto.»

«Vorresti riaprire il caso?»

«Dipende se avrò il sostegno del tuo ufficio.»

«Ne parlerò con Roberts, ma non ti prometto niente.» Il procuratore, Victor Roberts, è in carica da meno di tre anni, quindi non c'entra nulla con il caso originale. «Potrebbe essere troppo poco e troppo tardi. Sappiamo almeno dove sia la vittima?»

«No, ma non sarà difficile scoprirlo.»

«Lavoraci su mentre provo a convincere Roberts.»

«Va bene.»

«Ti darò una risposta il prima possibile.»

«Grazie, Josh.»

Il prossimo passo è trovare Neisy. Da quando se n'è andata, abbiamo perso i contatti. Parto dai social, passando al setaccio Facebook e Instagram, ma non c'è traccia di lei. Provo su Google, ma è altrettanto frustrante. Non c'è nessun riferimento a Denise Sutton dopo il diploma in Virginia un anno dopo il presunto reato.

Oggigiorno è facile rintracciare qualcuno, a meno che quella persona non abbia scelto il contrario, come probabilmente ha fatto lei. La capisco, dopo il modo in cui la gente la attaccò quando accusò Ryder.

All'epoca, avrei tanto voluto crederle, perché non era il tipo di ragazza che si inventa una cosa simile per attirare l'attenzione. Nel nostro liceo aveva avuto vita dura e ricordo di aver pensato che non avrebbe mai fatto nulla per peggiorare ulteriormente la situazione, tuttavia non riuscii a scacciare la sensazione che Ryder non avrebbe mai fatto quella cosa. Lo dissi anche a mio padre.

Una cosa era certa: lei aveva perso la sua scintilla rispetto a quando avevamo lavorato insieme l'estate prima che cominciasse il liceo a Hope e la sua vita diventasse una merda.

Il ristorante è del cugino di sua madre, quindi farò un salto per sentire se può dirmi qualcosa.

Prendo la ricetrasmittente, avviso il sergente all'ingresso che esco e parto a bordo del mio SUV diretto al ristorante di pesce.

Mentre guido verso la costa di Monroe, ripenso alla prima volta che la vidi e a quanto rimasi abbagliato da lei. Aveva sedici anni ed era troppo piccola per me, ma bisognava essere ciechi per non vedere quanto fosse bella e dolce. Per la prima volta in vita mia, avevo rimpianto di non essere più giovane. Un universitario ventenne non poteva chiedere di uscire a una liceale, per quanto matura potesse essere, soprattutto se lei era la cugina del capo.

Invece, eravamo diventati amici e avevo saputo che aveva una relazione a distanza con Kane, che lo amava tanto e non vedeva l'ora che lui venisse a trovarla l'estate successiva.

Un anno dopo, quando suo padre sporse denuncia perché era stata stuprata da Ryder Elliott alla mia festa, ne fui devastato. Il pensiero che una cosa simile fosse successa alla mia festa e a una persona a cui tenevo... e che Ryder Elliott... Mio fratello Dallas giocava a football e faceva atletica insieme a lui. Erano grandi amici. E così, mentre Dallas lo difese e definì assurde le accuse, io azzardai una debole difesa di Neisy, perché sapevo che non aveva niente da guadagnarci inventandosi tutto quanto. Fu la prima volta che entrai in conflitto con mio fratello.

Quando il caso fu archiviato per mancanza di prove, ci volle molto prima che io e Dallas recuperassimo il nostro rapporto. Lui non scordò mai che io avevo dubitato del suo amico e io non scordai che lui aveva dubitato della mia. Alla fine, smettemmo di parlarne e ci rassegnammo a pensarla diversamente, ma passarono comunque anni e, da allora, le cose non tornarono mai come prima.

Di recente, Dallas, Arlo e Cam, il fratello di Ryder, hanno lasciato i loro impieghi ben retribuiti per aiutarlo a farsi eleggere al Senato.

Avverto una stretta allo stomaco al pensiero delle potenziali ripercussioni della confessione di Blaise sulla vita delle persone a cui voglio bene.

Sarebbe più facile dimenticare quello che lei mi ha detto.

Ma poi penso a Neisy e a quello che passò quando le accuse divennero di pubblico dominio e non posso più tornare a ieri, quando ignoravo che ci fosse una testimone.

Parcheggiando davanti al The Daily Catch, vengo travolto da un milione di ricordi delle estati passate a servire febbrilmente fritto misto e della mia famiglia che mi costringeva a cambiarmi prima di entrare in casa da tanto puzzavo a fine turno.

Entro e, al rumore del campanello sulla porta e al profumo di fritto, i ricordi continuano.

Ronnie, il proprietario, è al bancone con una pila di fogli, una penna e una calcolatrice. Alza lo sguardo e, non appena mi vede, sorride. «Che bella sorpresa.»

Gli stringo la mano. «È un piacere vederti.»

«Anche per me. Come va a Land's End?»

«Abbiamo avuto un'estate movimentata, ma adesso è tornata la tranquillità.»

«Ci credo. Caffè?»

Mi siedo su uno sgabello. «Volentieri. Come vanno gli affari?»

«Siamo sempre pieni, tutto l'anno ormai.»

«Mi fa piacere.» Il ristorante si trova sulla spiaggia di una tranquilla baia sul fiume, con tavoli da picnic all'esterno e un molo che lo rendono una meta gettonata per chi è in barca e vuole mangiare qualcosa.

«Che cosa ti porta da queste parti, Houston?»

«L'altro giorno mi è venuta in mente Neisy e mi domandavo come sta.»

«Alla grande. È sposata con Kane e hanno quattro bambini.»

Sono felice di sapere che se la sono cavata. Dopo averli visti insieme, ho capito subito che erano fatti l'uno per l'altra. «Vive ancora in Virginia?»

Annuisce. «A Norfolk. Lui è un tenente comandante della Marina. Sono tornati sei mesi fa dopo tre anni in Italia, dove si sono trovati benissimo.»

«Sono contento che siano rimasti insieme.»

«Non ne ho mai dubitato. Lui era quello giusto per lei fin da quando erano piccoli.»

«Già.»

«E tu? Non ti sei mai sposato, vero?»

«No. Non ho ancora trovato una donna di cui non possa fare a meno.»

La sua risata fragorosa mi strappa un sorriso. «Ti capisco. La mia Claire è una bambolina, ma certe volte mi fa venire voglia di metterle un bavaglio.»

Ridacchio. «Se ben ricordo, non riuscivi a mandare avanti questo posto senza di lei.»

«È vero, e tiene anche in riga i nostri tre figli adolescenti. Sono fortunato, e lo so bene. Vedrai che toccherà anche a te. Ne sono sicuro.»

«Vedremo. È stato bello vederti, Ronnie.» Lascio un paio di banconote sul bancone per il caffè, ma lui me le restituisce.

«Offro io. Non sparire. Vieni a cena con i tuoi genitori qualche volta.»

«Va bene. Grazie per il caffè.»

«Vieni a berne una tazza quando vuoi.»

«D'accordo.» Gli stringo la mano e me ne vado con le informazioni per cui sono venuto, anche se mi sento un po' in colpa per aver ingannato Ronnie non avendogli detto il vero motivo per cui gli ho chiesto di Neisy. È sempre stato buono con me le quattro estati che ho servito ai tavoli per i suoi genitori, che possedevano il ristorante prima di lui.

Con quello che so ora su Neisy, mi bastano pochi secondi al telefono per recuperare un indirizzo, ancora prima di sapere che di cognome fa Messner.

Denise Messner.

Chissà che donna è diventata e se pensa ancora a quella sera d'estate di tanti anni fa. Chissà come la prenderà nel sapere che c'era una testimone. Chissà se vorrà riaprire il caso o se vorrà lasciarlo sepolto nel passato. Se il procuratore si dirà disposto a procedere sulla base della testimonianza oculare di Blaise, dipenderà tutto da Neisy.

Mando una mail a Josh per informarlo che ho localizzato la vittima.

Sono già tornato in centrale quando mi risponde. *Vedo Roberts alle due. Ti faccio sapere più tardi.*

Chiamo Blaise per aggiornarla e assicurarmi che non abbia rimpianti dopo la confessione.

Risponde al primo squillo. «Ciao.»

«Come stai?»

«Bene, credo. Il posto di Jack è fantastico. Grazie della dritta.»

«Sono contento che ti sia sistemata. Volevo aggiornarti. Ho notificato al viceprocuratore che si è fatta avanti una testimone e oggi lui incontrerà il procuratore. Ho anche rintracciato Neisy a Norfolk, in Virginia, dove vive con il marito e quattro figli.»

«Wow.»

«Ha sposato Kane, il suo fidanzatino del liceo. Lui è un tenente comandante della Marina.»

«Sono contenta che se la passi bene.»

«E tu?» le chiedo, per poi riflettere prima di proseguire. «Sei sposata?»

«No. Non era destino. Ho avuto a malapena qualche storia.» Fa una breve pausa. «Devi sapere che... quello che vidi quella sera mi ha perseguitato in modi che stento a comprendere, figuriamoci a spiegare. Ho avuto problemi di salute, di fiducia, emotivi, di ansia... Mi ha scombussolato non poco, Houston.»

«Il procuratore ti chiederà come mai ci hai messo così tanto a farti avanti.»

«Ed è una domanda legittima. L'unica risposta che posso dare è che, se avessi parlato all'epoca, molte persone a cui volevo bene avrebbero sofferto, per cui decisi di non farlo. È una scelta che non rinnego, ma fu quella sbagliata.

L'unica scusa che ho è che avevo diciassette anni e che ero cresciuta con l'accusato. Era amico di mio fratello. La mia migliore amica usciva con il fratello di Ryder e ora l'ha sposato. Allora, immaginavo soltanto le persone a cui tenevo che mi voltavano le spalle se avessi detto la verità. Per non parlare del fatto che i miei genitori mi avevano espressamente vietato di andare a Land's End quella sera. Se avessero scoperto che ci ero andata, avrei perso la loro fiducia.»

«Lo capisco, ma sono passati quattordici anni, Blaise. Avresti potuto farti avanti a un certo punto dopo essertene andata di casa.»

«Una volta fui lì lì per farlo.»

«E che cosa te lo impedì?»

«La morte della ragazza storica di Ryder, Louisa. Quando lo seppi, mi mancò il coraggio.»

«Immagino.»

«Vorrei che sapessi quante notti ho fissato il soffitto pensando di dire la verità. Non ho scuse per non averlo fatto prima. Forse non ero pronta a mandare all'aria la mia vita. Non lo sono neanche adesso, ma non posso più vivere con questo segreto. Non ce la faccio più.»

«Se il procuratore deciderà di riaprire il caso, temo che le cose si metteranno male. Voglio che tu sia preparata.»

«Continuo a ripetermi che preferisco quello all'inferno che ho vissuto per tutto questo tempo.»

«Lo sai com'è fatta la gente qui. Serra i ranghi, e Ryder è uno di loro.»

«Lo so» conferma lei, con un sospiro. «Posso solo dire la verità e lasciare che vada come deve andare. Lo vidi mentre la stuprava e, da allora, il senso di colpa per non aver agito non mi dà tregua.»

«C'è una cosa che non hai detto, e cioè se eri da sola quando hai assistito alla scena.»

«Non riferirò niente se non la mia storia.»

In realtà, non mi ha dato una risposta. «Quindi non eri da sola e l'altra persona non è disposta a farsi avanti.»

«Riferirò solo la mia storia.»

«Il procuratore ti chiederà chi altro c'era.»

«Riferirò solo la mia storia.»

«Sarebbe più facile per te se qualcuno corroborasse la tua versione.»

Il suo silenzio è più che eloquente.

«Va bene, Blaise. Faremo come vuoi tu. Ti faccio sapere che cosa dirà il procuratore.»

«Grazie, Houston.»

Guardo a lungo fuori dalla finestra, pensando al caso e al polverone che si alzerà se il procuratore lo riaprirà. Più tardi, nel pomeriggio, ricevo una mail di

Spurling per informarmi che il procuratore vuole ventiquattr'ore per rivedere il fascicolo e prendere una decisione.

Nel frattempo, devo incontrare Neisy per avvisarla di quello che potrebbe succedere. Se non vorrà collaborare, potrebbe essere tutto inutile, ma non permetterò che venga colta alla sprovvista.

Accendo il computer e compro un biglietto aereo per Norfolk per stasera, con ritorno domani pomeriggio.

TREDICI

Neisy
Presente

«Mettiti le scarpe, Levi. Faremo tardi.» Mio figlio seienne mi porterà alla tomba. Si muove al rallentatore, soprattutto al mattino. Io e Kane scherziamo sempre che gli servirebbe una botta di caffeina. Non vediamo l'ora che diventi adolescente per potergli dare del caffè. Nel frattempo, la mattina è sempre una gran fatica con lui.

«È ancora in bagno, mamma» dice Charlotte, la mia primogenita di nove anni, mentre scende le scale, prontissima per andare a scuola.

«Davvero?»

«Ti dico mai bugie?»

«Mai. Guarda i gemelli intanto che vado a prenderlo.» Le do un bacio sui capelli biondi e salgo le scale a due a due. «Levi! Andiamo.»

«Arrivo.»

«Non sei abbastanza veloce.»

«Il papà dice che a certe cose non si può mettere fretta.»

Alzo gli occhi al cielo perché è vero. Kane ci mette un'eternità in bagno e suo figlio gli assomiglia per moltissimi aspetti.

«Guarda che se vengo lì...»

«Non ti *conviene* entrare.»

«Perderai l'autobus.» Li portavo io a scuola, ma poi sono arrivati i gemelli ed è diventato impossibile uscire di casa tutte le mattine per le otto meno un quarto con quattro bambini. L'autobus è la cosa migliore che mi sia capitata da quando sono nati.

«Non l'ho mai perso e non comincerò oggi.»

«Sbrigati, ti prego.»

«Arrivo.»

Al rumore dello sciacquone, si accende la speranza di non dover trascinare quattro bambini fino alla scuola elementare.

«Ho io le tue cose.» Torno al piano di sotto con le sue scarpe da ginnastica e la felpa. Al mattino fa freschino, ma per l'ora di pranzo ci saranno venti gradi. Adoro l'autunno, ma non quanto le calme giornate estive in cui nessuno deve andare da nessuna parte fino a fine agosto, quando Charlotte comincia gli allenamenti delle cheerleader.

Sono in cucina a chiudere i contenitori per il pranzo quando mi squilla il telefono. Nel vedere che è Kane, rispondo subito. È stato via per due settimane sulla portaerei *u.s.s Dwight D. Eisenhower* e dovrebbe tornare nel tardo pomeriggio. Il suo cellulare deve aver agganciato una cella, e ne sono felicissima.

«Ciao.» Incastro il telefono nell'incavo della spalla per avere le mani libere.

«Ciao. Come va lì?»

«Regna il tipico caos mattutino grazie a tuo figlio.»

«Adoro il fatto che sia mio figlio quando scatena il caos e tuo figlio quando fa qualcosa di buono.»

«Che cosa vorresti dire?» chiedo con un sorriso. Non vedo l'ora di vederlo. È tutto più bello quando è a casa.

«Niente. Era solo per dire. Mi mancate. Come stanno i piccoli?»

«Alla grande. Charlotte li tiene d'occhio mentre cerco di stanare Levi dal bagno.»

Kane scoppia a ridere.

«Non è divertente ed è tutta colpa tua, perché gli hai detto che un uomo ha bisogno dei suoi tempi al mattino.»

«È la verità.»

«Insegnalo anche a Hayes e Hudson, e avremo un problema.»

«Non vedo l'ora di rivedervi.»

«Anche noi.»

«Ti va una seratina romantica dopo che li avremo messi a letto?»

«Ci sto.»

Siccome non è facile trovare una babysitter per quattro bambini entro i nove anni d'età, tra cui due gemelli di nove mesi, siamo diventati dei professionisti delle serate romantiche senza dover uscire di casa.

«A che ora torni?»

«Nel tardo pomeriggio. Vedo già la terra.»

«Saranno entusiasti.» Non dico mai ai bambini che tornerà fino a quando arriva in porto, nel caso in cui ci sia qualche ritardo. Oggi non accadrà, quindi ormai posso vuotare il sacco.

«Anch'io. Prima di cena li porto al parco, così avrai qualche minuto per te.»

«Come potrei rifiutare?»

«Ci vediamo presto. Ti amo.»

«Ti amo anch'io. Sbrigati.»

«Mi sbrigo.»

«Era il papà?» chiede Charlotte.

Mentre le do il suo pranzo, Levi fa finalmente la sua comparsa in cucina e divora una barretta proteica.

Gli indico dove ho messo le sue scarpe. «Sì, era lui. Tornerà questo pomeriggio.»

«Quando ti chiama dopo una missione, fai tutta l'ochetta» dice lei, sbattendo le ciglia per prendermi in giro.

Scoppio a ridere. «Per caso hai una crisi epilettica?»

«Ah ah, no. Sei tu quando torna il papà.»

Le do un bonario buffetto in testa, recupero i gemelli dai seggioloni e usciamo, giusto in tempo per vedere l'autobus che arranca nella nostra strada. Per un pelo, di nuovo. Con i gemelli in braccio, riesco chissà come a mandare un bacio a Charlotte e Levi e rientrare in casa senza disastri.

Lascio i bambini a giocare sul loro tappeto e corro in cucina a prendere un caffè, senza mai staccargli gli occhi di dosso. Quei due sono un fulmine ormai.

Quando torno in salotto, Hayes tiene in bocca il piede di Hudson.

Intervengo solo quando Hudson inizia a protestare ma, come un pezzo di ferro e una calamita, nel giro di un minuto sono di nuovo uno sopra l'altro. Non sopportano di stare separati per nessun motivo.

Li ho appena messi a letto per il riposino di metà mattina, quando suona il campanello.

Sarà la mia vicina che vuole farmi provare la sua ultima creazione. Sta avviando un'attività di torte fatte in casa e io le do una mano con i social.

Vado ad aprire, ma non è Gretchen.

Nel vedere Houston Rafferty, vengo travolta da mille ricordi dolorosi legati a un periodo che preferirei dimenticare. Che cosa diamine ci fa qui? «Houston?»

«Ciao, Neisy.» Quel nome... non lo uso da quell'estate d'inferno.

«Che-che cosa ci fai qui?»

«Posso entrare un attimo?»

Da quando l'ho visto, sono rimasta come paralizzata. «Certo.» Apro anche la controporta.

Mentre il mio vecchio amico varca la soglia di casa mia, dentro di me sto urlando. Houston è sempre stato buono con me, però mi ricorda un periodo che ho fatto di tutto per lasciarmi alle spalle.

«Che bella casa.»

«È un disastro, con quattro bambini.» Mi stringo nelle spalle. «Ho rinunciato all'ordine anni fa.»

«Ho saputo che tu e Kane state ancora insieme. Mi fa piacere.»

«Co-come mi hai trovato?»

«Sono stato da Ronnie.»

Il cugino di mia madre, proprietario del ristorante dove ho lavorato con Houston. Non vedo Ronnie da anni, da quando...

Incrocio le braccia, come se bastasse a proteggermi dall'incursione scatenata dalla visita inaspettata di Houston.

«Possiamo sederci?»

Se non fosse l'unica persona a essere stata buona con me, direi di no. Gli chiederei di andarsene. Ma, siccome è lui, mi siedo sul divano più piccolo e gli lascio quello più grande nell'unica stanza che non è stata completamente invasa dai bambini.

«Come mai sei qui?»

«Ho delle novità sul tuo caso.»

A queste parole, rabbrividisco di paura. «Il mio caso? Non c'è nessun caso. È stato archiviato per mancanza di prove.»

«Si è fatta avanti una testimone.»

Ci metto un minuto buono per assimilare queste parole. «Una testimone.»

«Sì.»

«Qualcuno l'ha visto...»

«Sì.»

Lui non batte ciglio.

Distolgo lo sguardo. Non ce la faccio.

«Neisy...»

«Non chiamarmi così, per favore. Adesso sono Denise.» Vorrei dirgli che Neisy è morta tanto tempo fa e che Denise è stata costretta a raccogliere i pezzi della sua vita e ad andare avanti, a trovare l'amore, un senso e la felicità. Tutte cose che Ryder ha cercato di portare via a Neisy.

«Scusami, Denise.»

«Che cosa vuoi da me?»

«Adesso sono il capo della polizia di Land's End. Il procuratore potrebbe essere disposto a riaprire il caso sulla base di questa testimonianza oculare.»

«No.»

«No?»

«Non riaprirò il caso. La prima volta è stata quasi la mia fine. Non posso passarci di nuovo.»

«Capisco come ti senti, ma...»

Dentro di me prende a ribollire una rabbia che non provavo da quell'estate. «A meno che tu sia stato aggredito, stuprato e depredato della tua verginità dall'eroe locale e chiamato sgualdrina dai suoi amici, *non puoi* capire come mi sento. A meno che tu abbia perso il bambino di cui eri rimasta incinta quella sera, non puoi capire il percorso che sono stata costretta a intraprendere per rimettere insieme la mia vita o quanto mi ci sia voluto. Ci ho messo *anni*, Houston. Non posso tornare indietro solo perché qualcuno che all'epoca non fece la cosa giusta adesso vuole ripulirsi la coscienza. Non c'è niente al mondo che possa farmi rivivere quel periodo.»

«Nemmeno il fatto di ottenere giustizia?»

Scuoto la testa. «Chi è la testimone?»

«Non ha importanza perché, senza la tua collaborazione, non c'è nessun caso.»

«Ha importanza per me. Voglio sapere chi mi abbandonò nel bosco dopo che ero stata stuprata e poi è rimasta zitta per tutti questi anni.»

«Blaise Merrick.»

Mi ci vuole un secondo per associare un volto al nome. Ricordo Arlo Merrick perché avevo seguito un corso con lui e perché era tra i ragazzi che firmarono quell'orrenda dichiarazione piena di bugie. Non ho ricordi precisi di Blaise, quindi non era tra i miei aguzzini.

«Perché non si fece avanti?» Non appena lo chiedo, alzo una mano. «Fa niente. So perché. Era cresciuta insieme a lui, mentre io non contavo niente per lei.»

«Non è così. Ho raccolto io la sua testimonianza. Questo fardello l'ha logorata ogni giorno da quando è successo. Mi ha spiegato che era legata a lui tramite il fratello, che è ancora uno dei suoi migliori amici. La sua migliore amica dell'epoca usciva con il fratello di Ryder e poi lei non aveva il permesso di andare in macchina a Land's End. Diversi fattori la spinsero a tacere e ne è amaramente pentita.»

Stento a crederci. «E allora perché adesso?»

«Ryder è candidato al Congresso e Blaise ha detto che, sapendo quello che sapeva su di lui, non sopportava l'idea che ricoprisse una tale carica. Nell'istante in cui l'ha saputo, non è più riuscita a tenere il segreto nemmeno per un secondo. Ha guidato da New York a Land's End e ha chiesto di vedermi.»

Sento torcersi le budella.

Ryder è candidato al Congresso.

Blaise assistette mentre lui mi stuprava ed è disposta a testimoniarlo, altrimenti Houston non sarebbe venuto fin qui per trovarmi.

Houston lascia un biglietto da visita sul tavolino davanti a me e si alza. «Pensaci. Se cambi idea, chiamami.»

Vorrei dirgli che non cambierò idea.

Lo accompagno alla porta, con la mente invasa dai pensieri, dalle emozioni e dai ricordi rimasti sepolti per anni. Ci è voluto del tempo, molto tempo, per non pensare più ogni giorno a quell'estate. Non posso ripensare a quell'orribile periodo e continuare a occuparmi della mia famiglia. Ne sono certa come del fatto che respiro. Finirei di nuovo a pezzi. Sono sopravvissuta una volta, ma non ce la farò una seconda.

«Mi dispiace di essermi presentato così all'improvviso e averti turbato, ma non mi andava di darti la notizia al telefono.»

«Stai solo facendo il tuo lavoro. A proposito, congratulazioni per la promozione.»

«Grazie.»

«Tuo padre sarà orgoglioso di te.»

«Già.»

«Il resto della famiglia sta bene?» Mi costringo a chiederglielo, ma non mi importa di nessuno a parte lui, l'unico amico che avevo.

«Sì, Dallas vive ancora in zona con la moglie e tre bambini, e Austin sta in California. È sposata e ha due maschietti.»

Nel sentire il nome di Dallas, che mentì su di me per salvare Ryder, fremo dalla rabbia. «E tu?»

«Non sono sposato e non ho figli. Diciamo che sono sposato con il mio lavoro.»

«Grazie per essere venuto, Houston. Mi dispiace che sia stato un viaggio a vuoto.»

«Non è stato a vuoto, perché ho rivisto una vecchia amica. Sono contento di sapere che sei felice e che stai bene, Denise. Te lo meriti.»

«Come tutti. Non lasciarti assorbire troppo dal lavoro.»

«Ci proverò.» Mi guarda con tenerezza, come un vecchio amico. «Abbi cura di te.»

«Anche tu.»

. . .

Il ritorno di Kane provoca il solito circo, con i bambini che reclamano ogni secondo della sua attenzione dopo due settimane di lontananza. Mentre lui porta Charlotte e Levi al parco, li aiuta con i compiti e il bagno, io preparo la cena.

«Che succede?» mi chiede quando, per la terza volta, mi sorprende sovrappensiero.

«Ne parliamo quando saranno a letto.»

«Stai bene?»

«Credo di sì.»

Con un'occhiata incuriosita, prende i gemelli e li porta a dormire per primi.

Ci vuole di più con Charlotte e Levi, che si fanno leggere diverse storie dal papà.

Quando Kane torna di sotto, è passata più di un'ora.

Lo sto aspettando con un bicchiere del Cabernet che adora.

«Prima le cose importanti.» Mi raggiunge e mi dà un lungo bacio. «Ciao.»

Anche nei momenti più difficili, riesce a farmi sorridere. «Bentornato a casa.»

«Andare in missione è sempre più difficile. Vorrei restare qui con voi.»

«Vuol dire che hai deciso di abbandonare il servizio attivo?» Dopo quasi otto anni in Marina, non sa se proseguire con questa carriera.

«Forse, ma ne parliamo un'altra volta. Che cosa ti succede?»

«Prima è venuto a trovarmi Houston Rafferty.»

A quel nome e ai ricordi che lo accompagnano, rimane scioccato quanto me di fronte a Houston. «Che cosa voleva?»

«Dirmi che si è fatta avanti una testimone che può confermare la mia storia su quanto accadde quella sera.»

Mi fissa con un'espressione di shock e di rabbia. «Una testimone si è fatta avanti *adesso*? Dov'è stata per tutto questo tempo?»

«Era molto legata a lui. A quanto pare, non è più riuscita a stare zitta dopo aver scoperto che lui è candidato al Congresso.»

Kane è incredulo, e arrabbiato come non lo vedevo da quell'estate. «È candidato al Congresso.»

«Sono rimasta sorpresa anch'io, ma la testimone ha detto a Houston che non poteva permettere che venisse eletto.»

«Però non si è fatta problemi a restare a guardare mentre ti attaccavano quando successe? Non ha avuto la decenza di farsi avanti quando la sua testimonianza avrebbe potuto mandarlo a processo?»

«Era complicato per lei.»

«Complicato per *lei*?»

«Sss, Kane. Abbassa la voce.»

«Scusa, Dee, ma non voglio sentirmi dire che era complicato per lei. Tu hai attraversato l'inferno e lei avrebbe potuto aiutarti, invece ha scelto di non farlo.»

«Houston ha detto che suo fratello era il migliore amico di *tu sai chi*.» In questa casa, non pronunciamo mai il suo nome. «La sua migliore amica usciva con il fratello di lui. Lei non avrebbe dovuto essere alla festa quella sera e sarebbe finita nei guai a casa. Per non parlare del fatto che era cresciuta con lui e che io ero una perfetta sconosciuta.»

«Vide che venivi aggredita e stuprata e non disse niente. Non mi interessano le ragioni che pensava di avere. Non ci sono scuse per aver taciuto una cosa come questa per *quattordici anni*, cazzo. E quel figlio di puttana è candidato al Congresso?»

«Kane...»

«Scusa, ma sono furioso.»

«Lo so.»

Si ammorbidisce, mi prende tra le braccia e mi stringe a sé. «Certo che lo sai. Che cosa hai detto a Houston?»

«Che non ero interessata a rivivere quel periodo della mia vita.»

Aspetto una risposta da parte sua ma, siccome non arriva, mi ritraggo e lo guardo in faccia, turbata dall'espressione burrascosa così lontana dal suo solito fare rilassato. «Dimmi che cosa stai pensando.»

«Vorrei che mettessi al muro quel figlio di puttana. È *candidato al Congresso*? Fanculo, Dee. Non si merita un lavoro del genere. Non si merita *niente* dopo quello che ti ha fatto.»

«Non so se ce la faccio. La prima volta è stata quasi la mia fine.»

«Stavolta sarà diverso. C'è qualcuno che conferma la tua versione e non hai più diciassette anni. Non dovrai più affrontare i ragazzini che lo difendono.»

«Le stesse persone continueranno a difenderlo, soprattutto quelle che mentirono sotto giuramento la prima volta.»

«E allora? Non possono farti niente. Adesso hai una vita intera in cui loro non c'entrano niente.»

«Non mi va che in questa nuova vita vengano a saperlo tutti. Non mi va di riaprire quella ferita. Ho paura che cambierà ogni cosa e che cancellerà tutto il lavoro che abbiamo fatto per andare avanti.»

«Capisco le tue paure, ma lascia che ti faccia una domanda: se non fossi l'unica a cui l'ha fatto? Se ci fossero altre donne?»

«Non dare la colpa a me! Non posso essere responsabile di quello che lui ha fatto ad altre persone.»

«Non sto dicendo che tu sia responsabile. Sto dicendo che, se testimonierai, potresti impedire che succeda a qualcun'altra.»

Scatto in piedi, incapace di restare seduta. «Non voglio avere niente a che fare con questa storia.»

«È una decisione tua.»

«Se decido di non fare niente, mi sosterrai?»

«Ti sosterrò sempre, e lo sai.»

«Magari non succederà niente. Houston è in contatto con l'ufficio del procuratore. È lui a dover decidere se riaprire il caso dopo tutto questo tempo.»

«Qualunque sarà la tua decisione, io sarò al tuo fianco.»

«Grazie.»

«Torna qui.» Mi porge una mano. «Mi sei mancata tanto.»

Gli prendo la mano e mi siedo accanto a lui. «Anche tu mi sei mancato.»

Mi lascio stringere nel suo caldo abbraccio, decisa a non permettere al passato di interferire con il presente pieno di gioia che mi sono costruita. Tuttavia, è più facile a dirsi che a farsi. Da quando Houston si è presentato alla porta, i ricordi di quel periodo sono tornati, vividi come allora.

«L'hai già detto a tuo padre?» s'informa Kane.

«No. Volevo parlarne prima con te.»

«Devi dirglielo.»

«Ho paura che lo uccida, quando saprà che è candidato al Congresso.»

«Non lo farà, anche se ne avrà voglia. Come me.»

«Non posso più parlare di questa storia se voglio riuscire a dormire.»

«Che cosa posso fare?»

Lo cingo in vita e mi accoccolo contro di lui. «Resta così.»

«Non c'è nient'altro che preferirei fare al mondo.»

QUATTORDICI

Blaise
Presente

A svegliarmi da un sonno stranamente profondo è un cane che abbaia. Ci metto un attimo a capire dove sono e perché, mentre ricordo gli avvenimenti degli ultimi due giorni: ho raccontato a Houston quello che ho visto, lui ha contattato il procuratore per riaprire il caso contro Ryder e sta rintracciando Neisy.

Aspetto la nausea al pensiero che la gente scopra quello che ho fatto, invece mi sento soltanto sollevata e determinata. Voglio che tutti sappiano quello che ha fatto Ryder e che lui la paghi. Ormai non mi importa più se mi odieranno per essermi fatta avanti. Devo poter vivere con me stessa e, adesso che ho fatto il primo passo per rimediare al passato, è molto più facile.

Sento vibrare il telefono per un messaggio, l'ottavo da parte del mio capo.

Li ignoro tutti. Qualsiasi cosa voglia, può aspettare fino a quando avrò cominciato la giornata.

Mi preparo un caffè alla macchinetta in cucina ed esco con la tazza in mano per vedere che cosa succede.

Jack sta lanciando una pallina a uno stupendo Golden Retriever che, non appena mi vede, perde interesse nel gioco e mi corre incontro per salutarmi.

«Attenta alla sua lingua malefica» esclama Jack.

Seduta sulle scale, scopro che non scherzava affatto e mi ritrovo lavata dalla saliva del cane, che mi fa ridere per la prima volta da non so più nemmeno quanto tempo. Nel giro di due secondi, sono ricoperta di bava e peli.

Jack accorre in mio soccorso. «Mi dispiace. Continuo a pensare che smetterà di comportarsi come una cucciola, ma ormai ha tre anni.»

«È bellissima. Dov'era ieri?»

«Dal veterinario per farsi pulire i denti.»

«Come ti chiami, bella?»

«Fenway.»

«Mi piace. Un omaggio ai Red Sox.»

«Già. Sei una loro tifosa?»

«Certo. E ti assicuro che non ho vita facile a New York.»

«Ci credo.» Lancia la pallina da tennis e il cane corre verso la casa. «Ti ha fatto finire dei peli nel caffè?»

«Non mi sembra.»

«Scusa se ti abbiamo disturbato.»

«Nessun disturbo.»

Il cane torna con la palla e la depone ai piedi di Jack, in trepidante attesa che lui la tiri di nuovo.

«Quante volte gliela devi lanciare?»

«Due o trecento al giorno?» risponde con una smorfia.

Scoppio a ridere. «Mio fratello usa una mazza per far stancare più in fretta il suo cane.» Lo so perché ho visto un video in cui Arlo lo faceva, non perché vi abbia assistito di persona.

«È un'ottima idea. Tirerò fuori la mazza che usavo da piccolo.»

Mentre li guardo giocare, bevo il caffè e mi domando che lavoro faccia.

Ci sa fare con Fenway, ride ai suoi scherzi e la loda nei rari secondi in cui si comporta bene.

Anche se di rado penso agli uomini, alle relazioni e a tutto ciò che comportano, non posso negare che Jack sia adorabile e sexy in modo rustico. I jeans sbiaditi gli calzano a pennello e la camicia di flanella quasi sbottonata lascia intravedere il petto e l'addome muscolosi mentre gira per il giardino a piedi nudi. Vorrei chiedergli se gli diventano freddi, ma lui mi anticipa.

Lancia la palla per la centesima volta. «Per quanto resterai in città?»

«Non lo so.»

Inarca le sopracciglia. «Sei una donna misteriosa.»

«Non troppo.»

«Qui non vengono molti visitatori che non siano turisti, e non ce ne sono granché in questo periodo dell'anno.»

Essendo cresciuta sull'altra sponda del fiume, lo so bene. Questa zona è tranquilla in autunno, inverno e primavera, prima che ingrani la stagione estiva.

«Da quanto vivi qui?» gli chiedo, nella speranza di spostare l'attenzione su di lui visto che non so come rispondere alle domande sul perché sono qui.

«Da tutta la vita. Questa era la casa dei miei genitori. Quando sono morti, me l'hanno lasciata e ho aggiunto i bungalow per pagare le tasse, che non sono indifferenti.»

«Mi dispiace per i tuoi.»

«Grazie.»

«Erano malati?»

Annuisce e lancia di nuovo la palla. «Avevano entrambi il cancro e sono morti a sei settimane di distanza. Due anni fa.»

«Oddio, Jack. Mi dispiace tanto. Dev'essere stato terribile.»

«È stato un periodo di merda. Sono figlio unico, quindi ho avuto molto di cui occuparmi.»

Nel sentire la sua storia, mi rendo conto che tutti affrontano una qualche situazione pesante. A volte me ne dimentico, dopo essermi portata appresso il mio fardello così a lungo. Per la prima volta da quattordici anni a questa parte, mi sento più leggera. Houston sa quello che ho visto e sta sfruttando al meglio l'informazione. Qualsiasi cosa accada ora, non dipende più da me e mi sento sollevata.

Mi squilla il telefono e sullo schermo lampeggia il nome di Houston.

Rientro per rispondere, salutando con un cenno Jack. «Ciao.»

«Ciao. Come va?»

«Bene. Tu?»

«Ho degli aggiornamenti. Per prima cosa, ieri sono stato in Virginia per incontrare Neisy, che adesso si fa chiamare Denise. Le ho detto che si è fatta avanti una testimone in grado di corroborare la sua versione e che il procuratore sta valutando se riaprire il caso, ma lei non è interessata.»

A questa notizia, mi sento stranamente abbattuta. D'altra parte, che cosa mi aspettavo? «Oh. Be', posso capirla.»

«Anch'io. Tuttavia, forse non ci sarà bisogno di lei per procedere. Questo pomeriggio esaminerò i dettagli con l'ufficio del procuratore. Potrebbe essere sufficiente la tua testimonianza, insieme alla dichiarazione giurata rilasciata da Denise quando sporse denuncia.»

Il pensiero di essere l'unico motivo perché il caso venga riaperto mi spaventa, ma vado avanti imperterrita. «Farò tutto il necessario.»

«Di sicuro il procuratore vorrà una dichiarazione da parte tua, sotto giuramento, prima di decidere se procedere.»

Al pensiero di dover rivivere i dettagli strazianti di quella sera mi si secca la bocca, ma farò tutto il possibile per rimediare al passato. «Va bene.»

«So che continuo a ripetertelo, ma voglio che tu sia pronta per il putiferio che si scatenerà.»

«Ti ringrazio per l'interessamento, ma non potrei essere più preparata.» Mentre lo dico, noto che mi tremano le mani. Dentro di me c'è ancora la diciassettenne intimidita che teme di essere odiata da tutti.

«Dovresti informare Jack della situazione.»

«Perché?»

«Voglio saperti al sicuro. Se e quando il caso verrà riaperto, aumenterò le pattuglie vicino a casa sua.»

Davanti ai suoi timori per la mia sicurezza, sento l'ansia montare alle stelle. «Quanto ho prima che si sappia in giro?»

«Dipende dalla decisione del procuratore. Ti richiamo dopo averlo visto. Senza la testimonianza di Denise, la situazione cambia.»

«Le hai detto chi si è fatto avanti?»

«Sì. Non era sicura di ricordarsi di te, però si ricordava di Arlo.»

«Sarà arrabbiata.»

«Era confusa e delusa.»

«Spero che tu le abbia detto che mi odio da allora per non aver fatto la cosa giusta.»

«Gliel'ho detto. Ti richiamo dopo aver parlato con l'ufficio del procuratore.»

«Secondo te dovrei avvisare la mia famiglia?»

«Aspetta fino alla riunione di oggi. Se il procuratore deciderà di non procedere, non ci sarà motivo di dirlo a nessuno.»

«Capisco. Grazie, Houston. Ti sono grata per tutto quello che stai facendo.»

«Faccio solo il mio lavoro.»

Conclusa la chiamata, rimango seduta a lungo a pensare a quello che mi ha detto e a come affrontare mia madre, che oggi vuole vedermi.

Decido di dirle tutto. Soltanto a lei. Le scrivo per sapere se posso andare da lei.

Mi risponde all'istante. *Certo. Preparo il pranzo. Non vedo l'ora di vederti.*

Arrivo tra poco.

Denise
Presente

Il giorno seguente, rimango a letto con il caffè che mi ha portato Kane mentre lo sento preparare Charlotte e Levi per l'autobus e far fare il riposino di metà mattina ai gemelli.

Più di una volta ridacchio al tono frustrato che usa con Levi.

Quando entra in camera nostra, si butta sul letto a faccia in giù. «Voglio tornare in mare.»

Ridendo, gli accarezzo i capelli scuri rasati come richiede la Marina. Pizzicano.

Gira la testa verso di me. «Come ci riesci ogni giorno senza ucciderne neanche uno?»

«Non penso mai di uccidere loro.»

«Ho capito» dice con un sorriso smagliante. «Pensi di uccidere me per averti donato quattro angioletti.»

«Non avresti dovuto scoprirlo!»

«Ah ah! Mentre io proteggo il nostro paese, tu fai pensieri omicidi su di me.»

«Ogni giorno, eppure non vedo comunque l'ora che torni a casa.»

Mi cinge con un braccio e si accoccola contro di me, con la testa sul mio petto. «Anch'io. Quando sono via, mi mancate moltissimo.»

Lo abbraccio e, come ogni giorno, ringrazio il cielo per lui e la nostra vita insieme. È tutto merito suo e del suo amore tenace se sono riuscita a rimettere insieme i pezzi di me dopo quell'estate traumatica. Eravamo due ragazzini, ma lui sapeva di che cosa avevo bisogno e come darmelo e non lo scorderò mai. Ci siamo sposati subito dopo il diploma, alla presenza solo dei nostri genitori. Alla University of Virginia nessuno sapeva che eravamo sposati, e ci stava benissimo così. Era il nostro piccolo segreto.

«Dee?»

«Sì?»

«Stavo pensando.»

«A che cosa?»

«Alla visita di Houston.»

Ogni muscolo del mio corpo si irrigidisce. La notizia che Houston mi ha dato ha offuscato il tipico entusiasmo per il ritorno di Kane. «Che cosa stavi pensando?»

«Continuo a pensare che quel figlio di puttana sta vivendo la sua vita come se niente fosse e, da stronzo arrogante quale è, si è candidato al *Congresso* senza temere che il passato torni a tormentarlo. Non ha idea di quello che hai dovuto passare tu per causa sua. E adesso c'è la possibilità di fargliela pagare.» Solleva la testa e mi fissa con occhi imploranti. «Voglio che lui la *paghi*.»

«Anch'io non riesco a pensare ad altro.»

Mi prende il viso tra le mani, costringendomi a guardarlo. «Non riesco nemmeno a immaginare come ti senti. Veder tornare quell'incubo dopo tutti questi anni, sapere che c'era una testimone che all'epoca non si fece avanti... è il tradimento peggiore.»

«Anch'io voglio che lui la paghi, però ho paura.»

«Di che cosa, tesoro?»

«E se riaprire quella ferita mi distruggesse di nuovo? E se non riuscissi a occuparmi dei bambini?»

«Io sarò al tuo fianco per tutto il tempo.»

«Devi lavorare. Chissà dove sarai, se si andrà al processo.»

«Lascerò la Marina. Amo il mio lavoro, ma amo di più la mia famiglia. Voglio essere sempre presente per te e i bambini. Non voglio perdermi le partire di calcio, le cene o le serate in famiglia. Voglio stare con voi.»

«Anche noi ti vogliamo qui, ma solo se è davvero quello che vuoi. So quanto ami stare in Marina.»

«È vero, ma non quanto amo te e i bambini.»

«Che lavoro farai?»

«Sto sondando il terreno. Che ne diresti di tornare nella zona di Washington?»

«Mi mancheranno gli amici che abbiamo qui, ma tanto la maggior parte di loro verrà trasferita nei prossimi anni, e Washington è casa nostra.»

«Speravo che avresti detto così. In questo modo, ti starò accanto se e quando il caso finisse in tribunale. Saremmo vicini a tuo padre e ai miei, che ci aiuterebbero con i bambini.»

I miei genitori hanno divorziato anni fa. Mia madre, che è riuscita a restare sobria dopo anni di ricadute, abita a Denver con il secondo marito, mentre mio padre si gode la pensione con una compagna di lunga data, che adoriamo.

«Pensi davvero che dovrei farlo?»

«Penso che dovresti fare ciò che è meglio per te. Se la risposta è no, allora non farlo. Però voglio che tu sappia che, se deciderai di andare avanti, io ti sosterrò a ogni passo, e di persona, non da lontano.»

«Questo cambia tutto. Ogni cosa è più bella quando ci sei tu.»

Mi sorride e si sporge per un bacio. «Anche per me. Alla fine ce la siamo cavata bene, eh?»

«Alla grande. La prima volta, non sarei sopravvissuta senza di te.»

«Invece sì, perché sei più dura di quanto pensi.»

«No.»

«Be', la vediamo diversamente, perché per me sei la persona più forte che abbia mai conosciuto.»

«Devi uscire di più.»

«Ah ah, lo sai che non vorrei stare da nessun'altra parte se non qui con te.»

Quando mi bacia di nuovo, lo abbraccio e, per il momento, lascio scivolare via tutte le preoccupazioni. Le ritroverò dopo questo interludio rubato con il mio amore.

«Ieri sera, quando sono tornato, abbiamo dimenticato una tradizione» dice contro le mie labbra.

«Non l'ho dimenticata. Speravo di farmi perdonare stamattina.»

«Non devi farti perdonare niente.»

«E se volessi?»

«Sei sicura?»

«Mi rifiuto di permettere a *lui*, a Houston o a questa storia di riportarmi a quel periodo. Abbiamo lavorato troppo per lasciarci tutto alle spalle per permettere che rovini il presente.»

«Sono d'accordo, sul serio, però voglio che tu sia sicura.»

«Sono sicura di sapere esattamente con chi sono a letto, e cioè l'amore della mia vita.»

Con un sorriso, mi bacia, mi tocca e mi fa dimenticare tutte le preoccupazioni e le paure, come fa da quando lo conosco. C'è voluto molto tempo, più di due anni e diversi tentativi falliti, prima che riuscissi finalmente a fare l'amore con lui provando solo eccitazione e felicità allo stato puro.

La sua devozione verso di me e la determinazione ad aspettare che fossi pronta non hanno mai vacillato. È stato lui a salvarmi, in più di un senso. Dopo la nascita dei gemelli, si è sottoposto a una vasectomia, così ora siamo liberi di stare insieme senza il pensiero di avere altri bambini. Quando abbiamo deciso di avere un terzo figlio, ne abbiamo avuti il doppio di quanto ci aspettavamo e ora la nostra famiglia è più che al completo.

Vorrei tanto godermi questo momento ma, con la mente impantanata nel passato, mi limito a lasciarmi guidare da Kane senza metterci troppo la testa.

«Dee.»

Alzo lo sguardo verso di lui mentre si muove dentro di me.

«Dov'eri andata?»

«Da nessuna parte.»

Mi fissa, con la testa inclinata. Mi conosce meglio di chiunque altro e sa benissimo quali pensieri mi affollano la mente. «Ci siamo solo io e te, tesoro. Solo io e te.»

«Lo so.»

«Resta con me.»

«Sono qui.»

«Ti amo tantissimo. Sei tutta la mia vita.»

Alle sue parole dolci, mi vengono le lacrime agli occhi. «E tu sei la mia.»

«E fino a quando sarà così, non ci mancherà niente. Non dimenticarlo.»

«No, non potrei mai.»

Mi stringe nel suo caldo abbraccio mentre arriva al culmine, che io invece non raggiungo. Mio malgrado, sono troppo distratta.

«Mi dispiace» dico dopo un lungo silenzio per riprendere fiato.

«Non devi, amore. So che cosa ti fa questa situazione e non te ne faccio certo una colpa.»

«Stavo pensando a quello che hai detto prima, sul fatto di non lasciargliela passare liscia.»

Mi fissa e mi scosta i capelli dal viso con l'indice. «Dipende solo da te e rispetterò qualsiasi decisione tu prenda.»

«Ho paura delle conseguenze per me, per noi e per la nostra famiglia. Ma quando penso che lui vive la sua vita, e si candida pure per una carica importante, come se non avesse fatto nulla di male... Voglio giustizia. Voglio che la gente sappia quello che mi ha fatto. Voglio che sappia del bambino e di quanto ho sofferto quando l'ho perso mentre lui è andato avanti con la sua vita come se niente fosse. E voglio ribadire, in tribunale, che gli altri ragazzi che giurarono di essere stati a letto con me erano dei bugiardi.»

«Sarò al tuo fianco, Dee. Ogni minuto di ogni giorno, fino a quando giustizia sarà fatta.»

«È l'unico motivo per cui lo faccio, perché lo faremo insieme.»

«Come sempre.»

«Chiamerò Houston.»

QUINDICI

Blaise
Presente

Mi faccio una doccia, mi metto dei jeans e un maglioncino ed esco diretta alla casa in cui sono cresciuta, per la prima volta da quando mio padre è morto d'infarto sette anni fa. È stata l'unica da quando sono andata via per frequentare l'università, una decisione che ha causato un attrito non indifferente in famiglia. Per anni i miei fratelli mi hanno chiesto come mai non tornassi, fino a quando hanno smesso di cercarmi. Ci parliamo ancora, ma non siamo molto legati e conosco a malapena i miei nipoti. Sono stata io a volerlo, per motivi che per me hanno sempre avuto senso, ma adesso... Se questa storia verrà fuori, chissà se ci allontanerà ancora di più o se ci farà riavvicinare.

Non lo so, e l'incertezza alimenta ulteriormente la mia ansia mentre imbocco il ponte verso Hope.

Con i nervi a fior di pelle, percorro le strade familiari, le stesse di quella sera di tanti anni fa dopo aver assistito al crimine che ha cambiato ogni cosa.

Parcheggio dietro la Toyota Camry grigio metallizzato di mia madre e osservo la casa coloniale a due piani in cui sono cresciuta. È di un grigio più scuro e ha le persiane nere. Prima erano rosse.

Mia madre esce con un sorriso entusiasta che non le vedevo dalla morte del papà. È venuta spesso a trovarmi a New York, ma bramava di vedermi tornare.

Ci abbracciamo sul marciapiede.

«Che bello averti qui, tesoro mio.»

«È bello essere a casa.»

Quando entriamo, l'odore familiare delle candele e dei prodotti per la pulizia che lei preferisce scatena un milione di ricordi dei momenti belli e di quelli brutti. I primi sono stati molti di più, ma i secondi hanno eclissato tutto il resto, ennesimo motivo per cui mi sento in colpa. Voltando le spalle a loro e a questo posto in cui siamo stati una famiglia, ho fatto soffrire i miei genitori e i miei fratelli.

Sulla parete del soggiorno spiccano le nostre foto incorniciate dell'ultimo anno di liceo, Teagan e Arlo sopra e io e Junie sotto. L'unica che non sorride sono io. Il mio ultimo anno è stato un incubo da patire, non da festeggiare.

Ricordo che mia madre si era arrabbiata perché mi ero rifiutata di sorridere al fotografo. *Sul serio, Blaise,* mi aveva detto. *Non capisco che cosa diamine ti abbia preso ultimamente.*

Erano anni che non ci pensavo.

Mi fa strada in cucina, che è stata rimodernata. Avevo già visto delle foto, quindi sono pronta per i cambiamenti, ma a colpirmi negativamente è il fatto che mio padre non ci sia più.

Mi siedo mentre lei mi prepara un bicchierone di tè freddo con il limone, come piace a me, e porta in tavola due piatti con sandwich di insalata di pollo, un sacchetto di patatine e i miei cetriolini sottaceto preferiti. «Grazie, mamma. Sembra delizioso.»

«Non sai quanto sia bello averti qui per pranzo, Blaise. Mi sei mancata così tanto.»

«Anche tu mi sei mancata.»

Ad aleggiare tra noi rimane l'incognita che ci accompagna da tutti questi anni: il motivo per cui me ne sono andata senza più fare ritorno, se non l'unica volta in cui sono stata costretta. Dopo la morte di mio padre, ho pianto per tutte le vacanze e le ricorrenze che avrei dovuto trascorrere insieme a lui e agli altri ma, all'epoca, stare lontana mi era sembrato più facile.

Adesso, non sono più tanto sicura che sia stata la scelta migliore.

Devo riconoscere a mia madre il suo sorprendente autocontrollo, perché non mi mette subito sotto torchio per sapere come mai la notizia della candidatura di Ryder al Congresso mi abbia fatto tornare di corsa dopo che praticamente nient'altro ci era riuscito per quattordici anni.

Mentre mangiamo, mi aggiorna sulle ultime novità in famiglia. La gravidanza di Teagan si sta rivelando difficile, la figlia di Arlo (che ha quattro anni e non ho mai visto di persona) ha iniziato a giocare a calcio e Junie è entusiasta per aver ottenuto un lavoro nel campo del marketing.

Dopo un'ora di chiacchiere su famigliari, amici e vicini, abbiamo esaurito gli argomenti.

Mi pulisco la bocca con un tovagliolo di carta e chiamo a raccolta il coraggio per confessare la verità. «Ti starai domandando come mai sono tornata di corsa dopo quello che mi hai detto l'altro giorno.»

«Cioè che Ryder è candidato al Congresso. Per quanto mi sforzi, non riesco a capire come mai ti abbia convinto a fare ritorno quando nient'altro aveva funzionato a parte la perdita del papà. Nemmeno la nascita dei tuoi nipoti.»

Dalle sue parole traspare tutto il suo dolore, forte e chiaro. «Avevo un buon motivo.»

Si trattiene di nuovo, in attesa che sia io a rivelarlo.

«Ricordi quando Ryder fu accusato di aver stuprato Neisy Sutton?»

«Certo, e ricordo che finì tutto in niente.»

«Per mancanza di prove.»

«Fu un tale sollievo quando il caso fu accantonato. Ryder era un bravo ragazzo e non si meritava quello che gli fece quella ragazza.»

«Invece sì.»

«Come?»

«Io lo vidi, mamma.»

Si appoggia allo schienale della sedia. «Che cosa?»

«Lo vidi mentre la stuprava.»

«Oh, Blaise. Oh, cielo.» Si interrompe e mi fissa con i suoi occhi penetranti. «Ecco perché.»

«Perché che cosa?»

«Perché dall'oggi al domani ti trasformasti da una ragazzina felice e giudiziosa nell'ombra imbronciata e introversa di quella che eri.»

«Sì.»

«E Sienna! La vostra amicizia finì così all'improvviso. C'entrava anche lei?»

«In un certo senso.»

«Era con te?»

«Era per lei che mi trovavo là. Pensava che Cam la tradisse e voleva spiare la festa a cui non eravamo state invitate.»

«Quindi anche lei lo vide?»

«Sì, ma non deve saperlo nessuno. Non volle aiutare Neisy né a farsi avanti. Fu lei a farmi tenere la bocca chiusa, altrimenti avrei dovuto affrontare le conseguenze.»

«Quali conseguenze?»

«Tutti mi avrebbero odiato, compreso mio fratello.»

«Oh, Blaise, tesoro...» Dalla sua voce traspare tutto lo strazio. «*Perché* non venisti da me?»

«Perché no! Non avrei dovuto trovarmi là ed ebbi paura di finire nei guai. Non volevo causare problemi come faceva Teagan.»

«Avrei smosso mari e monti per aiutarti.»

«Mi avresti costretto ad andare alla polizia e Sienna aveva ragione. Mi avrebbero odiato tutti, compreso Arlo. A diciassette anni, sarebbe stato peggio che convivere con la verità, o almeno così mi dissi.» Abbasso lo sguardo sul tavolo, pieno di graffi e scalfitture dopo anni di compiti, progetti e cene in famiglia. «In realtà, convivere con la verità è stato un inferno. Ci ho pensato ogni giorno. Ogni singolo giorno.»

«Mi dispiace che tu abbia dovuto affrontare tutto questo.»

«Non mi merito la tua compassione. Disubbidii alle regole e, davanti a una persona in difficoltà, feci la cosa sbagliata. Me ne vergogno tantissimo.»

«Eri una ragazzina, Blaise.»

«Avevo diciassette anni. Ero abbastanza grande da sapere quello che avrei dovuto fare.»

«Avevi assistito a un evento traumatico. La tua migliore amica ti impose di tacere e ti disse che tutti ti avrebbero odiato. Non dovresti essere così dura con te stessa.»

«Troppo tardi.»

«Perciò quando ti ho detto che lui è candidato al Congresso...»

«Non ce l'ho più fatta. Ieri ho denunciato tutto a Houston Rafferty.»

«Oddio» commenta lei con un sospiro.

«Che c'è?»

«Arlo si è licenziato per occuparsi della campagna elettorale.»

«No. Quando?» È una notizia devastante. Arlo ha una famiglia da mantenere.

«La settimana scorsa.»

Mi prendo la testa tra le mani. «Non mi perdonerà mai.»

«Sì, invece.»

«No, mamma.» Inspiro a fondo ed espiro lentamente, con la mente invasa alla velocità della luce dalle ripercussioni della mia confessione. È ancora peggio rispetto a prima. «Ma non tornerò indietro. Non posso più vivere così, nemmeno per un minuto. Qualsiasi cosa succederà ora, non dipende più da me.»

Houston
Presente

Aspetto tutto il giorno notizie dall'ufficio del procuratore. Finalmente, alle quattro e mezzo, Josh Spurling mi chiama. «Ho visto il procuratore e ha delle domande.»

«Va bene.»

«La vittima è disposta a collaborare?»

Se dico di no, la cosa morirà subito, perciò decido di tergiversare nella speranza che Denise cambi idea. «Non lo so ancora. L'ho contattata e sto aspettando una risposta. Se non volesse farlo, abbiamo comunque la dichiarazione giurata che rilasciò qualche settimana dopo il fatto.»

«Non è il massimo, ma è meglio di niente. Prima di decidere se procedere, il procuratore vuole sapere anche se la testimone è disposta a rilasciare una dichiarazione giurata.»

«Le ho accennato questa possibilità e ha detto che farà tutto il necessario.»

«Chiede poi se ci sono altri testimoni.»

«Lei parla solo a nome suo. È stata irremovibile a riguardo.»

«Quindi ci sono.»

«Non l'ha confermato né negato, ma ha ripetuto che parla solo per sé.»

«Con più testimoni, sarebbe più facile.»

«Lo so, ma questo è quello che abbiamo. Diciamo che è una situazione "prendere o lasciare".»

«Capito. Ne parlo con lui e ti faccio sapere. Nel frattempo, porta qui in settimana la testimone per la dichiarazione giurata.»

Ci accordiamo per risentirci in mattinata.

Chiamo Blaise. «Ciao, sono Houston.»

«Ciao.»

«Volevo dirti che ho sentito l'ufficio del procuratore e chiedono la dichiarazione giurata di cui ti avevo accennato.»

«Che cosa comporta?»

«Farai giuramento come se dovessi testimoniare in tribunale e ripercorrerai la sequenza degli eventi, sempre come se deponessi in tribunale. In pratica, dovrai ripetere la stessa storia che hai raccontato a me ma, stavolta, sarai sotto giuramento e alla presenza di uno stenografo. E, se in futuro venisse appurato che hai mentito, potresti essere accusata di falsa testimonianza.»

«Non sto mentendo e rilascerò la dichiarazione. Dimmi solo quando e dove.»

«Ti faccio sapere non appena me lo diranno domattina.»

«Ci sarai anche tu?»

«Se vuoi.»

«Credo di sì.»

«Allora consideralo fatto.»

«Grazie del sostegno, Houston. Te ne sono davvero grata.»

«Sto solo facendo il mio lavoro, ma capisco quanto sia difficile per te.»

«Qui non si tratta di me. Si tratta di Denise e di quello che le è stato fatto.»

«Si tratta anche di te e delle conseguenze che ci saranno nella tua vita.»

«La mia vita è un gran casino dalla sera in cui assistei a un crimine senza fare la cosa giusta. Voglio rimediare, qualunque sia il prezzo per me.»

«Ti chiamo domani con i dettagli per la dichiarazione.»

«Va bene. Grazie ancora.»

«Figurati.»

Poco dopo aver concluso la telefonata, mi chiama mio fratello Dallas. «Ehi, ti va di giocare a carte stasera? Ci troviamo da Ryder alle otto.»

Chiudo gli occhi per un secondo. «Stasera non posso, ma grazie dell'invito.»

«Non ti vedo dagli allenamenti.» Alleniamo insieme la squadra di calcio dei suoi figli. «Che succede?»

«Niente. È solo che sono impegnato.»

«Facciamo qualcosa nel fine settimana?»

«Va bene.»

Dopo aver riattaccato, resto a lungo a fissare il vuoto chiedendomi in che modo la bomba che Blaise mi ha sganciato addosso influenzerà la mia vita. Chissà se mio fratello vorrà ancora vedermi se contribuirò a far condannare per stupro il suo amico di lunga data, e ora anche suo capo. L'onda d'urto di queste accuse travolgerà due città e diverse famiglie. Per non parlare delle possibili ripercussioni legali per Dallas e gli altri firmatari della dichiarazione che Denise ha sempre definito falsa.

Ryder ha sposato una compagna di università, Caroline, e, dopo essersi congedato, sono tornati a Hope, dove vivono con i tre figli piccoli. Ogni anno, nel fine settimana del Ringraziamento, organizza ancora una raccolta fondi in ricordo di Louisa, scomparsa quattordici anni fa. Cerco di conciliare questa versione di Ryder con quella descritta da Blaise e di cui ho letto nelle parole di Denise.

La sua dichiarazione e quella di Blaise sono pressocché identiche.

Per questo so che Blaise dice la verità. Non poteva sapere quello che Denise riferì all'epoca.

Ormai a fine giornata, sento squillare il mio telefono personale. Nel vedere che è Denise, rispondo trattenendo il fiato.

«Ciao, Houston.»

«Che cosa posso fare per te?»

«Io, ehm... ho pensato molto a quello che mi hai detto quando sei venuto.»

Sono come paralizzato, con il cuore al galoppo e i palmi delle mani sudati.

«Se non è troppo tardi, vorrei cambiare idea sul fatto di testimoniare.»

«Non è troppo tardi.» Non so se essere sollevato o terrorizzato. «Il procuratore sarà contento della tua collaborazione.»

«Quali saranno i tempi?»

«Dipende da lui. Lo aggiorno subito dello sviluppo e ti richiamo quando ne saprò di più.»

«Voglio che tu sappia che il tuo coinvolgimento conta molto nella mia decisione di collaborare. Sei stato l'unico amico che avevo in quel posto e non ho mai scordato quanto tu sia stato gentile con me.»

«Farò tutto il possibile per renderti le cose più facili, anche se non lo saranno affatto.»

«No, infatti, ma il pensiero che *lui* viva come se niente fosse accaduto e sia addirittura candidato al Congresso mi tormenta. Adesso che Blaise si è fatta avanti, non sarò più sola ad accusarlo.»

«Sei davvero coraggiosa, ma lo pensavo già molto prima di tutto questo. Non è facile essere quella nuova in un gruppo di ragazzi cresciuti insieme. Hai sempre mostrato una grande dignità e per questo ti ammiravo, e continuo a farlo ancora adesso.»

«Grazie, Houston. Ci sarebbero altre due cose.»

«Va bene.»

«Ricordi la prima volta, quando gli amici di Ryder firmarono la dichiarazione in cui giuravano che ero andata a letto con loro?»

«Sì.» Anni dopo, quando riuscii a far ammettere a Dallas che era una bugia, avrei voluto picchiarlo a sangue per aver preso parte a quell'inganno.

«Mentirono su di me per proteggere Ryder e voglio che la paghino. So che tra loro c'era tuo fratello, perciò se preferisci che ne parli direttamente con il procuratore, ti capisco.»

Provo una seconda ondata di panico al pensiero di Dallas. «Lo riferirò al procuratore. Di sicuro ne parlerà con te. Qual è l'altra cosa?»

«La sera dell'aggressione, persi la chiave della mia Honda nella radura. Quando sporsi denuncia la prima volta dimenticai di dirlo, ma la chiave potrebbe essere ancora là. Non tornai mai a cercarla. Non so se possa essere d'aiuto, ma ho pensato di dirtelo.»

Prendo nota. «Male non fa. Vedrò se riesco a trovarla e ti faccio sapere.»

«Grazie, Houston.»

Chiudo la chiamata e sento immediatamente Josh Spurling.

«Ciao, sono Houston. Ho ricevuto il messaggio con la data e l'orario per la dichiarazione della testimone, ma ho una novità. La vittima è dei nostri.»

«Questo cambia tutto.»

«Ha una condizione, però.»

«Quale?»

«Dopo le accuse iniziali, il fratello e diversi amici di Ryder Elliott firmarono una dichiarazione affermando che nell'ultimo anno Denise, la vittima, era andata a letto con tutti loro. Era una bugia e, in mancanza di prove concrete, probabilmente influenzò la giudice che si occupò del caso. Denise vuole che affrontiamo la questione.»

Il sospiro di Josh è piuttosto eloquente.

«Per essere del tutto trasparente, ti informo che tra quei ragazzi c'era mio fratello.»

«Potrebbe essere un problema, Houston.»

«Lo so, ecco perché non avrò più nulla a che fare con questo risvolto. Se il tuo ufficio vorrà procedere in questo senso, io non potrò essere coinvolto, ma Denise è stata chiara: questa è la condizione perché collabori.»

«Capisco. Riferisco al procuratore e ti faccio sapere come muoverci.»

«Accompagnerò Blaise Merrick alle dieci dopodomani per la dichiarazione.»

«Ci vediamo allora.»

Richiamo Blaise. «Puoi venire in centrale domani pomeriggio? Vorrei rivedere la tua dichiarazione e prepararti per il procuratore.»

«A che ora?»

«Va bene alle due?»

«Certo.»

Sono contento che sia davvero decisa ad andare fino in fondo, senza badare alle conseguenze per se stessa. Anche se non giustifico la scelta di non denunciare ciò che aveva visto quattordici anni fa, capisco che cosa significhi essere una ragazzina che vive in un paesino, spaventata dalle conseguenze del fare la cosa giusta.

A tutti piace pensare che faremmo sempre la cosa giusta.

Ma la vita non è così semplice.

E Blaise lo sa meglio di chiunque altro.

SEDICI

Blaise
Presente

La mattina, vengo di nuovo svegliata dall'abbaiare di Fenway in giardino mentre Jack le dice di fare piano per non disturbare la loro ospite.

La cagnolina va avanti imperterrita.

Con un sorriso, mi alzo e filo in cucina a farmi un caffè. Da quando ho raccontato tutto a Houston, mi sento bene come non mi capitava da anni. Non mi importa quello che succederà, sul serio, perché qualsiasi cosa è meglio che sapere quello che sapevo senza dirlo a nessuno, e intendo proprio *qualsiasi cosa*.

Mi infilo una felpa con la zip ed esco con il caffè a guardare Jack e Fenway che giocano.

«Scusa» esordisce lui nel vedermi sulla soglia. «È incorreggibile.»

«Non preoccuparti. Ci sono rumori peggiori per svegliarsi rispetto a un cane felice.»

«È un bel modo di vederla. Spero che non mi lascerai una recensione di merda su Yelp.»

Alla smorfia ridicola con cui accompagna il commento, scoppio a ridere. «Non ho mai scritto una recensione su Yelp in vita mia e non ho intenzione di cominciare con te.»

«Oh, meno male.»

È davvero carino e divertente e apprezzo che abbia condiviso con me il suo passato doloroso. Perdere entrambi i genitori nel giro di poche settimane dev'essere stato un colpo devastante. È da ammirare per come si è rimboccato le maniche con i bungalow per coprire le spese e poter tenere la casa della sua infanzia.

Però ho qualche domanda per lui.

«Allora, che cosa fai a parte andare in giro a piedi nudi, giocare con il tuo cane all'alba e gestire questa proprietà?»

«Oddio, le nove non sono *proprio* l'alba. È quasi mezzogiorno per chi sa sfruttare al meglio la giornata.»

«Sono in vacanza. Perché mi sento giudicata?»

Alla sua risata, avverto un brivido di eccitazione lungo la schiena. Quando mi era successo l'ultima volta? Mai? Ho cominciato tardi a interessarmi ai ragazzi e l'episodio a cui ho assistito a diciassette anni ha ritardato ulteriormente le cose. Ho avuto qualche sporadica frequentazione e fatto del sesso che non mi è piaciuto affatto, ma niente di speciale.

Con il nuovo senso di libertà dopo quel terribile fardello, dentro di me si è creato dello spazio per immaginare cose come uscire con un ragazzo come Jack, che è divertente, bello, sexy e ha un cane carinissimo. L'ultimo punto è decisamente un vantaggio. Ho sempre amato i cani, ma negli appartamenti in cui ho vissuto non erano mai ammessi.

Quando mi siedo sul primo gradino, Fenway corre da me, depone la pallina viscida ai miei piedi e, senza concedermi nemmeno un secondo, mi lecca la faccia. «Urca, sei proprio veloce.»

«Quella lingua è un fulmine. È un'arma di distruzione di massa.»

Incredibile ma vero, rido come una ragazzina ai commenti divertenti del sexy padrone della cagnolina che mi assale.

«Fenway! Adesso basta. Lascia in pace Blaise. È un'ospite.»

In risposta al tono severo, Fenway si mette a sedere, senza smettere di ansimare e sorridermi.

«È proprio carina.»

«E lo sa. Per questo è un demonio.»

«Però la adori.»

«Tantissimo. È la mia piccolina.»

«Com'è possibile che un tipo come te definisca così il suo Golden Retriever? Anche se è un ottimo esemplare, questo non si discute.»

«Mi stai forse chiedendo come mai un tipo sexy come me sia single?»

Mi fingo indignata. «Non ho mai detto quello!»

«Non ce n'è bisogno. So come vanno queste cose.»

Alzo gli occhi al cielo, incapace di non ridere. «Come vuoi, stallone.»

«Ti informo che ho avuto diverse ragazze in vita mia con cui, per un motivo o per un altro, non ha funzionato. Di recente, ho deciso di essere più attratto dalla vita da single, soprattutto da quando è arrivata la signorina Fenway a darmi qualcuno oltre a me stesso a cui pensare.»

«Capisco. A volte, è più semplice non avere legami.»

«Puoi dirlo forte. Mi avevi chiesto che cosa faccio. Sono un illustratore.»

«Cioè?»

«Collaboro con diversi editori di libri per l'infanzia, con qualche agenzia pubblicitaria e con chi ha bisogno di prodotti artistici originali.»

«Wow. Sembra un lavoro divertente.»

«È piuttosto bello, e posso farlo da casa.» Accenna all'edificio. «Tutto il secondo piano è il mio studio.»

«Posso vederlo qualche volta?»

«Certo. Quando vuoi.»

Tra di noi avverto una specie di scarica elettrica. E la avverte anche lui, perché altrimenti non si spiegherebbe il modo in cui mi fissa, senza sbattere le palpebre. «Ti va di venire più tardi a dare un'occhiata?»

«Volentieri. Ho un appuntamento nel pomeriggio, ma dovrei tornare prima di cena.»

«Vieni pure. Non chiudo mai a chiave. Sali le scale fino all'ultimo piano.»

«Sicuro che non ti disturberò?»

«Certo. A me e a Fenway piace avere compagnia.»

«Porterò qualche snack allora.»

A questa parola, il cane passa in un secondo netto dalla posizione di riposo a una di allerta.

Io e Jack scoppiamo a ridere e, quando i nostri sguardi si incrociano, provo di nuovo quella scarica.

«Devi stare attenta quando usi certe parole nei suoi paraggi.»

«Potresti farmi una lista.»

«Ne saremmo felici ma, giusto per informarti, credo che capisca anche lo spelling, quindi è un po' un problema.»

«Un cane che capisce lo spelling. È una bella sfida.»

«Non ti immagini neanche.»

Mi entusiasma avere qualcosa che mi aspetta dopo che avrò rivissuto insieme a Houston l'orrore di quella sera lontana. «Sarà meglio che mi prepari. Ci vediamo più tardi.»

«Non vediamo l'ora.»

«Nemmeno io.»

Camminando a un metro da terra, vado a farmi una doccia e, mentre asciugo i capelli, ripenso a ogni secondo di questo incontro mattutino in giardino, fino ai piedi sempre nudi di Jack. La trovo un'abitudine tenera, a riprova di quanto si senta a proprio agio a casa sua, e mi piace. Mi piacciono un sacco di cose di lui e, per la prima volta in vita mia, l'idea non mi spaventa come sarebbe stato appena una settimana fa.

Finora ho avuto un rapporto molto strano con gli uomini, le relazioni e il sesso, e non c'è bisogno di uno scienziato per collegare quest'ansia al trauma che mi ha cambiato per sempre. La prima volta che ho fatto sesso, ho pianto tutto il tempo all'idea che Neisy fosse stata costretta a farlo contro la sua volontà. Non sapendo che fare, alla fine il poveretto di turno se n'è andato e non l'ho più rivisto. Era stato un sollievo togliermi il pensiero della prima volta ma, quando ripenso a quell'incontro, rivedo anche l'orrore.

Magari più tardi racconterò a Jack come mai sono qui. Houston vuole che lo informi e qualcosa mi dice che posso fidarmi a confidargli il mio segreto più intimo e oscuro.

Io e Houston passiamo due ore estenuanti a ripercorrere ogni aspetto della mia dichiarazione. Lui la fa a pezzi in cerca dei buchi di cui il procuratore mi chiederà, ma io ho una risposta per tutto. Se basterà a soddisfare il procuratore è un'altra questione. Lo scopriremo domani.

Esausta, esco dalla stazione di polizia e vado al supermercato per comprare alcune cose e gli snack che ho promesso a Jack. Continuo a ripensare all'incontro con Houston e alle emozioni che ha riportato a galla. Dopo essermi tenuta dentro questa storia tanto a lungo, mi sento un po' sopraffatta ad averla raccontata tre volte in tre giorni.

Abbasso i finestrini e inspiro il profumo dell'autunno. Da piccola, era la mia stagione preferita. Adoravo i colori delle foglie e mi è sempre piaciuto il giardinaggio, anche se non lo pratico granché da quando sto in città. La nonna mi ha insegnato i nomi di tutti i fiori, i cespugli e gli alberi, e mi basta un'occhiata per riconoscerli.

È bello pensare a qualcosa che non sia il motivo per cui sono qui. Nel giro di una settimana o dieci giorni avremo il verdetto del gran giurì e potrò tornare a New York. Dovrei proprio farlo. Wendall mi scrive senza sosta e i colleghi in teatro mi hanno detto che, da quando sono via, è più intrattabile del solito.

Datemi pure della pazza, ma l'idea di tornare non mi attira per niente.

Parcheggio davanti al supermercato e, prima che mi manchi il coraggio, scrivo a Wendall. *La situazione in famiglia è complicata. Vorrei lavorare da remoto per il prossimo mese. Se pensi che non sia fattibile, posso capirlo. Fammi sapere.*

Sto uscendo con una borsa piena quando sento una notifica del telefono. È un messaggio di Wendall.

La famiglia è tutto. Capisco. Lavora pure da dove vuoi. Ho bisogno di te per non impazzire, Blaise, dea dell'organizzazione. Non abbandonarmi, ti prego.

Scoppio a ridere per l'esagerazione. È la cosa più carina che mi abbia mai detto. Avrei dovuto avere prima una «crisi di famiglia» per scoprire un po' di umanità in lui. I miei amici in teatro resteranno scioccati dalla sua gentilezza, però sanno quanto io faccia per lui.

Sto per uscire dal parcheggio quando sento una nuova notifica. Convinta che sia Wendall che va avanti con la commedia, lancio un'occhiata allo schermo.

Sienna. Non ho mai cancellato il suo numero, anche se avrei dovuto farlo tempo fa.

Ho sentito che sei tornata in città. Spero che non ti sia messa a parlare di questioni ormai insignificanti.

Un brivido mi percorre la schiena. È una minaccia? Come ha saputo che sono tornata? Non ho visto nessuno a parte mia madre, che non lo direbbe ad anima viva perché le ho chiesto di non farlo.

Mentre torno a casa di Jack, controllo nello specchietto retrovisore se qualcuno mi segue. Non ci sono altre auto per strada, ma non riesco a scacciare la sensazione che qualcuno mi stia osservando e la gente sappia del mio ritorno. Sienna è l'unica altra persona al mondo a sapere quello che vedemmo quella sera, a meno che non l'abbia detto a Cam.

Ne dubito.

All'ansia scatenata dal suo messaggio si unisce la tristezza per un'amicizia andata distrutta quella fatidica sera. Un attimo prima lei era la persona più importante della mia vita e ci dicevamo tutto e, quello dopo, era scomparsa, insieme alla mia innocenza, alla pace mentale, alla mia autostima e a molte altre cose che le azioni di una persona mi avevano sottratto di colpo.

Scossa dal messaggio di Sienna, penso di chiedere a Jack di rimandare ma, per quanto sia allettante l'idea di infilarmi a letto e tirarmi le coperte fin sopra la testa, non mi va di stare sola.

Perciò dispongo su un piatto i cracker, i formaggi e la confettura di fichi che ho comprato, lavo l'uva, mi infilo sotto al braccio una bottiglia di Chardonnay e attraverso il giardino fino alla porta sul retro di Jack. All'interno, vedo delle luci al secondo piano, perciò seguo le sue indicazioni e affronto le scale. A mano a mano che salgo, sento la musica sempre più forte.

La porta dello studio è aperta e Jack sta cantando *Gimme Shelter* dei Rolling Stones.

Dalla soglia, lo vedo osservare qualcosa su un'enorme tavola da disegno, con le mani infilate nelle tasche posteriori dei jeans e i piedi nudi come al solito. Fenway dorme nel suo letto vicino alla finestra.

Non appena fiuta il mio odore, scatta in piedi e mi viene incontro abbaiando di gioia.

Jack si volta e, con un sorriso, abbassa la musica. «Sei arrivata. Avevamo perso le speranze.»

«L'appuntamento è durato più del previsto.»

«Non preoccuparti. Entra pure.» Prende il piatto e la bottiglia e li appoggia su un tavolo, fuori dalla portata del cane.

«Allora è qui che avviene la magia, eh?»

«Così dicono. Scusa per il casino. Per me ha un senso.»

Caos è la parola che userei per descrivere i disegni colorati che ricoprono ogni centimetro delle pareti, i progetti in corso praticamente su ogni superficie e le macchie di vernice e inchiostro sul pavimento.

Indico un'illustrazione dai toni vividi sulla parete di fondo. «Posso?»

«Prego. Fa' come se fossi a casa tua mentre guardo che cosa hai portato. Ho un certo languorino.»

Rimango colpita dai colori e dai dettagli. Ha fatto di tutto, dai supereroi a draghi feroci a placide scene per una storia per bambini. La sua specialità sono gli animali. Rimango a bocca aperta davanti a un disegno di Fenway molto realistico, con tanto di lingua vivace.

Il suo talento è stupefacente. «Sono davvero impressionata.»

«A scuola finivo sempre nei guai perché non la smettevo mai di scarabocchiare.» Si stringe nelle spalle, con un sorriso. «Gliel'ho fatta vedere, eh? Mi guadagno da vivere colorando.»

«Puoi dirlo forte. Non riesco a credere a tutta questa varietà. Sai fare di tutto.»

«Però si vede subito quello che mi interessa.» Con il mento indica gli animali mentre mangia un cracker con del formaggio. Mi porta una tazza da caffè con del vino. «Solo il meglio nel mio studio.»

Avvicino la tazza alla sua. «Salute. Grazie per avermi invitata nel tuo rifugio intimo.»

«Piacere mio. Quando dico che sono un illustratore, di solito la gente diventa scettica. Far vedere che cosa comporta aiuta.»

«Io sono diventata scettica?»

«Per niente, per questo mi sei piaciuta subito.»

«Oh, bene.» Sta flirtando, giusto? Sono talmente fuori pratica che non ne sono sicura.

«Benissimo. Apprezzo le persone che non sono scettiche di fronte a ciò che non capiscono e che non dicono cose del tipo "oh, quindi colori per vivere" come se fosse un insulto.»

Scoppio a ridere per come lo dice. «Davvero ti dicono così?»

«Più spesso di quanto tu creda. Mio cugino lo dice a tutti.»

Riesce a farmi ridere due volte in due minuti, un record. Era da tanto che non ridevo o sorridevo così.

Prende il barattolo dal piatto. «Cos'è questa roba?»

«Confettura di fichi. Provala. È buona.»

«Lascia che sia io a giudicare.» Ne spalma un po' su un cracker e dà un morso. «Wow, è buona.»

«Te l'avevo detto.»

«Non pensavo che esistesse la confettura di fichi.»

«Ogni giorno si impara qualcosa di nuovo.»

«Così pare. Ti piace la pizza?»

«Non piace a tutti?»

«Ho un ottimo forno e ogni condimento immaginabile, visto che non sapevo che cosa preferisci.»

«Quindi avevi pianificato la mia visita?»

«Qualcosa del genere.»

«Sono impressionata.»

«Non devi. Quando si tratta di me ai fornelli, la pizza è il mio massimo. Però quella che faccio è straordinaria. C'è gente che arriva da ogni dove per mangiarla.»

«Se devi fare una cosa, tanto vale farla bene.»

«È la mia filosofia di vita in tutto quel che faccio, cioè i disegni e la pizza.»

«Ci sai fare anche con i cani.»

«Va bene, allora sono tre cose.»

«Scommetto che ce ne sono altre.»

Agita le sopracciglia. «Ti piacerebbe scoprirlo, eh?»

Avvampo in viso, mortificata.

«Adorabile» commenta lui con una risatina.

Faccio una smorfia. «Orribile.»

«Davvero adorabile.»

«Chi arrossisce a trent'anni?»

«Tu, e mi piace questa cosa. Che altro posso dire per farti arrossire?»

«Non osare!»

Un sorriso birichino gli illumina il viso. «Adoro le sfide.»

«Questa ti consiglio di lasciarla perdere.»

«Se vuoi fare così.»

«Sì.»

«Bene.»

«Bene.»

«Allora, per la pizza?» chiede con il sorriso che ormai adoro, soprattutto quando non cerca di mettermi in imbarazzo.

«Fammi strada.»

Recuperiamo gli snack che ho portato e la bottiglia aperta e imbocchiamo le scale.

«Sta' attenta a Fenway. È una capitombolatrice.»

«Si dice davvero così?»

«È una mia creazione. Per poco non le cado addosso almeno una volta al giorno mentre cerca di superarmi sulle scale.»

Proprio mentre lo dice, il cane sfreccia tra di noi e lui è costretto ad afferrarmi perché non cada.

«Per l'appunto. Scusami.»

«Non c'è problema. È adorabile.»

«È un demonio.»

«Non chiamare così la tua piccolina!»

«È la verità. Le voglio un gran bene, ma mi farà morire. Letteralmente, se mi farà cadere dalle scale.»

Sul ballatoio del primo piano, mi soffermo a guardare le foto alla parete che mi erano sfuggite quando sono salita. Jack da piccolo con i genitori, con altri cani, con un gruppo di bambini, alle feste di compleanno, alle partite di calcio e di baseball, al ballo e al diploma.

«È stata mia madre a metterle lì, in caso ti stessi chiedendo se sono innamorato di me stesso.»

Mi strappa l'ennesima risata. Ho riso più nell'ultima mezz'ora che negli ultimi anni, ed è una bella sensazione.

«Non me la sono sentita di toglierle.»

«Perché dovresti? È molto dolce.»

«Se lo dici tu. Non c'è niente di più prezioso di un figlio unico per una madre che per tutta la vita ha desiderato dei figli e finalmente, a trentotto anni, ha avuto me.»

«Ah, sarà stata entusiasta.»

«Diciamo che è un eufemismo.»

L'affetto che nutre per lei traspare forte e chiaro.

«Dove hai studiato?»

«Al liceo Bishop Stang e alla Rhode Island School of Design a Providence.»

È una delle migliori scuole d'arte del paese.

«Wow. È un'accademia fantastica.»

«Mi sono goduto ogni minuto insieme a persone consapevoli del fatto che ci sono cose peggiori di voler disegnare come lavoro.»

«Ci credo.»

«C'è voluto un sacco per convincere i miei che potevo davvero vivere disegnando.»

«Scommetto che erano orgogliosissimi.»

«Sì, soprattutto quando ho cominciato a guadagnare bene.»

«Funziona sempre per attirare l'attenzione dei genitori.»

«Vero?»

Arrivati al pianterreno, mi fa strada in una spaziosa cucina completamente ristrutturata sul retro della casa. Gli armadietti sono di un blu navy carico che ben si intona alle mattonelle paraschizzi, ai piani di lavoro bianchi e ai costosi elettrodomestici in acciaio inossidabile.

«È stupenda.»

«È stato il mio primo progetto quando ho ereditato la casa. Non potevo certo dire ai miei che la cucina era terribilmente datata quando erano vivi.»

«Già, sarebbe stato scortese.»

«Non vedevo l'ora di metterci le mani. Lo guardi il canale Home & Garden TV?»

«Sì. È come una droga per me.»

«Anche per me e ho fatto tutto da solo basandomi su quello che ho visto.»

«Non è vero!»

«Invece sì, e lascia che ti dica che vederlo fare in televisione non è *affatto* come farlo di persona. Mi sono sentito un incapace.»

«Non ci credo che hai fatto tutto tu.»

«Ci ho impiegato quasi un anno perché non ho voluto l'aiuto di nessuno.»

«Come mai non hai aggiunto la ristrutturazione alla lista dei tuoi talenti?»

«Perché se ci metti un anno, non è un talento. È un'impresa folle. Sono diventato bravissimo con il microonde in quel periodo.»

«Ci credo, ma il risultato finale è bellissimo. Sono impressionata.»

«Era il mio obiettivo: impressionare un giorno una nuova amica importante.»

Alzo gli occhi al cielo.

È carinissimo. Fin troppo. Prima che pensi che io possa piacergli, deve sapere come mai sono tornata in città. Quando sentirà la mia storia, potrebbe decidere di non volermi più vedere.

Si lava le mani e, mentre le asciuga con uno strofinaccio, mi fissa. «Ehi, che c'è che non va?»

Scuoto la testa e mi sforzo di sorridere. «Niente.»

«Qualcosa c'è...»

«Vorrei dirti perché sono qui, ma ho paura che non vorrai più essere mio amico.»

«E ti dispiacerebbe se non fossimo più amici?»

Ho l'impressione che si riferisca a qualcosa di più di una semplice amicizia. «Sì, credo di sì.»

Con mia sorpresa, si libera dello strofinaccio, mi prende per mano e mi conduce in un accogliente salotto con una stufa a legna e due pareti interamente ricoperte di libri.

Le fisso. «Oltre a tutto il resto, leggi *pure*.»

«Una volta ho letto che alle donne si consigliava di scappare a gambe levate se fossero andate a casa di un uomo che non possiede nemmeno un libro. Allora ho comprato tutti questi a un mercatino dell'usato.»

«Non è vero.»

Scoppia a ridere. «Però ti ho fatto venire il dubbio, eh?»

È divertente, bello, talentuoso, intelligente, sexy, dolce e gentile. Insomma, il pacchetto completo. Merita di sapere quello che ho fatto prima di decidere se passare altro tempo con me.

Ci sediamo sul divano uno accanto all'altra e lui non mi lascia la mano.

Se provassi anche solo a ritrarla, sono sicurissima che la mollerebbe. L'unica cosa che temo con quest'uomo è di perdere la testa per lui. Non ho mai provato un legame simile prima d'ora e mi rattristerebbe perderlo senza nemmeno aver avuto l'occasione di conoscerlo sul serio.

«Di qualsiasi cosa si tratti, non può essere tanto brutta.»

«Invece sì. È terribile.»

Si volta verso di me. «Dimmi tutto.»

Tengo lo sguardo fisso sulla parete davanti a me, per non vedere il suo disgusto mentre confesso il mio peccato. «Quando avevo quasi diciassette anni, assistei a un crimine. Per molte ragioni che all'epoca mi sembrarono sensate, non lo denunciai. Mantenere il segreto per quattordici anni mi ha distrutto e, questa settimana, finalmente l'ho raccontato a Houston. Per questo sono qui.»

«E il caso verrà riaperto?»

«Secondo Houston, lo presenteranno a un gran giurì nelle prossime due settimane.»

«Come ti senti da quando hai vuotato il sacco?»

«Libera da un orribile peso, però continuo a vergognarmi di averci messo così tanto a fare la cosa giusta. Per quel che vale, ho sempre saputo che fosse sbagliato non dire niente.»

«Vale molto. Eri giovanissima, Blaise. Tutti noi abbiamo fatto cose di cui non andiamo fieri.»

«Questa è una cosa grossa.»

«Di quale crimine si trattava?»

«Vidi un ragazzo con cui ero cresciuta stuprare una ragazza relativamente appena arrivata e che aveva vita dura a scuola. Era bellissima, di conseguenza le altre ragazze la consideravano una minaccia. Successe a una festa a cui non avrei dovuto partecipare qui a Land's End, dove non avevo il permesso di andare in macchina. Lui è il migliore amico di mio fratello. Suo fratello usciva da anni con la mia migliore amica. Ecco le scuse che accampai ma, in fin dei conti, rimasi zitta quando la vittima denunciò tutto qualche settimana dopo e venne attaccata online, spaventata all'idea che succedesse anche a me. Fu orribile.»

«Eri l'unica testimone?»

Scuoto la testa. «Però sono l'unica che si sta facendo avanti. L'altra adesso è sposata con il fratello di quel ragazzo. Non mi darà mai man forte. Fu lei a dirmi che tutti mi avrebbero odiato se avessi confermato quello che era successo.»

«Che orribile posizione in cui trovarsi. Mi dispiace che sia successo proprio a te.»

Finalmente, sposto lo sguardo su di lui. «Non è successo a me. È successo a quella ragazza.»

«E anche a te, perché hai assistito a un crimine violento prima di avere la maturità per comportarti come avresti dovuto.»

«E che mi dici degli ultimi quattordici anni, quando ero abbastanza grande da saperlo?»

«Tuo fratello è ancora amico di quel ragazzo?»

Fenway mi si avvicina con la testa e la gratto dietro le orecchie. «Sì, e di recente ha lasciato un ottimo impiego per lavorare per lui.»

«Per questo hai tenuto la bocca chiusa: la tua amica è sposata con suo fratello e tuo fratello è un suo amico stretto. Anche se tu hai preso le distanze, i legami restano profondi.»

«Già, anche se lei non è più mia amica. Non le parlo da quell'estate, ma oggi mi ha mandato un messaggio di punto in bianco per dirmi che ha sentito che sono tornata in città e che spera che non mi sia messa a parlare di questioni ormai insignificanti.»

«Aspetta. Ha detto così? Sono le sue esatte parole?»

«Sì.»

«Mi sembra una minaccia.»

«Anche a me.»

«Che cosa farai a riguardo?»

«Che cosa posso fare senza rivelare chi era presente quella notte? Non posso costringerla a testimoniare contro suo cognato.»

«Sarai in pericolo quando si saprà che sei pronta a testimoniare contro di lui?»

«Forse. Houston mi ha detto di avvisarti per poter stare in allerta. Se necessario, aumenterà le pattuglie qui intorno. Se è troppo, posso trasferirmi da...»

«No. Non andrai da nessuna parte.»

«Non mi odi dopo aver sentito quello che ho fatto? O meglio, quello che non ho fatto?»

«Per niente. Ma come mai hai deciso di dirlo a Houston proprio adesso?»

«Perché quell'uomo è candidato al Congresso e, dopo che l'ho saputo, non ce l'ho fatta più.»

Sbianca per lo shock. «Stai parlando di Ryder Elliott?»

La mia esitazione vale come una conferma.

«Oddio, Blaise. Davvero?»

«Sì. Lo conosci?»

«Non di persona, però so chi è.»

«Non devi dire niente di questa storia, Jack.»

«Non lo farei mai, però hai ragione a dire che lui ha dei buoni contatti.»

«È sempre stato così. Al liceo era popolarissimo.»

«Perché avrebbe fatto una cosa simile?»

«Ci ho pensato molto. Non esistono scuse per un'aggressione sessuale ma, se c'è un motivo per cui lui abbia perso la ragione, probabilmente dipende dal ricovero della sua ragazza storica in un hospice dopo una terribile battaglia contro il cancro. Chissà che cosa può fare uno stress simile a una persona, anche se non giustifico quello che ha fatto nemmeno in un milione di anni. Però è difficile accettare che una persona con cui sei cresciuta sia davvero cattiva, sai?»

«Lo capisco, e sono d'accordo con te che non ci siano giustificazioni per quello che ha fatto. Non sapevo che avesse perso la sua ragazza all'epoca.»

«Fu molto triste. Louisa era meravigliosa e aveva combattuto con tutte le sue forze. Ryder le era rimasto accanto per tutto il tempo, raccogliendo anche un sacco di soldi per aiutare la famiglia con le spese mediche. Fu difficile per me conciliare quel Ryder con quello che gli vidi fare quella sera.»

«Ci credo.»

«Grazie per avermi ascoltato.»

«Grazie per avermelo detto. Non dev'essere facile parlarne.»

«No, infatti. Non l'avevo mai fatto con nessuno prima di Houston, e adesso ho già ripetuto tutta la storia due volte a lui, poi a te e a mia madre.»

«È un grosso peso da portarsi appresso per così tanto tempo.»

«È stato orribile. Questa settimana è stata una gioia sapere che Denise, la vittima, è felicemente sposata con quattro figli. È bello sapere che ha trovato la felicità.»

«Anche tu te lo meriti, sai.»

«Davvero?»

«Certo. Capisco che la faccenda ti faccia stare male, ma sei una brava persona.»

«Come fai a saperlo? Ti ho appena detto il contrario.»

«Una cattiva persona non ci avrebbe pensato per tutto questo tempo. Una cattiva persona non avrebbe fatto la cosa giusta alla fine, pur sapendo quanto le costerà. Tu non sei così, Blaise. Sei una brava persona che ha commesso un grave errore in un momento della vita in cui non aveva i mezzi né la maturità per fare la cosa giusta.»

«L'ho rimpianto ogni giorno da allora.»

«Un'altra cosa che una cattiva persona non avrebbe fatto.»

«In tanti mi odieranno per questo, compreso mio fratello.»

«Forse. Come ti senti a riguardo?»

«Penso che sarà più facile convivere con quello di quanto sia stato convivere con il segreto.»

«Ne sono sicuro.»

«Senti, so che è tanto. Se vuoi del tempo per pensare se vuoi davvero che siamo amici...»

Con mio enorme shock, mi interrompe con un bacio. «Voglio che siamo amici e spero andasse bene dirtelo così.»

Sorrido. Come non potrei? «Andava bene.»

«Solo bene? Posso fare di meglio.»

Gli metto una mano sul petto per impedirgli di dimostrarmelo subito. «Datti una calmata, cowboy.»

«Va bene, fa' pure così, ma sappi che sono capace di molto meglio.»

«Capito.» Vorrei tanto scoprire che cosa intende, ma non stasera. Per adesso, basta e avanza così.

«Che mi dici della pizza che ti ho promesso?»

È un gran sollievo aver condiviso la mia storia con lui senza essere stata sbattuta fuori. Se non altro, ora so per certo che è interessato a me come qualcosa di più di un'amica, ed è una buona notizia, perché anch'io sono interessata. «Mettiamoci all'opera.»

DICIASSETTE

Houston
Presente

Vado a prendere Blaise da Jack e partiamo alla volta di Providence, dove Spurling raccoglierà la sua dichiarazione giurata. «Come ti trovi a casa di Jack?»

«Benissimo. Adoro questo posto.»

«Lui è un bravo ragazzo. Ti ha detto che lavoro fa?»

«Sì, ed è molto interessante.»

«Ha vinto un sacco di premi e riconoscimenti, anche se non te lo direbbe mai.»

«Ieri sera ho visto i suoi lavori. Sono straordinari.»

«Davvero. Fa un po' di tutto, dai libri per bambini ai fumetti alla fantascienza. Ha un talento incredibile.»

«Io non riesco a fare una riga dritta neanche con il righello.»

«Nemmeno io.» Ridacchio e le lancio un'occhiata. «Come ti senti rispetto all'incontro di questo pomeriggio?»

«Voglio solo farla finita il prima possibile.»

«Capisco. Rivivere ogni cosa è un trauma, soprattutto più volte nella stessa settimana.»

Lei continua a guardare fuori dal finestrino. «Non è il mio trauma, ma quello di Denise. Io vi ho solo assistito per caso.»

«Da come mi hai descritto la tua reazione, direi che ne sei rimasta traumatizzata anche tu. Chiunque lo sarebbe, Blaise.»

«Apprezzo la tua comprensione, ma non la merito.»

«Sì, invece. Eri ancora una ragazzina.»

«Mia madre ha detto la stessa cosa quando le ho raccontato perché sono qui, e non preoccuparti perché non lo dirà a nessuno. Ha detto che dovevo andarci piano con me stessa, ma io non ho mai voluto farlo. Volevo solo cancellare tutto. Volevo tornare a quella sera e non andare contro il volere dei miei guidando fino a Land's End. Volevo non vedere qualcosa di impossibile da dimenticare. Volevo che non fosse successo a lei. Volevo tornare alla mia vita di prima. E lo volevo anche per lei.»

«Mi dispiace che non avessi nessuno con cui parlarne.»

«Avevo una gran paura che, confidandomi, chiunque mi avrebbe costretto a dirlo a tutti. Vidi quello che fecero a Denise e non potevo permettere che accadesse anche a me. Fui senza midollo e debole e, per questo, mi sono odiata.»

«Ripeto, avevi diciassette anni. Eri abbastanza grande per sapere di aver visto una cosa terribile, ma non abbastanza per trovare una via d'uscita.»

«Mi sento a disagio quando la gente come te e mia madre è accondiscendente con me.»

«Non siamo accondiscendenti. Diciamo solo che le cose capitano, cose enormi e talmente incomprensibili che è impossibile vedere una via d'uscita, ma non significa che tu sia una cattiva persona. Non sei stata tu a commettere un crimine indicibile.»

«Anche quello che ho fatto è per certi versi indicibile, soprattutto quando lei si fece avanti e gli altri la insultarono per difendere lui. A parte essere stata costretta ad abbandonarla sola e ferita nel bosco, è quella la parte peggiore. È l'unica volta in vita mia in cui ho pensato al suicidio.»

«Oddio, Blaise...»

«Non dispiacerti per me, Houston. Ho fatto un casino colossale e, adesso, voglio solo rimediare.»

«Certo che mi dispiace per te. Quello che hai visto e l'impatto che ha avuto sulla tua vita rendono una vittima anche te.»

Scuote la testa. «La vittima è Denise. L'unica vittima.»

Non sono d'accordo, ma è inutile discuterne con lei. Speriamo che, con l'avanzare del processo, capisca che Denise non è stata l'unica vittima del crimine di Ryder.

Per il resto del tragitto, restiamo in silenzio.

Arrivati a Providence, la porto nella sala riunioni dell'ufficio del procuratore. Non ci capitano molti casi di questa portata, per cui ci sono stato solo una volta prima d'ora.

Ad accoglierci troviamo Josh Spurling. Prossimo ai quarant'anni, con la carnagione e gli occhi scuri, indossa un serio completo blu navy e, alla mano sinistra, porta una fede di platino. Si è occupato con successo di alcuni dei casi di più alto profilo dello stato, come si potrebbe descrivere anche questo considerando il coinvolgimento di un candidato al Congresso.

Dopo le presentazioni, Josh ci chiede se vogliamo dell'acqua o un caffè.

«Gradirei dell'acqua, per favore» dice Blaise.

«Io sono a posto. Grazie, Josh.»

Ci sediamo all'estremità del tavolo.

Versata l'acqua a Blaise da una caraffa, Josh sistema sul tavolo un treppiede con una telecamera, la accende e comunica i nomi dei presenti e il motivo dell'incontro.

«Dica il suo nome e l'età per la registrazione, per favore.»

«Mi chiamo Blaise Merrick e ho trentun anni.»

«Giura che la testimonianza che sta per rilasciare corrisponde alla verità?»

«Lo giuro.»

«Potrebbe per favore descrivere gli eventi della sera del venti giugno di quattordici anni fa?»

«Era l'ultimo giorno di scuola e le lezioni erano finite prima. Quella sera, disobbedendo ai miei genitori, andai in macchina da casa mia a Hope fino a Land's End per imbucarmi a una festa dai Rafferty.»

«Come mai i suoi genitori le avevano detto di non andare?»

«Non sapevano della festa. Avevo il divieto di guidare fino a Land's End in generale. Avevo preso la patente relativamente da poco e non volevano che andassi fin là perché era troppo lontano e le strade erano troppo buie e tortuose.»

«Di solito faceva come le dicevano?»

«Sempre. Avevo una sorella maggiore ribelle che finiva in continuazione nei guai. Ero molto impressionata dalle loro liti e facevo di tutto per evitare di turbarli in qualsiasi modo.»

«Quindi lo definirebbe come un raro momento di ribellione?»

«Il mio unico, vero momento di ribellione.»

«Era da sola in quel momento di ribellione?»

«Preferisco non rispondere a questa domanda. Parlo soltanto a nome mio di quello che vidi quella sera.»

«Il caso sarebbe più solido se ci fossero più testimoni.»

«Capisco, ma parlo soltanto a nome mio.»

«Mi racconti quello che è successo da quando arrivò alla festa fino a quando se ne andò.»

Ascoltare Blaise mentre ripercorre i dettagli per la terza volta è comunque uno strazio. Da ogni sua parola traspare il dolore per quello a cui assistette, per quello che non riuscì a fare e per come quell'episodio l'ha tormentata per tutta la vita.

«A distanza di settimane, quando la vittima si presentò alla polizia, che cosa accadde?»

«Ne parlavano tutti. Mio fratello, Arlo, che era tra gli amici più stretti di Ryder, era furioso. Si chiedeva come qualcuno potesse accusare il suo amico di una cosa simile. Non l'avevo mai visto così. Ci furono dei tremendi attacchi su Facebook contro Neisy, come si faceva chiamare allora. Ne rimasi nauseata, siccome sapevo che lei stava dicendo la verità. Che lui l'aveva davvero stuprata.»

Blaise si interrompe e abbassa lo sguardo sulle mani, che tiene ben serrate sul tavolo. «Si starà chiedendo come abbia potuto tacere questa informazione mentre un'altra donna viveva un simile calvario. Me lo sono chiesto anch'io ogni giorno. Avrei voluto aiutarla. Avrei voluto fare la cosa giusta. Però vedevo e sentivo soltanto la gente intorno a me che lo difendeva, che diceva che eravamo cresciuti insieme, che lei non era una di noi mentre lui sì. Per quanto ci abbia provato, non riuscii a sfuggire a quel baccano nella mia mente.

«Cominciai a prendere dei farmaci ogni sera per poter dormire. Mangiavo a stento e faticavo a vivere in generale. I voti del mio ultimo anno di liceo furono i peggiori della mia vita. Smisi di uscire, non mi importava più di niente. Mi sentivo sempre di merda. E pensavo a lei... a Neisy e a quello che stava passando e mi tornava subito la nausea. Al rientro a scuola, per Ryder non era cambiato niente, era il solito studente e atleta popolare e di successo.»

«E coma la fece sentire questo fatto?»

«Molto, molto arrabbiata. Soprattutto perché Neisy fu costretta a cambiare scuola per l'ultimo anno. Ho pensato a lei ogni giorno e ho sperato che... ho sperato che fosse riuscita ad andare avanti con la vita. Sono stata felicissima di sapere che è sposata e ha quattro figli.»

«Perché si è fatta avanti adesso con questa informazione?»

«Alla notizia che Ryder è candidato al Congresso, ho capito che non mi importa più di quello che mi succederà. Non potevo più vivere con questo segreto nemmeno per un secondo di più mentre lui punta a una carica tanto prestigiosa sulla base della sua popolarità innata. Dopo aver raccontato a Houston la mia storia... per la prima volta in quattordici anni ho dormito una notte intera senza prendere farmaci.»

«Ed è disposta a testimoniare in tribunale?»

«Sì.»

Josh si sporge e interrompe la registrazione. «La ringrazio per l'onestà e per essersi fatta avanti.»

«Che cosa succederà adesso?»

«Presenteremo il caso al gran giurì, che deciderà se è abbastanza solido per procedere con le accuse.»

«Quando si saprà?»

«Nei prossimi sette o dieci giorni.»

Lei annuisce. «Ha una sensazione di come andrà?»

«Con la sua testimonianza e la decisione della vittima di collaborare, mi stupirei se non votassero per incriminarlo.»

Durante il tragitto verso casa, dico a Blaise che le parole di Spurling mi hanno sorpreso. «Di solito gioca a carte coperte. Probabilmente voleva farti sapere quanto sarà essenziale la tua testimonianza.» Prima di lasciarla da Jack, la avviso però di non farsi troppe speranze. «Solo perché Spurling crede in questo caso, non significa che il gran giurì voterà per l'incriminazione.»

«Mi preoccupa molto di più la mia coscienza che le speranze di come potrebbe andare adesso.»

«Spero che la tua coscienza sia un po' più leggera.»

«Sì.»

«Devo confessarti una cosa.» È da quando ho sentito la sua storia che sono combattuto a riguardo.

«Che cosa?»

«Negli anni, sono rimasto in contatto con Ryder. Io e Dallas giochiamo a carte con lui, Cam, tuo fratello e altre persone. Non direi che siamo intimi, però lo considero un amico.»

«Eppure stai portando avanti il caso.»

«Faccio il mio lavoro.»

«Il lavoro potrebbe costarti diversi amici, per non parlare di tuo fratello.»

«Lo so.»

«E non ti importa?»

«Certo che mi importa, però ti credo. È stato uno shock sentire la tua storia, rendermi conto che combaciava quasi alla lettera con la descrizione dei fatti di Denise e conciliare quell'informazione con l'uomo che conosco da tanti anni, ma questo non mi impedirà di fare ciò che è necessario per avere giustizia per Denise, che una volta era anche mia amica.»

«Non sapevo quanto fossi coinvolto a livello personale.»

«Non dimenticare che il fatto è avvenuto alla mia festa. È sempre stata una questione personale per me.»

«È vero.»

«Come te, vorrei che non fosse mai successo.»

Mi lancia un'occhiata, incerta. «Posso dirti un'altra cosa che mi preoccupa?»

«Certo.»

«All'udienza preliminare, la difesa presentò una dichiarazione giurata di diversi amici e compagni di squadra di Ryder in cui dicevano di essere stati a letto con Denise. Ti ricordi?»

«Certo, e già allora pensai che fosse una stronzata. Lei non faceva che parlare del suo ragazzo Kane e di quanto lo amava. Non ci ho creduto nemmeno per un secondo.»

«I nostri fratelli l'avevano firmata.»

«Lo so. All'epoca, litigai furiosamente con Dallas. Lui rimase fedele a quella versione, ma sapevo che era una bugia.» Non aggiungo che, alla fine, l'ammise lui stesso con me.

«Finiranno nei guai?»

«Difficile dirlo. Se sono furbi, questa volta non permetteranno all'avvocato di Ryder di usarla come prova. Siccome la maggior parte di loro è sposata e con figli, adesso hanno molto di più da perdere. Però Denise mi ha detto che vuole che la faccenda venga affrontata e io ho passato il testimone a Josh.»

Sono in ansia al pensiero che mio fratello finisca nei guai per una catena di eventi a cui io stesso ho dato il via, ma fu una sua scelta sottoscrivere una bugia per proteggere un amico e, se dovrà affrontarne le conseguenze, allora che sia.

«Grazie per tutto quello che stai facendo, anche se potrebbe costare caro anche a te.»

«Vorrei averti rivisto in circostanze diverse.»

«In che senso?» chiede lei, confusa.

«Ti avrei chiesto se ti andava di andare a cena qualche volta.»

«Oh, be'...»

«Non volevo metterti a disagio.»

«Non è così. È bello sentirtelo dire.»

«Magari quando questa storia sarà finita.»

«Magari.»

«Hai intenzione di restare fino a quando Spurling si farà sentire?»

«Probabilmente sì. Il mio capo ha detto che posso lavorare da remoto per un po', quindi tanto vale prendermi una pausa dalla città intanto che posso.»

«Ti chiamo non appena so qualcosa.»

«Grazie ancora, Houston.»

«Figurati.»

DICIOTTO

Blaise
Presente

Resto a guardare le luci posteriori della sua macchina fino a quando scompaiono alla mia vista. È successo davvero? Ha detto che gli piacerebbe uscire con me se non fossimo entrambi invischiati in un potenziale procedimento penale? Sì, l'ha detto, e la cosa mi lusinga. Houston è un bravo ragazzo e mi piace sul serio, però con lui non avverto nessuna scarica elettrica come con Jack.

Parlando del diavolo... Jack esce di casa con Fenway al guinzaglio.

«Mi chiedevo se avessi delle scarpe» gli dico nel vedere il vecchio paio di scarpe da ginnastica che ha ai piedi.

«Ah ah. Preferisco stare al naturale. Ringrazia che uso i vestiti. A detta di mia madre, sono rimasto nudo fino ai cinque anni.»

«Questa informazione potrebbe finire in una recensione su Yelp.»

«Per questo con la vecchiaia sono diventato così noioso. Se a cinque anni è carino, trent'anni dopo risulta strano.»

«Parole sante.»

«Io e la mia piccolina stiamo andando a spassarcela. Ti va di unirti a noi?»

«Che cosa comporta questo spasso?»

«Sentieri, bastoni, fango, animali vari in decomposizione. Qualsiasi cosa incontriamo sulla nostra strada. Ci piace improvvisare.»

«Fango e animali in decomposizione?»

Si stringe nelle spalle, con un sorriso. «Che posso dire? La mia piccola è imprevedibile.»

«Mi piacerebbe venire. Mi date cinque minuti per cambiarmi?»

«Anche dieci. Non abbiamo fretta.»

«Torno subito.» Mi infilo dei jeans e una maglia a maniche lunghe e raccolgo i capelli in una coda. Metto il telefono nella tasca posteriore, prendo una felpa con la zip e gli occhiali da sole ed esco con le scarpe da ginnastica ai piedi.

«Hai fatto in fretta.» Nell'attesa, Jack si è messo a giocare con Fenway e la pallina da tennis.

Lei corre a salutarmi come se non mi vedesse da anni.

«Giù, piccola. Non sporcare Blaise.»

Mi chino per darle tutte le mie attenzioni e, come ricompensa, mi becco una leccata fulminea dal mento fino alla fronte. Scoppio a ridere mentre sputacchio.

Jack le allaccia il guinzaglio e la tira via da me. «Se ridi, la incoraggi a fare la monella.»

«Non riesco a trattenermi. È divertente.»

«Per questo è un disastro. La pensano tutti così. A proposito di sporcarti, se hai bisogno di fare il bucato, puoi usare la lavatrice e l'asciugatrice in casa mia.»

«Grazie. Potrebbero servirmi dopo il fango e gli animali in decomposizione.»

Con un sorriso, mi conduce verso un vecchio pick-up bianco rimesso a nuovo con una striscia rossa sul fianco. «Questo è stato il primo e unico pick-up di mio padre. Ha quasi cinquant'anni e fa ancora le fusa come un gattino.» Apre la portiera del passeggero per me e Fenway. «Ti sei messa al suo posto e lei si è spostata in mezzo senza la minima esitazione. Si vede che le piaci.»

«È più facile leccarmi se le sono seduta accanto.»

«Anche questo è vero.»

«Dove andiamo?»

«Su un sentiero che finisce sulla spiaggia. È il suo preferito.»

«Ti dispiace se abbasso il finestrino? Il tempo è così bello.»

«Fa' come se fossi a casa tua con me, Blaise.»

È gentile a dirlo. «Grazie.»

«A ogni modo, mi piace il tuo nome. Non conosco nessun altro che si chiama così.»

«Mia madre voleva dei nomi che nessun altro avesse: Teagan, Arlo, Blaise e Juniper.»

«Mi piacciono tutti.»

«A noi no, da piccoli. Avrei voluto essere Emily o Brooke, come tutte le altre.»

«Blaise è unico e speciale.»

«Fino a quando, tra il nome unico e i capelli rossi, i maschi in quinta elementare cominciano a prenderti in giro.»

Serra le labbra, come se si stesse sforzando di non ridere.

«Non è divertente!»

«Un pochino sì.»

«Neanche un po'. Mi chiamavano Formica Rossa, Palla di Fuoco, Pantaloncini Roventi e in qualsiasi altro modo gli venisse in mente, per non parlare delle battute sul mio nome.»

«È bello e ti sta bene.»

Per caso sta dicendo che anch'io sono bella? Be', in questo caso, non ho nulla in contrario.

«Oggi non lavori?» chiedo, impaziente di non parlare più di me.

«Ho cominciato di prima mattina. Cerco di finire presto con queste belle giornate, soprattutto perché a breve farà brutto per qualche mese.»

«Io odio l'inverno.»

«A me non dispiace. È una scusa per rilassarsi e non fare niente dopo la frenesia dell'estate. Mia madre la chiamava la stagione degli stufati.»

«Mi piace.»

«Diceva che era il momento di mettersi comodi, accendere il fuoco e guardare il football.»

«È molto più piacevole dell'inverno in città.»

«Dev'essere una vera menata.»

«Puoi dirlo forte. Siccome si va ovunque a piedi, è impossibile restare caldi e asciutti arrancando tra la fanghiglia, il ghiaccio e la neve, che nel giro di un giorno diventa nera. Aggiungi i cumuli di sacchi sui marciapiedi quando raccolgono la spazzatura e le auto che sfrecciano e ti schizzano di acqua gelata, ed è un vero bijou.»

«Che cosa ti trattiene in città?»

«Lavoro a teatro, e lì c'è il centro nevralgico della scena teatrale.»

«Che cosa fai?»

«Sono l'assistente di Wendall Brooks, che al momento recita in *Materia grigia*.»

«Una mia amica l'ha visto a New York. Le è piaciuto un sacco.»

«È un ottimo spettacolo. Piace a tutti.»

«È un lavoro divertente?»

«Dovrebbe, ma Wendall è un po' insopportabile. Smorza il divertimento con le sue infinite richieste.»

«Come se la cava senza di te?»

«Continuo a organizzare tutto da qui e gli faccio rispettare la tabella di marcia, ma non posso negare che sia bello non dover avere a che fare con lui di persona ogni giorno.»

«Ci credo. Per quale motivo gli hai detto di essere qui?»

«Ho detto che avevo un'emergenza di famiglia e, con mia somma sorpresa, lui ha risposto che la famiglia viene prima di tutto. Non me l'aspettavo proprio.»

«Hai studiato teatro all'università?»

«Sì. Mi sono laureata in recitazione alla Tisch School of the Arts della New York University.»

«Hai mai recitato?»

«In realtà, sì. È stato un modo per sopravvivere, perdendomi nelle storie di altre persone e liberandomi per un po' della mia. Però mi sono stufata di riuscire a malapena a pagare l'affitto e così, quando ho avuto l'opportunità di lavorare per Wendall, ho accettato al volo convinta di aver risolto tutti i miei problemi. Invece, me ne sono creata di nuovi.»

Si ferma in un parcheggio polveroso e spegne il motore.

Una volta scesi dall'auto, Fenway mi segue e la tengo al guinzaglio.

«Sai una cosa?» dice Jack mentre imbocchiamo il sentiero.

«Che cosa?»

«Tutti e due ci siamo laureati in scuole d'arte.»

«È vero.»

«E tutti e due viviamo di questo nonostante un milione di persone ci abbiano detto che avremmo fatto la fame puntando su queste carriere.»

«Io tiro avanti per un pelo con quello che guadagno.»

«Però sei ancora della partita, ed è molto più di quanto possano dire molti dei nostri compagni di corso.»

«Credo di sì.»

«Che cosa faresti se potessi fare qualsiasi cosa vorresti?»

«Ci penso spesso, ma non lo so. Non ho ancora trovato niente che mi faccia alzare ogni giorno con entusiasmo per andare al lavoro. È qualcosa che mi manca da quando lavoro per Wendall. Quell'uomo mi fa diventare matta.»

«Allora perché non lo molli e trovi qualcosa che ti renda felice?»

«Dice il ragazzo dal talento pazzesco che riesce a fare qualunque cosa voglia.»

«Credi che abbia un talento pazzesco?»

Gli do una spallata e, per poco, non lo faccio cadere a terra. Scoppiamo a ridere come due bambini e, sotto lo sguardo confuso di Fenway, ci sorreggiamo a vicenda e cerchiamo di ricomporci.

Jack finge di togliersi di dosso della polvere in modo teatrale. «Mi hai colto alla sprovvista.»

Non riesco a smettere di ridere. «Scusami.»

«Non mi avevi detto che tra i tuoi soprannomi c'è anche Bruto.» Inarca un sopracciglio. «Giocavi a football?»

«Mai provato in vita mia.»

«Se lo dici tu.»

Con un gesto fluido e naturale, mi prende per mano, come se non fosse niente di che. Mi piace un sacco stare per mano a un ragazzo bello e divertente su uno stupendo sentiero che è un'esplosione di colori autunnali mentre Fenway ci precede correndo come un razzo. Ogni minuto torna indietro per assicurarci che ci siamo ancora.

«Capisco come mai la lasci senza guinzaglio.»

«Vuole avermi sempre sott'occhio. Non appena si accorge che non mi vede, torna indietro di corsa. Comunque ha il chip e un localizzatore nel collare, per sicurezza.»

«Saggia scelta.»

«Impazzirei se non la trovassi più.»

«Anch'io, e la conosco solo da pochi giorni.»

Come promesso, il sentiero sbuca su una spiaggia sabbiosa.

Nel vedere l'acqua, Fenway va fuori di testa e schizza via.

«L'avevo detto che al ritorno è fradicia?»

«Non mi sembra.»

«Per questo ti ho offerto la lavatrice» aggiunge, con un sorrisetto irresistibile. «Le piace così tanto questo posto che gioca da sola a sguazzare e a rincorrere i gabbiani.» Raggiungiamo un tronco sulla sabbia. «Siediti e goditi lo show.»

È lo spettacolo migliore che abbia visto da molto tempo a questa parte, soprattutto quando la cagnolina viene a controllarci e poi torna ai suoi giochi.

«È davvero divertente. Grazie per avermi invitata.»

«È molto più divertente insieme a te.»

«Una ragazza potrebbe abituarsi a stare con un bravo ragazzo come te.»

«Ah, sì? Sarebbe stupendo.»

«Mi aspetta un periodo folle.»

«Lo so.»

«Un uomo furbo si terrebbe a distanza.»

Mi cinge con un braccio e mi dà un bacio sulla tempia. «Allora non sono furbo come pensavo.»

«È una cosa piuttosto grossa da dire.»

«Sì?»

«Mmh mmh.»

«Be', ne ho una ancora più grossa. Tu mi piaci e, cosa più importante, piaci al mio cane. Vogliamo passare con te tutto il tempo possibile e vogliamo sostenerti in questo momento difficile.»

Mi volto verso di lui che, cogliendomi alla sprovvista, mi dà un dolce bacio. Gli poso una mano sulla guancia e mi lascio andare al bacio che, nel giro di pochi secondi, passa da dolce a infuocato.

Veniamo interrotti bruscamente da Fenway che, puzzolente e bagnata, ci salta addosso facendoci quasi cadere dal tronco.

Jack riesce a impedirlo mentre scacciamo la lingua impazzita del cane. «Per l'amor del cielo, Fenway!»

Lei si mette seduta e sorride, ansimando, soddisfatta di avere la nostra totale attenzione.

«Scusa.»

«Non devi scusarti. È davvero buffa.»

«No, che non lo è.»

«Sì, che lo è.»

Fenway abbaia sfrontata per partecipare al discorso, strappandoci una risata.

«Per questo è ingestibile» prosegue Jack. «Sfrutta il fatto di essere carina per farla franca.» Mi prende per mano e passeggiamo lungo la spiaggia con Fenway che ci apre la strada. Arrivati alla fine, torniamo al pick-up.

Durante il tragitto verso casa, con i finestrini abbassati, mi rendo conto che è stato il pomeriggio più bello della mia vita da adulta e lo dico a Jack.

«Sono contento che ti sia divertita.»

«È tutto più bello quando non ti porti più dentro un terribile segreto.»

«Ci credo.»

«Anche se so che potrebbe andare tutto all'aria da un momento all'altro, è comunque meglio che mantenere il segreto. Continuo a chiedermi come sarebbe stata la mia vita se avessi fatto la cosa giusta allora. Forse tutti mi avrebbero odiato, ma non mi sarei portata dietro un peso di una tonnellata.»

«Farsi odiare da tutti ora non ti sembra più così brutto come prima. Chissà quali danni avrebbe causato.»

«Già.»

«Qualsiasi cosa avessi fatto, ci avresti comunque rimesso. Ed è ancora così, però stai facendo la cosa giusta a prescindere da quello che ti costerà. È ammirevole.»

Non sono ancora pronta a sentirmi lodare per quello che sto facendo. Forse un giorno ci riuscirò, ma non oggi.

«Ti va di andare a cena?» mi chiede dopo un minuto di silenzio.

«Che cos'hai in mente?»

«Conosco un posticino con un'ottima cucina. È di un mio vecchio amico.»

«Sarebbe un appuntamento?»

«Una specie.»

«Eccome se mi va.»

DICIANNOVE

Ryder
Presente

Questa sera i bambini sono indemoniati e cercano in ogni modo di ritardare il momento di andare a dormire. Alla fine, mi riduco a ricattarli.

«Per chiunque andrà a letto subito ci sarà una sorpresa speciale domani.»

Tre esserini si fiondano in camera.

Ha funzionato meglio del previsto.

Miles, di sette anni, Grace di cinque ed Elise di tre sono sotto le coperte in due secondi netti.

«Qual è la sorpresa?» chiede Grace.

«Aspetta e vedrai. E dovete restare *tutti* a letto, altrimenti niente sorpresa.»

«Hai sentito, Elise?» domanda Miles. «Non rovinare tutto anche per noi.»

Continuiamo a dire che dovremmo spostare le bambine in una stanza tutta per loro, ma Miles vuole avere vicino le «sue piccole». È un ottimo fratello maggiore, fin da quando le abbiamo portate a casa dall'ospedale.

Do a tutti e tre il bacio della buonanotte, ripeto loro di dormire per guadagnarsi la sorpresa e poi mi faccio una doccia.

Da quando mi sono candidato, spesso non ci sono per metterli a letto e lo detesto. Non vorrei perdermi nemmeno un secondo con loro, ma sono deciso a fare tutto il necessario per vincere le elezioni straordinarie di novembre. Quando il nostro deputato di lunga data si è dimesso, ho colto al volo l'opportunità di servire a livello nazionale la comunità in cui sono cresciuto, come aspiravo a fare da tempo.

In caso di vittoria, Caroline e i bambini si trasferiranno a Washington per poter stare insieme. Io dovrò tornare spesso nel Rhode Island, ma l'obiettivo è di tenere la famiglia il più possibile unita. Grazie ai risparmi del lavoro che ho lasciato per candidarmi, potremo permetterci una seconda casa nella capitale.

È un grosso rischio, in più sensi, ma è anche un periodo entusiasmante per la nostra famiglia.

Mi aspetto di continuo che il mio avversario rivanghi il mio passato e l'accusa che ha quasi rovinato tutto ma, fino a questo momento, non è successo.

Cam mi aveva detto di non candidarmi perché il caso potrebbe finire nuovamente sulla stampa, ma io sono andato avanti imperterrito. Il caso venne rigettato per mancanza di prove e mi rifiuto di vivere come se fossi stato condannato. Secondo mio fratello, il motivo per cui il mio avversario non ha tirato in ballo le accuse è perché teme una causa per diffamazione. Non si può accusare qualcuno di un crimine per cui non è mai stato condannato senza esporsi alle conseguenze, dice lui, in quanto avvocato.

A ogni modo, mi vergogno profondamente di quella sera e di ciò che ho fatto a Neisy. Ero fuori di testa per il dolore per Louisa. Quando ci ripenso, ricordo solo lo strazio. Anche se non è una giustificazione per le mie azioni, perché non ne esistono. Da allora, mi sono impegnato per essere una persona migliore, ma è stata dura.

Dopo la morte di Louisa, ebbi una brutta depressione, aggravata da quello che avevo fatto a Neisy. Per quanto mi sforzi, non so spiegare perché l'abbia fatto. Da allora, mi sono detestato ogni secondo di ogni giorno. Fu un'impresa uscire da quella spirale negativa e rimettermi in carreggiata.

In seguito alle accuse, il mio colloquio all'Accademia navale sfumò. Il capitano Sutton si assicurò che bastassero quelle, anche se non si arrivò mai al processo. Come dargli torto. Fu colpa mia, e non lo rinnego. Fu tutta colpa mia, anche il fatto che mio padre fu arrestato, che perse il lavoro e affrontò a lungo problemi finanziari e un disagio emotivo.

Dopo qualche anno d'inferno in preda al dolore, al rimorso e alla depressione, all'università incontrai Caroline, che mi aiutò a cambiare le cose. Poco dopo averla conosciuta, le raccontai che ero stato accusato di stupro e lei mi chiese se fossi colpevole.

Mentii.

La volevo così disperatamente nella mia vita che le mentii in faccia.

È l'unica volta in cui l'ho fatto, ma quella bugia mi rode. Mi sposò pensando che fossi innocente. Tutta la nostra vita insieme si basa su una bugia.

La sera prima del matrimonio, otto anni fa, Cam mi chiese se lei sapesse la verità.

Risposi di no.

«Ryder, come puoi sposarla senza dirglielo?»

«Se lo sapesse, non mi sposerebbe mai. Lei mi ha rimesso in sesto, Cam. Non posso stare senza di lei.»

«Spero tu sappia quello che fai.»

Dalla sera in cui gli rivelai la verità, i rapporti tra me e mio fratello sono rimasti tesi. Siamo ancora legati, ma non come una volta. Mi ripeto che sarebbe successo comunque visto che andammo via di casa per frequentare università diverse, senza più stare insieme ogni giorno, ma non è quello il motivo. Il motivo è che dissi a lui, e soltanto a lui, la verità su come era andata con Neisy. Lo caricai di un orribile fardello. Cercai un modo di sentirmi meglio a sue spese. Non avrei mai dovuto farlo ed è un'altra cosa che rimpiango amaramente.

Mentre mi rado sotto la doccia, penso al detto per cui la verità rende liberi. Che stronzata.

La verità sarebbe la mia rovina.

Sono grato a Cam, Arlo e Dallas per aver lasciato i loro ottimi impieghi per gestire la mia campagna. Non scorderò mai il rischio che corsero anni fa per assicurare la mia libertà e non c'è nulla che non farei per loro, a cui devo tutto.

Solo in seguito venni a sapere che era stato Arlo a proporre di giurare in gruppo di aver fatto sesso con Neisy, così da confermare le voci che giravano sulla sua promiscuità. Se l'avessi saputo prima, avrei detto loro di non rischiare per me. Tuttavia, quella dichiarazione giurata fece la differenza perché il caso venisse rigettato. Non ho mai dimenticato il loro gesto, e mai lo farò.

Mi viene la nausea al pensiero di quello che facemmo a una ragazza innocente che non se lo meritava. Vorrei potermi scusare di tutto con lei, ma non posso farlo senza compromettermi sul piano legale.

Perciò, vivo con il rimorso che mi attanaglia ancora dopo tutto questo tempo. È il minimo che mi meriti dopo il mio comportamento imperdonabile.

Quando esco dal bagno, Caroline è a letto.

È bellissima, dentro e fuori.

I suoi lunghi capelli scuri luccicano alla luce della lampada sul comodino e i suoi caldi occhi marroni mi fissano colmi di amore e affetto. Sono fortunato ad averla nella mia vita e mi assicuro di dimostrarle il mio amore ogni giorno. Le do tutto ciò che vuole e di cui ha bisogno, e lei ricambia abbondantemente. A volte, mi domando come sarebbe stato sposare Louisa e se il rapporto con lei sarebbe stato stupendo come quello con Caroline. Un paragone che aggrava il senso di colpa che non mi abbandona mai, perciò cerco di astenermi. Tuttavia, penso ancora a Louisa ogni giorno e, anche dopo tutto questo tempo, sento la sua mancanza.

«Che cosa gli hai promesso per metterli a letto?» mi chiede Caroline quando la raggiungo.

«Una sorpresa domani.»

«Che sarebbe?»

«Non ho ancora deciso.»

«Quindi adesso ci siamo ridotti ai ricatti?»

La cingo con un braccio e appoggio la testa sul suo petto. «Qualsiasi cosa pur di avere un'ora o due di pace e tranquillità tutta per noi.»

Mi infila le dita nei capelli. «Ha chiamato Marty per la raccolta fondi. È sold out per il decimo anno di fila.»

«È un'ottima notizia.» Insieme all'amato fratello di Louisa, abbiamo raccolto più di un milione di dollari per la ricerca sul linfoma di Hodgkin in memoria di Louisa. Dall'anno dopo che ci siamo sposati, è Caroline a occuparsi dell'annuale raccolta fondi. Ha ripensato l'evento ed è grazie a lei se abbiamo avuto tante donazioni. Non scherzo quando dico che lei è la cosa migliore che mi sia mai capitata.

Mi concedo un sospiro profondo, travolto dalla gratitudine per lei, i nostri figli e questa vita che non mi merito.

Cam
Presente

«Abbiamo un problema» esordisce Sienna quando viene a letto.

Sono esausto e oggi non ho la pazienza per le sue scene. «Quale problema?»

«Blaise Merrick è tornata in città.»

«E allora?»

«A quanto ho sentito, è a Land's End, il che è strano visto che l'unica volta in cui è tornata dopo il liceo è stato per la morte del padre.»

«Magari ha degli amici là.»

«O magari ha deciso di ripulirsi la coscienza.»

Mi metto a sedere. Di che diamine sta parlando? «Cioè?»

Il suo viso espressivo assume un'aria colpevole. «C'è una cosa che avrei dovuto dirti anni fa.»

Mi sento raggelare dalla paura. Sienna non tiene nulla per sé. Uno dei nostri principali problemi è che dà sempre fiato alla bocca e tira fuori cose che non dovrebbe nei momenti più inappropriati. Io la riprendo quando fa così e lei si infuria, perciò l'idea che possa sapere qualcosa che non mi ha detto mi terrorizza, perché dev'essere una cosa grossa. «Che cosa devi dirmi?»

«Quella sera a Land's End... alla festa di Houston.»

La paura si trasforma in terrore. Esito a chiederle spiegazioni. «Che c'entra quella sera?»

«Quell'estate le cose tra noi erano strane. Era come se non ti interessassi più a me ed ero insicura, quindi io e Blaise ci intrufolammo alla festa per spiarti.»

Mi sforzo di ricordare che cosa possa avermi visto fare o con chi mi abbia visto parlare e come mai stia tirando fuori questa storia proprio adesso.

«Eravamo là quando Ryder stuprò Neisy. Lo vedemmo.»

Mi sento mancare la terra sotto i piedi. C'erano delle testimoni, e una è mia moglie. Le conseguenze sono talmente enormi che non so che fare.

«Cam, di' qualcosa.»

Fisso la parete, cercando di resistere all'impulso soverchiante di urlarle contro. «Non hai mai pensato di dirmelo?» Non sa che Ryder mi confessò la verità. La amo, ma non mi fido del tutto che taccia una cosa del genere. E poi, io e Ryder giurammo di non parlarne con nessun altro, e lui non l'ha detto nemmeno a Caroline.

«So quanto vuoi bene a Ryder! Non volevo in alcun modo causare una rottura tra voi e mi assicurai che Blaise tenesse la bocca chiusa.»

«Per questo smettesti di vederla.» All'epoca, non aveva voluto dirmi che cosa fosse successo tra loro. Disse che erano cose da ragazze e che non avrei capito. Io e Arlo ne parlammo qualche volta ma, alla fine, non badammo più al perché due adolescenti avessero litigato. Noi non c'entravamo niente.

«Mi fece infuriare con il suo comportamento da bacchettona, dicendo che eravamo delle cattive persone perché avevamo abbandonato Neisy da sola dopo... l'accaduto. Disse che avremmo dovuto aiutarla. Io le dissi che tutti, compreso Arlo, l'avrebbero odiata come odiavano Neisy e che avrebbe fatto meglio a tenere la bocca chiusa altrimenti ci sarebbero state delle conseguenze.»

Mi gira la testa e potrei vomitare.

C'erano delle testimoni, cazzo. E una è mia moglie.

Non so niente di Blaise né di che cosa abbia fatto per tutto questo tempo. Arlo la nomina di rado, se non per dire quanto sia strano che se ne sia andata senza mai guardarsi indietro. Ecco perché. Perché ha *visto* mio fratello stuprare Neisy. È scappata senza più tornare, portandosi appresso quel segreto.

E adesso è a Land's End a fare Dio solo sa cosa.

Cazzo.

«Sei arrabbiato?» mi chiede Sienna in un tono dolce che non è da lei.

«No.»

«Feci quello che reputavo giusto, Cam. Per proteggere te e la tua famiglia, come sempre.»

«Lo so.»

«Lo sapevi, vero?»

Mi volto verso di lei. «Che cosa sapevo?»

«Che l'aveva fatto. Non sei rimasto sorpreso quando te l'ho confermato. Sei rimasto sorpreso soltanto di sapere che l'avevo visto.»

Con un cerchio alla testa, provo a capire come ribattere ma, alla fine, opto per la verità. «Sì, lo sapevo.»

«Da quanto?»

«Dall'inizio.»

«Che cosa dice di noi il fatto che non ci siamo mai confessati quello che sapevamo?»

«Dice che eravamo entrambi consapevoli di essere seduti su una polveriera e abbiamo scelto di tenere la boca chiusa, anche tra di noi.»

«Mi rattrista sapere che non ti sei fidato di me, pur sapendo che sono sempre stata fedele a te e alla tua famiglia.»

«Lo so, Sienna, ma non volevo opprimerti con questo peso.»

«È così che ti sei sentito? Oppresso?»

È la conversazione più profonda che facciamo da tempo, il che la dice lunga sullo stato del nostro matrimonio. «Detesto il fatto che me l'abbia detto per sentirsi meglio. Per anni ce l'ho avuta con lui per questo, per non parlare del fatto che l'avesse fatto davvero. Stento ancora a crederci. Che cosa cavolo gli è passato per la mente?»

«Se ti chiedo una cosa, mi dici la verità?»

D'un tratto, mi sento stanco come non mi capitava da anni. «D'accordo.»

«La dichiarazione giurata che firmaste tutti quanti. Era vera?»

Soffro a ripensarci. «No.»

Dal sollievo sul suo viso, capisco che erano anni che voleva chiedermelo.

«Che cosa farai riguardo a Blaise?»

«Non ne ho idea.»

«Devi fare qualcosa prima che rovini tutto.»

«Me ne occupo io.» Le lancio un'occhiata. «Tu non fare nulla riguardo a lei. Hai sentito?»

Assume un'espressione colpevole. «Potrei averle mandato un messaggio per ricordarle di tenere la bocca chiusa.»

«Che diamine, Sienna! Perché l'hai fatto? Magari è titubante e le hai dato la spinta decisiva.»

«Volevo farle sapere che la teniamo d'occhio.»

«D'ora in poi stanne fuori. Mi hai capito?»

«Va bene. Come vuoi. Non c'è bisogno di essere così cattivo con me quando ho sacrificato la mia migliore amica di sempre per proteggere te e tuo fratello.»

Siccome ho paura di quello che potrebbe fare se la indispettissi, mi giro verso di lei. «Ti sono grato per quello che hai fatto, davvero. Però promettimi che d'ora in poi ne resterai fuori.»

Davanti al suo sguardo di sfida, la vicinanza provata per lei qualche istante fa scompare di colpo.

«Dico sul serio, Sienna. Faresti più danni che altro.»

«Va bene. Prometto di starne fuori. Ma voglio sapere che cosa hai intenzione di fare.»

«Non lo so ancora.»

«Però farai qualcosa, vero?»

«Sì.» Devo farlo prima che il passato ci si ritorca contro e rovini le nostre vite.

Come prima cosa al mattino, chiamo Ryder.

«Ehi, come...»

«Ryder.»

«Che c'è che non va?»

«Ieri sera Sienna mi ha detto una cosa che non sapevo.»

«Che cosa ti ha detto?»

«Che lei e Blaise Merrick assisterono a quello che successe con Neisy.»

«*Che cosa?*» sussulta. «*Videro* tutto?»

«Sì.»

«E non te l'aveva mai detto prima?»

«Ha detto che lo tenne per sé per proteggerci.»

«Perché l'ha fatto adesso?»

«Perché, secondo Sienna, Blaise è tornata ed è a Land's End.»

«Cazzo, Cam. Come facciamo a scoprire perché è qui?»

«Potremmo chiedere ad Arlo.»

«Non ce l'avrebbe detto se lo sapesse?»

«Credo di sì.»

«Che cosa possiamo fare allora?» chiede, in tono isterico.

«Ci sono un milione di motivi per cui Blaise potrebbe essere a Land's End. Magari ha incontrato un tipo su una app di appuntamenti e lui vive lì. Magari ha trovato lavoro lì. Chi lo sa.»

«Possiamo chiedere a Houston?»

«Vuoi che lo chiami e gli chieda se Blaise ti ha denunciato per aver stuprato Neisy quattordici anni fa?»

«Non dirlo a voce alta. Qualcuno potrebbe sentirti.»

«Mia moglie sa già quello che hai fatto. Ti ha visto.»

«Sei arrabbiato.»

«Certo che sono arrabbiato, cazzo! Se Blaise si fa avanti, sarà la nostra rovina. Ricordi il rischio che corremmo per difenderti? Se venisse fuori che ho commesso uno spergiuro, potrei essere radiato dall'albo.»

«Che cosa facciamo? Non possiamo starcene seduti senza fare niente.»

«Secondo me non dovremmo fare niente. Magari ci sbagliamo sul motivo per cui è tornata e l'ultima cosa che vogliamo è mettere in allerta Houston facendogli capire che siamo preoccupati.»

«Come faccio ad andare avanti dopo questa notizia?»

«Rispetta gli impegni che hai e mantieni la calma.»

«Come diamine faccio?»

«Ryder... Magari non è niente.»

«O magari è la mia fine.»

Venti

Blaise
Presente

Nelle due settimane seguenti, io e Jack prendiamo l'abitudine di cenare insieme ogni sera. A volte è lui a cucinare, a volte sono io e, altre volte, usciamo. A ogni giorno che passa, lui mi piace sempre di più. Insieme ci divertiamo, ridiamo, parliamo e ci baciamo. Un sacco. Baciarci, intendo. Pomiciamo come adolescenti, o almeno, come immagino che facciano gli adolescenti, perché io non l'ho mai fatto prima. Non ho mai provato nulla di simile a quello che provo per lui e, adesso che è arrivato novembre e il freddo, non penso ad altro che a come rendere infinito questo momento.

Ma poi Wendall mi chiama con qualche richiesta irragionevole che mi scombussola la giornata, ricordandomi che la mia realtà sono il lavoro e la vita che mi sono costruita a quattro ore da qui. Anche se non ho mai vissuto nulla di più bello, questo interludio con Jack non è la vita reale.

«Quando torni in città, Blaise?» mi chiede Wendall per la terza volta questa settimana. «È sempre più difficile gestire le cose senza di te. Non voglio farti pressioni mentre ti occupi delle tue questioni famigliari, ma ho *bisogno* di te.»

«Lo capisco, e sto cercando di risolvere le cose qui.» È una bugia. Sto vivendo la storia d'amore più eccitante della mia vita e non vedo la mia famiglia dal pranzo con mia madre di due settimane fa.

Rispettando la mia volontà, lei non ha detto agli altri che sono a casa e mi chiama ogni giorno per sapere come sto.

Siamo in attesa di notizie dal procuratore in merito al gran giurì. Fino ad allora, mi godo questa pausa dalla solita vita. Non mi ero resa conto di quanto fossi prossima a un esaurimento nervoso prima di scappare da Wendall, dalle sue continue richieste e dal ritmo frenetico della città.

«Voglio che tu sappia, Blaise» prosegue Wendall, «che ti apprezzo tantissimo. Non sempre te lo dimostro, lo so, ma è così. Mi rendi tutto più facile e mi sento perso senza di te.»

Tanta gentilezza continua a sbalordirmi. «Grazie, Wendall. È bello sentirselo dire. La prossima settimana cerco di farti sapere di preciso quando tornerò in città.»

«Fantastico.» Sembra sollevato. «Spero che vada meglio con la tua famiglia.»

«Sì, grazie. In mattinata ti mando il programma.»

«Benissimo. Ci sentiamo presto.»

Terminata la chiamata, vedo un nuovo messaggio di Jack. *Vieni a trovarmi. Mi sento solo.*

Stai lavorando.

Mi sono preso una pausa che, con il giusto incentivo, potrebbe durare per il resto della giornata...

E la scadenza?

Che cosa?

Jack...

Blaise... Fenway sente la tua mancanza.

L'eccitazione da capogiro che mi scorre nelle vene ogni volta che lo vedo, ci parlo o flirto con lui per messaggio è qualcosa di totalmente nuovo per me. Avrei un milione di cose da fare per Wendall ma, se Jack mi chiede di andare a trovarlo, non me ne frega assolutamente niente.

Mi lavo i denti, mi spazzolo, mi infilo una felpa ed esco.

Con tutte le volte che abbiamo fatto avanti e indietro nelle ultime settimane, abbiamo creato un sentiero nell'erba del giardino tra il mio bungalow e la casa. Questo periodo è il più eccitante e rilassante della mia vita. Comunque vada con il gran giurì, per la prima volta da quella sera di tanti anni fa, mi sento libera e leggera.

Entro dalla porta sul retro e trovo Jack in cucina, con una tazza di caffè in mano. Sorride nel vedermi e ne versa una anche a me, aggiungendo la panna che ha comprato apposta per me.

«Grazie.»

«Prego.»

«Dov'è Fenway?»

«Dorme della grossa al secondo piano. Sono sceso di soppiatto per non farmi sentire.»

Bevo un sorso. È bravissimo a fare il caffè. «Perché non stai lavorando?»

«Perché ho di meglio da fare del mio vecchio, stupido lavoro.»

«Ma tu adori il tuo vecchio, stupido lavoro.»

«È vero, ma non è divertente come te.»

Sentirmi dire queste cose da un uomo talentuoso e di successo mi dà alla testa. Jack si sposta davanti a me e appoggia le tazze sulla penisola per darmi un bacio.

Con un sorriso, mi sistema una ciocca di capelli dietro l'orecchio. «Ciao.»

«Ciao.»

«Come hai dormito?»

«Come un ghiro.» Dal mio primo incontro con Houston, non ho più avuto bisogno dei farmaci per dormire. «E tu?»

«Mi sono rigirato un po' nel letto.»

«Come mai?»

Quando mi sfiora la guancia con i polpastrelli, mi viene la pelle d'oca su tutto il corpo. Mi eccita più il suo tocco leggero del sesso con gli altri uomini. «Ero un po' su di giri quando hai insistito per tornare nel bungalow.»

«Ah, sì?»

«Lo sai benissimo.»

«Anch'io mi sentivo così.»

Si china e mi bacia sul collo.

Mi aggrappo ai suoi fianchi per evitare che mi cedano le ginocchia.

«Ho un segreto.»

«Quale?»

«Conosco la cura per il nostro problema.»

Chiudo gli occhi e reclino la testa, abbandonandomi totalmente a quello che mi sta facendo al collo. «Esiste una cura?»

«Sì, ed è decisamente piacevole.»

«Pensavo avessimo deciso di non fare troppo sul serio visto che non so dove sarò la settimana prossima.»

«Avevamo deciso così? Non me lo ricordo.»

Lo punzecchio sulla pancia, strappandogli un sussulto e una risata.

Posa la testa sulla mia spalla. «Voglio fare sul serio, Blaise.»

«Ah, sì?»

«Assolutamente.»

«Che cosa dobbiamo fare allora?»

«Io avrei qualche idea.»

Con la sua erezione che preme contro la mia pancia, lo tiro ancora di più a me.

«Blaise...» geme.

«Ho paura.»

Rialza la testa talmente in fretta che per poco non cado. Se resto in piedi, è soltanto perché lui mi tiene bloccata contro la penisola. «Di che cosa?»

«Di tutto.»

«Del sesso?»

Ho la sensazione che il sesso con lui non sarà come quello che ho fatto in passato. «Di quello, ma soprattutto dei sentimenti importanti.»

«Provi dei sentimenti importanti per me?»

«Sì.»

«È la cosa più bella che mi abbiano mai detto.»

«È spaventoso.»

«No, è fantastico. È come se ti avessi aspettato per tutta la vita.»

«Jack...» sussurro, senza fiato.

Pensavo fosse assurdo restare senza fiato per via della persona amata, invece adesso so che non lo è affatto. Quest'uomo doveva solo mostrarmelo.

«Sì, Blaise?»

«Non... non riesco a parlare quando fai così.»

«Come?» Mi afferra i seni e accarezza i capezzoli con i pollici. «Così?»

Sto per implorarlo di portarmi a letto, quando Fenway scende di corsa le scale, abbaiando come una matta.

Jack si ritrae e guarda fuori dalla finestra. «C'è Houston.»

Come un palloncino che si sgonfia bucato da uno spillo, il desiderio lascia il posto all'ansia e la mia mente salta da un pensiero all'altro così in fretta che mi gira la testa. Inspiro diverse volte per ricompormi, abbastanza perché Houston non capisca che cosa ha interrotto.

«Vuoi che venga con te?»

«Ti dispiace?»

«Niente affatto.»

«Mi dispiace per...»

«Figurati. Aspetteremo.»

La promessa nelle sue parole mi spinge fuori, sul prato dove Houston sta giocando con Fenway.

Non gli sfugge che io e Jack eravamo in casa insieme. «Scusate se sono venuto senza prima avvisare.»

«Non c'è problema» lo rassicuro. «Che cosa succede?»

«Ho sentito Spurling. Il gran giurì ha votato per l'incriminazione.»

Jack mi posa una mano sulla schiena, un gesto intimo per dimostrarmi il suo sostegno e che apprezzo infinitamente.

«Che cosa accadrà adesso?»

«Ryder verrà arrestato e incriminato. Verrà trattenuto in custodia fino a quando comparirà davanti a un giudice per la lettura delle imputazioni, poi probabilmente verrà rilasciato su cauzione e dovrà consegnare il passaporto. L'ufficio del procuratore terrà una conferenza nel pomeriggio per annunciare che il caso è stato riaperto sulla base di nuove prove.»

«Diranno di quali prove si tratta?»

«No, per il momento non vorranno svelare le loro carte, ma a breve dovranno comunicare quello che hanno scoperto all'avvocato difensore di Ryder, tra cui la tua dichiarazione giurata.»

Caccio giù il groppo che mi si è formato in gola. Mi resta qualche giorno, se non meno, prima che tutti sappiano che il caso è stato riaperto per causa mia. Sienna sa che sono tornata e capirà che non è una coincidenza.

«Ho ricevuto un messaggio di minacce.» Dopo aver riflettuto a lungo, avevo deciso di non disturbarlo a riguardo ma, adesso che si fa sul serio, sono preoccupata.

«Da parte di chi?»

«Di Sienna Elliott.» Glielo mostro. «Sa che sono tornata in città. Quando il caso verrà riaperto, capirà come mai.»

«Aumenterò le pattuglie qui intorno oggi.» Mi restituisce il telefono. «Era lei l'altra testimone?»

«Parlo solo a nome mio, però questo è il primo messaggio che mi manda in quattordici anni.»

«Capisco. Vuoi che vada a parlarle?»

«Non penso sia necessario. Scoprirà presto che le sue minacce non hanno avuto effetto su di me.»

«Siccome il crimine è avvenuto a casa mia, ho chiesto che sia la polizia dello stato del Rhode Island a occuparsi dell'arresto. Sto prendendo ogni precauzione perché nessuno possa impugnare la riapertura delle indagini.»

«Grazie, Houston. So quanto è complicato per te.»

«Già, ma non voglio che ti preoccupi di questo.»

«Quando ci sarà bisogno di me? Il mio capo comincia a scalpitare perché torni a New York.»

«Nelle prossime due settimane, per l'udienza preliminare.»

«Ci sarò.»

«Ci vediamo allora.»

«Grazie ancora per essere passato.»

«Figurati.»

Sembra che voglia aggiungere qualcosa, ma poi torna verso il suo suv e, nel salire, accarezza la testa a Fenway.

Lo saluto con la mano e mi volto verso Jack. «Bene.»

«Bene. Come ti senti?»

«In ansia, ma determinata.»

«Cos'è questa storia che il tuo capo ti rivuole a New York?»

«Non ha fatto storie per la mia lunga assenza, cosa decisamente insolita per lui, ma prima o poi dovrò tornare.»

«Davvero?»

«Che cosa intendi?»

Mi mette le mani sulle spalle. «Devi davvero tornare in città?»

«È lì che vivo e che lavoro.»

«Però io sono qui.»

«Ricordi quando abbiamo detto che non facciamo sul serio?»

«Ricordi quando ho detto che voglio fare sul serio?»

«Da quando?»

«Più o meno dalla prima volta in cui ti ho parlato.»

«Jack...»

«Blaise... Non andartene.»

«Devo lavorare. Ho un appartamento e ho...»

Quando mi bacia, mi scordo quello che volevo dire. «Non mi sono mai sentito così.»

«Così come?»

«Come se, lasciandoti andare, me ne pentirei per il resto della vita.»

Nemmeno io mi sono mai sentita così e non c'è altro posto in cui vorrei stare se non con lui, ma non sono pronta a prendere decisioni tanto importanti. «Oggi non devo andare da nessuna parte.» Lo cingo con le braccia. «Potremmo riprendere quello che stavamo facendo prima che arrivasse Houston.»

Scende con le mani lungo le mie braccia, mi prende per mano e, camminando all'indietro, mi riporta in casa e su per le scale, fino alla sua camera. Non ci sono mai stata e vorrei guardarmi intorno, ma lui ha altre idee perché mi sbottona la camicetta e me la abbassa dalle spalle.

«Hai la pelle più morbida del mondo» sussurra mentre mi bacia il collo.

Fenway arriva di gran carriera e ci salta addosso, facendoci cadere sul letto.

Scoppiamo a ridere mentre la sua lingua parte in quarta e ci lecca ovunque.

Jack la allontana con delicatezza. «Grazie per aver accelerato i tempi, piccola, ma adesso ci penso io. Va' a dormire.»

Lei fa finta di niente.

«Fenway» la riprende lui in tono più severo. «Va' nel tuo letto.» La spinge di nuovo per farla spostare.

Alla fine, lei salta a terra, grugnendo indignata.

«Allora, dove eravamo prima di questa scortese interruzione?»

Vorrei concentrarmi su questo momento con Jack, invece riesco a pensare soltanto a quello che sta accadendo sull'altra sponda del fiume, a Hope, dove Ryder verrà arrestato. Si diffonderà la voce che il caso è stato riaperto e Sienna capirà il motivo.

«Ehi» mi dice Jack mentre mi bacia in viso e sulle labbra.

Incrocio il suo sguardo. «Scusami. La mia mente ha preso la tangente.»

«Lo so.» Mi stringe in un caldo abbraccio. «Che cosa posso fare?»

«Già così mi aiuti. Scusami se non riesco a darti retta.»

«Non preoccuparti. La situazione è tesa e non riesci a non pensare a quello che accadrà.»

«O a quando mi si ritorcerà contro.»

Mi accarezza una guancia. «Non permetterò a nulla di ritorcersi contro questo bel faccino. Non temere.»

«Grazie, Jack. Ho davvero bisogno di un amico in questo momento, e sono grata di aver trovato te.»

«Sono qui, e non vado da nessuna parte.»

Non c'è nulla che avrebbe potuto dire che conti di più per me.

Ventuno

Ryder
Presente

«Tieni gli occhi sulla palla, Miles. Aspetta il lancio.»

L'arbitro chiama la palla.

Vedere mio figlio che gioca a baseball e aiutare ad allenare la sua squadra è tra le cose che preferisco. Questa stagione ho perso tantissime partite, quindi sono contento di avercela fatta per l'ultima.

«Così, bravo. Aspetta.»

«A chi tocca battere, coach?» mi chiede Petey Johnson.

«A Jalen. Va' ad allenarti con la mazza. Forza, Miles! Ce la puoi fare.»

Al rumore della mazza che colpisce la pallina, l'intera squadra scatta in piedi a esultare mentre Miles corre in seconda base e guadagna un punto battuto a casa. Siamo in vantaggio quattro a uno. «*Ben fatto!*»

«Signor Elliott?» dice una voce alla destra della panchina.

Lancio all'uomo un'occhiata distratta. «Sì?»

«Deve venire con me, signore.»

Lo guardo meglio e resto di sasso. Un poliziotto. È impossibile, cazzo. Ho un tuffo allo stomaco.

«Signore?»

I bambini in panchina capiscono che si tratta di qualcosa di grosso e mi fissano con i loro occhi innocenti.

Metto giù il portablocco e mi avvicino all'agente. «Verrò con lei, ma la prego di non dare spettacolo davanti ai bambini.»

«Mi dispiace, signore, ma dobbiamo eseguire gli ordini. Metta le mani dietro la schiena.»

«La prego. Mia moglie e i miei figli ci stanno guardando.»

«Metta le mani dietro la schiena.»

Mentre vengo ammanettato, lancio un'occhiata verso gli spalti, dove Caroline assiste alla scena con espressione confusa. Lascia Grace ed Elise con un'amica e scende fino alla recinzione del campo. «Che cosa succede?»

«Dove mi state portando?»

«Al commissariato di Wickford.»

«Chiama Cam. Digli di venire subito a Wickford.»

«Ryder, che cosa succede?»

«Chiama Cam, Caroline. Subito.»

Mi portano via sotto lo sguardo ammutolito di tutti. La partita si è interrotta. Mentre ci avviamo verso il SUV della polizia, un agente mi comunica che sono in arresto per violenza sessuale di primo grado e violenza sessuale ai danni di una minore, poi mi legge i miei diritti.

Mio figlio arriva di corsa dalla seconda base. «Papà! Aspetta. Dove stai andando?»

«Resta con la mamma» gli dico, voltando appena la testa. «Resta con la mamma.»

«*Ryder!*» L'urlo isterico di Caroline mi strazia.

Gli occhi mi si riempiono di lacrime.

Ancora non sanno che ho rovinato la loro vita.

Cam
Presente

Sto cenando con Sienna e i bambini quando ricevo una chiamata da Caroline. Speravo di andare alla partita di Miles, ma sono rientrato tardi e morivo dalla fame. «Ehi, come va?»

«Cam! Hanno arrestato Ryder! Adesso, al campo da baseball. Nessuno vuole dirmi niente. Lui ha detto di chiamarti.»

Le sue parole sono come una coltellata al cuore.

«Cam!»

«Ci sono. Hanno detto dove lo stanno portando?»

Sienna fa due più due dalle mie battute e rimane a bocca aperta.

«Al commissariato di Wickford. Che cosa sta succedendo, Cam?»

«Lo scoprirò.»

«Che cosa devo fare?»

«Prendi i bambini e va' a casa. Ti aggiorno appena so qualcosa.»

«Miles vorrà finire la partita.»

«Allora finite la partita.»

«Che cosa dico alla gente?»

«Di' che non sai niente, che è vero. Ti richiamo appena posso.»

«Cam...»

«Lo so, Caro. Mi prenderò cura di lui. Cerca di non preoccuparti.»

«Mio marito è appena stato arrestato davanti ai nostri figli e a mezzo paese. Perché dovrei preoccuparmi?»

È comprensibilmente sconvolta e vorrei tanto poterle dire qualcosa per tranquillizzarla, ma sarà ancora peggio quando scoprirà il resto. «Vedo che cosa riesco a scoprire e ti richiamo. Tu mantieni la calma per i bambini.»

«Lui è tutta la mia vita, Cam» geme.

«Lo so. Lasciami andare così mi metto all'opera.»

«Va bene.»

Chiudo la chiamata e guardo Sienna.

Ha un'espressione indurita dalla rabbia. «Perché l'ha fatto dopo tutto questo tempo?»

«Perché lui è candidato al Congresso.» Non ho dubbi che il motivo sia questo.

Sienna è meno convinta. «Che cosa?»

«Per questo gli avevo detto di non farlo, Sienna. Perché sapevo che sarebbe successo qualcosa del genere.»

«Sapevi che una testimone si sarebbe fatta avanti?»

«No, quello non potevo saperlo, però sapevo che il caso sarebbe stato contestato di nuovo e che le stronzate del passato avrebbero potuto infangare lui e tutti noi. Dannazione!» Sbatto una mano sul tavolo, facendo sobbalzare i bambini. «Mi dispiace. Il papà è arrabbiato. Devo tornare al lavoro.»

«Finite la cena» Sienna ordina ai piccoli ed esce dalla stanza insieme a me. «Razza di stronza. Che *cazzo di stronza*! Come può farci una cosa simile?»

«A questo punto, non è importante. Ormai l'ha fatto e lui è completamente fottuto.»

«Dev'esserci un modo per impedire che questa cosa lo rovini.»

«Non c'è. Verrà processato per lo stupro di Neisy, che probabilmente avrà accettato di testimoniare e, con una testimone a confermare la sua versione, lui perderà.»

«No, non è possibile.»

«Non solo è possibile, ma pure probabile. Adesso ricomponiti per i bambini mentre io vado a vedere che cosa posso fare per tirarlo fuori di prigione.»

Sono per strada diretto a Wickford quando mi chiama mia madre. «Camden! Tuo fratello è stato *arrestato*. Che cosa sta succedendo?»

«Sto andando a scoprirlo, mamma.» Non me la sento di dirle che si è fatta avanti una testimone che vide Ryder stuprare Neisy. Tanto lo verrà a sapere a breve.

«Che cosa può aver mai fatto per giustificare un simile trattamento? L'hanno prelevato dal campo da baseball come un criminale qualunque! Caroline è fuori di sé e i bambini sono isterici.»

«Ho un'altra chiamata in arrivo. Ti telefono quando ne so di più.»

«Fa' qualcosa, Cam, ti prego.»

«Farò quel che posso.» Armeggio con il cellulare e accetto la chiamata di Rich Morton, un compagno di università che lavora per il procuratore generale. Gli ho scritto per dirgli che Ryder è mio fratello e di scoprire qualcosa. «Ciao, Rich. Grazie per avermi richiamato. Che cosa sai?»

«Il gran giurì ha votato per il rinvio a giudizio per violenza sessuale di primo grado e violenza sessuale ai danni di una minore.»

Oh, cazzo. È stato incriminato. Vuol dire che la macchina della giustizia era in moto da settimane.

«Cam? Ci sei?»

«Sì.»

«Non ne sapevi niente?»

«No, non sapevamo del gran giurì né niente di niente.»

«Oh, wow, mi dispiace che sia stato uno shock. Immagino che abbiano gestito la cosa con la massima attenzione per via della campagna elettorale. Ai procuratori non piace essere accusati di ingerenze in politica.»

«Il verdetto del gran giurì è stato unanime?»

«Credo di sì.»

Porca puttana.

«Come mai è stato arrestato dalla polizia dello stato?»

«A quanto pare, il capo della polizia di Land's End ha un conflitto di interessi perché la presunta violenza è avvenuta a una festa nella sua vecchia casa, per cui ha passato il caso alla polizia dello stato.»

Ovviamente sapevo già della festa a casa di Houston Rafferty perché c'ero anch'io, ma non è necessario che Rich lo sappia. Rimango scioccato però che Houston fosse coinvolto da settimane e non abbia detto neanche una parola. «Va bene. Grazie, Rich.»

«Figurati. Mi dispiace per tuo fratello.»

«Anche a me.»

«L'ha fatto davvero, Cam?»

Non posso rivelare la verità a qualcuno che lavora nell'ufficio del procuratore, anche se è un amico. «Non lo so.»

«Be', buona fortuna a te e alla tua famiglia.»

«Grazie della chiamata.»

«Di niente.»

Adesso che Rich mi ha fornito i dettagli, mi sento peggio di prima. La situazione è veramente brutta, e può solo peggiorare. Sono furioso con Ryder per non aver ascoltato il mio consiglio sul non candidarsi. L'avevo avvisato che era un grosso errore e, malgrado detesti dire *te l'avevo detto...* Se una testimone ha taciuto questa informazione tanto a lungo, scoprire che lui puntava a una carica simile sarà bastato a spingerla a fare qualcosa. Ci scommetterei la vita che è andata così.

E adesso devo preoccuparmi anche di quello che accadrà se verrà fuori che, all'epoca delle accuse originali, mentimmo su Neisy in una dichiarazione giurata.

Proprio mentre ci penso, mi chiama Arlo. «Che cosa cazzo sta succedendo?»

«Ryder è stato accusato di stupro.»

«Chi dovrebbe aver stuprato?»

«Neisy.»

«È stato quattordici anni fa! Come mai questa storia salta fuori di nuovo adesso?»

«Sembra che si sia fatta avanti una testimone che può corroborare la sua versione.»

«*Che cosa?*» sbotta Arlo con un sospiro. «Una *testimone*? E dov'è stata questa cosiddetta testimone per tutto questo tempo?»

«Non so altro. Sto andando alla centrale di Wickford per vedere Ryder.» Sarà qualcun altro a dirgli che si tratta di sua sorella.

«All'epoca ci esponemmo per salvargli il culo.»

«Lo so benissimo.»

«Dici che la cosa ci si ritorcerà contro?»

«Spero proprio di no.»

«Cazzo, Cam. Com'è possibile che stia succedendo dopo così tanto tempo?»

«Non lo so.» La gente lo scoprirà presto, perché è successo.

«Fammi sapere come va, se puoi.»

«Certo.»

Mentre attraverso la baia verso Wickford, ricevo altre tre chiamate di ragazzi che avevano firmato la dichiarazione su Neisy, tutti con le stesse paure di Arlo. Faccio del mio meglio per rassicurarli, nonostante il terrore che mi assale al pensiero di quello che significherà per me e la mia famiglia. Se verrò radiato dall'albo, come provvederò a loro?

Arrivato a destinazione, aspetto più di un'ora prima che mi lascino vedere Ryder.

Ha uno sguardo spiritato. «Cam! Sono venuti alla partita di Miles. Mi hanno arrestato davanti a Caro, ai bambini e a tutti quelli che conosciamo. Mi hanno fatto una perquisizione corporale, cazzo! È per via di Blaise?»

«Sì.»

«Quindi è andata alla polizia dopo aver mantenuto il segreto per quattordici anni.»

«Già, il che significa che non le importa più delle conseguenze per sé.» Mi passo una mano nei capelli e cammino avanti e indietro nella stanzetta claustrofobica. «Che diamine, Ryder. È proprio per questo che ti avevo detto di non candidarti. Sei stato un arrogante di merda a pensare che il passato non sarebbe tornato a galla.»

«Come facevo a sapere che c'era una cazzo di testimone?»

«Forse sarebbe rimasta zitta per sempre se non avessi puntato al Congresso.»

«Magari potresti andare a trovarla.»

«Per dirle cosa?»

«Per chiederle di non testimoniare.»

«Non lo farò.»

«Arlo lo farebbe.»

«Se vuoi che lo faccia, chiediglielo tu stesso.»

«Come faccio se sono qui?»

«Ti rilasceranno di certo dopo la lettura dei capi d'accusa. Se vuoi che Arlo si occupi di sua sorella, pensaci tu al lavoro sporco.»

«Mi dispiace, Cam. Avevi ragione tu. Non avrei mai dovuto candidarmi al Congresso.»

«No, non avresti dovuto. Sai quale è sempre stato il tuo problema?»

«Di che cosa stai parlando?»

«Tutti ti dicevano che eri un grande, e tu ci hai creduto.» Lo colpisco al petto, anche se preferirei di gran lunga mollargli un pugno. «Hai creduto di poter aggredire Neisy e di farla franca, di poterti candidare al Congresso senza che questa stronzata tornasse a metterla nel culo a te e a tutti noi. Sei arrogante e presuntuoso e ti meriti tutto questo.»

«Mi dispiace! Se potessi tornare indietro e cambiare tutto, non pensi che lo farei?»

Non so come ribattere. Per quanto lo vorrebbe, non si può cambiare il passato.

«E adesso?»

«Un giudice ti leggerà i capi d'accusa e, con un po' di fortuna, ti rilasceranno in attesa del processo. Perché stavolta il processo si farà.»

«Non se Arlo convincerà sua sorella a non testimoniare.»

«Credi davvero che avrebbe fatto tutto questo se non fosse decisa ad andare fino in fondo?»

«Quindi, secondo te, sono fottuto?»

«Assolutamente.»

«Sei incazzato.»

«Eccome, se sono incazzato! Andava tutto bene, ma tu hai voluto di più. Spero solo che non trascinerai a fondo anche me e tutti i ragazzi che mentirono per te la prima volta.»

«Non vi ho mai chiesto di farlo!»

«Però lo facemmo, e ti salvammo il culo!»

«Mi dispiace tanto, Cam.» Gli si incrina la voce. «So che al momento non conta niente, però mi dispiace davvero.»

«Ci credo, però hai ragione: al momento, non conta granché per me.»

«Quindi non mi rappresenterai?»

«Non sono un avvocato difensore. Ti serve qualcuno che sappia quello che fa. Chiederò in giro e troverò qualcuno per domani.»

«E Caroline e i bambini? Che cosa dico a loro?»

Lo fisso, incredulo. «La verità?»

Scuote la testa. «Non posso. Lei mi lascerebbe e mi porterebbe via i bambini. Non posso perdere la mia famiglia.»

«Che cosa pensi che farà quando verrai condannato?»

«Magari non mi condanneranno.»

«Ryder... C'è una testimone *oculare* che ti ha visto mentre la stupravi. In questo stato non esiste la prescrizione per i crimini a sfondo sessuale. Il fatto che ci abbia messo quattordici anni a farsi avanti non conterà nulla per la giuria quando la sentiranno deporre a favore di Neisy.»

«Dobbiamo fare qualcosa. Non possiamo permettere che questo rovini tutto.»

«È troppo tardi per *qualsiasi* cosa. Per questo ti avevo implorato di non candidarti. Avevo paura di una cosa simile.»

«Va bene, avevi ragione *tu*! Sei contento adesso?»

«No, Ryder, non sono affatto contento. Che cosa vuoi che dica a Caroline? È isterica e disorientata.»

«Dille... dille che le spiegherò tutto quando uscirò di qui.»

«E le dirai la verità?»

«Non... non lo so.»

«Gliela devi, a questo punto.»

«Io...»

«Ryder! Le hai stravolto la vita! Merita di saperlo.»

«Ci penserò su.»

«Vedi di farlo.» Busso con forza alla porta perché mi facciano uscire.

«Cam...»

Mi volto verso di lui.

«Ho paura.»

Vorrei dirgli che fa bene ma, non appena un poliziotto mi apre, esco senza aggiungere nulla. Mentre torno a casa, chiamo Caroline.

Risponde al primo squillo. «Cam, l'hai visto?»

«Sì.»

«Sta bene?»

«È sconvolto ma, per il resto, sta bene.»

«Che cosa sta succedendo?»

«È stato accusato di uno stupro di quattordici anni fa.»

Sussulta. «No, non è possibile. Ha detto che non l'aveva fatto.»

Che cosa posso dirle? Ha bisogno di tempo per capire era una bugia.

«Che cosa faccio?»

«Aspetta fino a domani, alla lettura dei capi d'accusa. Dovrebbero rilasciarlo senza cauzione.»

«Dovrà passare la notte là dentro?»

«Sì.»

«Come mai lo accusano se non è stato lui?»

«Di questo dovrai parlarne con lui.»

«Che cosa sai, Cam?»

«Ti scrivo quando saprò a che ora lo porteranno davanti al giudice al tribunale della contea di Newport. Gli serviranno dei vestiti.»

«Tutto qui? Devo solo aspettare?»

«Non so che altro dirti.»

«Potresti dirmi che è un grosso errore!»

Quanto vorrei poterlo fare. «Tieni duro, Caroline. Domani lo vedrai. Ti chiamo io.»

Non sono mai stato più contento di terminare una chiamata in vita mia. Adoro Caroline, da sempre. È arrivata in un momento in cui temevo che Ryder non si sarebbe mai ripreso dagli eventi di quell'estate. Oltre ad aver commesso un crimine orrendo, e ad averla fatta franca, aveva dovuto affrontare la perdita devastante di Louisa, il funerale e un dolore profondo e implacabile. Il tutto prima dell'ultimo anno di liceo.

Da quando ha incontrato Caroline al secondo anno di università, non si sono più lasciati. Oltre alle accuse, ora Ryder dovrà far fronte anche alle conseguenze della bugia che ha raccontato alla moglie per tutti questi anni. Chissà se lei gli resterà accanto.

Quando arrivo a casa, Sienna mette il muto alla televisione. «Com'è andata?»

«Come previsto. È terrorizzato e preoccupato per Caro e i bambini.»

«Lei sa la verità?»

Scuoto la testa.

«Wow. Ho sempre pensato che gliel'avrebbe detto a un certo punto.»

«Invece no.» Mi verso un bicchiere di bourbon e la raggiungo sul divano.

«Che cosa accadrà adesso?»

«Domani gli leggeranno i capi d'accusa e, con un po' di fortuna, lo rilasceranno senza cauzione. È la prassi per chi non ha precedenti.»

«Non ha precedenti anche se in passato è stato accusato dello stesso crimine?»

«Non è stato condannato, perciò no, non ha precedenti.»

«E la campagna elettorale?»

«Immagino che verrà sospesa dopo l'incriminazione. Non può più correre ora.»

«Anche se verrà scagionato?»

«Se anche dovesse accadere, ed è ben poco probabile, ci vorranno mesi e le elezioni saranno già passate per allora.»

«Mi dispiace tantissimo per Caroline e i bambini.»

«Lo so.»

«Dovrei parlare con Blaise.»

«No.»

«Perché no? Che male può fare a questo punto?»

«Non dobbiamo peggiorare le cose per Ryder aggiungendo un'accusa per corruzione di testimone.»

«Lui non si avvicinerebbe a lei. Potrei andare io a supplicarla di avere pietà di sua moglie e dei suoi figli.»

«Perché dovrebbe importarle di loro? Non li conosce nemmeno.»

«Conosce me, e sarei io a chiederglielo.»

«È troppo rischioso.»

«Che cos'abbiamo da perdere ormai?»

«Non mi piace l'idea e non credo che dovresti farlo.»

«Ne prendo atto.»

Se c'è una cosa che ho imparato di Sienna dopo otto anni di matrimonio e quasi sedici di relazione, è che fa quello che vuole quando vuole. Non posso impedirle di rintracciare Blaise.

Posso solo cercare di dissuaderla.

VENTIDUE

Blaise
Presente

Mi sveglio poco per volta dopo aver dormito come un ghiro. Mi sorprende quanto dorma bene ultimamente, meglio che negli ultimi quattordici anni. Sbatto le palpebre e metto a fuoco la camera di Jack. Ci siamo addormentati nel suo letto. Tra le sue braccia e con la testa posata sul suo petto, non mi sono mai sentita così riposata da quando sono qui.

«Buongiorno» gracchia lui con voce assonnata.

«Buongiorno.»

«Che strano trovarti qui.»

«Ah ah. Ci siamo addormentati.»

«Così sembra.»

Mi stringe più forte. «Non dormivo così bene da anni.»

«Anch'io.» Ho quasi paura a lasciare lui e il letto caldo per scoprire che cosa è successo al di fuori del nostro bozzolo.

«Di qualsiasi cosa si tratti, non è colpa tua.»

«Sai anche leggere nel pensiero adesso?»

«No, però ti sei irrigidita mentre ripensavi alla decisione del gran giurì e alle sue conseguenze.»

«Chissà se l'hanno arrestato.»

«Credo proprio di sì, ormai.»

«Non riesco a smettere di pensare a sua moglie e ai suoi figli e a come debbano sentirsi.»

«Non è una tua responsabilità, Blaise.»

«Lo so.»

«Niente di tutto questo è colpa tua. Dimmi che lo sai.»

«Lo so, però non puoi negare che, senza di me, non ci sarebbe stato nessun gran giurì.»

«E se lui non avesse stuprato quella ragazza tu non saresti dovuta andare alla polizia.»

«Continua a ricordarmelo, va bene?»

«Ogni volta che ne avrai bisogno.»

«Potrebbe capitare spesso nelle prossime settimane.»

«Sono qui per te.»

Mi volto per guardarlo. Nel corso della notte si è tolto la maglietta e gli accarezzo il petto nudo, muscoloso e ricoperto da una peluria soffice. «Non so dirti quanto sia importante per me il tuo sostegno. Mi sentirei davvero sola, se non fosse per te.»

«Da tempo mi sentivo molto solo e, nell'istante in cui ti ho incontrato, è cambiato tutto.»

Incrocio il suo sguardo intenso. «Sei sempre così sincero riguardo ai tuoi sentimenti?»

«Prima non lo facevo mai, ma perdere i genitori come è capitato a me mi ha ricordato che la vita è breve e che non c'è tempo per le cazzate.»

«Immagino che sia un'esperienza che ti cambia.»

«Sì, ma ne avevo bisogno. Vorrei non averlo dovuto imparare a quel modo, ovviamente, però sono una persona migliore rispetto a prima e il mio scopo è assicurarmi che i miei siano sempre orgogliosi di me.»

Gli stringo la mano. «Sarebbero orgogliosissimi.»

«Lo spero.»

«Sarà meglio che vada, così puoi metterti al lavoro.»

«Preferisco trascorrere la giornata con te.»

«E le tue scadenze?»

«Aspetteranno.»

«Sei sicuro?»

«Lavoro come un mulo. Sono anni che non mi prendo una pausa come si deve. Non c'è problema.»

«In questo caso, mi piacerebbe passare la giornata con te dopo aver controllato se è tutto a posto al lavoro.»

«Nel frattempo, io preparo la colazione.»

«E il caffè?»

«Per chi mi hai preso? Per un barbaro?»

Riesce a farmi sorridere come nessuno faceva da molto tempo. «Mi dispiace che sia saltato tutto ieri sera. Ti prometto che mi farò perdonare.»

«Non devi dispiacerti, e non hai niente da farti perdonare. Quando lo faremo, voglio che tu pensi soltanto a me, a noi e che non ti preoccupi di nient'altro.»

«Lo voglio anch'io.»

«Non aggiungermi alla lista dei problemi nella tua testa. Voglio essere qualcosa di bello in tutta questa storia.»

«Lo sei. Sei la cosa più bella che mi sia successa da... be', da sempre.»

«Lo stesso vale per me, piccola. Godiamoci il momento, va bene?»

Annuisco e, con un sorriso, mi lascio dare un bacio.

«Vado a occuparmi del caffè.»

«Vado a occuparmi del lavoro.»

«Ti aspetto in cucina.»

«Non ci metterò molto.»

Esco dalla porta sul retro e vengo accolta dall'aria frizzante di una mattina autunnale. Percepisco una folata di odore di legna bruciata e, per la prima volta da quella sera, non mi disgusta. Un tempo, era tra i miei odori preferiti. Magari lo sarà di nuovo, adesso che ho fatto il primo passo per rimediare agli errori del passato.

Mi blocco di colpo davanti a qualcosa sui gradini del mio bungalow. Mi chino per vedere meglio e me ne pento all'istante. È una carcassa insanguinata. Qualsiasi animale fosse, è irriconoscibile.

Devo aver gridato, perché Jack arriva di corsa. «Che cosa è successo?»

Mentre ricaccio giù la bile, indico la bestia morta.

«Cazzo!» Prende il cellulare e fa una chiamata.

«Che-che cosa fai?»

«Chiamo Houston. Questo è un messaggio.»

Scioccata dallo spettacolo raccapricciante, non ci avevo nemmeno pensato.

Jack mi cinge con un braccio e mi riporta in casa sua.

«L'ha trovato quando si è svegliata stamattina» spiega. «Va bene. Grazie.» Mette giù il telefono. «Arriva subito. Posso darti qualcosa?»

Infilo le mani tremanti tra le ginocchia. «Niente. Mi viene da vomitare.»

Mi versa un bicchiere di acqua ghiacciata. «Bevi.»

Ne prendo giusto qualche sorso. «Dovrei tornare a New York. Lì non sapranno dove trovarmi.»

«È questo che vuoi?»

«No, ma non voglio causare assurdità come questa a casa tua.»

«Non è niente che io non possa gestire e preferisco che tu stia qui con me, dove posso tenerti al sicuro, piuttosto che da sola in una grande città.»

«E chi terrà al sicuro te se verranno a cercarmi?»

«Posso badare a tutti e due.»

Il SUV di Houston arriva di gran lena e inchioda. Quando usciamo da casa di Jack, sta scrutando la cosa sui gradini del mio bungalow. «Verranno degli addetti alla rimozione delle carcasse per dare una pulita.»

Incrocio le braccia, sperando che basti a non farle più tremare. «Ryder viene incriminato per via della mia testimonianza e, il giorno dopo, questa cosa compare alla mia porta. Non è una coincidenza, vero?»

«Probabilmente no.»

«Quindi si sa già che sono stata io a farmi avanti?»

«Non l'ho visto scritto da nessuna parte, ma lo sai come girano le voci.»

So anche che qualcun altro vide quello che vidi io e sa esattamente chi è la testimone oculare. Di chi altri potrebbe trattarsi? «Dovresti parlare con Sienna Elliott.» A questo punto, non ho più motivo di proteggerla.

«Sei sicura?»

«Sì.»

«Va bene. Ho aumentato le pattuglie in questa strada, ma non so quanto servirà come deterrente. Abbiamo solo tre agenti in servizio.»

«Contatterò un servizio di sicurezza privata» interviene Jack.

«No. Me ne vado. Andrò da un'altra parte.»

Lui mi cinge con un braccio. «Sei più al sicuro con me che da sola.»

«Non posso metterti in pericolo.»

«Non preoccuparti per me. Voglio starti accanto.»

Houston ci guarda, incuriosito. «Le cose stanno così, eh?»

«Già» risponde Jack, con un caldo sorriso rivolto a me. «E devo ringraziare te.»

«Sono felice per voi, ma state attenti.»

«Lo faremo» conferma Jack.

«Questa è la parte difficile, Blaise, quella di cui abbiamo parlato. Quando si saprà che sei tu la testimone, ci saranno persone che ti faranno pressioni per ritrattare. Persone a cui vuoi bene.»

«Non importa. Non ritratterò.» Niente potrebbe convincermi a farlo, nemmeno le minacce alla mia sicurezza.

Jack mi stringe la spalla per dimostrarmi il suo supporto.

«Tieni duro» dice Houston e torna al suo SUV. «Gli addetti arriveranno a breve.»

Non appena se ne va, Jack mi prende per mano e mi riporta dentro, mi versa una tazza di caffè e lascia la panna sulla penisola.

«Grazie.»

Prepara delle uova strapazzate e del pane tostato e, nel giro di qualche minuto, me li mette davanti. «Cerca di mangiare qualcosa.»

Mando giù qualche boccone solo perché si è disturbato a cucinare, ma ho l'immagine di quell'animale morto impressa nella mente. «Grazie.»

«Figurati. Ho scritto a un amico per la sicurezza privata.»

«Non voglio che ti accolli questa spesa.»

«Non è un problema.»

«Sì, invece. È tutto un problema.»

«Quando capiranno che non cederai, ti lasceranno stare.»

«Dici?»

Mi squilla il telefono ed è mio fratello. Rispondo e metto in vivavoce. «Arlo.»

«Blaise, che cazzo stai facendo?»

«Quello che avrei dovuto fare quattordici anni fa.»

«Non puoi fare sul serio.»

«Sono serissima. Vidi tutto mentre la stuprava e mantenere il segreto mi ha quasi distrutto.»

«Che cosa cavolo ci facevi là?»

«Che importa ormai?»

«A me importa! Stai accusando il mio migliore amico, il mio *capo*, di un crimine orribile.»

«Che lui ha commesso. Perché non chiedi a lui com'è andata davvero? Lui sa di averlo fatto.»

«*Ho lasciato il lavoro* per occuparmi della sua campagna. Non ti importa di me?»

«Non osare darmi la colpa! Se ho mantenuto il segreto è proprio perché *ti voglio bene*! Se non fosse stato per te, sarei andata subito alla polizia.»

«Puoi ancora rimediare se non testimonierai.»

«Non rimedierò proprio a niente e puoi stare *certo* che testimonierò. Quindi di' pure a chiunque abbia avuto la grande idea di provare a intimidirmi mettendomi un animale morto in veranda di non disturbarsi più.»

«Pensavo di conoscerti, Blaise.»

«Tu non mi conosci per niente. Non chiedermi più di proteggere il tuo amico, perché non lo farò.»

Premo il tasto rosso e termino la chiamata.

Jack si fa aria al viso. «È stato sexy da morire.»

Per quanto mi sembri impossibile ridere, lui riesce a farmelo fare.

«Non aveva il diritto di dirti quelle cose. Lo sai, vero?»

«Lo so.» Ne sono sicurissima, però le mani continuano a tremarmi. «Ho tenuto così a lungo questo segreto che era diventato parte di me. Non voglio più essere quella persona. A prescindere da chi ferirò, non ce la faccio a tornare a vivere a quel modo.»

«Stai facendo la cosa giusta.»

Annuisco, grata del suo sostegno. «Lasciami tornare a New York. Questo non è un problema tuo.»

Fa il giro della penisola fino a piazzarsi davanti a me, mi solleva il mento e mi dà un bacio. «Non hai ancora capito che voglio tenerti qui per sempre?»

Travolta dall'emozione, mi sento commossa nel profondo. «È un sacco di tempo.»

Mi bacia di nuovo. «Lo spero.»

Denise
Presente

Ho rimandato finché ho potuto. Ieri sera, Houston ha chiamato per dirmi che Ryder è stato incriminato e preso in custodia. Non appena i gemelli si addormentano per il pisolino di metà mattina, telefono a mio padre.

«Ciao, tesoro. Sono alla quattordicesima buca. Come va?»

«Devo dirti una cosa.»

«Tu e i bambini state bene?»

«Sì, però ho una notizia da darti che potrebbe turbarti.»

«Quale notizia?»

«Ryder Elliott è stato incriminato per stupro.»

«Per il tuo caso?»

«Sì.»

«Com'è possibile?»

«Si è fatta avanti una testimone.»

«Una testimone» ripete, con voce dura come il cemento. «C'era una cazzo di testimone?»

«Sì.»

«E dov'è stata per tutto questo tempo?»

«Non lo so ma, a quanto pare, quando ha sentito che lui era candidato al Congresso, si è decisa a farsi avanti.»

«Come ha potuto restare zitta vedendo quello che hai dovuto passare la prima volta che è stato incriminato?»

«Non lo so. Probabilmente aveva paura che i lupi si rivoltassero contro di lei.»

«Non è una scusa. Vide mentre venivi stuprata e ti *lasciò là*? Che razza di mostro fa una cosa simile?»

«Un'adolescente spaventata di veder andare all'aria la propria vita?»

«Non puoi difenderla.»

«Non la sto difendendo, però vide anche quello che mi fecero. Puoi davvero darle torto se non voleva che capitasse anche a lei?»

«Certo che posso! Avremmo potuto mettere in galera quel figlio di puttana se avesse fatto la cosa giusta.»

«La sta facendo adesso.»

«Sarai fuori di te, tesoro.»

«All'inizio sì, ma adesso sto meglio. Kane è stato fantastico, come sempre.»

«Quindi dovrai testimoniare?»

«Sì.»

Il suo sospiro dice tutto. «Come hai fatto a sapere della testimone?»

«Houston Rafferty è venuto a trovarmi. Quando me l'ha detto, ho risposto che non volevo averci nulla a che fare. Poi però ne ho parlato con Kane e abbiamo deciso che, se c'è una possibilità di ottenere giustizia, allora farò tutto il necessario.»

«Sono sbalordito dal tuo coraggio, tesoro.»

«Dentro di me tremo come una foglia.»

«No, invece. Voglio sapere i dettagli. Ti starò accanto a ogni passo.»

«Grazie, papà.»

«Ti voglio un mondo di bene, Dee.»

«Anch'io ti voglio bene.»

Ci accordiamo di risentirci più tardi.

Kane mi raggiunge con una tazza fumante di tè al limone. «Come l'ha presa?»

«Come noi. È incredulo che per tutto questo tempo ci fosse una testimone e che si sia fatta avanti solo adesso.»

«Ho sentito quello che hai detto sul perché rimase zitta all'epoca. È ammirevole come tu riesca a difenderla.»

«Non fraintendermi. Il suo comportamento è indifendibile, fin dall'istante in cui decise di abbandonarmi sanguinante e in lacrime nel bosco, ma ciò non significa che non capisca perché l'abbia fatto. Essere un'adolescente può essere un inferno anche senza che tutti ti odino, compreso il proprio fratello.»

«Dovrebbe essere *lui* quello odiato da tutti.»

«La vita non è mai giusta.»

«È giusto che *lui* sia stato arrestato in pubblico e abbia passato la notte in prigione. È giusto che verrà accusato di più reati, costretto a ritirarsi dalla campagna elettorale e a pagarla per quello che ti ha fatto e che passerà diversi anni dietro le sbarre.»

«Che tipo di persona sono se mi dispiace per sua moglie e i suoi figli?»

«La persona migliore che io conosca.»

Ventitré

Houston
Presente

Chiedo a Blaise di raggiungermi a casa dei miei genitori verso le nove di mattina per occuparmi di una faccenda che avrei dovuto risolvere giorni fa. Sono stato occupatissimo da quando l'influenza ha decimato la centrale, contagiando metà degli agenti e tre impiegati. In tutto ciò, la notizia dell'arresto di Ryder si è diffusa a macchia d'olio in diverse cittadine, con conseguenti messaggi e chiamate di persone che conosco da tutta la vita.

Dallas è indignato che io abbia avuto un ruolo nell'arresto. Ieri sera al telefono me ne ha dette di ogni.

«Come hai potuto farlo? Ho lasciato il lavoro per farlo eleggere, mentre tu montavi un caso per affondarlo?»

«Non mi scuserò per aver fatto il mio lavoro.»

«Risparmiami le stronzate. Almeno avresti potuto avvertirmi.»

«Non potevo.»

«E se venisse fuori che mentimmo la prima volta? Potrei finire in guai seri. Non ti importa?»

«Certo che mi importa, ma non potevo tacere questa informazione dopo che mi è stata riferita.»

«Con tutte le persone che ci sono, proprio la sorella di Arlo. Lui sta andando fuori di testa.»

«Mi dispiace che siate turbati, ma non sono io quello con cui dovresti avercela.»

«Ce l'ho anche con Ryder, credimi. Non riesco a credere che possa averlo fatto davvero. Secondo te finirà in prigione?»

«Non faccio previsioni.»

«Ma il caso è solido?»

«Molto più della prima volta.»

«Porca puttana.»

Austin, mia sorella, mi scrive per dirmi quanto sia scioccata, così come un centinaio di persone che per un motivo o per l'altro ho incontrato nel corso della mia vita, ma rispondo solo a lei e a nessun altro. Non ho tempo per le loro domande.

Capisco come mai Dallas e gli altri siano turbati e spaventati all'idea che la cosa possa ritorcersi contro di loro. Tuttavia, dovevo fare il mio lavoro e l'ho fatto restando imparziale. Quando divenni un agente, mio padre mi disse di fare la cosa giusta in ogni occasione sul lavoro, così non avrei mai dovuto dare spiegazioni a nessuno. Era un buon consiglio a cui ho cercato di attenermi sempre, soprattutto nel frangente più difficile della mia carriera.

Venti minuti prima dell'arrivo di Blaise, vado in garage a cercare il metal detector di mio padre. Una volta, lo adorava più dei suoi figli, o almeno così lo scherzavamo. Lo portava con sé ovunque andassimo (in campeggio, in spiaggia, durante le escursioni nei boschi), sempre in cerca di qualche ritrovamento raro che lo rendesse ricco.

Non si è arricchito, però ha trovato diversi oggetti unici, oltre a centinaia di fedi e altri beni di valore che ha fatto del suo meglio per riconsegnare ai proprietari. Di conseguenza, è diventato un patito dei social e, grazie a lui, adesso devo aggiornare quotidianamente la pagina Facebook che ha creato per il dipartimento. Come se non avessi già abbastanza da fare.

Vedo il metal detector in un angolo, ricoperto di ragnatele che mi mettono i brividi. Quando esco dal garage, mi sento addosso un milione di ragni e agito le braccia come un ossesso.

È così che mi trova Blaise quando scende dall'auto e mi raggiunge, con un sorriso. «Tutto bene?»

«Sono finito in un ammasso di ragnatele in garage. Ho dei ragni addosso?»

Mi scruta con attenzione. «No.»

Rabbrividisco e mi scuoto i vestiti. «Bleah, me li sento dappertutto.»

«Che cosa ci facevi lì dentro?»

«Cercavo il metal detector.»

«Come mai?»

«Denise mi ha detto che quella notte perse la chiave della macchina. Voglio tentare di trovarla e ho bisogno che tu mi faccia vedere dove cercare di preciso.»

Sussulta visibilmente.

«So che ti sto chiedendo tanto a tornare là ma, se troverò quella chiave, servirà a confermare ulteriormente la sua versione.»

Blaise infila le mani nelle tasche della giacca e annuisce, con il mento alto e la determinazione che ha mostrato fin dall'inizio. La ammiro tantissimo. Se non frequentasse Jack, le avrei chiesto di uscire una volta finita questa storia. «Andiamo.»

Imbocchiamo il sentiero battuto che dal giardino sul retro porta al bosco confinante con la proprietà dei miei genitori. Siamo stati io e i miei fratelli a crearlo nel corso degli anni, facendo ogni gioco immaginabile tra gli alberi. Questo era il nostro parco giochi e sapere che qualcuno era stato aggredito proprio qui fu devastante.

Blaise indica una radura poco distante dal sentiero, non lontana dal nostro giardino. «Lì.»

«Fammi vedere dove stavi tu.»

Attraversiamo la radura. «Qui. Ero arrivata di nascosto da laggiù.» Indica la strada dietro casa nostra.

Fissa la radura, come se stesse rivivendo quella sera.

«Non mi serve altro. Se vuoi puoi andare, Blaise. Grazie dell'aiuto.»

«Non è niente.»

«Invece è molto, e te ne sono grato.»

«Se tornare qui servirà a rendere il caso più solido, allora ne è valsa la pena.» Rimane ferma a lungo, guardando la radura. «Non è sorprendente come le azioni di una sola persona possano cambiare per sempre così tante vite?»

«Già.»

«Che cosa gli succederà, secondo te?»

«È difficile dirlo con certezza. Se verrà condannato, lo aspetta un lungo periodo in prigione.»

«Conosci sua moglie?»

Resto stupito dalla domanda. «L'ho incontrata qualche volta.»

«Che tipo è?»

«Molto simpatica.»

«Sono felici insieme?»

«Così sembravano.»

«E i loro figli?»

«Ne hanno tre, un maschio e due femmine.»

Mi guarda. «Che cosa succederà a loro?»

«Non lo so, Blaise.» La scruto per un istante, ma non riesco a decifrare la sua espressione. «Stai bene?»

Si stringe nelle spalle. «Pensavo solo a quello che ho detto prima, al fatto che le azioni di una persona possano ripercuotersi su molte altre vite.»

«Come quello che stai facendo tu?»

«Sì. Quanto è probabile che sua moglie lo sapesse? Il suo arresto le avrà sconvolto la vita. Per non parlare degli effetti su dei bambini innocenti.»

«È gentile da parte tua pensare a loro. Anch'io ci penso, ma ciò non cambia quello che lui ha fatto.»

«No, infatti. È giusto che paghi. È solo che detesto che degli innocenti che non c'entrano niente debbano pagare un prezzo così alto.»

«Lo so. È sconvolgente, però stai facendo la cosa giusta.»

«Ne sei sicuro? Non sarebbe stato meglio lasciare il passato dove stava?»

Mi appoggio al metal detector. «Quello che lui ha fatto è deplorevole. È un reato.»

«Certo, però se devo essere sincera... Quando sono venuta a cercarti, pensavo solo a placare la mia coscienza. Non ho pensato minimamente a sua moglie, ai suoi figli o a chiunque potesse soffrire per la mia decisione di parlare.»

«Ti prego, dimmi che sei consapevole che non sei tu a far soffrire queste persone. È lui.»

«Lo so, però... Se non avessi fatto quello che ho fatto, sarebbero andati avanti con la loro vita come se niente fosse.»

«Lascia che ti faccia una domanda: se fossi sua moglie, vorresti sapere di dormire accanto a uno stupratore o preferiresti non saperlo?»

«Se la metti così, preferirei saperlo. Però dev'essere stato uno shock terribile per lei.»

«Certo, ma ciò non cambia i fatti.»

«La gente ti rende la vita difficile per essere stato coinvolto?»

«Un po'. Nulla che non possa gestire. Ho fatto il mio lavoro e lo farei di nuovo. Ho ricevuto un'informazione e l'ho trasmessa alle autorità competenti. Se alla gente non sta bene, non posso farci niente.»

«Sarebbe stato più facile per te dirmi che ormai non si poteva fare più nulla con le informazioni che avevo? Perché, se l'avessi fatto, ti avrei creduto.»

Vedendola in difficoltà, rispondo onestamente. «Sì, sarebbe stato più facile. Mio fratello è furioso con me, ma gli ho detto la stessa cosa che ho detto a te. Ho fatto il mio lavoro.»

«Sarà furioso anche con me. Come un sacco di altre persone.»

«Hai detto che non ti importa dell'opinione degli altri.»

«Infatti, però sono un sacco di cose da assimilare.»

«Capisco.» Dovrei proprio cercare la chiave, ma aspetto per capire se voglia parlare ancora.

«Credi sul serio che io sia in pericolo?»

«Vorrei dirti di no, ma la gente si comporta in modo folle quando è disperata e, adesso che Ryder è stato arrestato, chissà che cosa accadrà. Devi stare attenta e, semmai ti sentissi in pericolo, chiamami. Arriverò nel giro di pochi minuti.»

«Grazie. Forse dovrei tornare a New York fino a quando dovrò testimoniare.»

«È questo che vuoi fare?»

Dopo un attimo di esitazione, scuote la testa. «Mi diverto molto con Jack» dice, paonazza in viso.

«Sono contento per voi.»

«È stato uno sviluppo inaspettato nel bel mezzo di tutto il resto.»

«Ci credo.»

«Be', ti lascio lavorare. Grazie di tutto, Houston.»

«Figurati. Tieni la testa bassa e non perdere di vista l'obiettivo.»

«Lo farò.»

«Vuoi che ti riaccompagni alla macchina?»

«Ti dispiacerebbe?»

«Per niente.»

Un quarto d'ora dopo, torno nella radura e accendo il metal detector, nella speranza di trovare una chiave smarrita quattordici anni fa. C'è un caldo insolito per questo periodo dell'anno perciò, quando comincio a sudare, mi tolgo la giacca e arrotolo le maniche. Ci vogliono due ore prima di avere un riscontro. Mi accovaccio e scavo con la mano protetta da un guanto di lattice tra gli strati di foglie che per anni si sono accumulate nel sottobosco fino a quando trovo un oggetto solido e lo tiro fuori. Una chiave della Honda. È ricoperta di muschio, ma il logo argentato si vede ancora.

La sollevo alla luce per guardarla meglio e la infilo in un sacchetto per le prove.

Sto tornando al SUV, quando i miei genitori rientrano dall'appuntamento dal dentista. Mi diverte il pensiero che ormai, da pensionati, ci vadano insieme.

Mia madre mi dà un bacio sulla guancia e va in casa, parlando al telefono. «Ti saluta la zia Betty.»

«Salutala da parte mia.»

«Hai trovato la chiave?» chiede mio padre.

«Sì.»

«Bene. Qual è la prossima mossa?»

«Andrò a consegnarla direttamente al laboratorio.»

Annuisce in segno di approvazione, consapevole di quanto sia importante la catena di custodia in situazioni come questa.

«Ieri sera mi ha chiamato Dallas. Ce l'ha con me.»

«Lo so, ma non stare a sentire né lui né nessun altro. Si è fatta avanti una testimone e tu hai fatto l'unica cosa che potevi fare. Quello che accadrà adesso non è colpa tua né una tua responsabilità.»

«Sì, lo so. Però non è bello che tutti siano incazzati con me perché ho fatto il mio lavoro.»

«Ed è proprio per questo che quella donna non si fece avanti all'epoca. Avere tutti contro fa schifo, in qualsiasi momento, ma è particolarmente dura se sei troppo giovane per affrontarlo.»

«Verissimo.»

Mi dà una pacca sulla spalla. «Sono fiero di come fai il tuo lavoro.»

«Significa molto per me.»

«Sono fiero per molti altri motivi quando si tratta di te. Spero che tu lo sappia.»

«Lo so. Grazie.»

«Tieni duro, figliolo.»

«Ci provo.»

Sono a metà strada per Kingston, dove ha sede la University of Rhode Island che ospita il laboratorio della scientifica, quando mi suona il telefono. È un numero che non conosco. «Houston Rafferty.»

«Ehm, ciao, Houston, sono Ramona Travers. Non so se ti ricordi di me. Ero in classe con Dallas.»

«Ricordo il tuo nome.» Ma non il viso. «Che cosa posso fare per te?»

«Io, ehm, ho sentito che si è fatta avanti una testimone nel caso Elliott e che lui è stato incriminato.»

«Giusto.» In attesa del resto, sento il cuore accelerare.

«Quella sera...»

«Eri alla festa?»

«Sì.»

«Vedesti qualcosa, Ramona?» Accosto, per evitare di schiantarmi mentre aspetto quello che ha da dire.

«Li... li vidi allontanarsi insieme.»

«Sei disposta a testimoniare?»

«Voglio che tu sappia...» Sembra che stia piangendo. «Questa cosa mi tormenta fin dal giorno in cui lui fu accusato per la prima volta. Avrei voluto dire qualcosa, ma non ce la feci. Lui era come un dio a scuola e io non ero nessuno. L'unico motivo per cui mi trovavo là era che ero uscita con Brody Parker per cinque minuti quell'estate.»

Mi concedo un sospiro profondo. Brody è tra i firmatari della dichiarazione giurata. «E sei disposta a testimoniare tutto questo in tribunale?»

«Sarebbe d'aiuto per il caso?»

«Decisamente.»

Segue una lunga pausa. «Allora va bene, testimonierò» dice infine.

«Il procuratore vorrà incontrarti. Va bene se ti faccio chiamare da lui?»

«Sì.»

«Verrai contattata da Joshua Spurling dell'ufficio del procuratore.»

«Va bene.»

«Fammi un favore però: non parlarne con nessuno.»

«Mio marito lo sa.»

«Chiedigli di tenere la cosa per sé, per favore.»

«Non diremo niente a nessuno.»

«Grazie per esserti fatta avanti.»

«Mi dispiace di averci messo così tanto. Ero così angosciata.»

«Capisco. Ci risentiamo. Se nel frattempo c'è qualsiasi cosa che posso fare per te, chiamami.»

«Grazie, Houston. Sei davvero gentile.»

Termino la chiamata e sento Blaise.

«Non crederai a quello che è appena successo. Ti ricordi Ramona Travers?»

«Sì, era in classe con me.»

«Si è fatta avanti per dire che vide Ryder lasciare la festa insieme a Neisy.»

«Wow. Impossibile.»

«A quanto mi ha detto, ha vissuto un'esperienza simile alla tua, tra il senso di colpa e il rimorso per aver taciuto all'epoca.»

«È incredibile. Posso parlare con lei?»

«Dopo che avrà rilasciato la sua dichiarazione.»

«Va bene. Fammi sapere quando sarà.»

«Certo.»

Dopo averla salutata, resto seduto a lungo a riflettere sulle parole di Ramona e su come rafforzeranno le prove contro Ryder.

È completamente fottuto. Chissà se l'ha già capito anche lui.

VENTIQUATTRO

Ryder
Presente

Non chiudo occhio per tutta la notte in cella, terrorizzato all'idea di quello che accadrà. Riesco a pensare soltanto a Caroline e ai miei preziosi bambini e a quello che ne sarà di loro se finissi in prigione. Ho rinunciato a un impiego ben pagato come ingegnere per candidarmi al Congresso e, per avviare la campagna elettorale, ho investito gran parte dei nostri risparmi personali. Questa storia sarà la nostra rovina, in tutti i sensi.

Un agente si ferma davanti alla mia cella. «C'è un avvocato per lei.»

Mi alzo e mi pettino i capelli con le dita.

Dopo avermi ammanettato, l'agente mi conduce nella stanza dove ieri sera ho visto Cam.

Prima di andarsene, mi toglie le manette.

L'avvocato porta i capelli grigi e degli occhiali dalla montatura sottile. Indossa un completo su misura come quelli che usava il mio vecchio capo. «Sono Bennett Gormley» si presenta, porgendomi la mano.

Gliela stringo. «Ryder Elliott.»

«Suo fratello mi ha chiesto di venire. Le ho portato un cambio di vestiti per il tribunale.»

Appeso a una sedia vedo un completo e, sul tavolo, l'astuccio con il necessario per radermi. Qualcuno è andato a casa mia a prenderli. «Come sta mia moglie?»

«Non le ho parlato direttamente, ma suo fratello dice che è molto turbata, come può immaginare.»

Il mal di stomaco si fa ancora più forte. «Che cosa accadrà adesso?»

«Dovrà presentarsi davanti al giudice alle dieci al tribunale di Newport. Le verranno letti i capi d'accusa, ma non faremo alcuna dichiarazione di colpevolezza o meno. Visto che non ha precedenti, abbiamo motivo di sperare che la rilasceranno senza pagare alcuna cauzione.»

Che sollievo.

Mi allunga un foglio. «Questo è per il conferimento del mandato legale e autorizzarmi ad agire per conto suo. La mia parcella iniziale è di venticinquemila dollari, metà dei quali da versare dopo l'udienza di oggi e l'altra metà entro trenta giorni.»

Con mio sommo shock, mi rendo conto che i nostri risparmi finiranno in un attimo. Dovremo vendere la casa. Subito. Dove andremo a stare?

«Signor Elliott?»

«Mi scusi. Come ha detto?»

«Le ho chiesto se è in grado di pagare la parcella.»

«Io, ehm... sì, ma non molto di più.»

«Dovremo anche assumere degli investigatori per indagare sulla vittima e sulla testimone.»

«No.»

«Prego?»

«Non voglio che indaghiate su di loro.»

«Ha capito di che cosa è accusato?»

«Sì.»

«Per poter montare una difesa...»

«E se mi dichiarassi colpevole? Dovrò comunque pagarle la parcella?»

Mi fissa come se avessi perso la testa. «Ha dei figli piccoli. Passerebbe il resto della loro infanzia in prigione. Basta un solo giurato per essere prosciolto. Sarebbe pazzo a dichiararsi colpevole.»

«Anche se lo sono?»

«Non me lo dica.» Il suo tono duro mi coglie alla sprovvista. «Non lo dica a nessuno.»

«Voglio che mia moglie e i miei figli abbiano dei soldi per sopravvivere se io andrò in prigione. Se usassi tutto ciò che abbiamo per difendermi e venissi comunque condannato, resterebbero senza niente.»

«Non deve prendere una decisione oggi. Dopo l'udienza la rilasceranno e potrà discuterne con sua moglie e la sua famiglia. Nel frattempo, si dia una ripulita e vediamo come va in tribunale.»

Si alza ed esce.

Venticinquemila dollari. Ed è solo l'inizio. Sono terrorizzato, spaventato e pentito.

È solo colpa mia se mi trovo in questa situazione. Non solo ho davvero commesso il crimine di cui sono accusato, ma me la sono andata a cercare perché non mi sono accontentato della vita tranquilla che mi ero creato con Caroline e i bambini. Ho voluto di più. Cam mi aveva messo in guardia, mi aveva detto che ero un pazzo a espormi all'attenzione che sarebbe seguita alla candidatura, ma io ero sicurissimo di essermi lasciato i guai alle spalle.

E invece c'era una testimone. Una testimone, cazzo. E adesso la mia vita è rovinata. Con il viso rigato di lacrime, mi infilo il completo che Caroline mi ha mandato. Me la immagino davanti al mio armadio in camera nostra, mentre sceglie i vestiti da farmi avere in prigione per comparire davanti al giudice per l'accusa di violenza sessuale.

Mi detesterà.

Come darle torto? Il pensiero che mi odi è più insopportabile della notte trascorsa in cella.

Una volta pronto, busso alla porta. Un agente mi ammanetta e mi porta in bagno dove, per fortuna, non c'è nessuno. Mi rado, mi lavo i denti e mi pettino.

Di nuovo in manette, vengo caricato su un SUV della polizia e trasportato al tribunale di Newport. Un agente butta nel bagagliaio una borsa con i vestiti che indossavo al momento dell'arresto e l'astuccio con i prodotti da bagno. Spero significhi che non si aspettano di riportarmi indietro.

Chissà se Caroline sarà in tribunale o se si terrà alla larga da quest'incubo. Non so che cosa augurarmi. Ho bisogno di lei, anche se non la merito. Non l'ho mai meritata e l'ho sempre saputo. Ha appena scoperto chi sono davvero, e sarà furiosa.

Il tribunale è circondato dai furgoni dei giornalisti. Me l'aspettavo. In uno stato in cui la corruzione dilaga, l'arresto di un candidato al Congresso fa notizia, anche se di rado capiti che sia per un'accusa di violenza sessuale. Non mi stupirei se ne parlassero anche i notiziari nazionali.

Vengo fatto entrare da un ingresso laterale, dove mi aspetta Bennett. «Ha attirato una certa folla.»

«Mia moglie c'è?»

«Non lo so, ma i suoi genitori sono venuti. Cam me li ha presentati.»

Non appena me lo dice, provo una profonda vergogna per quello che sto facendo loro passare. Se non fosse per i miei figli, la farei finita subito dichiarandomi colpevole, ma quello che mi ha detto prima Bennett sul fatto che trascorrerei in carcere la loro infanzia mi ha fatto riflettere. Devo parlare con Caroline prima di prendere qualsiasi decisione.

Non mi sono mai vergognato tanto come al momento di entrare nell'aula in manette, che mi tolgono solo quando raggiungo Bennett alla postazione della difesa.

A qualche metro da me c'è un agente, in caso mi venga in mente di scappare.

Vengo travolto dai ricordi di quell'estate lontana, della paura che provai la prima volta che fui accusato. Non era niente in confronto a come mi sento adesso che ho tre bambini e una moglie che amo con tutto il cuore, per non parlare del fatto che c'è una testimone che mi ha visto commettere uno stupro.

Mi trattengo dal voltarmi, per non vedere la delusione e la paura sul volto dei miei cari.

Nell'aula viene richiamato l'ordine, poi il giudice fa il suo ingresso e gli avvocati entrano in azione. Bennett parla dei miei legami con la comunità e dei miei figli piccoli, assicurando al giudice che non c'è pericolo di fuga. Nessuno si rivolge a me. Vengo rilasciato senza cauzione con l'ordine di consegnare il passaporto in attesa del processo.

«Rimarrà in custodia fino a quando saranno pronti i documenti per il rilascio.» Bennett mi consegna un biglietto da visita. «Venga nel mio ufficio alle quattro oggi pomeriggio e parleremo della strategia. Porti un assegno per la metà della parcella.»

Vengo ammanettato e condotto in una cella all'interno del tribunale.

Un'ora più tardi, un agente mi porta le carte da firmare. «Ha dodici ore per consegnare il passaporto, altrimenti tornerà in custodia.»

«D'accordo.»

«Veda di ricordarsene. Non si scherza con queste cose. Questa è un'ordinanza che le vieta di avere qualsiasi contatto con la vittima o con chiunque sia collegato all'accusa.» Mi consegna la mia copia dei documenti.

Quando si apre la porta, vedo Cam che mi aspetta, con la borsa con i miei effetti personali e il cellulare, che mi restituisce subito. «Dobbiamo uscire dal retro. Davanti è pieno di giornalisti.»

Ad attenderci c'è il suo SUV con il motore al minimo e Arlo al volante.

«Dov'è Caroline?» chiedo mentre ci allontaniamo a gran velocità dal tribunale. Farci fermare per un controllo è l'ultimo dei nostri pensieri.

«È rimasta a casa con i bambini» risponde Cam. «Abbiamo pensato fosse meglio così.»

Vorrei chiedere se anche lei lo pensava, ma mi trattengo. Lo scoprirò a breve.

«Ho parlato con Blaise.» Arlo mi lancia un'occhiata nello specchietto. «Non intende tirarsi indietro.»

«Abbiamo un altro problema» interviene Cam.

«Quale?» chiedo.

«La dichiarazione giurata che firmammo potrebbe ritorcersi contro di noi.»

«Come fai a saperlo?» s'informa Arlo.

«L'ho intuito parlando con il procuratore prima dell'udienza. Ha detto che mi avrebbe chiamato per discutere di un'altra questione. Non può essere nient'altro.»

«Cazzo» borbotta Arlo.

Per il resto del tragitto, non diciamo altro. Evito di guardare il telefono perché non sopporto quello che potrei trovare.

Quando entro in casa, mi sento come un estraneo, come se questo non fosse già più il mio posto. Nel sentire le voci dei bambini, mi chiedo come mai siano a casa, ma poi capisco che Caro non ha mandato a scuola Miles e Grace, che avrebbero potuto essere presi in giro visto che l'intero paese sa del mio arresto.

«Ti... ti lasciamo stare un po' con la tua famiglia» dice Cam e deposita la borsa di plastica con i miei effetti all'ingresso.

«Ho bisogno che qualcuno porti in tribunale il mio passaporto.»

«Ci penso io nel pomeriggio» si offre Arlo.

Mi volto verso gli uomini che da una vita sono i miei più cari amici. «Grazie per essermi rimasti accanto.»

«Sempre» ribatte Arlo.

Cam se ne va senza dire nulla. Il suo silenzio è abbastanza eloquente.

Mi faccio forza e, senza sapere che cosa aspettarmi, entro in soggiorno.

Non appena mi vede, Miles caccia un urlo e mi corre incontro, seguito a ruota dalle sorelle. Li prendo in braccio e li stringo forte, inspirando il dolce profumo familiare di shampoo e sciroppo d'acero.

Quando li rimetto a terra, Miles mi fissa con sospetto.

Gli accarezzo i capelli castano chiaro. «Sto bene, piccolo. Non preoccuparti.»

Di sicuro avrà altre domande ma, per ora, sembra soddisfatto.

Mi giro verso mia moglie, seduta sul divano con una tazza di caffè accanto a sua sorella Maggie, che vive a Philadelphia. Il fatto che sia qui la dice lunga sullo stato mentale di Caroline.

«Posso parlare in privato con mia moglie?»

Maggie le lancia un'occhiata, ma Caroline tiene lo sguardo fisso davanti a sé, come se mi penetrasse senza vedermi. Rabbrividisco per questa atmosfera gelida. «Caro?»

Dopo un lungo momento, lei si alza e sale al piano di sopra, diretta in camera nostra.

«Restate con la zia Maggie» dico ai bambini e seguo Caroline.

Una volta in camera, chiudo la porta e mi appoggio al battente. Lo sguardo mi finisce sul letto dove, appena due notti fa, abbiamo fatto l'amore come due sposini focosi.

Lei mi dà le spalle, con le braccia conserte e la testa china. Nel vedere la sua postura abbattuta, soffro al pensiero di quello che le ho fatto.

«Mi dispiace.»

Si gira di colpo, con gli occhi che avvampano per l'indignazione. «Ti *dispiace*? Allora è tutto a posto. Scuse non accettate.» Non si è mai rivolta così né a me né a nessun altro e mi coglie alla sprovvista.

Faccio un passo verso di lei. «Capisco che tu sia...»

«*Tu non capisci niente!* Sono stata sposata con uno stupratore per *otto anni*. Ho dormito accanto a uno stupratore bugiardo per dieci anni e ci ho fatto tre figli per poi scoprire che non lo conoscevo *minimamente*.»

«Certo che mi conosci, Caro.»

Scuote la testa e allunga un braccio, per impedirmi di avvicinarmi. «Sei un perfetto estraneo.»

«Non è vero. Sono lo stesso uomo di sempre.»

«Sei un *bugiardo*! E uno stupratore. Ti voglio fuori di qui. Non mi interessa dove andrai o che cosa farai, ma non sei più il benvenuto in questa casa.»

«Caroline, ti prego, stammi a sentire.»

«Non voglio più vederti. Prendi le tue cose e vattene, così io e i tuoi figli avremo una possibilità di salvarci la vita.»

«Non puoi portarmi via i bambini.»

«Sei fuori di testa? Certo che posso. Sei accusato di *violenza sessuale*! Nessun giudice al mondo ti lascerà avvicinare ancora a loro.»

«Ti prego... Sono tutto per me, lo sai.»

«Non ho altro da dirti. Prendi le tue cose, vattene e non farti più vedere, altrimenti ti porterò in tribunale per farti stare lontano da noi.»

Mi supera ed esce dalla stanza.

Sbattendo la porta in faccia al nostro matrimonio.

Crollo in ginocchio e piango.

Caroline
Presente

«Devi portarci via di qui» dico a mia sorella dopo l'alterco con Ryder, in cui il mio cuore si è infranto in un milione di pezzi. «Ti prego, Maggie. Portaci via.»

È arrivata di corsa ieri sera quando l'ho chiamata per dirle che mio marito era stato arrestato davanti ai nostri figli, ai loro amici e ai loro genitori, che mi guardavano come se d'un tratto fossi un'appestata dopo che l'avevano portato via in manette.

Maggie scatta in azione, prende i bambini e li porta in camera loro a fare i bagagli. «Ci faremo una bella vacanza» annuncia con finto entusiasmo.

«Non voglio andare in vacanza» si lagna Miles. «Voglio andare a scuola e vedere i miei amici.»

Ancora non sa che non tornerà più in quella scuola né dagli amici. Come farò a spiegargli che la vita che conosceva è finita, a cominciare dalla perdita dell'uomo che ha venerato fin dal giorno in cui è nato?

Non ce la faccio.

Se ieri qualcuno mi avesse chiesto se avrei mai lasciato Ryder portandogli via i nostri figli, avrei dato del matto a quella persona.

Come cambiano le cose in un giorno soltanto.

Quando ho visto gli agenti venire verso di noi, ho pensato che fossero lì per il padre di Michael, che l'anno scorso è stato accusato di violenza domestica e ha il divieto di stare a meno di trecento metri dalla moglie, Lori, e dai figli. L'avevo visto nascosto in disparte e ho pensato che i poliziotti fossero venuti per impedirgli di avvicinarsi ulteriormente.

Immaginatevi lo shock quando ho capito che erano lì per *mio* marito, non per quello di Lori.

In attesa che Ryder se ne vada per fare le valigie, non so che fare. Nulla avrebbe potuto prepararmi a un simile incubo. Sono una di quelle mogli che le altre donne detestano, ancora innamorata del marito dopo più di dieci anni insieme senza aver mai parlato male di lui. Almeno, *ero* quel genere di moglie. Ora, non so più che cosa o chi sono.

Devastata.

Scioccata.

Infuriata.

È così che mi sento, ed enormemente delusa dalla scoperta che l'uomo che ho amato con tutto il cuore è un bugiardo e uno stupratore. È anche molte altre cose: un marito e un padre affettuoso, un lavoratore solerte e un figlio, un fratello, uno zio e un amico meraviglioso. Ma che importa tutto questo adesso che è venuta fuori la verità?

Mi aveva raccontato di essere stato accusato di aver violentato una sua compagna del liceo, ma io gli avevo chiesto a bruciapelo se fosse colpevole e lui, guardandomi negli occhi, aveva detto di no. Mi domando se l'ho mai conosciuto davvero.

Oddio. La raccolta fondi che organizziamo ogni anno, in memoria della sua ragazza del liceo... Non posso certo scrivere a suo fratello, Marty, e dirgli che non ci saremo. Ormai sarà già al corrente dell'arresto di Ryder.

Sento dei passi pesanti sulle scale e capisco che sta scendendo.

Mi chiudo nel bagno del pianoterra, per non essere costretta a vederlo di nuovo.

Ho paura di implorarlo di restare, visto che non ho idea di come fare senza di lui. Come farò a crescere tre bambini da sola, senza il suo sostegno emotivo, fisico ed economico? Oggi ho mangiato a stento ma, al pensiero della grossa fetta di risparmi che abbiamo speso per una campagna elettorale ormai finita, è un miracolo se non vomito.

Questa storia ci rovinerà in tutti i sensi, e non è giusto. Non ho fatto altro che amare lui e i nostri figli con tutta me stessa.

«Caroline.»

Nel sentire la sua voce dall'altro lato della porta, mi copro la bocca con la mano per attutire i singhiozzi.

«Ti prego. Ti amo. Amo la nostra famiglia. Per favore, non mandarmi via.»

«Devi andartene, Ryder» interviene Maggie. «Non rendere le cose ancora più difficili per lei e per i bambini.»

«Voglio parlare con mia moglie.»

«Lei ti ha chiesto di andartene ed è quello che devi fare.»

«Non vado da nessuna parte. Questa è casa mia.»

«Non più.»

Per fortuna c'è mia sorella, perché io non riesco a parlare.

«Voglio che sia lei a dirmelo.»

«Ti ha già detto come la pensa. Perché vuoi peggiorare la situazione per lei?»

«Voglio vedere i bambini.»

«È meglio di no. Ti prego, vattene e lascia che cerchino di rimettere insieme la loro vita.»

Trattengo il fiato e piango in silenzio, con il cuore a pezzi. Ho amato quest'uomo anima e corpo praticamente dal giorno in cui ci siamo conosciuti.

Qualche minuto dopo, Maggie bussa piano. «Se n'è andato.»

Apro la porta e crollo tra le sue braccia, scossa dai singhiozzi. «Non so se sopravvivrò a tutto questo.»

«Certo che sopravvivrai. Devi. I tuoi figli hanno bisogno di te.»

«Non ce la faccio.»

«Sì, che ce la fai. Io ti starò accanto. Te lo prometto.»

«Mamma?»

Mi stacco da mia sorella e provo a ricompormi in fretta per mio figlio. «Ciao, piccolo.»

«Perché stai piangendo?»

«Sono triste.»

«Dov'è il papà?»

«È dovuto andare via.»

«Dov'è andato?»

«Non lo so, ma noi andremo per un po' dalla zia Maggie. Hai finito di fare la valigia?»

Gli trema il mento. «Non voglio andarci. Voglio tornare a scuola e vedere i miei amici. Il sabato ho basket. Non posso saltarlo. La squadra ha bisogno di me.»

Il cuore mi si spezza di nuovo. «Adesso faremo una vacanza.»

«Ma ho la scuola. Non voglio andare in vacanza.»

Proprio quando temo che la testa stia per esplodermi, suona il campanello.

«Va' a vedere» dice Maggie. «A lui ci penso io.»

Apro la porta e, in veranda, trovo la mia vicina e amica Aimee con un piatto ricoperto di stagnola. Sorpresa di vederla, apro la zanzariera e mi costringo a sorridere. «Vieni pure.»

«Ho portato la cena.»

Mi consegna il piatto e una borsa di tela. «Sono gli ziti che i bambini adorano con insalata, pane all'aglio e brownies.»

«Grazie.»

Gli occhi le si riempiono di lacrime. «Mi dispiace davvero tanto, Caro. A tutti noi dispiace. Non riusciamo neanche a immaginare come ti senti.»

«Sono a pezzi.»

Maggie prende il cibo e sorride a Aimee, che ha già incontrato qualche volta in passato.

«Ricordi mia sorella, Maggie?»

«Certo. Sono contenta che sia qui.»

«Anch'io.»

Maggie mi lascia sola con la mia amica.

«Che cosa farete?» s'informa Aimee.

«Andremo da Maggie, visto che non possiamo restare qui.»

«Certo che potete. Sono tutti in pena per te e i bambini.»

«Davvero?»

«Sì! Dio, Caro. Quello che è successo non è colpa tua né dei piccoli. Hai tante buone amiche qui, che vogliono aiutarti a superare tutto questo come tu hai fatto con noi per qualsiasi cosa. Sei sempre la prima ad arrivare con cibo, compassione e qualsiasi cosa serva. Non andartene. Resta qui con noi e permettici di darti una mano.»

Con le guance rigate di lacrime, mi lascio abbracciare. «Grazie.»

«So che adesso ti sembra impossibile, ma ne uscirai. Ne sono certa.»

«Io non lo sono affatto.»

«Ce la farai.»

«Come pagherò le bollette senza di lui?»

«Puoi cominciare a farti pagare per i dolci che prepari per le feste di compleanno. Te l'ho già detto che dovresti farne un lavoro.»

«Non posso, con tre bambini piccoli.»

«Certo che puoi e ce la farai. Ti aiuteremo noi. Non sei sola.»

Stretta tra le sue braccia, mi sento un tantino meglio al pensiero di avere il sostegno incrollabile delle amiche che sono diventate una parte importante della mia vita in questa città che, quando sono arrivata, apparteneva a Ryder. Anche io mi sono costruita una vita qui però, e sono grata di sapere che le mie amiche hanno intenzione di restare accanto a me e ai bambini.

Questa consapevolezza, insieme al consiglio che Aimee mi ha dato per trovare dei mezzi di sostentamento, fanno una grossa differenza in questo incubo.

Venticinque

Ryder
Presente

Davanti a casa, chiamo Arlo per farmi dare un passaggio fino alla mia macchina, rimasta al campo da baseball. Mentre aspetto, mi appoggio al nuovo minivan di Caroline. La rata è di seicento dollari al mese. Come faremo a pagare tutto con la mostruosa parcella legale che incombe sulle nostre teste?

Visto che abita vicino, Arlo arriva nel giro di dieci minuti.

«Dobbiamo parlare della campagna elettorale» dice mentre andiamo al campo dove la mia vita è cambiata per sempre.

«Quale campagna? È finita nell'istante in cui mi hanno arrestato ieri sera.»

«Farò un comunicato ufficiale.» Mi lancia un'occhiata, stressato come non l'ho mai visto. «È tutto il giorno che ricevo chiamate dagli altri ragazzi che firmarono la dichiarazione giurata. Sono preoccupati.»

«Dovremmo chiedere a Cam se ha sentito l'ufficio del procuratore a riguardo.»

Siccome è avvocato, di solito è a Cam che chiediamo consiglio. Il fatto che lui e i nostri amici più cari possano restare invischiati in questo casino rende quest'incubo ancora peggiore.

Arlo lo chiama con il Bluetooth. «Ciao, sto portando Ryder a recuperare la sua auto. Si è deciso di sospendere la campagna elettorale.»

«Va bene.»

«Gli altri continuano a chiamarmi per la dichiarazione giurata...»

«Potremmo essere fregati.»

«Credi?» chiede Arlo, con voce più acuta del solito.

«Il mio contatto nell'ufficio del procuratore mi ha detto che Neisy ha fatto presente che quella dichiarazione era una stronzata e che la sua collaborazione alla riapertura del caso è subordinata al fatto che agiscano in proposito. Stanno approfondendo la questione.»

«Porca puttana» sussurra Arlo.

«Ti faccio sapere quando so qualcosa» aggiunge Cam.

La telefonata si interrompe.

«Sì, ciao anche a te» borbotta Arlo.

«Ce l'ha con me, non con te. Mi aveva detto di non candidarmi al Congresso per via dello scheletro che avevo nell'armadio. Avrei dovuto dargli retta.»

«Non potevi sapere che, tra tutte le persone possibili, proprio mia sorella aveva assistito e si sarebbe fatta avanti.» Il suo tono è amareggiato e furioso. «Non riesco ancora a credere che l'abbia fatto.»

«Cam aveva ragione. Avrei dovuto lasciar perdere. Avrei dovuto accontentarmi di quello che avevo e ringraziare il cielo di averla scampata la prima volta.» Guardo fuori dal finestrino il paesaggio familiare della città che per gran parte della mia vita è stata la mia casa. «Voglio spiegarti come mai ho sentito il bisogno di candidarmi...»

«Me lo sono chiesto, in effetti. È stato come un fulmine a ciel sereno.»

«Non per me. Ci pensavo già da un po' e, quando Altman ha dato le dimissioni, ho pensato che fosse un segno, che forse era il mio momento.»

«Non sapevo che ti interessasse la politica.»

«È un pensiero che mi è sempre frullato per la testa. Dopo le prime accuse, il colloquio sfumato all'Accademia navale e la morte di Louisa, ci impiegai molto a capire come andare avanti. Feci del mio meglio per essere felice all'università, ma ero ancora scombussolato. Louisa mi mancava tantissimo e, dopo quell'estate, nulla fu più come prima. Volevo provare a ritrovare un po' di quella magia, capisci?»

«Credo di sì.» Mi lancia un'occhiata incerta.

«A cosa stai pensando, Arlo?»

«Jen vuole che ti stia alla larga. Ha paura che mi ritrovi senza lavoro e collegato a...»

«Uno stupratore?»

«Sì.»

Ho un tuffo al cuore. Mio fratello è furioso con me e adesso il mio più caro amico mi sta dicendo che sono radioattivo. «Capisco.»

«Se fosse solo per me, non ti volterei mai le spalle, amico. Dimmi che lo sai.»

«Lo so.»

Ha una famiglia da proteggere. Non posso dargli torto se vuole fare ciò che è meglio per loro.

Gli uomini più importanti della mia vita potrebbero finire in grossi guai per causa mia. È ovvio che prendano le distanze.

Arlo entra nel parcheggio, vuoto a eccezione del mio SUV grigio della BMW che non posso più permettermi. «Faccio il tifo perché tu venga fuori da questa storia, amico.»

«Grazie.»

«Mi dispiace che la causa di tutto sia mia sorella.»

Lo guardo. «Non è lei la causa di tutto.» Non andrò oltre nell'ammettere la verità con lui. «Mi dispiace per il lavoro. È stato divertente lavorare insieme, anche se per poco.»

«Già.»

«Avvisi tu Dallas a proposito della campagna?»

«Ci penso io.»

Apro la portiera. «La tua amicizia in tutti questi anni è stata importantissima per me, Arlo.»

«Lo stesso vale per me, fratello.»

Prima che uno di noi scoppi in lacrime, o entrambi, scendo e lo saluto. Chissà se lo rivedrò ancora. Ho un quarto d'ora per andare da Bennett. Durante il tragitto, ripenso a quello che mi ha detto l'avvocato sul fatto che, se mi dichiaro colpevole, perderò tutto con i miei figli e che basta un solo giurato per essere prosciolto.

Sono davvero combattuto. Prima di uscire di casa, ho preso un assegno per pagarlo. Spero di avere più di dodicimila dollari sul conto, altrimenti potrei essere accusato anche di emissione di assegni a vuoto.

Arrivato nell'ufficio di Newport, vengo condotto in una sala riunioni.

Bennett arriva dopo un minuto. «C'è una seconda testimone.»

A questa notizia, è come se avessi ricevuto una scarica elettrica. «Chi è?»

«Che importanza ha? C'è qualcuno disposto a testimoniare di averla vista lasciare la festa con la donna che la accusa di averla stuprata. Se aggiungiamo la persona che afferma di aver assistito alla violenza, hanno la vittoria quasi in pugno.»

«Mi ha detto che non dovrei dichiararmi colpevole, ma sembra proprio che dovrei.»

«Sarò sincero con lei. Questo non è proprio il mio campo.»

«Mio fratello sta cercando qualcuno con più esperienza in casi come questo.»

«Buona idea.»

«Che tipo di sentenza devo aspettarmi?»

«Probabilmente da vent'anni in su.»

Da vent'anni.

In su.

I miei bambini diventeranno adulti, cresceranno senza di me. Il solo pensiero mi devasta e scoppio a piangere.

Bennett mi passa un fazzoletto.

«Mi dispiace. Io... me ne vado.»

«Le auguro buona fortuna.»

«Grazie.»

Esco sulle gambe malferme, con il cuore a pezzi e terrorizzato. Andrò in prigione. Probabilmente per decenni. La mia famiglia diventerà povera, mio fratello e i miei amici potrebbero finire in grossi guai, ed è tutta colpa mia.

Blaise
Presente

Tre giorni dopo la comparsa della carcassa alla mia porta, mi sveglio e trovo un messaggio di Sienna.

Possiamo parlare?

Non lo apro, così non risulterà letto.

«Che cosa succede?» mi chiede Jack.

Ha insistito perché restassi in casa con lui e la Glock che tiene nel comodino. Me l'ha fatta vedere l'altra sera e mi ha spiegato come usarla, se fosse necessario. Non riesco a capacitarmi dell'idea che potrei dover sparare a qualcuno.

«Mi ha scritto Sienna.»

«È la tua ex migliore amica, giusto?»

«Sì, ed è sposata con Camden, il fratello di Ryder Elliott. Stanno insieme dalle medie.»

«Che cosa vuole?»

«Parlare.»

«Per non farti testimoniare contro suo cognato?»

«Probabilmente.»

«Cancella il messaggio. Non le devi niente.»

«Posso dirti una cosa che non dovrai mai dire ad anima viva?»

«Certo.»

Mi ha già dimostrato di potermi fidare incondizionatamente di lui. «Quella sera, lei era con me. Vide tutto anche lei.»

Si solleva su un gomito. «Houston lo sa?»

«Quando ho rilasciato la mia prima dichiarazione, gli ho detto che parlavo solo a nome mio, ma penso che lui l'abbia dedotto da altre cose che ho detto. Fu lei a chiedermi di restare in silenzio all'epoca, altrimenti sarei diventata un'e-marginata. Disse che avrebbe negato di essere stata presente.»

«Lui non doveva sentirla a proposito della carcassa?»

«Sì.»

«Chiedigli come è andata.»

Mando un messaggio a Houston per sapere se ha parlato con Sienna.

Mi risponde subito. *Sì. Mi ha detto che è rimasta a casa tutta la mattina e che gli altri genitori della sua strada possono confermare di averla vista alla fermata dell'autobus.*

Le hai detto come mai lo volevi sapere?

Non nel dettaglio. Quando me l'ha chiesto, ho detto che era un'informazione confidenziale. È successo qualcos'altro?

Mi ha scritto perché vuole parlare.

Cosa ne pensi?

Non mi va di parlare con lei.

Allora non farlo. Non hai nessun obbligo.

Hai trovato la chiave?

Sì.

È un bene, no?

È d'aiuto. Come la seconda testimone che si è fatta avanti.

Non riuscivo a crederci quando mi ha detto che Ramona Travers aveva visto Ryder e Neisy allontanarsi dalla festa insieme.

Tieni duro e fammi sapere se hai bisogno di qualcosa.

Va bene. Grazie.

Riferisco tutto a Jack.

«Ha ragione. Non le devi niente.»

«È strano se sono curiosa di sapere che cosa ha da dire?»

«Niente affatto. Se vuoi vederla, fallo. Ma alle tue condizioni, non alle sue, e non dimenticare che ha degli interessi personali in questa faccenda.»

«Proprio come quando successe. Per lei girava sempre tutto intorno a Cam, fino a tagliare fuori quasi tutto il resto. Ero già stufa delle sue cazzate prima di quella sera, ma eravamo amiche dalla terza elementare. Non è facile troncare un rapporto simile.»

«Già.»

«Non sarei nemmeno stata là se non fosse stato per lei, che era insicura delle cose con Cam e voleva sapere che cosa combinasse lui quando non erano insieme.»

«Se dicessi al procuratore chi c'era con te, lui potrebbe chiamarla a testimoniare.»

«Probabilmente mentirebbe.»

«È rischioso farlo sotto giuramento. Potrebbero accusarla di falsa testimonianza. Stammi a sentire: Houston ha detto che la tua descrizione dei fatti combaciava quasi parola per parola con quella della vittima, giusto?»

«Sì.»

«Quindi è facile accertare che eri presente. Se dirai sotto giuramento che lei era con te, la metteresti in difficoltà a mentire, esponendosi a una possibile denuncia.»

«È vero.»

«Dici che rischierebbe di essere separata dai figli per proteggere il cognato?»

«Probabilmente no. La posta in gioco è cambiata per tutti, compresa lei.»

«Non hai nulla da perdere a dirlo al procuratore.»

«No, è vero. La nostra amicizia finì quando lei rifiutò di lasciarmi aiutare Neisy e dire quello che avevamo visto. Avrei potuto farlo comunque, non lo nego, ma lei fu molto convincente nello spiegarmi quello che avremmo rischiato.»

«La pressione da parte dei coetanei è una cosa seria.»

«Puoi dirlo forte. Quando sei adolescente, ti importa solo di quello che gli amici pensano di te. Se penso a quanto mi preoccupavo di quello che avrebbero detto di me delle persone di cui nemmeno mi fregava se avessi riferito quello che avevo visto, mi vengono i brividi. Non so nemmeno che fine abbia fatto la maggior parte di quella gente.»

Si arrotola una ciocca dei miei capelli intorno a un dito. «Eri una tipa popolare?»

«Oddio, no» rispondo con una risata. «Per niente. Mio fratello sì e un po' anche Sienna perché stava con Cam, ma io facevo da tappezzeria, ignorata dai ragazzi più popolari. La cosa non mi aveva mai dato fastidio fino a quando Sienna disse che mi avrebbero odiato se avessi denunciato Ryder.»

«Non riesco a immaginare che qualcuno possa ignorarti.»

«Invece sì. Nessuno badava mai a me, e mi stava bene così. Non mi piaceva stare al centro dell'attenzione, nemmeno al mio compleanno. Mi sentivo a disagio.»

«E hai studiato recitazione?»

«Strano, eh? Ad attirarmi è stata la possibilità di sparire in un personaggio, di lasciarmi alle spalle la mia storia per un po'.»

«Capisco come mai ti desse sollievo. Spero non sia un problema se adesso hai la mia totale e completa attenzione.»

«Stai solo cercando di farmi arrossire.»

Mi sfiora la guancia con un polpastrello. «Detesto dirtelo, ma sta funzionando.»

«Uffa, non c'è niente che odi di più al mondo.»

«Non puoi odiare la mia cosa preferita.»

«Sì, invece.»

«No, invece.»

Mi bacia, facendomi scordare il motivo del nostro finto battibecco. Più tempo passo con lui, più mi allontano dalla vita che conducevo prima di conoscerlo. Voglio solo stare con lui, un argomento che probabilmente dovremo affrontare a un certo punto. Per ora però, sono troppo ebbra di baci per pensare a qualcosa oltre a quello che sta accadendo.

Jack solleva la maglietta con cui ho dormito, me la sfila dalla testa e mi ritrovo nuda sotto al suo sguardo di fuoco.

«Ogni parte di te è bellissima. Non riesco a immaginare che qualcuno possa ignorarti.»

Con le sue parole e le sue carezze, accende un fuoco dentro di me e, soprattutto, mi fa provare ogni sensazione in modo nuovo. Forse perché prima non ero libera di godermi l'attimo come adesso. Muovendo le labbra ovunque, mi seduce con un bacio dopo l'altro. Quando faccio per ricambiare, mi ferma. «Rilassati e lasciati amare.»

È più facile a dirsi che a farsi visto che scende tra le mie gambe e, con la lingua e le dita, mi fa gemere e dimenare in preda a un potente orgasmo. Non mi era mai successo con un uomo prima d'ora, ed è molto meglio dei miei tentativi in solitaria.

«Devo usare una protezione?»

«Prendo la pillola e non ho nessuna malattia. E tu?» Non è il momento di spiegargli che ho cominciato a prenderla per via del ciclo irregolare e doloroso.

«Con me sei sempre al sicuro.»

«E sai proprio come dirmelo.»

Reggendosi sopra di me, mi scosta i capelli dal viso con la punta delle dita. «Voglio che ti senta a tuo agio con me. Sempre.»

«In questo momento, sono un po' a *disagio*» dico, con un sorriso malizioso e agitando i fianchi in modo sensuale, come non sarei mai riuscita a fare poche settimane fa. È sorprendente quanto sono cambiata dopo essermi liberata da quel terribile peso e, finalmente, ho capito che cosa mi sono persa in tutti questi anni.

«Scommetto che so come risolvere la cosa.» Si insinua dentro di me, facendomi sussultare per l'intensa pressione, lo spazio ristretto e il carico emotivo all'idea di farlo con una persona a cui tengo davvero. «Va bene così?»

«Mmh, sì. Va molto bene.»

Sono così eccitata e rilassata al tempo stesso grazie alla coscienza pulita e alle possibilità che mi si prospettano nella vita, che mi godo il momento come mai prima e, con lui, riesco a lasciarmi andare completamente.

«Sapevo che sarebbe stato fantastico con te» dice, mentre Fenway abbaia per tutto il rumore che facciamo.

«Davvero?»

«Oh, sì.»

«Grazie per aver avuto pazienza.»

«Blaise...» Chiude gli occhi e reclina la testa. «Dimmi che ci sei quasi.»

«Ci sono quasi.»

Aumenta il ritmo e, ansanti e aggrappati l'uno all'altra, arriviamo entrambi al traguardo. È un momento di completa unione che mi riempie di emozioni del tutto nuove.

«Dobbiamo rifarlo» mormora lui, appollaiato sopra di me. «Ancora, ancora e ancora.»

«Non mi avevi detto di essere un fanatico del sesso.»

«Non lo sono mai stato, ma ho la sensazione che con te potrei diventarlo.»

«Oh, sono fortunata allora» commento con una risata.

Solleva la testa e mi bacia. «No, il fortunato sono *io*.» Davanti al suo sguardo sincero, provo sensazioni a cui avevo rinunciato prima di incontrare lui. «Le cose vanno bene tra noi. Dimmi che è lo stesso anche per te.»

«È lo stesso anche per me.»

«Che cosa facciamo a riguardo?»

«Non lo so, ma devo andare a lavorare prima che a Wendall venga un esaurimento nervoso.»

«Non voglio lasciarti andare.»

«Anche se prometto che torno subito?»

«Be', se sei disposta a promettermelo...»

Con un sorriso, lo bacio, strappandogli un gemito.

«Non puoi baciarmi così e poi dirmi che devi andare.»

«Torno subito. Promesso.»

«Va bene» dice lui con un broncio adorabile, si sfila da me e si sdraia sulla schiena.

Dal suo letto, Fenway solleva la testa per vedere che cosa facciamo. Spero non sia rimasta segnata a vita da quello che è appena accaduto.

Ancora pudica, nonostante quello che abbiamo fatto, mi avvolgo in un plaid e vado in bagno per pulirmi e vestirmi.

«Torno tra poco» dico a Jack, poi scendo ed esco dalla porta sul retro, con Fenway alle calcagna.

Non appena usciamo, lei comincia ad abbaiare contro una donna appoggiata alla mia macchina.

«Basta, Fenway!» Cerco di darmi una sistemata ai capelli. Chissà se si capisce che ci ho appena dato dentro. «Posso aiutarla?»

Fenway va a fare la pipì.

«Probabilmente non ti ricordi di me. Sono Mary Elliott.»

Oh, merda. La madre di Ryder. «Mi... mi ricordo di lei.» Non l'avevo riconosciuta subito ma, adesso che me l'ha detto, è proprio lei. Rispetto all'ultima volta che l'ho vista, ha i capelli grigi e il viso segnato dalle rughe. Era una di quelle mamme che presenziavano a tutte le partite e agli eventi scolastici. Era parte integrante della città. «Che cosa posso fare per lei?»

«Credo che tu sappia perché sono qui.»

«Non posso aiutarla per quello.»

«Ah, no?»

«No.»

«Potresti dire che non testimonierai.»

«Non sono disposta a farlo.»

«Perché ti sei fatta avanti dopo tutto questo tempo?»

«Perché avrei dovuto farlo allora, ma non fui abbastanza forte per affrontare il condizionamento dei miei coetanei e la paura che tutti mi odiassero. Adesso non me ne frega più niente.»

«Ryder è un *brav'*uomo» insiste lei, prossima alle lacrime. «È un marito affettuoso e ha tre figli che lo adorano. Quando capì che avrebbe perso Louisa, la sua vita andò a rotoli. E non lo dico per scusarlo.»

«Non ci sono scuse per quello che fece quella sera.»

«Forse vedesti male.»

«Non vidi male, signora Elliott. Lo vidi violentarla ed è quello che testimonierò. Mi dispiace se la cosa fa soffrire lei e la sua famiglia, ma è la verità. È con lui che dovrebbe parlarne.»

«Credi che non l'abbia fatto?»

L'irruenza nella sua voce mi turba. Dovrei forse avere paura di lei?

«Basta così» esclama Jack alle mie spalle mentre Fenway gli corre incontro, salutandolo come se non lo vedesse da giorni. «Se ne vada, signora.»

Lei mi guarda in cagnesco. «Spero che ci penserai due volte a quello che farai.»

«Mi sta minacciando?»

«Niente affatto. Ti sto solo chiedendo di valutare le ripercussioni delle tue azioni sugli altri.»

È un'affermazione talmente assurda detta da lei che per un pelo non le rido in faccia. «Non sono state le mie azioni a causare tutto questo.»

«Non saresti dovuta tornare. Nessuno sentiva la tua mancanza.»

«Se ne vada dalla mia proprietà» le intima Jack. «*Subito.*»

Con un'occhiata carica d'odio rivolta a me, lei sale in macchina e si allontana a tutto gas, sollevando un polverone.

Ventisei

Blaise
Presente

Jack mi posa le mani sulle spalle. «Stai bene?»

«Mai stata meglio.»

«Non aveva il diritto di venire qui e dirti quelle cose.»

«È una madre che cerca di proteggere il figlio. Non ce l'ho con lei. Non vuole credere che lui possa averlo fatto.»

«Devi riferire a Houston che è venuta e quello che ti ha detto.»

«Lo farò.» Mi volto verso di lui e gli accarezzo la guancia. «Sto bene.»

«Ti ho già detto quanto ammiro la tua determinazione?»

«Non devi ammirarmi. Se avessi parlato all'epoca, tre bambini non sarebbero costretti a vivere il resto dell'infanzia senza il padre.»

«Smettila di colpevolizzarti. Il passato è passato. Puoi solo fare del tuo meglio oggi, ed è quello che stai facendo.»

«Grazie del promemoria.» Lo bacio e vado verso il mio bungalow.

«Ehi, già che ci sei...»

Mi giro, con un sopracciglio inarcato.

«Prendi il resto delle tue cose e portale qui.»

«Mi stai chiedendo di trasferirmi da te?»

Fa spallucce, con un sorriso adorabile. «Forse.»

«Ci penserò su.»

«Ci conto.»

Mi squilla il telefono e, con una smorfia, leggo sullo schermo il nome di Wendall. «Il dovere chiama» dico a Jack e rispondo. «Ciao, Wendall. Mi stavo giusto mettendo al lavoro.»

«Dobbiamo parlare, Blaise. Io, ehm, detesto dovertelo dire ma... temo che dovrò licenziarti.»

«Capisco.» Faccio due rapidi calcoli nella mente e giungo alla conclusione che dovrò subaffittare il mio appartamento a New York, e in fretta.

«Davvero?»

«Sì, hai bisogno di qualcuno che sia lì con te e io al momento non posso esserci.»

«Avresti dovuto dirmi che tornerai di corsa per non perdere il lavoro!»

Consapevole che era solo un trucco per costringermi a tornare, cerco di non ridere. È proprio uno stupido. «Apprezzo che tu mi voglia lì, ma non posso tornare. Non adesso.» Non quando mi sto innamorando di un uomo straordinario e sto affrontando il passato che a lungo mi ha tormentato. «Ti aiuterò a trovare qualcuno che prenda il mio posto.»

«Non voglio qualcun altro. Voglio *te*.» Parla come un bambino imbronciato che non ottiene ciò che vuole, cioè il suo comportamento tipico.

«Mi dispiace, Wendall. Credo di aver chiuso con New York.» Sposto lo sguardo su Jack, che sta giocando a palla con Fenway. Nelle ultime settimane, in questo posto ho cominciato a sentirmi a casa. Anzi, mi sento più a casa qui che da qualsiasi altra parte dopo l'orribile estate in cui è cambiata ogni cosa.

«Non puoi dire sul serio. Sei una newyorchese in tutto e per tutto.»

«Non più. È ora che ti trovi qualcun altro e farò il possibile per agevolare il passaggio di consegne.»

«Scherzavo quando ho detto che ti licenziavo! Doveva servire a farti tornare, non ad allontanarti.»

Ecco perché diventavo matta a lavorare per lui! «Dovresti parlare con Kim. Sta cercando qualcosa di più permanente. E, se le serve un appartamento, può prendere il mio.»

«Non voglio Kim! Voglio te!»

«Mi dispiace, Wendall. Se convincerai Kim a lavorare per te, vedi di trattarla bene, così non ti detesterà. Hai capito?»

«Davvero non tornerai?»

«Davvero.»

«Che cosa farò senza di te?»

«Te la caverai.»

«Non ne sono così sicuro.»

«Ma certo. Kim è fantastica e conosce il teatro come le sue tasche. Sarà una gran risorsa per la tua carriera.»

«Allora tutto qui? È finita? Così su due piedi?»

«Non è così su due piedi. Ero via da un mese ormai e tu te la stai cavando bene.»

«Non è vero.»

«Sì, invece. Ti ho tenuto d'occhio e tutti dicono che vai alla grande.»

«Loro non sanno come va in realtà.»

«Vuoi che chiami io Kim?»

«Non ho altra scelta.»

«E sarai gentile con lei?»

«Sarò gentile con lei.»

«Perfetto.»

«Anche tu lo eri, sai. Perfetta, intendo. Non te l'ho detto abbastanza, ma è vero.»

«Grazie, Wendall. Significa molto per me.»

«Che cosa farai adesso?»

«Non lo so ancora, ma lo capirò.»

«Qualsiasi cosa sarà, spero che ti renda felice.»

«Di sicuro. Allora chiamo Kim per darle la buona notizia.»

«E penserai tu alla sua formazione?»

«Certo, te l'ho detto. Andrà tutto bene. Grazie ancora per l'opportunità che mi hai dato.»

«Non sparire, va bene?»

«Certo. Vale anche per te.»

«Oh, mi farò sentire.»

«Non vedo l'ora.»

Subito dopo i saluti, scoppio a ridere, stordita. Ho appena lasciato il lavoro! Che cosa diavolo stavo pensando? L'ho fatto per Jack? No. L'ho fatto per *me*, perché qui sono più felice che mai e voglio di più. Ho la certezza che lui sia l'uomo della mia vita? No, però voglio scoprirlo.

Con questo pensiero in mente, recupero le mie cose, disfo il letto e prendo gli asciugamani. Poi, con lo zaino in spalla e l'ammasso di panni sporchi sotto a un braccio, attraverso il giardino a passo di marcia, trascinandomi dietro la valigia.

Fenway mi precede di corsa. Se solo sapesse aprire la porta.

Tiro la valigia su per i tre gradini ed entro dal retro, perdendo quasi tutti i panni per terra.

«Bene, bene, bene. Ma che sorpresa.» Jack mette giù la sua tazza di caffè, prende i panni e li depone davanti alla lavatrice.

«In realtà, sei stato tu a invitarmi. Forse hai qualche problema di memoria.»

Con un sorriso, mi bacia e mi sfila lo zaino dalle spalle. «Grazie per avermela rinfrescata.»

«Ho una novità.»

«Dimmi.»

«Ho lasciato il lavoro a New York.»

Sul viso gli si allarga un sorriso e i suoi bellissimi occhi dorati danzano di gioia. «Davvero?»

«Davvero.»

«E adesso?»

Faccio spallucce. «Che ne dici di ospitare per un po' una scroccona senzatetto e disoccupata?»

«Dico che mi sta benissimo. Anzi, se vuoi guadagnarti il soggiorno, mi servirebbe una mano per organizzare le mie cose al secondo piano.»

«Potrei farcela.»

«Vuol dire che resterai qui a tempo indeterminato?»

«Credo di sì, se mi vorrai.»

«Oh, eccome se ti voglio» dice lui, agitando le sopracciglia.

«Devo restituire l'auto a noleggio, altrimenti finirò piena di debiti.»

«Lo faremo questo pomeriggio. Puoi usare l'auto di mia madre che è in garage. Scusa se non ci ho pensato prima.»

«Mi stai rendendo le cose fin troppo facili.»

«Davvero?» chiede, con quel sorrisetto che mi fa sciogliere ogni volta.

«Lo sai che è così. Sei sicuro che ti vada bene?»

«Non mi andava così bene da tanto tempo.»

Sorrido e lo bacio. «Anche a me.»

Devo ancora riferire a Houston della visita di Mary Elliott, perciò gli telefono.

«Ciao» risponde. «Che succede?»

«Stamattina Mary Elliott mi aspettava davanti a casa di Jack.»

«Ti aspettava? E che cosa voleva?»

«Convincermi a non testimoniare.»

«Mi prendi in giro?»

«No.»

«Questa è corruzione di testimone. Lo comunicherò al procuratore.»

«Non voglio farla finire nei guai.»

«Le darà un avvertimento. Non ha il diritto di importunarti o di chiederti una cosa simile.»

«Le ho detto che non cambierò idea sul testimoniare.»

«Bene. Deve accettare il fatto che, qualsiasi cosa lei provi a fare, si andrà fino in fondo. Chiamo il procuratore e gli dico di sentirla. Mi dispiace che sia successo. È stato del tutto inappropriato da parte sua venire da te e ci assicureremo che lo capisca.»

«Grazie.»

«Figurati. Tieni presente però che, se è venuta lì, allora ormai si sa dove stai. Tu e Jack dovete tenere gli occhi ben aperti, va bene?»

«Lo faremo.»

«Che cosa ti ha detto?» s'informa Jack non appena termino la chiamata.

«Che dirà all'ufficio del procuratore di chiamarla per farle sapere che è stato inopportuno da parte sua affrontarmi e che potrebbe essere accusata di corruzione di testimone.»

«Bene. Spero che si prenda una bella paura.»

«Houston ha detto anche di tenere gli occhi aperti adesso che si sa dove sto.»

«Visto che non mi hai permesso di assumere della sicurezza privata, ho ordinato delle telecamere da installare in tutta la proprietà. Non mi piace l'idea che quella donna ci abbia colto di sorpresa stamattina. Nemmeno Fenway aveva sentito la macchina.»

«Probabilmente per tutto il rumore che facevamo.» Nel dirlo, mi sento avvampare in viso.

«Ah, lo adoro.» Sorride e mi accarezza la guancia. «È davvero sexy.»

«Hai del lavoro da fare, signorino.»

«Già, e detesto l'idea.»

«Fammi vedere come posso aiutarti. Voglio rendermi utile.»

Mescola qualcosa sul fuoco. «Sì, ma prima devi mangiare.»

Mi avvicino per vedere di che si tratta: uova con verdure e patate. «Sembra buono.»

Aggiunge degli spinaci e mette il pane a tostare. «Non posso lasciar lavorare la mia nuova assistente a stomaco vuoto.»

«Non sono la tua nuova assistente. Ti aiuto solo temporaneamente.»

«Vedremo» ribatte lui con un sorriso.

«Già, vedremo.»

Ryder
Presente

Non sapendo dove altro andare, sono a casa dei miei genitori. Non oso presentarmi da Cam adesso che i rapporti sono così tesi tra noi. Arlo mi ha scritto per informarmi che Caroline e i bambini resteranno in città dopo che le sue amiche hanno fatto cerchio intorno a lei. Che sollievo.

Jen, la moglie di Arlo, è tra le migliori amiche di Caroline, uno dei molti motivi per cui gli ha detto di starmi alla larga. Ovviamente, ha preso le parti dell'amica e non le mie. Come faranno tutti, anche se molti erano amici miei fin da molto prima di conoscerla.

Non ho ancora sentito Dallas e la cosa mi preoccupa. Con i miei amici spariti dalla circolazione e senza Caro e i bambini, mi sento davvero solo.

Mia madre rincasa con la spesa e la aiuto a sistemarla.

Ricordo ancora dove va ogni cosa e, come una stilettata, ricordo quanto ne fosse divertita Caroline un tempo.

Allo squillo del telefono, mia madre controlla lo schermo. «Chi può chiamarmi da Providence?»

«Non ne ho idea.»

Risponde. «Sì, sono io.» Mentre ascolta, si irrigidisce tutta, con un'espressione arrabbiata e, forse, impaurita.

E adesso che cosa c'è?

«Non è quello che ho fatto. Volevo solo parlare con lei.» Segue un'altra pausa. «Capisco» dice infine e mette giù senza nemmeno salutare l'interlocutore.

«Di che cosa parlavi?»

«Sono andata a trovare Blaise Merrick.»

«Che cosa? *Perché l'hai fatto?*»

«Per te! Se non testimonierà, questa storia si sgonfierà!»

«Chi era al telefono?»

«Quel tizio dell'ufficio del procuratore. Spurling. Ha detto che quello che ho fatto tecnicamente è considerato corruzione di testimone e che potrei essere incriminata se la avvicinerò di nuovo.»

La raggiungo e le cingo le spalle. «Ti sono grato per quello che cercavi di fare, ma deve starne fuori. La situazione è già brutta senza che peggioriamo le cose. Ricordi come andò quando il papà affrontò il capitano Sutton? Non ci servono altri guai.»

«Dobbiamo fare qualcosa! Non possiamo permettere a quella donna di rovinarti la vita.»

«Non è lei a rovinarmi la vita, mamma. Sono stato io.»

Si volta verso di me, scioccata. «Che cosa stai dicendo? Non ti sei mai avvicinato a quella ragazza!»

«Invece sì e, a quanto pare, Blaise ha visto tutto.»

«No. Non l'avresti mai fatto.»

«L'ho fatto e, da allora, mi detesto.»

Si ritrae. «*Che cosa?*»

«Mi dispiace, mamma. Non sopporto l'idea di farti passare di nuovo tutto questo.»

«Hai violentato quella ragazza» sussurra lei.

«Sì.»

Scuote la testa, con gli occhi pieni di lacrime.

Faccio un passo verso di lei.

«No. *No.*»

Dopo un'occhiata carica di disgusto, se ne va.

Ho un tuffo al cuore. Non avrei dovuto dirglielo. Se mi sbattono fuori, non so che cosa farò. Sto male per quello che sto facendo passare alla mia famiglia. Ogni volta che ripenso a quella sera, provo soltanto repulsione e rimpianto.

Non che conti qualcosa ormai. A chi importa se sono pentito? A chi importa se ogni giorno da allora ho sperato di poter tornare indietro e cancellare la cosa orrenda che feci a una persona che non mi aveva mai fatto niente?

Prendo il telefono e chiamo Cam. Quando risponde, sono quasi sorpreso. «Penso... penso che mi dichiarerò colpevole, così non vi trascinerò nel fango con un processo.»

«Così non rivedrai più i tuoi figli.»

Chiudo gli occhi, trafitto dal dolore a questa possibilità. «Che altro posso fare, Cam? Se sarò disposto ad assumermi la responsabilità di quello che ho fatto, magari saranno clementi con me.»

«È un grosso rischio. Ti sto cercando un avvocato migliore. Bennett è bravo, ma ti serve qualcuno che abbia più esperienza con questo genere di cose. Aspetta mie notizie prima di fare qualcosa di irreparabile.»

«Ho detto la verità alla mamma.»

«*Perché* l'hai fatto?»

«Perché è andata a parlare con Blaise Merrick e poi ha ricevuto una chiamata dall'ufficio del procuratore per informarla che la corruzione di testimone è un reato.»

«Buon Dio. Che cosa le è venuto in mente?»

«Cercava di proteggermi. Le ho detto la verità perché la smettesse.»

«Non dirlo a nessun altro.»

«Perché? È la verità.»

«Ryder... Vuoi che ti aiuti oppure no?»

«Certo.»

«Allora segui il mio consiglio e *tieni la bocca chiusa*. Non parlarne con nessuno e dille di non dirlo al papà. Dio solo sa che cosa farebbe se lo sapesse. Se il procuratore chiamasse a testimoniare la mamma, lei dovrà dire la verità o altrimenti, se scoprissero che mente, finirebbe in prigione. Le hai appena dato un'informazione che prima non aveva, e che adesso rappresenta un onere legale per lei. Non dirlo a nessun altro.»

«Non voglio far subire un processo alla famiglia.»

«Aspetta di avere un rappresentante legale come si deve prima di fare qualsiasi cosa. Ti richiamo presto.»

Chiude la chiamata senza darmi il tempo di ringraziarlo per l'aiuto.

Detesto la tensione tra noi. Ci sono voluti tempo e fatica per rimettere in carreggiata il nostro rapporto dopo la mia confessione iniziale, con la quale ho caricato anche lui di un peso. In diverse occasioni l'ho sorpreso a guardarmi, come se cercasse di conciliare quello che avevo fatto con l'educazione che abbiamo ricevuto improntata sul dover rispettare, proteggere e onorare donne e ragazze.

Vorrei avere la risposta alla domanda sul *perché* ho fatto quel che ho fatto, ma non ce l'ho e non l'avrò mai. Subito prima di sposare Caroline, andai per un po' in terapia per la difficoltà di affrontare la bugia che avevo raccontato alla mia futura moglie, per non parlare del senso di colpa per quello che avevo fatto a una giovane donna innocente in un momento di pura follia. Senza confessare nulla al terapeuta, gli feci capire di aver fatto qualcosa di terribile di cui ero amaramente pentito e che faticavo a conviverci. Lui mi parlò del fare ammenda con le persone che avevo ferito ma, nella mia situazione, non era possibile.

Quanto vorrei poterlo fare. Vorrei poter dire a Neisy che fu una cosa spregevole e sbagliata e che, se potessi tornare indietro, non mi avvicinerei mai a lei quella sera. Tuttavia, se c'è una cosa che ho imparato è che, nella vita, non si torna mai indietro.

Spero che l'avvocato contattato da Cam mi chiami presto. Voglio patteggiare e farla finita per i miei cari, e per me.

Forse, confessando i miei crimini e accettando la punizione, potrò sperare un giorno di rivedere i miei figli.

Ricevo continue chiamate da parte di giornalisti in cerca di una dichiarazione riguardo la sospensione della campagna elettorale e le accuse, ma le ignoro tutte.

Mi arriva un messaggio di Cam. *Rispondi alla telefonata con prefisso 617.*

Trenta secondi dopo, mi chiama un numero con quel prefisso.

«Pronto?»

«Ryder Elliott?»

«Sì.»

«Sono Bridget Doyle, avvocato difensore. Possiamo parlare?»

«Certo.» Mi passo una mano nei capelli, d'un tratto esausto dopo le ultime notti insonni.

«Suo fratello mi ha aggiornato sulla situazione.»

«Le accuse sono molto solide.»

«È vero, però ci sono diverse cose che possiamo fare per contrattaccare.»

«Se queste cose comprendono infangare la reputazione della vittima o delle testimoni, allora non ci sto già in partenza. Vorrei patteggiare.»

«Contatterò il procuratore.»

«Non cerca di dissuadermi?»

«No, se non è disposto a difendersi a spada tratta. In questo caso, non posso fare molto per lei. Sentirò il procuratore e le farò sapere.»

«Grazie.»

Metto giù il telefono, travolto dalla disperazione e dalla stanchezza.

Cam mi richiama dopo qualche minuto. «Com'è andata?»

«Dirà al procuratore che voglio patteggiare.»

«Tutto qui? Non combatterai?»

«No, se significa scagliarmi contro Neisy e Blaise, come farebbe Bridget per quella che ha definito una "difesa a spada tratta". E poi, come faccio a oppormi a due testimoni oculari?»

«Sono *due*?»

«Ramona Travers ci vide lasciare la festa insieme. Si è fatta avanti dopo che mi hanno incriminato.»

«Oddio. Va sempre peggio a ogni minuto che passa. Non fare niente adesso. Lascia che si plachi l'isteria.»

«Non cambierò idea. Ho scelto di non sottoporre né me né la mia famiglia a un processo che perderò comunque. Se non altro, in questo modo resteranno dei soldi per Caroline e i bambini.»

«Non so che cosa dire.»

«Non c'è niente da dire. Il passato è tornato a fare i conti con me e devo pagarne il prezzo.»

«Sei sorprendentemente calmo.»

«Che altro potrei fare?»

«Niente, credo.»

«Hai saputo qualcosa per la questione della dichiarazione giurata?»

«Ho chiesto a Bridget di interessarsene.»

«Spero davvero che non se ne faccia nulla.»

«Siamo in due, fratello.»

Ventisette

Denise
Presente

Tutti e quattro i bambini sono malati e io sto lentamente impazzendo ad accudirli da sola mentre Kane è a Washington per tre giorni. Grazie al cielo rientrerà stasera, perché credo di avere la febbre anch'io. Lo capirei se invece di tornare scappasse a gambe levate dai nostri germi, ma non lo farebbe mai.

Quando suona il telefono, mi affretto a rispondere prima che svegli i gemelli, irritabili e ammalati ormai da giorni.

«Pronto» sussurro.

«Parlo con Denise?»

«Sì.»

«Sono Josh Spurling dell'ufficio del procuratore dello stato del Rhode Island.»

Mi alzo e vado in cucina. I gemelli sono crollati sul divano mentre guardavano *Baby Shark*, che sta mettendo a dura prova quel che resta della mia salute mentale.

«Che cosa posso fare per lei?» domando con il cuore in gola, in attesa di scoprire che cosa abbia da dirmi. Con la mia vita piena e caotica, è facile scordarsi per un momento di quello che sta succedendo nel Rhode Island.

«Il signor Elliott si è detto interessato a un patteggiamento in cambio di una sentenza più leggera.»

A queste parole, ho una reazione immediata, viscerale e negativa.

«Denise?»

«Ci sono. Di che sentenza parliamo?»

«Chiederemo cinque anni di carcere più tre di libertà vigilata dopo il rilascio. Con la buona condotta, è probabile che ne trascorra in carcere meno di cinque. Avrà dei precedenti e sarà inserito a vita nel registro degli autori di crimini sessuali. L'accordo dovrà essere approvato dal giudice che si occupa del caso.»

«Non devo approvarlo anch'io?»

«Vorremmo avere il suo appoggio quando lo presenteremo al giudice.»

«E se non fosse abbastanza per me?»

«Le risparmierebbe di dover rivivere l'aggressione in tribunale.»

Fino a questo momento, non mi ero resa conto di quanto agognassi la possibilità di testimoniare, di *fargli* capire fino in fondo quello che mi ha fatto passare.

«Che cosa sarebbe abbastanza?» s'informa Spurling.

Non ho la minima esitazione. «Voglio che lui si sieda in un'aula di tribunale, insieme a tutti i suoi sostenitori, e che senta che non solo mi violentò, ma mi tolse la verginità e mi mise incinta. Voglio che senta dell'orrendo aborto spontaneo che ebbi e delle trasfusioni che mi fecero perché avevo perso troppo sangue. Voglio che lui e tutte le persone che lo sostennero senza farsi domande ascoltino Blaise mentre testimonia che lei era *presente* e che lo vide. Voglio che tutti gli uomini che mentirono dicendo che ero promiscua se la facciano sotto dalla paura per quello che succederà anche a loro. Voglio *giustizia* per quello che mi fecero.»

Nonostante tremi tutta per l'emozione, sono risoluta ad andare fino in fondo. Entrando in cucina, Charlotte mi guarda con espressione preoccupata. Non è abituata a sentirmi parlare così con nessuno. Allungo una mano e la stringo a me. Al calore del suo corpo contro il mio, mi calmo all'istante.

«Riferirò al procuratore e le farò sapere.»

«Grazie.»

«Che cosa succede, mamma?»

«Niente, tesoro. Va tutto bene. Come ti senti?»

«Meglio.»

«Benissimo. Il papà tornerà tra qualche ora. Perché non ci mettiamo comode sul divano con i tuoi fratelli a guardare un film?»

«Tocca a me scegliere.»

«Tutto tranne *Frozen*. L'abbiamo visto così tante volte questa settimana che comincio a sognare la neve.»

Ridacchia. «Che ne dici di *Cenerentola*?»

«Ai tuoi fratelli piacerà.»

«Non a Levi.»

«Poi gli faremo vedere *Cars*. Va' a preparare tutto. Arrivo subito.»

Mentre lei va in soggiorno, mi appoggio al bancone e chiudo gli occhi, inspiro dal naso ed espiro dalla bocca. Sono pazza a pretendere la mia giornata in tribunale quando avrei potuto chiudere la questione accettando la proposta di patteggiamento?

No, non sono pazza.

L'ultima volta che ho affrontato quelle persone in aula, ero una diciassettenne a pezzi che non sapeva come rispondere al male che lui e tutti i suoi sostenitori le avevano fatto.

Adesso non sono più una ragazzina. Non ho più paura di loro come un tempo. Voglio che la paghino per quello che mi hanno fatto, non solo davanti a un tribunale penale ma anche davanti a quello dell'opinione pubblica, dove troppo a lungo hanno spadroneggiato come re.

Li deporrò dal loro trono.

Blaise
Presente

Come mi aveva preannunciato Houston, ricevo un messaggio da parte di Ramona Travers, che mi chiede se possiamo vederci per parlare. *Ho rilasciato la mia dichiarazione giurata al procuratore e mi ha dato il via libera per contattarti.*

Mi piacerebbe, ma non in pubblico.

Ti va di venire a casa mia a Bristol? In settimana sono libera dopo le 5 di pomeriggio.

Va bene domani alle 5.30?

Perfetto. A domani.

Mi manda il suo indirizzo, a circa mezz'ora da casa di Jack e oltre due ponti.

Metto giù il telefono e torno al lavoro nello studio di Jack, dove sto cercando di creare un sistema di archiviazione dei suoi disegni che abbia senso per qualcuno oltre a lui. Si sta rivelando un'impresa molto più complicata del previsto, ma io adoro le sfide.

Ogni volta che alzo lo sguardo, lo sorprendo a fissarmi.

«Non sono un'artista, ma credo che dovresti concentrarti sul lavoro e non su di me.»

«Tu sei molto più divertente da guardare. Vieni a trovarmi.»

«Guarda che sono qui.»

«Sei lontanissima.»

Alzando gli occhi al cielo davanti al suo broncio, lo raggiungo. «Così va meglio?»

«Sì, ma così ancora di più.» Mi fa sedere sulle sue gambe e mi circonda con le braccia. «Ecco.»

Il grugnito agitato di Fenway nel vederci fare le coccole ci strappa una risata. È seccata ma, per fortuna, non ce l'ha con me se, da quando sono arrivata, il suo umano preferito le riserva meno attenzioni. Mi concede ancora un sacco di baci bavosi.

«Non riesco a finire niente se mi distrai con il tuo broncio.»

«Hai già fatto tantissimo in un paio di giorni. Tutto quel lato della stanza è di nuovo utilizzabile.»

«Ho appena cominciato.»

«Adesso hai capito come mai avevo bisogno di te, eh?»

«Mi sono bastati due secondi per capire che ti serve una governante a tempo pieno.»

«Ti stai offrendo volontaria per il posto? Perché ci sono ottimi benefit.» A conferma, mi bacia sul collo, facendomi venire i brividi. «Non desidero altro che farmi governare da te a tempo pieno.»

Tra le sue parole, le labbra e le mani, che non si fermano un attimo, mi lascia senza fiato e con il cervello in pappa.

Finché un fragoroso boato mi fa sobbalzare sulle sue gambe.

Atterro pesantemente a terra.

«Che cazzo succede?» Si volta e guarda fuori dalla finestra. «Merda! Stai bene?»

Prendo la mano che mi porge e mi rialzo mentre Fenway abbaia come una matta. «Cos'è stato?»

«I bungalow stanno andando a fuoco. Chiama il 911.»

Corre giù per le scale mentre io lo seguo sulle gambe tremanti. Con le dita che stentano a collaborare, compongo il numero.

«911, qual è l'emergenza?»

«C'è un incendio.» Ci metto un attimo a ricordare l'indirizzo e comunicarlo all'operatrice.

«I vigili del fuoco sono per strada. C'è qualcuno all'interno della struttura?»

Scioccata, dalla porta sul retro fisso l'inferno che sta distruggendo il bungalow in cui vivevo fino a una settimana fa. «Non che noi sappiamo.»

«Rimanga in linea fino all'arrivo dei soccorsi.»

Jack ha preso una canna dell'acqua e la tiene puntata contro l'edificio, ma è inutile contro le fiamme.

Fenway abbaia come un'ossessa e mi spinge, nel tentativo di uscire per «aiutare» Jack.

«No, piccola. Resta qui. Non è sicuro.»

E se qualcuno avesse appiccato l'incendio per attirare Jack lontano da me e fargli del male? Travolta dalla paura e dal panico, tengo Fenway per il collare e apro la porta per chiamarlo.

Lui lascia cadere la canna e corre da me.

All'improvviso, davanti all'espressione di terrore sul suo viso, con il fuoco che impazza alle sue spalle, capisco di amarlo.

Non ho nemmeno il tempo di assimilare la cosa, che lui arriva di corsa.

Lo faccio entrare.

«Che cosa c'è? Che cosa succede?»

Lascio andare Fenway e lo abbraccio. «Niente. Temevo fosse uno stratagemma per farti uscire allo scoperto.»

Puzza di fumo e di sudore. Lo amo. «Scusa se ti ho spaventato. La mia mente ha preso il largo.»

Mi stringe forte tra le braccia. «Capisco. Non preoccuparti.»

«Mi dispiace per il bungalow.»

«Fanculo il bungalow. L'unica cosa che importa è che tu stia bene.»

«Che tutti noi stiamo bene.» Penso anche alla nostra amata cagnolina. «È questo che conta.» Adesso che ho capito che lo amo, provo il bisogno impellente di dirglielo.

Ma i vigili del fuoco arrivano a sirene spiegate e, per l'ora successiva, c'è un gran daffare.

Non appena Jack li informa che sono una testimone nel caso contro Ryder Elliott, viene chiamato un esperto di incendi dolosi. Siccome ci vorrà un po' per le indagini, ci dicono di riprendere le nostre normali attività nel frattempo, ma come potrei riuscirci dopo che qualcuno potrebbe aver dato *fuoco* alla sua proprietà per causa mia?

«Devo... devo andarmene.» Mi piange il cuore al pensiero di lasciarlo dopo quello che abbiamo condiviso, soprattutto adesso che sono certa di amarlo, ma non posso mettere a rischio lui, Fenway o la sua proprietà.

«No.»

«Tutto questo è per causa mia. Che cosa faranno dopo?»

Mi prende per le spalle e mi fissa negli occhi. «Voglio che resti qui con me, dove posso tenerti al sicuro.»

Sono combattuta tra quello che dovrei e quello che vorrei fare. Dove potrei andare senza che nessuno mi trovi? Se andassi da mia madre, sarei nella stessa situazione.

«Non mi sembra giusto restare qui. Hanno *bruciato* la tua proprietà.»

«Hai presente l'esperto di incendi dolosi?»

«Che c'entra lui?»

«Era un caro amico di mio padre. Hanno fatto l'accademia insieme. È bravissimo nel suo lavoro. Scoprirà chi è stato e gli farà rimpiangere di essere nato.»

«Tuo padre era un vigile del fuoco.»

«Sì. Dopo la diagnosi, è stato costretto ad andare in pensione. Sarebbe diventato comandante, se non si fosse ammalato.»

Mi circonda con le braccia.

Stretta contro di lui, inspiro il suo profumo ormai familiare che mi ricorda il bosco e subito mi scordo come mai andarmene mi fosse parsa una buona idea. Poi però ripenso alla sensazione che ho provato nel vederlo in giardino, dove chiunque avrebbe potuto fargli del male per farmi soffrire. «Non è giusto nei tuoi confronti. Sono stata io a portare questa follia nella tua vita tranquilla.»

Mi solleva il mento e mi bacia. «Non è l'unica cosa che hai portato. Sai quanto ero solo prima del tuo arrivo? Non sapevo nemmeno fino a che punto fossi messo male fino a quando sei arrivata tu e hai sistemato tutto. E non pensare che qualsiasi altra ospite potesse riuscirci. Da quando ho messo in funzione i bungalow l'anno scorso, sono passate tonnellate di persone, però sei stata *tu* a cambiare tutto per me.»

«Lo stesso hai fatto tu per me. Prima di incontrarti, anch'io non mi ero resa conto di quanto fossi sola.»

«Allora perché dovremmo permettere a qualcuno di separarci dopo che abbiamo aspettato così a lungo per trovarci?»

«Non voglio che tu o Fenway vi facciate del male o che attacchino di nuovo la tua proprietà.»

«L'unica cosa che conta davvero per me e Fenway è tenerti al sicuro. Se vuoi andartene da qui, lo faremo insieme, ma non ti permetteremo di andartene da sola, a meno che non sia tu a volerlo.»

«Non voglio affatto.»

«Allora facciamo le valigie e andiamo insieme da qualche parte fino a quando sarà finita.»

«Ma qui hai il lavoro e...»

«Posso lavorare ovunque. Saliamo in macchina e partiamo.»

«Domani devo fare una cosa.»

«Allora partiremo subito dopo. Questo posto brulica di poliziotti e vigili del fuoco. Nessuno ci si avvicinerà questa notte.»

Per la prima volta dopo ore, mi concedo un sospiro che mi gravava nel petto fin da quando ho capito quello che stava accadendo.

«Stai bene?»

«No, non sto bene. Non va per niente bene.»

«Ricorda che è una cosa temporanea. Appena testimonierai, sarà finita.»

«Non se si avvicineranno a te o a Fenway. Se dovesse succedere, non sarà mai finita.»

«Ce la caveremo, e anche tu. Ce ne assicureremo noi, vero, Fenway?»

Il cane abbaia e si mette seduta, con un sorrisone e la lingua penzoloni come al solito.

«Visto? È una decisione unanime.»

Vorrei tanto rivelargli i miei sentimenti, ma non dopo i danni subìti dalla sua proprietà per colpa mia. Non ho mai detto a un uomo che lo amo, quindi non so quale sia il momento migliore per farlo, ma di sicuro non è questo. Voglio che sia un'occasione speciale, e non un obbligo.

Jack prepara la cena, un'ottima pasta con pollo e broccoli accompagnati da pane croccante e dal rosé che mi ha fatto conoscere.

«È delizioso. Grazie.»

«È un piacere per me.» Prende il suo bicchiere e si appoggia allo schienale della sedia. «Dove possiamo andare per sfuggire a questa follia?»

«Non lo so. Tu che cosa proponi?»

«Un mio amico dell'accademia d'arte affitta una casa a Cape Cod che è vuota in questo periodo dell'anno. Proviamo lì?»

«Sembra perfetto. Mi piacerebbe molto.»

Mette giù il bicchiere e prende il telefono per scrivergli.

Io intanto ricevo una chiamata da Providence. Ho un tuffo allo stomaco. «Pronto?»

«Salve, Blaise, sono Josh Spurling, dell'ufficio del procuratore.»

«Salve, Josh.»

«Volevo darle qualche aggiornamento. Innanzitutto, Ryder Elliott si era detto interessato a patteggiare in cambio di cinque anni di carcere e tre di libertà vigilata e l'iscrizione a vita nel registro degli autori di crimini sessuali. Tuttavia, Denise si è detta insoddisfatta dell'accordo, quindi andremo a processo.»

Wow, buon per lei, è il mio primo pensiero.

«Venerdì prossimo si terrà un'udienza preliminare al tribunale di Newport. Non so ancora a che ora, ma lei dovrà testimoniare.»

«Ci sarò.»

«Eccellente. Grazie.»

«Dovrei dirle quello che è successo qui.»

«In che senso?»

Gli racconto del messaggio di Sienna, della carcassa sulla porta di casa, della visita di Mary Elliott e dell'incendio apparentemente doloso al bungalow di Jack.

«Houston mi aveva informato dei precedenti episodi, che sono del tutto inaccettabili. L'abbiamo detto chiaramente al signor Elliott e alla sua famiglia.»

«E se non fosse opera loro?»

«Chi altri potrebbe essere?»

«Ci sono diversi uomini che parteciparono a insabbiare il caso la prima volta. Forse pensano che sbarazzarsi di me semplificherebbe le cose per loro.»

«Stiamo investigando in quel senso e avvertiremo anche loro. Se dovesse succedere qualcos'altro, la prego di chiamarmi immediatamente. Nel frattempo, chiederò alla polizia dello stato di tenere d'occhio la casa in cui si trova.»

«Io e il mio amico abbiamo intenzione di partire domani e passare qualche giorno a Cape Cod.»

«Mi mandi l'indirizzo e chiederò alla polizia del Massachussetts di incrementare le pattuglie nella zona.»

«Crede davvero che sia necessario?»

«Non voglio correre rischi con la sua sicurezza.»

«Va bene. Allora... grazie.»

«Grazie a *lei* per essersi sottoposta a tutto questo.»

«Non è un problema.» Non è vero, ma non mi va di discutere con lui i risvolti psicologici della situazione. «Gli uomini che firmarono la dichiarazione giurata sono nei guai?»

«Chiederemo a ognuno di loro di rilasciare una dichiarazione pubblica in cui affermino che quanto dissero su Denise era falso. Siccome all'epoca erano minorenni, non verranno incriminati.»

«Anche se tra loro c'è mio fratello, non mi sembra affatto giusto.»

«Capisco e condivido il suo punto di vista ma, per la legge, abbiamo le mani legate. Tuttavia, nulla vieta a Denise di citarli in giudizio in sede civile.»

«Spero che lo faccia.»

«Staremo a vedere. Mi farò sentire in settimana per l'orario dell'udienza.»

Conclusa la chiamata, ragguaglio Jack, ancora turbata. «Dovrei star male perché spero che Denise citi mio fratello e gli altri uomini che inventarono quelle orrende bugie su di lei per proteggere Ryder, invece non mi dispiace per niente. Se lo meritano. Saranno anche stati minorenni, ma erano abbastanza grandi da sapere come comportarsi. Lo eravamo tutti.»

«Di certo sapevano esattamente quello che facevano quando mentirono su di lei e, secondo me, non dovresti starci male se speri che vengano puniti come si meritano. Probabilmente, le loro bugie influenzarono la giudice.»

«Di sicuro. Adesso Ryder avrebbe già scontato la sua pena e tutto questo sarebbe solo un brutto ricordo per chi fu coinvolto. Invece scelsero di rischiare tutto per proteggerlo perché pensavano che fosse *impossibile* che avesse fatto una cosa simile.»

«Nei paesini funziona così. Si serrano i ranghi intorno alle persone che si conoscono da tutta la vita e si fanno supposizioni sulla base di quello che si pensa di sapere.»

«Ricordo una cosa che disse mia madre quell'estate, dopo che Ryder fu accusato. Arlo era furioso e voleva che lo fossimo anche noi perché conoscevamo Ryder visto che in pratica era cresciuto a casa nostra, ed era vero. Ma mia madre ribatté che non avevamo idea di come lui si comportasse lontano dallo sguardo dei genitori. Arlo non gradì affatto quel commento. Si aspettava una cieca fiducia da parte nostra, perché pensava di sapere come si sarebbe comportato Ryder in qualsiasi circostanza.»

«Nessuno sa come si comporterà qualcuno da solo con un'altra persona, a parte quella persona.»

«Infatti.»

«Dev'essere stata dura per te sentirlo difendere Ryder quando sapevi com'era andata.»

«Fu una tortura. Per mesi ebbi la nausea senza sosta. Non riuscivo a mangiare, a dormire né a pensare ad altro che a quello che avevo visto e che non ero riuscita a fare.»

Allunga una mano sul tavolo verso la mia.

Intreccio le dita alle sue.

«È quasi finita» dice.

«A volte, mi chiedo se sarà mai davvero finita.»

Ventotto

Houston
Presente

Al ritorno da una visita di routine al tribunale distrettuale di Newport, trovo una persona ad aspettarmi davanti al mio ufficio. Tiene la testa bassa, quindi non le vedo il viso, ma solo i lunghi capelli scuri e lucenti.

«È la moglie di Ryder Elliott» mi sussurra Marge.

Oh, merda. «Grazie.» La raggiungo. «Caroline?»

Quando alza lo sguardo, mi sforzo di non restare a bocca aperta davanti al suo viso stravolto dal dolore e dalla tristezza. «Mi dispiace disturbarti. Ryder e Dallas hanno sempre parlato bene di te e... io...»

«Vieni.»

Le tengo aperta la porta e la faccio entrare nel mio ufficio.

Una volta dentro, mi siedo alla scrivania mentre lei occupa una delle sedie per gli ospiti. «Che cosa posso fare per te?»

«Non lo so di preciso. Volevo... volevo capire...» Mi guarda con gli occhi marroni gonfi e arrossati, sotto ai quali spiccano due mezzelune scure. «Perché sta succedendo adesso?» chiede, con voce che è poco più di un sussurro.

«Perché si è fatta avanti una testimone che ha assistito all'aggressione.»

«Dov'è stata questa testimone per tutto questo tempo?»

«È cresciuta a Hope, ma ha vissuto altrove per gran parte della sua vita adulta.»

«Perché ha confessato adesso?»

«Credo perché ha saputo che lui era candidato al Congresso.»

«Quindi, per tutti questi anni, sapeva che lui l'aveva fatto, ma non l'ha detto a nessuno?»

«Sì.»

«*Perché?*» chiede, in tono pregno di disperazione.

«Perché, tra i vari motivi, lui era molto amico di suo fratello.»

«La sorella di Arlo.»

«Già.»

Non so se aggiungere altro, ma lei è venuta da me in cerca di risposte e il minimo che possa fare è dirle quello che so. «Devi capire come andò quando Ryder fu incriminato la prima volta. Era un atleta e uno studente modello, popolarissimo tra i coetanei e ammirato per come era rimasto accanto a Louisa negli anni della sua grave malattia. Quando venne accusato di un tale crimine, fu uno shock per tutti.»

«Tu credevi che fosse colpevole?»

«Non sapevo che cosa credere. Denise era una mia amica. Non faceva che parlare del suo ragazzo, che all'epoca viveva oltreoceano, e di quanto lo amava. Mi pareva impossibile che si fosse inventata una storia simile, però non quadrava con il ragazzo che conoscevo, capisci?»

«Credo di sì.»

«Quando si diffuse la notizia dell'arresto, le cose per lei si misero molto male. Gli amici di Ryder la attaccarono su Facebook e in tribunale, costringendola in pratica ad andarsene. Blaise vide come era andata con Denise e temette che sarebbe accaduto anche a lei se avesse riferito quello che aveva visto. Non giustifico il suo comportamento ma, siccome anch'io sono stato adolescente, capisco come mai abbia avuto paura a parlare.»

«Faccio davvero fatica a credere che l'uomo che ho amato con tutto il cuore, il padre dei miei figli, sia capace di una cosa simile.»

«Non riesco neanche a immaginare quanto sia difficile per te.»

«È come se fosse morto qualcuno, solo che lui è vivo e vegeto. Per me però è come se fosse morto. Come potrò mai perdonarlo per una cosa del genere? Non solo mi ha mentito per tutti questi anni, ma adesso qualcuno dice che ha *davvero* aggredito quella povera ragazza...» Parla senza nemmeno rendersi conto delle lacrime che le rigano le guance. «Prima di sposarci, mi disse di essere stato accusato. Mi guardò dritto negli occhi e mi disse che non era stato lui.»

Mi alzo, faccio il giro dell'imponente scrivania che un tempo era appartenuta a mio padre, mi siedo sulla sedia accanto a lei e le allungo un fazzoletto. Solo ora si accorge che sta piangendo.

Lo prende e si asciuga. «Grazie. Ti sono grata per la tua gentilezza.»

«Mi dispiace che sia successo a te e alla tua famiglia.»

«Sei sicuro di poterlo dire?» chiede, abbozzando un sorriso.

«Forse no, però conosco Ryder da molto tempo. La testimonianza è stata uno shock anche per me.»

«Quando fu accusato la prima volta, pensavi che non fosse colpevole?»

«Non riuscivo a conciliare quell'accusa con il ragazzo che conoscevo. Da anni era tra i migliori amici di Dallas.»

«Dallas è passato da casa stamattina. Anche lui è distrutto.»

«Lo so.»

«È arrabbiato con te?»

«Se l'è presa, ma spero che capirà che devo svolgere il mio lavoro.»

«Quindi la nostra famiglia non è l'unica stravolta da questa storia?»

«No, non siete affatto i soli.»

«La festa a cui avvenne l'aggressione... fu a casa tua?»

Annuisco. «A casa dei miei. Erano andati fuori città e io sfruttai l'occasione. Se potessi tornare indietro, non darei più quella festa.»

«Nessuno te ne fa una colpa.»

«Lo so, però fui responsabile di dare alcol a dei minorenni. Sono fortunato che non mi abbiano denunciato.»

«Abbiamo tutti i nostri rimpianti.»

«Giusto.»

«Le mie amiche qui in paese... Sono fantastiche, si sono strette intorno a me e ai bambini e ci portano da mangiare, insieme al loro sostegno e al loro affetto.»

«Sono contento che vi stiano vicino.»

«Anch'io, però continuo a pensare che dovrei portare via i bambini, perché questa storia non appartenga al loro passato.»

«Vorresti farlo?»

Scuote la testa. «Adoro vivere a Hope. Abbiamo un meraviglioso gruppo di amici e vicini, e la famiglia di Ryder è qui. I bambini sono molto legati ai loro cuginetti. Se ci trasferissimo, per loro sarebbe un ulteriore trauma, ma che cosa succederà quando andranno al liceo e i loro compagni rivangheranno questa storiaccia?»

«Pensaci quando sarà il momento. Adesso concentrati sul presente. Se per te è più facile restare qui, allora resta. Non dev'essere per sempre.»

«Hai ragione. È vero. Scusami se ti ho rubato così tanto tempo.»

«Figurati.»

«Ryder ha sempre parlato bene di te, e adesso capisco perché.»

«Fa piacere sentirselo dire.» Prendo uno dei biglietti da visita che tengo sulla scrivania e glielo consegno. «C'è il mio numero. Semmai potrò fare qualcosa cosa per te, anche solo ascoltarti, chiamami.»

«Grazie per essere così gentile con una moglie sconvolta.»

«Non c'è di che.»

«La madre di Ryder è venuta a tenere i bambini per lasciarmi un po' di tempo per me. Sono salita in macchina e sono finita qui.»

«Sono contento che tu sia venuta.»

Mi guarda con un flebile sorriso. «Sei davvero gentile.»

Il suo dolore mi commuove nel profondo. «E tu sei gentile a dirlo.» Vorrei poter fare di più per lei che ascoltarla.

«Ti lascio tornare al lavoro.»

La accompagno al suo minivan e le tengo aperta la portiera. «Chiamami. Ogni volta che avrai bisogno di parlare. Sarò sempre pronto ad ascoltarti.»

«Lo farò. Grazie ancora, Houston.»

«Di niente.»

Resto a guardare mentre si allontana, per certi versi attonito dall'incontro con una donna che prima di oggi conoscevo solo di sfuggita. Dallas e sua moglie Jane sono da sempre ottimi amici di Ryder e Caroline, quindi so quanto la adorano, ma questa è la prima volta che io e lei parliamo a quattr'occhi.

Mi piange il cuore per lei. Nessuno dovrebbe affrontare una cosa simile.

Blaise
Presente

Dopo una notte agitata per via degli incubi su incendi, pistole, carcasse di animali e inseguimenti nel bosco, al mattino mi sento uno straccio. A giudicare da come abbaia Fenway, Jack l'ha portata fuori. Chissà da quanto sono svegli.

Fisso a lungo il soffitto ripensando agli avvenimenti degli ultimi giorni e giungo alla stessa conclusione di ieri: dovrei andarmene fino a quando questa storia non sarà finita. Quando mi ha affittato il bungalow, Jack non ha firmato per tutte queste tragedie. E adesso, molto probabilmente, quella stupenda casetta ridotta a un cumulo di cenere è la scena di un crimine.

Per causa mia.

Non sopporto il pensiero di quello che potrebbe ancora succedere prima che sia finita.

Se dovesse capitare qualcosa a lui, a Fenway o alla casa che gli hanno lasciato i genitori...

E se cercassero di dare fuoco alla casa con tutti i suoi preziosi disegni?

Sono ormai in preda a un attacco di panico in piena regola quando Jack compare sulla porta con due tazze fumanti.

In un attimo, il panico lascia il posto alla profonda gratitudine per quest'uomo incredibile, che è entrato nella mia vita nelle circostanze più strane e, nonostante ne avesse tutti i motivi, non ha mai tentennato.

«Buongiorno.»

Fenway arriva di corsa e salta sul letto, facendomi ridere con i suoi instancabili baci mattutini.

«Giù, piccola» dice Jack.

Lei si mettere davvero seduta.

«Wow. Allora i miracoli esistono.»

Le accarezzo le orecchie morbide. «È proprio una brava cagnolina.»

«Per niente.»

Prima di conoscerla, non pensavo che i cani sapessero sorridere, invece lei mi ha dimostrato il contrario. Sono pazza di lei quanto del suo papà.

Sedendosi su quello che è diventato il suo lato del letto, Jack mi allunga una tazza.

«Grazie.»

«Come hai dormito?»

«Non bene. Ho fatto un sacco di sogni strani.»

«Continuavi a rigirarti.»

«Ti ho tenuto sveglio?»

«No.»

«Stavo pensando...»

«Sì?»

Soffro al pensiero di lasciare lui e Fenway, ma voglio fare la cosa giusta. So come ci si sente a non farla, e non voglio mai più ritrovarmi in quella situazione.

«Che cosa ti assilla?»

«Dovrei andare via.»

Scuote la testa. «Invece no.»

«Stammi a sentire, Jack. Le cose potrebbero mettersi molto male prima di ristabilirsi e, anche se adoro l'idea di scappare a Cape Cod insieme a te, casa tua resterebbe senza alcuna protezione. Se qualcuno mi sta tenendo d'occhio, ormai avrà capito che tu sei importante per me e non lo sopporterei se ti facesse in qualche modo del male.»

«Starei male se te ne andassi. È tutta la vita che aspettavo di sentirmi così, Blaise.»

Alla sua dolcezza, crollo e gli occhi mi si riempiono di lacrime. «Anch'io, ma...»

Si allunga sui cuscini e mi bacia. «Niente ma. Ci siamo dentro insieme, fino in fondo.»

«Non voglio che andiamo a fondo. È quello che sto provando a dirti.»

«È un modo di dire, e lo sai. Prima ho parlato con il mio amico Cory e oggi verrà a installare le telecamere e il sistema di sicurezza.»

«Quanto ti costerà?»

«Vale ogni centesimo. E comunque era già da un po' che volevo metterlo, soprattutto per via degli ospiti in estate.» Mi accarezza il viso. «Non voglio che ti preoccupi di niente per me.»

«Certo che mi preoccupo. Questa storia potrebbe trascinarsi per mesi.»

«Vuol dire che hai intenzione di restare qui per mesi? O magari per anni o decenni?»

«Sono seria.»

«Anch'io. Se potessi avere qualsiasi cosa, vorrei che tu restassi qui per sempre.»

«Le cose stanno così, allora?» chiedo, con un sorriso. Riesce a farmi scordare tutti i pensieri e le paure come nessun altro.

«È da un po' ormai che le cose stanno così, in caso non l'avessi notato.»

«L'avevo notato.»

«Allora, che ne dici?»

«Qual era la domanda?»

«Potresti per favore restare per sempre e rendere completa la mia vita?»

Resto quasi senza parole per lo shock. «Sarebbe... ehm... una proposta?» Ho la voce stridula o è solo una mia impressione?

Scoppia a ridere. «Non ancora. Diciamo che è più una dichiarazione d'intenti.» Mi bacia. «Quando ti farò la proposta, ci sarà qualcosa di molto più romantico di una tazza di caffè a letto.»

«Se devo essere sincera, per me è piuttosto romantico. Nessuno mi aveva mai portato il caffè a letto.»

«Se prometto di farlo ogni giorno per il resto della vita, rifletterai sul restare nei paraggi?»

«Sì.»

Strabuzza gli occhi, facendomi ridere. «Non serve altro?»

«No.»

«Non sei un tipo pretenzioso.»

«È quello che ti piace di me.»

«Mi piacciono così tante cose di te che non basterebbe tutto il giorno per farti un elenco completo.»

«Sono libera tutto il giorno.»

«In caso non l'avessi notato, ti amo, Blaise.»

«Ti amo anch'io.» È un sollievo poterglielo dire. «Quando sono venuta qui per rimediare a un terribile errore del passato, non avrei mai immaginato di trovare il mio futuro.»

«Quando ho costruito i bungalow, non avrei mai immaginato che un giorno la donna della mia vita ne avrebbe affittato uno.»

«Ci sai fare con i complimenti.»

«Nonostante i guai che stiamo affrontando, non sono mai stato felice in vita mia come da quando sei arrivata.»

«Lo stesso vale per me. Come posso essere così felice in mezzo a tutta questa follia?»

«La follia è là fuori. Proviamo a lasciarcela, che dici?»

«Dico che mi sembra un'ottima idea.»

«Quindi resteremo qui e terremo duro insieme?»

«Direi di sì.»

«Possiamo andare a Cape Cod dopo il processo.»

«Non vedo l'ora.»

Prende la mia tazza e la mette sul comodino accanto alla sua. «Come potremmo festeggiare questa decisione importante?»

«Non mi viene in mente niente.»

«Davvero?»

Davanti alla sua espressione sorpresa, scoppio a ridere, come mi accade spesso con lui.

Non mi ero resa conto di quanto mi mancasse ridere fino a quando Jack mi ha fatto ricominciare a farlo ogni giorno.

«Sei diventata seria.» Mi bacia sul collo, facendomi venire i brividi. «Che succede?»

«Stavo pensando a quanto mi mancasse ridere fino a quando tu mi hai ricordato com'è farlo in continuazione.»

«Farò del mio meglio per farti ridere tutti i giorni.»

«A volte, mi chiedo se è tutto vero. Sei settimane fa neanche ti conoscevo e, adesso, non riesco a immaginare la mia vita senza di te.»

«Allora il mio lavoro è quasi finito.»

«Non provarci! Il tuo lavoro è appena cominciato.»

«Cavolo, in che cosa mi sto cacciando?»

«In una vita intera come mia persona preferita.»

«Sì, grazie.» Non appena mi bacia, scordo tutte le preoccupazioni e le paure con cui mi sono svegliata e penso solo a lui che, rapido, si sposta sopra di me. Il forte desiderio che provo con lui è qualcosa di nuovo e non ne ho mai abbastanza. Tuttavia, voglio dargli tutto ciò che lui dà a me, quindi lo spingo via dal petto.

Si sdraia sulla schiena e mi guarda, incuriosito. «Che cosa succede?»

«Cambiamo un po'.» Gli bacio il petto e strofino il naso tra i suoi peli, strappandogli un gemito.

Quando Fenway si mette ad abbaiare, scoppiamo a ridere.

«Sta benone, piccola» le dico.

Lui si arrotola i miei capelli intorno agli indici. «Davvero?»

«Vediamo, ti va?»

«Oh, sì, ti prego.»

Senza staccare gli occhi dai suoi, scendo in una scia di baci lungo gli addominali definiti, stuzzicando con il mento la sua erezione.

Lui inspira a fondo e mi tira delicatamente i capelli.

Chi l'avrebbe mai detto che potesse essere tanto eccitante?

Abbasso la testa e, mentre afferro la sua grossa verga, la prendo in bocca.

Non scorderò mai il verso che gli sfugge né il modo in cui mi tiene i capelli e inarca i fianchi. L'ho già fatto diverse volte in passato, ma non mi era mai piaciuto. Non quanto adesso con l'uomo che amo e che mi ama. La sua eccitazione diventa la mia. Il suo piacere diventa il mio. È l'amore a fare la differenza.

Sfrutto tutto il mio repertorio per lui.

«Blaise... Aspetta...» ansima e, dopo averlo succhiato un'ultima volta, lo lascio scivolare fuori tra le labbra. «Facciamolo insieme.»

Mi sistemo a cavalcioni su di lui e comincio a strusciarmi seriamente.

Lui mi scruta tutto il corpo, apprezzando lo spettacolo. «È la cosa più sexy che abbia mai visto.»

Mi abbasso lentamente su di lui, che alza gli occhi al cielo. «Non può essere vero.»

«Oh, invece lo è eccome.»

Risale con le mani dai miei fianchi al seno, accarezzandomi i capezzoli con i pollici. «Mmh, quanto sei sexy.»

Stare con lui è come un sogno.

E spero che non finisca mai.

VENTINOVE

Blaise
Presente

Passiamo tutto il giorno a letto.

«Non l'avevo mai fatto prima» gli dico verso le tre.

Ho la testa posata sul suo petto mentre mi accarezza i capelli setosi, da cui è ossessionato.

«Che cosa?»

«Stare a letto tutto il giorno con qualcuno.»

«Come ti sembra finora?»

«Non vedo l'ora di rifarlo.»

«Lo faremo ogni volta che vorrai.»

«Ti licenzieranno.»

«Sono un libero professionista. Posso fare quello che voglio.»

«Hai delle scadenze alle porte.»

«Ce la farò. Ce la faccio sempre. Non preoccuparti.»

«Devo trovarmi un lavoro, se voglio restare qui.»

«Mi servirebbe un'assistente.»

«Per quello, ti aiuto gratis. Mi serve qualcosa per dare una mano con le bollette.»

«Non so come dirtelo...»

Mi sollevo e lo guardo in faccia. «Dirmi che cosa?»

«Guadagno piuttosto bene. Abbastanza per essere a posto. Non devi preoccuparti di contribuire alle bollette. Puoi fare quello che vuoi.»

«Hai detto che avevi costruito i bungalow per pagare le tasse di proprietà.»

«È vero, ma avrei potuto pagarle comunque anche senza.»

«Oh.»

«Se devo essere sincero, mi sentivo solo a vivere qui con Fenway, anche se lei è di ottima compagnia, e ho pensato che sarebbe stato bello avere intorno un po' di gente. In realtà, è per quello che ho costruito i bungalow.» Abbozza un sorriso sexy. «E guarda com'è finita.»

«Con te che poltrisci a letto per un giorno intero.»

«Il giorno più bello di sempre.»

«Anche per me. Però devo comunque trovarmi un lavoro.»

«Sei bravissima a organizzare le cose, giusto?»

«Così pare.»

«Ne avrei bisogno. Tantissimo. Ho tipo seicento email che ignoro da settimane. Il mio agente mi ha chiamato tre volte e non mi va di parlargli perché mi fa venire il mal di testa. C'è in ballo una mostra dei miei lavori all'accademia dove ho studiato e di cui non mi va di occuparmi. Da tempo ragionavo di assumere un'assistente. Se vuoi, il lavoro è tuo, e sarebbe retribuito e con tutti i benefit.»

«Che cosa include il pacchetto?»

La sua espressione è impagabile. «Sono serio e, qualsiasi cosa tu possa pensare, non mi sto inventando questo lavoro per te. Ho bisogno di te, in ogni senso possibile.»

«Ci penserò su.»

«Davvero?»

«Sì, davvero.» Mi sporgo per controllare la sveglia sul comodino. «Devo farmi una doccia e andare a Bristol.»

«Vuoi che venga con te?»

«No. Non starò via molto. Sicuro che non ti dispiace se uso l'auto di tua madre?»

«Sicuro. La tiro fuori almeno una volta al mese per assicurarmi che funzioni e ho fatto il pieno.»

«Ne avrò molta cura.»

«Vai tranquilla.»

Mezz'ora più tardi, mi accompagna in garage e mi consegna le chiavi. «Sta' attenta.»

«Certo. Va' a lavorare prima che ti licenzino.»

Sorride e mi bacia. «Sbrigati a tornare. Mi manchi già.»

«Nessuno mi ha mai detto queste cose.»

«Buono a sapersi. Dovrò continuare a impegnarmi allora.»

«Per ora vai alla grande.»

«Dimmelo se cambia qualcosa.»

«Sarai il primo a saperlo.» Mi costringo a staccarmi da lui, anche se è l'ultima cosa che vorrei fare. «Ti scrivo quando parto per tornare.»

«Mi troverai qui.»

Dopo un ultimo bacio, salgo a bordo del suv bordeaux della Volvo di sua madre. Il delicato profumo floreale che aleggia all'interno mi fa rimpiangere una donna che non incontrerò mai. Voglio sapere di più sui suoi genitori, così mi sembrerà di averli conosciuti.

Per arrivare da Ramona devo attraversare due ponti, uno nuovo e spazioso, l'altro vecchio e traballante. Quest'ultimo mi mette una gran paura, proprio come la prima volta che lo percorsi da adolescente per andare a una partita di calcio o di lacrosse.

Detestavo attraversarlo allora e lo detesto adesso. Detesto anche che, con il ritorno all'ora solare, faccia notte tanto presto. Sono le 17.15 ed è già buio quando arrivo nella pittoresca cittadina di Bristol, nota perché ospita il più antico corteo per il quattro luglio. Da piccoli ci andavamo ogni anno ma, una volta cresciuti, preferivamo stare con gli amici piuttosto che in famiglia. Sembra passato un milione di anni da quando uscivamo tutti e sei insieme.

Ramona vive vicino a Metacom Avenue, un quartiere ordinato di case a due piani. La sua è bianca con le persiane blu e un giardino ricco di piante. Parcheggio nel vialetto, dietro un minivan argentato.

Lei mi accoglie sulla porta. È molto simile a come la ricordavo dai tempi della scuola: minuta, con i capelli corti e gli occhiali dalla montatura di metallo. «Entra pure. È un piacere rivederti dopo tanti anni.»

«Anche per me.»

La casa sembra uscita da un programma di interior design. «Che spettacolo.»

«Grazie. È un mio hobby, anche se non è facile con tre bambini tra i piedi.»

«Hai davvero talento.»

«Grazie. Mi aiuta a non impazzire tra il lavoro, i figli e tutto il resto.»

«Che lavoro fai?»

«Ho uno studio di chiropratica.»

«Sarai molto presa.»

«Puoi dirlo forte. Posso offrirti un tè, un caffè, dell'acqua o una Coca-Cola Light?»

«Dell'acqua va benissimo, grazie.»

Prende l'acqua per me, una Coca-Cola Light per sé e ci sediamo al tavolo, una di fronte all'altra. «Dovrei smetterla con questa roba» commenta, riferendosi alla bibita. «Ma è come una droga.»

«Anche per me lo era. Ho smesso cinque anni fa.»

«Dovrò farlo sul serio, ma non siamo qui per parlare di bibite gassate.»

«È stato un sollievo sapere che anche tu ti eri fatta avanti.»

«Anche per me. È stata dura tacere quell'informazione per tutto questo tempo. Il modo in cui trattarono quella povera ragazza...»

«Lo so. Mi diede il voltastomaco, ma non abbastanza da rischiare di sconvolgere la mia vita per aiutarla. Mi sono odiata per quello, e continuo ancora adesso.»

«Conosco la sensazione» conferma Ramona con un sospiro. «All'epoca ero angosciata, ma continuavo a leggere quello che si diceva di lei e cercavo di immaginare come sarebbe stato se l'avessero fatto con me, e non ce la feci a parlare.»

Mi allungo sul tavolo e poso una mano sulla sua. «Capisco perfettamente. Mio fratello era uno dei migliori amici di quel ragazzo. Era indignato che fosse stato accusato di una cosa simile.»

«Sarà stata ancora più dura per te.»

«Già.»

«Fu già abbastanza brutto per me vederli andare verso il bosco insieme. Non riesco nemmeno a immaginare come possa essere stato assistere all'aggressione.»

Scuoto la testa. «Orribile e straziante.» Mi prendo una pausa. «Ero con un'amica che mi convinse che la nostra vita sarebbe diventata un inferno se avessimo detto qualcosa. Mi trascinò praticamente via da là.»

«Mi dispiace. Anche lei testimonierà?»

«No. Ha dei legami personali.»

«Era Sienna?»

«Ehm, io...»

«Capisco. All'epoca usciva con Cam e adesso l'ha sposato.»

«Già. Come ho detto al procuratore, parlo solo a nome mio.»

«Capisco. Non dirò niente. Non preoccuparti.» Beve un sorso. «Quando ho saputo che ti eri fatta avanti, non ero più in me. Per la prima volta ho raccontato a mio marito quello che avevo visto e le ripercussioni che aveva avuto su di me, e lui mi ha incoraggiato a farmi avanti.»

«Sono contenta che tu l'abbia fatto.»

«Voglio che tu sappia che... anche se non l'avevo detto a lui né a nessun altro, non ho mai smesso di pensare a quello che avevo visto o di chiedermi che razza di persona fossi a starmene zitta mentre una giovane donna veniva trascinata nel fango. Questa cosa mi ha perseguitato.»

«Anche a me, e non sai quanto sono sollevata di poterne parlare con qualcuno che mi capisce davvero. Mi ha spinto a dubitare di tutto ciò che pensavo di sapere su di me.»

«Esatto. Non mi hanno cresciuta per restare zitta davanti a un'ingiustizia. Ho fatto volontariato nel centro antiviolenza di zona e per il numero nazionale antiviolenza. Anche se ho ricevuto molti elogi per il mio impegno, non ho mai pensato di meritarli. Era il minimo che potessi fare.»

«Per anni ho fatto la volontaria in un centro simile in città. Era un lavoro importante, ma non è servito a placare la mia coscienza come pensavo. Non quanto farmi finalmente avanti.»

«Denunciare quello che avevo visto è stato decisamente catartico.»

«Ma non privo di conseguenze. Continuo a pensare a sua moglie e ai figli e alla bomba che è scoppiata nella loro vita quando è stato arrestato.»

«Sai che la colpa è sua e non tua, vero?»

«Mentalmente, sì, ma emotivamente... mi dispiace per lei e per i bambini. Quella donna è una brava persona.»

«Che è stata sposata con uno stupratore che probabilmente le ha mentito sul suo passato.»

«Vero.»

«Sai qualcosa di Neisy? Ho pensato spesso a lei negli anni, ma online non c'è niente su di lei dopo il diploma in un liceo in Virginia.»

«Houston mi ha detto che ha sposato il suo ragazzo di allora, hanno quattro figli e vivono dalle parti di Norfolk. Lui è un ufficiale della Marina.»

«Oh, wow. Sono contenta che se la passi bene. Sarà stato uno shock anche per lei.»

«Sì e, all'inizio, non era sicura di voler collaborare. Poi ci ha riflettuto su e ha detto a Houston che ci stava, e vuole che anche i firmatari della dichiarazione giurata contro di lei vengano puniti.»

«Fu rivoltante. Mollai Brody quando mi disse quello che volevano fare. Spero che la paghino tutti come meritano.»

Fuori, si sente un rumore di portiere.

«È la mia famiglia che rientra dalla lezione di danza. Ho due bambine di sette e nove anni e un maschietto di quattro.»

Entrano dalla porta sul retro direttamente in cucina, in un turbinio di vocine e borsoni gettati a terra mentre il padre ricorda a tutti di togliersi le scarpe.

Le piccole, con i ricci biondi e un viso angelico, corrono tra le braccia della madre e mi vedono solo in un secondo momento. «Questa è la mia amica Blaise del liceo. Blaise, ti presento Audra e Heidi, mio figlio James e mio marito Tony.»

«Piacere di conoscervi.»

Il maschietto è timido e si nasconde dietro al padre, mentre le bambine, educatissime, mi stringono la mano e mi dicono che sono contente di conoscermi. Dal nulla, avverto una fitta di desiderio struggente. Come sarebbe un giorno avere una figlia tutta mia? Non ho mai voluto dei figli, ma ora tutto è possibile. «Non ti rubo altro tempo. Sono davvero felice della nostra chiacchierata.»

«Anch'io» concorda Ramona mentre mi accompagna alla porta. «Teniamoci in contatto, ti va?»

«Mi piacerebbe molto.»

Ci salutiamo con un abbraccio e mi allontano da casa sua, riflettendo su quanto sia strano che due persone che al liceo si conoscevano appena adesso siano le protagoniste di quello che assomiglia al copione di un film drammatico. È buio pesto quando imbocco il ponte. Ricordo che mia madre odiava questo periodo dell'anno e le cupe e fredde tenebre dei lunghi mesi invernali.

Mi viene in mente che dovrei chiamarla per sentire come sta quando vengo accecata da due forti fari dietro di me. Sistemo lo specchietto, ma non serve a granché. Proprio in mezzo al ponte, vengo tamponata e, per l'impatto, finisco nell'altra corsia. Freno di colpo e comincio a girare come una trottola, urlando al pensiero di precipitare nell'acqua scura e gelida sotto di me.

È il mio ultimo pensiero, poi si fa tutto nero.

TRENTA

Jack
Presente

Avrei una tonnellata di cose da fare, ma non riesco a concentrarmi. Mi sorprende quanto poco ci abbia messo Blaise a diventare il centro della mia vita. Se prima del suo arrivo mi avessero chiesto se ero felice, avrei risposto di sì. Adoro il mio lavoro, mi sono abituato a vivere senza i miei genitori, mi sono sistemato nella loro casa e ho superato i primi compleanni e le prime feste senza di loro. Adesso però, mi rendo conto che c'è una grossa differenza tra essere contento ed essere davvero felice.

Blaise mi ha reso felice come non mai prima.

Mi ha scritto per dirmi che partiva da Bristol, perciò esco a giocare con Fenway in attesa che arrivi.

Non appena usciamo, grazie ai nuovi sensori di movimento, si accendono le luci.

Fenway resta un attimo interdetta, ma si riprende subito non appena mi vede con la sua palla preferita.

Giochiamo per mezz'ora, fino a quando è stanca e si sdraia davanti a me, segno che il gioco è finito.

Sto recuperando la palla quando arriva un SUV della polizia, con il lampeggiante acceso.

Con un tuffo allo stomaco, mi sento raggelare dalla paura.

Houston smonta dall'auto. «Jack, Blaise ha avuto un incidente.»

Non riesco a muovermi, a pensare, a respirare né a fare niente a parte lasciarmi travolgere dal terrore. No, per favore. Non anche lei. Sapevo che avrei dovuto accompagnarla.

«Jack? Vieni con me. Ti porto da lei.»

«Do-dov'è?»

«La stavano trasportando al Charlton Hospital.»

Fenway si mette ad abbaiare, come a chiedere che cosa succede. Vorrei poterglielo dire.

«Devo portare Fenway. Non posso lasciarla qui da sola.» Non con qualcuno che si diverte a dare fuoco alla mia proprietà.

«Mettila sul sedile dietro. La terrò io mentre stai con Blaise.»

Dovrei muovermi, camminare o fare qualsiasi cosa, ma resto inchiodato dove sono per la paura di perdere Blaise dopo averla appena trovata.

«Lei ha bisogno di te, Jack.»

Queste parole fanno finalmente breccia nel terrore ed entro in casa a prendere il guinzaglio e il portafoglio.

Houston attraversa la cittadina di Fall River con lampeggianti e sirena accesi, cosa che non placa affatto la mia ansia. «Che cosa sai?»

«È stata tamponata sul Mount Hope Bridge ed è finita nell'altra corsia. Ha fatto un frontale con un camion.»

Mi viene la nausea al pensiero di come sia andata. «Sarà stata terrorizzata.»

«Quando sono arrivati i paramedici, era priva di conoscenza.»

«Hanno preso chi l'ha tamponata?»

«Era un pick-up che è scappato, ma l'auto subito dietro ha preso la targa e lo stanno rintracciando.»

«È stato intenzionale. Qualcuno l'ha seguita e ha aspettato che fosse sul ponte per colpirla, per farle ancora più paura.»

«È probabile» conferma Houston, in tono cupo quanto il mio.

«Ce la farà?»

«Non ho più saputo niente da quando è partita con l'ambulanza, però l'hanno portata al Charlton e non al Rhode Island Hospital.»

«Che cosa vuol dire?»

«Il Charlton non è un centro traumatologico di primo livello, mentre l'altro sì.»

«Allora è una buona notizia.»

«Credo, ma non ne sono sicuro.»

«Mi accontento di qualsiasi speranza.»

La radio di Houston gracchia per una comunicazione dalla centrale. «Capo, la polizia di Bristol ci ha informato che la vittima trasportata al Charlton...»

La comunicazione si interrompe e il mio cuore si ferma. «Cosa? Come sta?»

«Centrale, ripeti l'ultima parte, per favore.»

Trattengo il fiato e prego come non facevo da anni. *Ti prego. Ti prego. Ti prego.*

«Capo, la vittima ha ripreso conoscenza.»

Provo un enorme sollievo. *Grazie. Grazie. Grazie.*

Houston va avanti a parlare con la centrale, ma io smetto di ascoltare. Ho sentito l'unica cosa che mi interessava. Lei è viva e ha ripreso conoscenza.

Gli lancio un'occhiata. «Bisogna fare qualcosa per tenerla al sicuro fino a quando sarà finita.»

«Ho già parlato con Josh Spurling dell'ufficio del procuratore. La metteranno in una casa sicura con protezione ventiquattr'ore su ventiquattro. E metteranno degli agenti a casa tua.»

«Voglio stare con lei, e Fenway viene con noi.»

«Gliel'ho detto. Ti accompagnerò a casa a prendere qualsiasi cosa vi serva.»

«Grazie, Houston. Di tutto, ma soprattutto per aver mandato Blaise da me quando le serviva un posto dove stare. Spero di poterti ringraziare per questo per il resto della vita.»

«È fantastico. Sono davvero felice per voi.»

«Anch'io. Non possiamo permettere che le accada qualcosa.»

«Capisco. Ci pensiamo noi.»

Pochi minuti dopo, si ferma davanti all'ingresso del pronto soccorso del Charlton. «Va' pure. Io penso a Fenway. Chiamami quando posso venire a prendervi.»

«Grazie ancora.»

«Figurati.»

Mentre lui se ne va, varco le porte automatiche e, al bancone, chiedo di Blaise.

«È un famigliare?»

«Sì.» "Mentire" non è mai stato tanto facile. Io sono la sua famiglia e lei è la mia. Non ci serve una cerimonia o una promessa perché sia così.

«Vado a controllare come sta. Torno subito.»

Vorrei dire all'infermiera di sbrigarsi, che Blaise è diventata la persona più importante della mia vita, che voglio sposarla e mettere su famiglia con lei e avere tutto insieme a lei. Invece, non dico niente. Rimango lì e *prego* che l'infermiera capisca quello che Blaise significa per me. Da tempo volevo dirle che la amo, e sono grato di averlo fatto.

Come è successo? Come ha fatto questa bella rossa a diventare più importante della mia stessa vita? Un giorno mi facevo i fatti miei tra la casa, il cane e la mia carriera da artista e, quello dopo, è arrivata lei ed è cambiato tutto. Non ho mai creduto molto al destino, alle anime gemelle e al vero amore, ma adesso capisco. Capisco come mai delle persone perfettamente sane di mente facciano le cose più folli per tenersi stretto l'amore una volta che l'hanno trovato.

È la cosa più preziosa e perfetta che esista, e voglio sentirmi così per il resto dei miei giorni.

L'infermiera torna e mi fa segno di seguirla.

Cammino così in fretta che per poco non le sbatto addosso mentre mi guida attraverso le porte del pronto soccorso affollato, lungo un corridoio e oltre diverse stanze, fino a quella di Blaise.

Trattengo a stento una smorfia non appena vedo il taglio sulla fronte, i lividi sul viso e il braccio immobilizzato in una specie di tutore gonfiabile.

Nel vedermi, gli occhi le si riempiono di lacrime.

La raggiungo, sforzandomi di non crollare. Consapevole di averla quasi persa, il cuore mi martella nel petto. «Piccola...»

Le trema il mento. «Sto bene.»

«Già.» Le accarezzo la guancia sana e le do un bacio delicato. «Starai benissimo.»

«Ho avuto tanta paura.»

«Non riesco neanche a immaginarlo.»

«Ho sempre odiato guidare su quel ponte.»

«Non lo farai più. Ogni volta che dovrai passarci, ti porterò io.»

«E la macchina di tua madre... Spero non sia distrutta.»

Non ci avevo minimamente pensato. «È solo una macchina. L'unica cosa che conta è che stai bene.»

Il mento non smette di tremarle e le lacrime le rigano le guance. «Pensavo soltanto a te.»

«Anch'io, piccola. Da quando sei uscita, non ho pensato che a te e, quando Houston è venuto a dirmi che avevi avuto un incidente...» Scuoto la testa. «Avrei dovuto accompagnarti.»

«Così saresti ferito anche tu.» D'un tratto, sgrana gli occhi. «Dov'è Fenway?»

«Con Houston.»

«Oh, bene.»

«Non la lascerei mai da sola.»

«Per via di tutti i guai che ti ho causato.»

«Non dire così. Tu mi hai dato tante cose, cose che non avevo mai avuto prima.» Non riesco a smettere di toccarla dove posso: il bel viso, i capelli lisci come la seta, la mano che stringe forte la mia. «Ci trasferiranno in una casa sicura fino al processo.»

«Non ti piacerà. Il tuo lavoro è a casa tua.»

«Lo porterò con me.»

«È come un terremoto nella tua vita.»

«Già» confermo, con un sorriso. «Un ottimo terremoto.»

«Dico sul serio.»

«Anch'io.» Le bacio il dorso della mano. «Non sono mai stato tanto serio.»

La dimettono alle dieci di sera con l'indicazione di tornare domani per vedere un ortopedico per la brutta slogatura al polso.

Houston ci aspetta davanti al pronto soccorso.

Sul sedile posteriore, Fenway impazzisce non appena ci vede arrivare.

Un'infermiera spinge Blaise sulla sedia a rotelle mentre io le seguo con la borsa di plastica con gli effetti personali che aveva con sé.

Aiuto l'infermiera a farla sedere al posto del passeggero e le allaccio con delicatezza la cintura per non farle male. «Sei comoda?»

«Sì, grazie.»

Fenway infila il naso nello spazio tra il poggiatesta e la portiera per leccare Blaise.

«Sono qui, piccola.» Le accarezza il naso, guadagnandosi una leccata sul palmo della mano.

Mi siedo dietro. «Spostati, piccolina.»

È così contenta di vedermi che, per una volta, ubbidisce.

«Spero non ti abbia fatto diventare matto» dico a Houston.

«Per niente. È stata bravissima. Siamo stati dai miei e abbiamo giocato a lanciarle la palla in giardino.»

«Le sarà piaciuto.»

«Un sacco. Ci ha fatto ridere con il suo entusiasmo.»

«Grazie ancora per aver badato a lei.»

«È stato decisamente un piacere.»

«Allora, qual è il piano?»

«Ora vi porto in una casa sicura a Cranston, dove troverete l'essenziale per la notte. Domani, un poliziotto vi accompagnerà a prendere quello che vi serve a casa tua, dove sono stati messi due agenti a rotazione per sorvegliarla ventiquattr'ore su ventiquattro.»

«Che cosa si sa del pick-up che ha tamponato Blaise?»

«È del padre di Ryder. Lo stiamo cercando.»

«Che cosa?» sussurra Blaise.

«Non è la prima volta che si caccia nei guai.» Houston mi lancia un'occhiata nello specchietto retrovisore. «La prima volta che Ryder venne incriminato, fu arrestato per molestie alla famiglia di Denise.»

«Quando sono tornata, non avrei mai immaginato tutto questo casino» commenta Blaise con voce esausta. «Sapevo che la gente sarebbe andata fuori di testa perché c'era una testimone, ma non così.»

«Non è colpa tua, Blaise» le dice Houston.

«A me sembra proprio il contrario.»

Le poso una mano sulla spalla. «*No*. Non hai fatto nulla per meritarti che ti attacchino in questo modo. La colpa è *sua*. Non tua.»

Non ribatte. Dovrò continuare a ricordarle chi ha commesso un reato e chi no.

La casa si trova in un'anonima via di Cranston piena di ordinati edifici a due piani. Mi aspettavo di trovare le auto della polizia, invece ci sono solo dei suv senza alcun contrassegno. Scendo e corro ad aiutare Blaise. «Fa' con calma.»

«È l'unica velocità che posso permettermi al momento.»

Houston fa scendere Fenway e ci segue in casa, dove ad accoglierci ci sono quattro agenti in borghese.

Appoggiandosi a me, Blaise avanza con passi corti e leggeri.

«Da questa parte.» Un agente ci conduce nella camera da letto padronale in fondo al corridoio.

Rimasti soli, aiuto Blaise a mettersi a letto, sostenuta da numerosi cuscini.

«Come va?»

Ha perso il colorito roseo ed è bianca come un cencio. «Bene.»

«Posso portarti qualcosa?»

«Un bicchiere d'acqua, e dovrei prendere delle medicine in farmacia.»

«Chiederò a Houston di andarci.» Le bacio il lato sano del viso e vado da lui. «Ci servono delle medicine.»

«Ci penso io.»

Gli consegno la ricetta per andare in una farmacia aperta ventiquattr'ore su ventiquattro e la mia carta di credito. «Grazie.»

«Torno subito.»

«Dove trovo un bicchiere?» chiedo a un agente.

Lui mi indica l'armadietto.

Torno in camera con l'acqua.

Blaise ha gli occhi chiusi, perciò lo lascio sul comodino.

«Non sto dormendo.»

«Non ne ero sicuro. Ecco l'acqua.»

«Grazie per tutto quello che stai facendo.»

«Non è niente di che.»

«Invece sì. Ti ho incasinato la vita.»

«Prima che arrivassi tu, la mia vita era davvero noiosa.» Mi siedo con cautela sul materasso accanto a lei. «L'unica cosa che conta è che tu ti riprenda.»

«Non è l'unica» ribatte lei, con le lacrime agli occhi.

«Per me, sì. Non preoccuparti per me, la mia vita o il mio lavoro, ti prego. Andrà tutto bene.»

«Dovrei dare loro quello che vogliono e rifiutare di testimoniare, così ci lasceranno in pace.»

«Non pensarci neanche, Rossa. Non ti arrenderai dopo essere arrivata a questo punto. Presto sarà finita e trascorreremo insieme il resto della vita.»

«Mi hai appena dato un soprannome?»

«Forse.»

«Nonostante abbia i capelli rossi da sempre e con tutti i soprannomi che mi hanno appioppato, nessuno mi aveva mai chiamato così.»

«Ti sta bene se lo uso?»

«Sì. Che cosa ti hanno detto sulla macchina di tua madre?»

«È ammaccata, ma si può aggiustare.»

«Che sollievo. So quanto significhi per te.»

«Secondo me, è stata lei a proteggerti.»

Fenway entra nella stanza e salta sul letto accanto a Blaise.

Sto per dirle di fare attenzione, ma lei si sdraia sulla pancia e striscia avanti con cautela, come se avesse capito di andarci piano.

«Ciao, bella.» Blaise le gratta le orecchie, guadagnandosi una leccata sul polso. «È proprio brava.»

«È bello sapere che, ogni tanto, sa anche comportarsi bene.»

«La adoro.»

«E lei adora te.» Le do un bacio sulla fronte. «Riposati. Io resto qui.»

Venti minuti più tardi, Houston torna con le medicine. Per fortuna, visto il dolore che Blaise provava, non ci mettono molto a farla addormentare.

«Hanno arrestato il responsabile?» domando a Houston.

«Non ancora, ma lo stanno cercando tutti.»

TRENTUNO

Ryder
Presente

Al rumore dei colpi alla porta, mi sveglio da un sonno agitato. *E adesso che c'è?*, mi chiedo mentre vado a vedere.

Mia madre apre la porta e, trovandosi di fronte due poliziotti che le mostrano il tesserino, si stringe la cintura della vestaglia.

«Stiamo cercando David Elliott.» L'agente più vecchio evita il mio sguardo. Era un mio compagno di classe, Caleb Anders.

«Non c'è.»

«Dov'è?»

«Non lo so. Prima non è rientrato.»

«Ha modo di localizzarlo?»

«No.»

È una bugia. Sono anni che può localizzare tutti noi.

«Come mai lo state cercando?» chiedo.

«Prima è rimasto coinvolto in un incidente.»

«Sta bene?» s'informa mia madre.

«Non lo sappiamo. È uno dei motivi per cui vorremmo parlare con lui. Le dispiace chiamarlo?»

Mia madre esita.

«Fallo» le dico, con un brutto presentimento. Questi agenti non sarebbero qui se non c'entrasse il mio caso. Non possiamo peggiorare ulteriormente la situazione.

Lei prende il telefono dalla tasca della vestaglia e lo chiama. «Dove sei? C'è qui la polizia che ti cerca.»

Non riesco a sentire la risposta.

«Torna subito a casa.» Segue una pausa. «Dave, abbiamo bisogno di te. Ti prego, non fare niente di stupido.»

«Signora, dove si trova?»

Lei copre il telefono con la mano, per non farsi sentire da mio padre. «Che cosa gli succederà?»

«Verrà arrestato con l'accusa di tentato omicidio e omissione di soccorso dopo aver causato volontariamente un incidente stradale ed è sospettato di aver appiccato un incendio doloso.»

«*Che cosa?*» Il suo urlo acuto fende l'aria. «Non lo farebbe mai!»

Un clic indica che mio padre ha riattaccato.

«Temo che sia stato proprio lui a causare l'incidente. Abbiamo numerosi testimoni e i filmati delle telecamere del Mount Hope Bridge che riprendono il momento dell'impatto.»

«Contro chi è andato?» chiedo, anche se temo di conoscere già la risposta.

«Blaise Merrick.»

«E lei...»

«È ferita, ma è sopravvissuta.»

«È sicura di non poterlo localizzare?»

Con mano tremante, mia madre controlla il telefono. «Ha spento il localizzatore.»

Mando un messaggio a Cam. *Papà ha tamponato Blaise sul Mount Hope Bridge. Lei è viva ma ferita. C'è qui la polizia che lo sta cercando per quello e per un sospetto incendio doloso. Uno degli agenti è Caleb Anders.*

Porca puttana. Che cosa stava pensando il papà? E un incendio?? Cazzo!

Non ne ho idea. Ha spento la localizzazione.

Provo a scoprire qualcosa.

«Se ne sta occupando Cam» dico a mia madre mentre la faccio sedere sul divano.

Attraverso le tende, filtra la luce dei lampeggianti della volante. I vicini saranno usciti in strada.

«Come può averlo fatto?» chiede lei, in lacrime. «Non ha imparato la lezione l'altra volta?»

È colpa mia se mio padre sta uscendo di testa. È tutta colpa mia. Se io non avessi fatto quello che ho fatto, lui non avrebbe mai fatto nessuna delle cose per cui lo accusano.

Un paio di giorni fa ci hanno informato che Neisy ha bocciato l'accordo per il patteggiamento. Vuole che il caso arrivi in tribunale. Di conseguenza, il procuratore ha ritirato la sua offerta e dovrò subire un processo. Inoltre, i dieci firmatari della dichiarazione giurata di quattordici anni fa, tra i quali Cam, Arlo e Dallas, dovranno smentirsi pubblicamente e scusarsi con Neisy per evitare di essere perseguiti, esponendosi così a una possibile causa civile se lei decidesse di citarli in giudizio. E perché non dovrebbe farlo?

Ieri ho pagato la parcella iniziale di venticinquemila dollari a Bridget perché si occupi della mia difesa e si prepari all'udienza preliminare di venerdì. Nel conto in comune con Caroline ora ci sono appena cinquemila dollari e sono terrorizzato se penso che, al primo del mese, dovremo pagare le rate del mutuo e delle macchine. Dopo di che, non resterà molto per il sostentamento della mia famiglia.

Stavo ancora elaborando quegli sviluppi, e adesso capita anche questa.

Mi squilla il telefono. È Cam. «Che succede?»

«Oltre ad averla tamponata sul ponte e spedita nell'altra corsia, papà è sospettato di aver dato fuoco al bungalow in cui lei viveva a Land's End.»

Sono senza parole.

«Si mette male, Ry. Finirà in prigione, e tutto per niente. Anche se la uccidesse, la sua dichiarazione giurata verrebbe essere comunque usata in tribunale.»

Come pagheremo un altro avvocato difensore?

«Ci sei?»

«Sì. Non so che cosa dire.»

«Forse potrebbe difendersi appellandosi a una momentanea infermità mentale. Suo figlio è stato incriminato e lui ha perso la testa. È un po' tirata per i capelli, ma così magari finirà in un ospedale psichiatrico invece che in galera.»

«Forse potrei parlare con lui.»

«Me ne occupo io adesso. Tu stanne fuori. Hai già abbastanza a cui pensare.»

Prima che possa ribattere, la chiamata si interrompe.

Mia moglie mi ha lasciato e mi ha portato via i bambini.

Mia madre è inconsolabile.

Mio fratello è furioso.

Mio padre è in arresto. Di nuovo.

Tutto per causa mia.

Non mi sono mai detestato tanto.

Cam
Presente

La mia famiglia sta perdendo il controllo e io non posso farci un cavolo di niente.

«Che cosa succede?» s'informa Sienna, uscendo dalla nostra camera da letto.

Mi sono alzato dopo aver ricevuto il messaggio di Ryder. «Mio padre è sospettato di aver cercato di uccidere Blaise.»

«Oddio. Che cosa posso fare?»

«Resta qui con i bambini e non parlarne con nessuno.»

«Tu dove vai?»

«A cercarlo.» Torno in camera, mi infilo dei jeans e una felpa, prendo il portafoglio e scendo diretto in garage.

«Blaise sta bene?»

«È ferita, ma non so se è grave.»

«Fammi sapere come va.»

«Certo.» Mi volto verso di lei. «Ti prego, Sienna, non parlarne con nessuno.»

«Non lo farei mai.»

Con un cenno, vado in cucina e poi in garage. Mentre giro per il paese in cui ho sempre vissuto, in cerca del pick-up nero della Chevrolet di mio padre, provo a pensare dove potrebbe essere.

Gli ultimi giorni sono stati i peggiori della mia vita, molto peggio rispetto a quando Ryder fu incriminato per la prima volta. Adesso che siamo tutti sposati e con famiglia, la posta in gioco è molto più alta. Più volte mi sono detto che avrei dovuto farmi avanti dopo la confessione di Ryder.

Se l'avessi fatto, forse adesso non rischieremmo di finire in rovina. Tuttavia, so che, anche se era la cosa giusta, non l'avrei mai fatto. Lui è mio fratello, il mio più caro amico e, all'epoca, era tutto per me. Non l'avrei mai tradito.

Però avrei dovuto.

Se l'avessi fatto, lui ormai avrebbe scontato la sua pena e tutti noi ci saremmo lasciati quest'incubo alle spalle. Invece, adesso è mille volte peggio. È facile parlare, con il senno di poi.

Ricevo una chiamata da Arlo. «Ho saputo che la polizia sta cercando tuo padre. Che cosa succede?»

«Ha cercato di uccidere Blaise.»

«Che cosa ha *fatto*?»

«Mi hai sentito.»

«Ma... davvero ha provato a ucciderla?»

«Probabilmente due volte. Il bungalow in cui lei stava a Land's End è andato a fuoco.»

«Avevo sentito di un incendio, ma non che lei fosse coinvolta.»

«Non era all'interno del bungalow, ma possono comunque accusarlo di tentato omicidio oltre che dell'incendio in sé se riusciranno a dimostrare che il bersaglio era lei, e ovviamente lo era.»

«Ti dirò, amico... Credo di essere arrivato al capolinea.»

«Che cosa vuoi dire?»

«Per tutti questi anni mi sono schierato dalla parte di Ryder, l'ho difeso e ho lasciato il lavoro per occuparmi della sua campagna elettorale, e poi vengo a sapere che vuole dichiararsi colpevole, esponendo tutti noi a una possibile causa penale e civile. Ha negoziato il patteggiamento pensando soltanto a se stesso, e adesso tuo padre cerca di *uccidere* mia sorella? Non condivido quello che lei sta facendo, ma provare a ucciderla? *Due volte?*»

«Arlo...»

«Non c'è niente che tu possa dirmi. Per tutto questo tempo, gli ho creduto quando diceva che non l'aveva fatto. Mi sono giocato la reputazione per la sua parola. E invece erano tutte cazzate, vero? Ha *davvero* aggredito Neisy. L'ha *davvero* stuprata. Ci ha mentito per *anni*, e adesso le sue bugie potrebbero costare a me e agli altri tutto ciò che abbiamo. Tuo padre ha cercato di uccidere mia sorella per salvare uno stupratore colpevole. Ho chiuso, cazzo.»

Cade la linea.

Ho il cuore a pezzi. Arlo è come un fratello per noi, però capisco come mai voglia tagliare i ponti. La mia famiglia si sta disintegrando sotto i miei occhi. Perché qualcuno vorrebbe restarci vicino?

Cerco mio padre per ore, telefonandogli a ripetizione.

Rimango scioccato quando è lui a richiamarmi.

«Che cosa diavolo ti è passato per la testa?»

Scoppia in singhiozzi. «Dovevo fare qualcosa per salvarlo.»

«Hai solo peggiorato le cose.»

«Non era quello che volevo.»

«Che cosa pensavi che sarebbe successo cercando di *uccidere* Blaise Merrick *due volte*? Di certo non è d'aiuto a Ryder.»

«Ho pensato che se lei non poteva testimoniare...»

«Hanno la sua dichiarazione giurata!»

«Possono usarla?»

«Certo, papà, che possono usarla.»

«Dovevo fare qualcosa prima che gli rovinasse la vita.»

«Se l'è rovinata da solo.»

«Perché dici così?»

«Perché è vero. È stato lui a farsi tutto questo e adesso sta trascinando a fondo anche noialtri.»

«Che cosa sai?»

«So la verità, papà, e se me l'avessi chiesto prima di prendertela con Blaise, forse non avresti peggiorato le cose per Ryder e per tutti noi.»

«Come può aver fatto una cosa simile?»

«Questo dovresti chiederlo a lui. Nel frattempo, devi costituirti.»

«No.»

«Devi farlo!»

«Se mi vogliono, dovranno uccidermi.»

«Quando parli così, ci pensi almeno alla mamma, ai tuoi nipoti o a qualcuno a parte te stesso?»

«Vi voglio bene, ma non resterò seduto a guardare mentre distruggono tuo fratello.»

«Non puoi impedire quello che gli sta accadendo!»

«Sta' a vedere.»

Cade la linea e, con terrore, mi rendo conto che, per quanto la situazione sia brutta, potrebbe mettersi molto peggio.

Chiamo la polizia di Hope e chiedo di Caleb. Mi dicono che mi richiamerà lui e, infatti, dopo qualche minuto mi squilla il telefono.

«Ho parlato con mio padre. Non vuole costituirsi.»

«Lo stiamo cercando in tutto lo stato, Cam. Prima o poi, lo troveremo.»

«Ha detto che, se lo volete, dovrete ucciderlo. È deciso a salvare Ryder.»

«Merda. Va bene, grazie della dritta.»

«Mi tieni aggiornato?»

«Se posso. La situazione è piuttosto seria. Cercare di uccidere una testimone pronta a incastrare il proprio figlio è un reato grave.»

«Capisco, e mi dispiace. Non so che cosa gli sia passato per la testa.»

«Tieni duro, Cam. Se posso, ti chiamo.»

«Grazie.»

Poco dopo torno a casa, consapevole che le nostre vite sono rovinate.

A questo punto, ormai è chiaro.

Ryder mi telefona. «Hai trovato il papà?»

«No, però ci ho parlato ed è messo male. Pensava di dare una mano. E mi ha chiamato anche Arlo. Vuole tagliare i ponti con noi. Il fatto che papà abbia provato a uccidere Blaise è stata l'ultima goccia, soprattutto dopo che ha saputo che volevi dichiararti colpevole.»

«Volevo farla finita per tutti noi. Ho pensato che, assumendomi le mie responsabilità, avrei risparmiato voi.»

«Invece ci hai esposto a una causa civile che potrebbe rovinarci.»

«Non basta dire che mi dispiace, e lo so.»

«Devo andare.»

«Cam...»

Termino la chiamata. In questo momento, non ne posso più.

Una volta a casa, resto a lungo seduto in macchina a riflettere sull'orrendo casino in cui siamo finiti.

Sienna compare sulla porta del garage e, nel vedermi, mi raggiunge in auto. «Ti chiederei com'è andata, ma immagino non bene.»

«Per niente. Pensava di dare una mano sbarazzandosi di Blaise e dice che i poliziotti dovranno ucciderlo perché non si arrenderà.»

«Oddio.»

«E mi ha chiamato Arlo. Ha chiuso con noi.»

«Mi dispiace, Cam.»

«Dispiace a tutti ma, se allora uno di noi avesse fatto la cosa giusta, adesso non starebbe succedendo niente di tutto questo.»

Si ritrae. «Stai dando la colpa a *me*?»

«No, a me stesso. Vorrei aver fatto qualcosa quando lui mi confessò che era tutto vero.»

«Non l'avresti mai fatto. Non puoi avere un simile rimpianto. È inutile. Sei stato dalla parte di Ryder fin dall'istante in cui ti hanno messo tra le sue braccia appena nato e non l'avresti mai denunciato. Né allora né mai.»

«Questa cosa mi ha perseguitato.» Non l'avevo mai detto a voce alta prima d'ora. «Quello che le facemmo...» Scuoto la testa. «Mi diede il voltastomaco.»

«Anche a me, ma pensa a chi eravamo allora e a quello che contava per noi. Facemmo quello che ritenemmo giusto.»

«Eravamo abbastanza grandi da sapere che non lo era, Sienna.»

«Sì, forse. E adesso?»

«Adesso aspettiamo e speriamo che mio padre non peggiori le cose.»

TRENTADUE

Blaise
Presente

È venerdì mattina e mi sento leggermente meglio, anche se mi fa ancora male tutto dalla testa ai piedi. Non avevo mai avuto un incidente d'auto, e non ve lo raccomando. Ho il viso coperto di lividi di tutti i colori e il polso slogato immobilizzato da un tutore gonfiabile. Per fortuna si può bagnare e riesco a fare la doccia, ma asciugare i capelli è un'impresa visto che si tratta della mano destra. Faccio del mio meglio, senza nemmeno preoccuparmi del trucco.

Che vedano pure quello che mi ha fatto il padre di Ryder.

A quanto ho sentito, tutti i notiziari hanno riportato che il signor Elliott ha cercato di uccidermi e dato fuoco al bungalow in cui vivevo. La polizia lo sta ancora cercando, finora senza successo. Fino a quando sarà a piede libero, io sono in pericolo, per questo stiamo ancora nella casa sicura dove ci avevano portato.

Dall'incidente, ho sentito mia madre ogni giorno, e anche le mie sorelle.

Teagan è fuori di sé per quello che mi è accaduto. «Spero che nessuno metta più in dubbio come mai non ti sei fatta avanti all'epoca dei fatti.»

«Un vantaggio dell'essere quasi uccisa.»

«Non scherzare, Blaise. Non è affatto divertente.»

«No, però è comunque meglio che tenere quel segreto.»

«Ti ammiro molto per quello che stai facendo. Nonostante tutto, sei determinata a ottenere giustizia per Denise.»

«Grazie, ma avrei voluto essere abbastanza coraggiosa da prendere le sue difese allora.»

«Lo stai facendo adesso, e sono sicura che sia importante per lei.»

«Lo scoprirò a breve. Ci incontreremo prima dell'udienza.»

«Oh, cavolo. Come ti senti a riguardo?»

«Bene. È stata lei a chiedere un incontro. È il minimo che io possa fare.»

«Sei proprio una dura, Blaise. Sono davvero fiera di te.»

«Grazie. Significa molto per me.» La mia sorellona è fiera di me. Non è il massimo? Non riesco nemmeno a spiegare quanto mi commuovano i suoi complimenti.

«Verrò in tribunale con la mamma.»

«Non è necessario.»

«Verremo per darti sostegno. Anch'io ho dei rimpianti, sai. Se quell'estate non fossi stata una stronza egoista, forse mi avresti chiesto aiuto. Mi dispiace se hai pensato di non poterlo fare.»

«Non c'è problema.»

«Sì, invece. Sto male al pensiero che tu abbia sofferto in silenzio per tutto questo tempo, convinta che tutti ti avrebbero odiato se avessi parlato.»

«Arlo probabilmente mi odia.»

«Gli passerà quando capirà che il suo buon, vecchio amico è assolutamente colpevole. E ricorda che niente di tutto questo è colpa tua, Blaise. Lasciamo la colpa a chi se la merita.»

«Ci sto provando. Grazie del sostegno. Significa tanto.»

«Hai tutto il mio sostegno e il mio affetto. Voglio conoscerti di nuovo e farti conoscere i miei figli... Non sai quanto lo desidero.»

«Anch'io. Rimedieremo appena possibile. Promesso.»

«Ci conto.»

«Grazie ancora, Teagan.»

«Ti voglio bene, piccola.»

«Anch'io ti voglio bene.»

L'altro giorno, dopo questa telefonata, ho pianto per mezz'ora. La mia sorellona mi vuole bene e le dispiace che io abbia pensato di non potermi rivolgere a lei quando successe tutto. Chissà come sarebbe andata se avessi potuto farlo. Le sue parole su Arlo mi danno speranza. Forse, a un certo punto, riuscirà a perdonarmi. Sarebbe bello.

Un'ora prima dell'udienza, veniamo accompagnati al tribunale di Newport dalla polizia e scortati all'interno, oltre il folto gruppo di giornalisti bloccati dalle transenne ai lati della scalinata di pietra. Un ex candidato al Congresso accusato di aggressione sessuale fa notizia in uno stato tanto piccolo, soprattutto con due testimoni che si sono fatte avanti quattordici anni dopo i fatti. I media hanno fatto le pulci alla vicenda, arrivando a pubblicare la trascrizione dell'udienza preliminare che si tenne alla prima incriminazione di Ryder.

Come in aeroporto, passiamo sotto al metal detector e mi controllano la borsa.

Con la mano alla base della mia schiena, Jack mi dà tutto il sostegno di cui ho un disperato bisogno. Mi è sempre rimasto accanto mentre mi riprendevo dall'incidente e mi preparavo alla testimonianza di oggi.

Josh Spurling ci sta aspettando e ci conduce in una stanzetta privata. «Come si sente?»

«Ancora indolenzita, ma meglio.»

«Mi fa piacere. Stamattina mi hanno informato che anche gli U.S. Marshals stanno cercando il signor Elliott.»

«Sarà un sollievo quando lo prenderanno.»

«Davvero. La ringrazio per aver accettato di incontrare Denise prima dell'udienza.»

«Si figuri.»

«Posso portarvi qualcosa?»

«Siamo a posto, grazie.»

«Bene. Non appena arriva, porterò qui Denise.»

Nell'attesa, Jack si siede accanto a me e mi tiene la mano sinistra. Gli sono grata per aver insistito per accompagnarmi oggi. Il suo sostegno incrollabile me lo fa amare ancora di più.

Dopo una decina di minuti, la porta si apre ed entra Denise, insieme a un uomo alto e bello con i capelli rasati, come i militari.

È ancora bellissima, con le guance un po' più piene e una maturità che prima non aveva, ma l'avrei riconosciuta ovunque.

Prendono posto davanti a noi. «Grazie per avermi incontrata. Questo è mio marito, Kane.»

«Piacere di conoscerti, Kane. E questo è il mio amico Jack.»

«Piacere di conoscerti, Jack.» Denise si schiarisce la voce e mi fissa dritto negli occhi. «Ero sconvolta quando ho saputo dell'incidente. Stai bene?»

«Mi riprenderò.»

«Mi dispiace molto che ti sia successo.»

«Grazie, ma non è colpa tua.»

«Ho chiesto di vederti perché volevo ringraziarti per esserti fatta avanti.»

Non era affatto quello che mi aspettavo. «Io, ehm... non merito di essere ringraziata. Quello che ho fatto è stato ignobile.»

«Non ti biasimo. Sappiamo come sarebbe andata se l'avessi denunciato allora. Facendolo adesso, hai ripulito il mio nome e mi hai permesso di ottenere una giustizia in cui non speravo più.»

«Doveva accadere tempo fa e, per questo, mi dispiacerà sempre.»

«Meglio tardi che mai.»

Sono stupita dalla sua gentilezza e grazia. «Sappi che aborrisco il modo in cui ti trattarono, da quando ti trasferisti nella nostra classe fino a quell'orribile estate. Non te lo meritavi.»

«Lo so. Negli anni ho fatto molta terapia e ho capito che non dipendeva da me, ma dalle insicurezze di quella gente.»

«Mi dispiace molto per quello che passasti. Avrei voluto esserci per te come desideravo.»

«Ci sei adesso.»

«Ho saputo che hai quattro figli. Hai qualche foto?»

«Certo.» Con un sorriso, mi passa il telefono con l'immagine di due bambini più grandi con in braccio due neonati. «Questi sono Charlotte, Levi, Hudson e Hayes.»

«Sono bellissimi.»

«Sono delle pesti.»

«Immagino.»

«Già che hai il telefono, aggiungi il tuo numero in rubrica. Mi piacerebbe restare in contatto, se a te va bene.»

«Mi piacerebbe molto.» Salvo il numero e le restituisco il cellulare. «Grazie per essere così gentile con me. Non me l'aspettavo.»

«La rabbia non mi ha portato da nessuna parte. La gentilezza e la comprensione nei confronti degli altri sono molto più produttive.»

«Sagge parole.»

Josh bussa alla porta e fa capolino. «Vi aspettiamo in aula, signore.»

«Andiamo» dice Denise con una smorfia. «Facciamola finita con questa storia, così potremo tornare a qualcosa di più piacevole.»

«Sì, non vedo l'ora.»

Josh Spurling ci scorta in aula e ci mostra dove sederci. «Lasciate Denise e Blaise all'estremità della fila, per quando verranno chiamate a testimoniare.» Poi si rivolge solo a Denise. «Si ricorda della giudice Denton, vero?»

«Sì.»

«È un colpo di fortuna per noi che sia ancora lei a presiedere la corte.»

Una volta ai nostri posti, subito dietro a Denise e Kane, Jack mi cinge le spalle con un braccio, in una pubblica dimostrazione di sostegno.

«Grazie di tutto.»

Mi dà un bacio sulla tempia. «Piacere mio, amore, tranne la parte in cui ti hanno fatto del male.»

Dopo un certo movimento alle nostre spalle, avverto il profumo familiare di mia madre. «Siamo arrivate, Blaise» esclama lei.

Jack sposta il braccio e, lentamente, mi giro verso lei e Teagan. Il movimento mi strappa una smorfia. Dall'incidente, le costole mi fanno un male incredibile. «Grazie per essere venute.»

«Non saremmo mai mancate.» Anche se li ha già visti su FaceTime, mia madre fissa i lividi sul mio viso. «Come ti senti, cara?»

«Un po' meglio ogni giorno che passa.»

«È indecente quello che ti è accaduto.»

«Concordo» interviene Jack.

Mia madre gli lancia un'occhiata, con il sopracciglio inarcato.

«Ehm, questo è Jack Olsen. Jack, ti presento mia madre Deena e mia sorella Teagan.»

«Piacere di conoscervi» dice lui.

«Piacere mio» ribatte Teagan. «Blaisey ci ha tenuto qualche segretuccio.»

«Blaisey, eh?» ripete Jack con un sorrisetto.

«Non hai il permesso di chiamarmi così, e nemmeno lei.» La fulmino con lo sguardo, strappandole un sorriso. Sa bene quanto detesto quel vecchio nomignolo. A questo primo scambio di battute tra sorelle dopo anni, mi si riempie il cuore di gioia. Fino a questo momento, non mi ero resa conto di quanto mi mancassero davvero lei, June e Arlo.

A proposito di mio fratello, lo vedo entrare e, dopo una rapida occhiata verso la metà dell'aula riservata alla difesa, con mio sommo stupore, chiede a mia madre e a mia sorella di fargli posto.

Che cosa sta succedendo?

«Ciao, Blaise.»

«Ciao, Arlo.»

«Mi dispiace per l'incidente. Stai bene?»

«Sì.»

Porge la mano a Jack. «Arlo Merrick.»

Jack gliela stringe. «Jack Olsen.»

«L'artista?» chiede lui.

«Sì.»

«I miei figli adorano i tuoi libri con i coccodrilli.»

«Grazie. Mi fa piacere.»

Siccome sono girata verso la mia famiglia, vedo Ryder entrare in aula. Indossa un completo scuro e ha l'aria di chi non dorme da settimane. Posa per un attimo lo sguardo su di me, ma lo distoglie rapido.

Subito dopo arrivano Ramona e suo marito, seguiti da Cam, Sienna e dalla signora Elliott.

Sienna mi fissa a lungo con espressione indecifrabile ma, alla fine, distoglie lo sguardo.

È la prima volta che la vedo dalla cerimonia del diploma, dopo che ci eravamo mantenute a distanza durante l'ultimo anno di liceo. In tantissimi mi chiesero come mai non ci frequentassimo più, ma io schivai ogni domanda.

È invecchiata e appesantita ma, d'altra parte, ha avuto quattro figli. Come allora però, porta ancora i capelli ricci e castani con la frangetta.

«È quella la tua ex migliore amica?» s'informa Jack.

«Sì.»

«Posso essere io il tuo nuovo migliore amico?»

Mi volto verso di lui, con un sorriso. «Lo sei già.»

«Evvai!» Alza di poco un pugno in aria, perché solo io possa vederlo.

Sono davvero grata di averlo accanto, di poter tornare a casa con lui quando sarà tutto finito e trascorrere ogni giorno insieme. Non mi viene in mente nulla di meglio.

Dopo l'udienza di oggi, andremo per qualche giorno a New York, recupererò le mie cose e Kim si trasferirà nel mio appartamento da gennaio. È entusiasta di prendere il mio posto al lavoro e io sono felice di chiudere quel capitolo della mia vita e di iniziarne uno nuovo traboccante di amore, avventura e passione.

Prima però, devo arrivare fino in fondo a questa udienza e al processo.

Trentatré

Caroline
Presente

Non avevo intenzione di venire. A che pro, mi ero detta, ascoltare i dettagli di ciò che lo accusano di aver fatto a quella poveretta? E invece stamattina, con i bambini a scuola e all'asilo, mi sono fatta una doccia e mi sono vestita per venire in tribunale. Non voglio che Ryder né nessun altro sappia che sono qui, perciò aspetto fuori fino a essere sicura che siano già arrivati tutti.

Mentre fisso la scalinata di pietra, metto per l'ennesima volta in dubbio la mia sanità mentale.

Nessuno mi biasimerebbe se mi tenessi alla larga.

«Caroline?»

«Oh, ciao, Houston.» È normale che lo trovi davvero bello in uniforme quando sono venuta per mio marito che affronta un'accusa di stupro? Ultimamente, sono sempre più strana.

«Mi sembrava che fossi tu.»

«Sono io, che mi chiedo che cosa cavolo ci faccio qui.»

«Chiunque nella tua situazione sarebbe curioso.»

«Davvero? Credi? Perché a me sembra piuttosto masochistico.»

«Potrebbe aiutarti a trovare una chiusura, di qualunque tipo.»

«Quindi non pensi che sia pazza a sottopormi a tutto questo?»

«Niente affatto. Ti aiuterebbe sederti vicino a un amico?»

Gli rivolgo uno sguardo colmo di gratitudine. «Mi aiuterebbe molto. Mi stavo chiedendo anche come ho fatto a pensare di venire da sola.»

«Sarò lieto di sedermi con te e di restare per tutto il tempo in cui ti servirà un amico.»

«Sei davvero gentile, Houston.»

«Figurati. Entriamo?»

«Direi di sì.»

Saliamo insieme le scale e lui mi tiene aperta la porta, mi guida oltre i controlli di sicurezza e verso l'aula giusta. Se non l'avessi incontrato per caso, sarebbe tutto molto più difficile.

Ci sediamo in fondo all'aula proprio quando il procuratore chiama Denise a testimoniare.

Mentre ascolto la sua storia, cerco di conciliare il suo racconto degli eventi con l'uomo che negli ultimi dieci anni pensavo di conoscere a fondo. Il Ryder che lei descrive non somiglia affatto a mio marito.

Credo a ogni sua parola, però. Mentre rivive quell'orrore, percepisco il dolore e la sofferenza nella sua voce.

«Dopo l'aggressione, che cosa fece?» le domanda il procuratore.

«Tornai a casa e mi feci una doccia. Ero sotto shock, traumatizzata e ferita.»

«Potrebbe descriverci le sue ferite, per favore?»

Vorrei coprirmi le orecchie per non sentire tutto il dolore provocatole dall'aggressione. «Non... non l'avevo mai fatto prima, quindi sentii male per giorni.»

«Ci fu qualche altra conseguenza dell'aggressione da parte dell'imputato?»

«Sì, rimasi incinta.»

«Oddio» sussurro. Proprio quando pensavo che non potesse essere peggio...

Houston mi prende una mano ghiacciata e la stringe tra le sue, più calde.

«Che cosa accadde al bambino?»

«Ebbi un aborto spontaneo poco prima che il DNA del bambino potesse essere usato per collegarlo all'imputato.»

In aula scoppia il caos e la giudice batte il martelletto per richiamare l'ordine. «Non tollero esternazioni di alcun tipo nella mia aula.»

Nel silenzio che segue, sento distintamente qualcuno che piange.

Mi sporgo per vedere meglio e scorgo Ryder che ascolta la testimonianza di Denise con la testa tra le mani. Sta forse piangendo nel sentire quanto lei abbia sofferto?

«Signora Messner, potrebbe descriverci il suo stato mentale nei mesi successivi all'aggressione?»

«Non mi ero mai sentita tanto depressa. Non solo per lo stupro e il doloroso aborto spontaneo, ma anche perché il fratello e gli amici dell'imputato serrarono i ranghi intorno a lui e affermarono che ero andata a letto con tutti loro, cosa che non era vera.»

«Quegli uomini hanno ammesso di aver mentito?»

«Sì.»

I presenti sussultano e riprendono a mormorare, spingendo la giudice a ricorrere ancora al martelletto.

«La ringrazio, signora Messner. Non ho altre domande.» Mentre lei lascia il banco dei testimoni, Josh annuncia: «Lo stato chiama a testimoniare Ramona Travers Silvia».

Ramona presta giuramento e si siede.

«Signora Silvia, può dirci per favore dove si trovava la sera in questione?»

«Ero alla festa organizzata da Houston Rafferty a casa dei suoi genitori a Land's End.»

«Mentre era alla festa, vide Ryder Elliott?»

«Sì.»

«Vide anche Denise Sutton Messner, all'epoca nota come Neisy?»

«Sì.»

«Li vide insieme in qualche momento?»

«Li vidi lasciare la festa insieme e incamminarsi nel bosco.»

«Quando il signor Elliott fu accusato di aver stuprato la signora Messner, lei lo riferì alle autorità?»

«No.»

«Come mai?»

«Perché ebbi paura che gli altri ragazzi mi avrebbero fatto quello che avevano fatto a lei quando l'aveva denunciato.»

«Perché ha deciso di farsi avanti proprio adesso?»

«Perché ho saputo che una testimone aveva assistito all'aggressione e si era fatta avanti e ho voluto fare lo stesso. Mi sono sempre pentita di non averlo fatto prima.»

«Sa se il signor Elliott si era mai comportato in modo inappropriato con qualche ragazza o donna?»

«Obiezione! Qualsiasi cosa abbia sentito sono solo voci e sono inammissibili.»

«Respinta. Voglio sentire la risposta.»

«Signora Silvia?»

Ramona si inumidisce le labbra. «Una volta in biblioteca, quando eravamo al terzo anno, lui mi bloccò in un angolo e mi disse che mi trovava carina. Si fece molto vicino ed ebbi paura che volesse fare qualcosa di più ma, per fortuna, arrivò qualcuno e lui si allontanò.»

Dopo un sussulto generale, nell'aula si leva un certo mormorio.

«Riferì l'episodio a qualcuno?»

«No, ebbi paura. Lui era molto popolare e io... io no.»

«Sentì altre persone affermare che lui era stato aggressivo o inappropriato nei loro confronti?»

«Obiezione!»

«Respinta. Risponda alla domanda, per favore, signora Silvia.»

«Diverse persone dissero qualcosa qua e là, del tipo che non era così fedele a Louisa come voleva far credere, che flirtava e non aveva paura di allungare le mani quando voleva... Cose del genere.»

«Obiezione!»

«Non ho altre domande. La ringrazio, signora Silvia. Può andare.»

In aula si scatena il caos e la giudice batte più volte il martelletto per richiamare l'ordine.

Non riesco a credere a quello che ho appena sentito sull'uomo che pensavo di conoscere. Non ho mai visto Ryder essere inappropriato o fuori luogo con una donna, però credo a Ramona. Che motivo avrebbe per mentire? Che motivo avrebbe chiunque per testimoniare una cosa simile sotto giuramento se non fosse vera?

Dopo Ramona, alla sbarra viene chiamata Blaise Merrick.

Solleva la mano destra, infilata in un tutore, e giura di dire la verità.

«Signorina Merrick, le dispiacerebbe spiegare alla corte il motivo delle sue evidenti ferite?»

«All'inizio della settimana sono rimasta coinvolta in un incidente stradale sul Mount Hope Bridge.»

«L'incidente è stato causato intenzionalmente da qualcuno?»

«Sono stata tamponata da un pick-up, che mi ha costretto a finire nell'altra corsia dove ho fatto un frontale. Mi hanno riferito poi che la targa del pick-up rimandava a David Elliott, il padre dell'imputato.»

Josh consegna alcuni fogli alla giudice. «Vorrei chiedere alla corte di prendere atto che il signor Elliott è al centro di un'intensa caccia all'uomo a cui partecipano anche gli U.S. Marshals. Lui è ancora a piede libero e, al momento dell'arresto, verrà incriminato per duplice tentato omicidio ai danni della signorina Merrick e per incendio doloso, visto che il bungalow in cui lei risiedeva è andato a fuoco.»

«Ne prendo atto» commenta la giudice con una smorfia.

«Può raccontare alla corte quello che vide la sera in questione?»

Anche la seconda volta, i dettagli mi risultano atroci.

«Che cosa fece lei dopo l'aggressione alla signorina Sutton?»

«Tutto ciò che non avrei dovuto fare. Mi preoccupai per me quando avrei dovuto pensare a Denise. Avrei dovuto andare da lei, prestarle aiuto e raccontare alla polizia quello che avevo visto. Invece non feci nessuna di queste cose, perché ebbi paura che tutti mi odiassero se avessi detto la verità.»

«Come mai ebbe così tanta paura?»

«Tutti adoravano Ryder. Lui era l'idolo della nostra classe. Temetti che nessuno mi avrebbe creduto. E poi era il migliore amico di mio fratello, motivo per cui mi fu più difficile credere a quello che avevo visto.» Blaise lancia un'occhiata ad Arlo, che tiene la testa bassa. «Voglio bene a mio fratello. Non volevo essere odiata e così rimasi zitta, e ne sono quasi morta.»

«In che senso?»

«Ebbi numerosi problemi di salute: ansia, depressione, disordini alimentari. Stavo letteralmente male per il senso di colpa.»

«E non soffriva di nessuno di questi disturbi prima di assistere all'aggressione?»

«No. All'ultimo anno di liceo, rifuggii la vita sociale e, appena possibile, andai all'università in un altro stato senza più voltarmi indietro. Prima di fare ritorno di recente, ero tornata in Rhode Island una sola volta, alla morte di mio padre.»

«Crescendo insieme a Hope, sa se il signor Elliott si era comportato in modo inappropriato con qualche ragazza o donna?»

«Obiezione!»

«Respinta. Risponda alla domanda, per favore, signorina Merrick.»

«No, non ho mai visto né saputo niente del genere. Per questo rimasi tanto scioccata da quello che gli vidi fare a Denise. Stava con Louisa da anni.»

«Come mai ha deciso di farsi avanti adesso?»

«Quando ho saputo che Ryder era candidato al Congresso, non ce l'ho fatta a tenere il segreto nemmeno un minuto di più. Il giorno dopo, ho preso una macchina e sono venuta a denunciarlo.»

«Che lei sappia, signorina Merrick, qualcun altro assistette all'aggressione alla signorina Sutton?»

«Parlo solo a nome mio.»

«Signorina Merrick, è sotto giuramento» interviene la giudice. «La prego di rispondere alla domanda.»

«Signorina Merrick, qualcun altro assistette all'aggressione?» ripete Josh.

Blaise non si aspettava che lui insistesse su questo punto; è evidente.

«Sì.»

«Chi era quella persona?»

«Sienna Lawton Elliott.»

Per l'ennesima volta, si scatena il caos.

Sono scioccata fino al midollo che Sienna, mia cognata e amica, abbia sempre saputo che Ryder aveva fatto tutto questo senza mai dirmelo.

«Ho sentito abbastanza» sussurro a Houston.

Lui si alza e mi fa cenno di avviarmi alla porta dell'aula.

Con mia sorpresa, mi segue fuori.

«Ti chiederei se stai bene…»

«Quattro persone che danno la stessa versione, compresa mia cognata che per tutto questo tempo ha sempre saputo che avevo sposato uno stupratore.» Alzo su di lui gli occhi pieni di lacrime. «Direi che è un bel po' da mandare giù.»

«Non riesco nemmeno a immaginarlo.»

«Se non altro, adesso ne ho la certezza.»

«La cosa ti aiuta?»

«Per certi versi. Da quando è stato arrestato, in un angolo della mente ho sempre pensato che potesse trattarsi di un grosso errore. Ma negare non è più un'opzione, non ti pare?»

«Direi di no.»

«Grazie per essere rimasto con me oggi, Houston. Mi sei stato davvero d'aiuto.»

«Vorrei poter fare di più.»

«Sei stato esattamente quello che mi serviva: un amico. Grazie ancora.»

«Posso chiamarti più tardi per sapere come stai?»

«Certo, mi farebbe piacere.»

«Ti accompagno alla macchina.»

Sienna
Presente

Non sta succedendo davvero. Se mi chiameranno a testimoniare, mi rifiuterò. Non possono mica costringermi, no? Lancio un'occhiata a Cam, ma lui guarda fisso davanti a sé.

Seccata, la giudice batte il martelletto per richiamare l'ordine.

Sento bruciare sulla nuca gli sguardi di tutti i presenti in aula.

Vorrei morire sul posto.

«Che cosa faccio se mi chiamano?» sussurro a Cam.

«Dici la verità.»

«Non posso.»

«*Devi.*»

L'avvocato difensore, una bionda di ghiaccio con scarpe tacco dieci, si avvicina a Blaise con le braccia conserte. Non ha fatto domande a Denise né a Ramona, mentre fissa Blaise così a lungo da metterla a disagio sul banco dei testimoni.

«Quattordici anni sono tanti.»

«Sì.»

«E, in tutto questo tempo, lei non ha mai riferito quello che aveva visto alla polizia, ai suoi genitori e a nessun altro, giusto?»

«Sì.»

«Come mai?»

«Temevo per quello che mi sarebbe successo se l'avessi fatto. Lui era un membro importante della comunità, il migliore amico di mio fratello...»

«Però non ha avuto la minima compassione per la donna che lui avrebbe aggredito?»

«In questi quattordici anni ho pensato a lei ogni giorno.» Lancia un'occhiata a Neisy. «Ogni singolo giorno. Ci sono stata molto male.»

«Perché adesso?»

«Quando ho saputo che era candidato al Congresso, non ho più potuto vivere con quel segreto.»

«Che cosa ci guadagna lei a farsi avanti dopo tutto questo tempo?»

«Niente, a parte la possibilità di rimediare a un terribile errore. Come vede, non è stato affatto facile per me.»

«Perché dovremmo credere a quello che racconta su un fatto che sarebbe successo così tanto tempo fa che probabilmente se lo ricorda a malapena?»

Senza tentennare, Blaise fissa l'avvocato dritto negli occhi. «Ricordo ogni secondo. Ricordo ogni dettaglio di quella sera e dei giorni successivi. Secondo il capo della polizia di Land's End, la mia descrizione degli eventi combacia esattamente con quella della signorina Sutton, e non potevo sapere quello che lei aveva raccontato.»

Mi viene un groppo in gola. È decisamente credibile.

L'avvocato resta in silenzio a lungo. «Non ho altre domande» conclude.

Blaise viene congedata.

Torna al suo posto senza guardarmi.

Non riesco a credere che abbia fatto la spia su di me dopo aver promesso di non farlo.

«Lo stato chiama a testimoniare Sienna Elliott.»

Resto incollata alla sedia.

«Obiezione» dice l'avvocato difensore, scattando in piedi. «La testimone non è nella lista che abbiamo ricevuto.»

«Respinta. Voglio sentire che cos'ha da dire.»

«Signora Elliott?» Il procuratore mi fissa. «Può venire volontariamente, oppure possiamo citarla a testimoniare.»

Cam mi dà una gomitata. «*Va'.*»

Mi alzo e mi avvio verso il banco sulle gambe malferme. Mi sento quasi svenire.

Mi dicono di alzare la mano destra e di giurare di dire la verità, tutta la verità, nient'altro che la verità.

Uffa. Non vorrei farlo.

«Signora Elliott, era con la signorina Merrick la sera in questione? Le ricordo che è sotto giuramento.»

«Sì, ero con lei.»

«Vide Ryder Elliott aggredire Denise Sutton?»

Dopo un attimo di esitazione, annuisco.

«Deve rispondere a voce per lo stenografo.»

«Lo vidi mentre la aggrediva.»

«E scelse di non prestarle soccorso e di non denunciare il crimine alle autorità?»

«Sì». Sento bruciare il viso per la vergogna.

«Perché?»

«Uscivo con il fratello di Ryder, che poi ho sposato. Feci quello che ritenni meglio per il mio ragazzo e per la sua famiglia.»

«A spese di una giovane donna che era stata stuprata?»

«Non la conoscevo. Con lui, c'ero cresciuta insieme. Quello che aveva fatto era terribile, però io... feci quello che all'epoca mi parve giusto.»

«E se ne pente?»

«Qualche volta.»

Denise
Presente

La testimonianza di Sienna è scioccante e devastante, perché non sapevo che ci fosse qualcuno insieme a Blaise. *Qualche volta* si pente di avermi lasciata nel bosco, a pezzi e sanguinante. Solo *qualche volta*?

Che razza di mostro non è tormentato da una simile decisione?

Kane mi stringe più forte con il braccio.

Dev'essere uno strazio anche per lui.

«Quando Ryder Elliott fu accusato per la prima volta dello stupro della signorina Sutton, la gente ci credette?»

«No, nessuno.»

«Però lei sapeva che era vero, giusto?»

Sienna abbassa lo sguardo. «Sì.»

«Lo disse a qualcuno?»

«No.»

«Nemmeno al suo ragazzo?»

«No.»

«Quindi non ha mai detto all'uomo che ha sposato quello che aveva visto fare a suo fratello?»

«Solo di recente.»

«Dopo che Blaise Merrick ha denunciato quello che aveva visto, lei non si è *comunque* fatta avanti?»

«Lei non capisce!»

«Ha ragione. Non capisco. Non ho altre domande.»

Vorrei alzarmi e applaudire Josh per come l'ha umiliata. Spero che Sienna si goda il resto dei suoi giorni in questo piccolo paese dove tutti sanno che razza di merda sia.

Sienna lascia il banco dei testimoni, va dritta verso Blaise e, prima che qualcuno possa fermarla, le molla un ceffone. «Brutta *stronza*! È tutta colpa tua! Perché non hai tenuto chiusa quella *cazzo di bocca*?»

Cam afferra la moglie da dietro e la trascina via.

Gli agenti li circondano e la ammanettano mentre lei urla come una iena.

La giudice batte il martelletto. «Chiedo che venga incriminata per aggressione e oltraggio alla corte. Portatela fuori dalla mia aula.»

Mi giro vero Blaise. «Stai bene?»

«Io, ehm, credo di sì. Che cos'è un livido in più?»

Sta sminuendo l'accaduto per il bene di tutti, ma ha gli occhi lucidi per lo shock.

«Ho sentito quello che dovevo» esclama la giudice. «Signor Elliott, la rinvio a giudizio. Verrà rilasciato su cauzione fino al processo, fissato per il venti febbraio.»

«Aspetti!» Ryder si alza. «Voglio dichiararmi colpevole.»

Il suo avvocato lo afferra per un braccio. «Ryder, si sieda.»

Lui si oppone. «No!» Si volta verso di me, con espressione angosciata. «Mi dispiace tanto, Denise. Non so che cosa mi sia preso. Sono colpevole e voglio accettare la mia punizione, così avremo tutti un po' di pace.»

Alle sue spalle si sente un urlo e poi un uomo si scaglia contro di lui, buttandolo a terra.

Come impazzito, prende a pugni Ryder e grida a gran voce. *«Come hai potuto fare una cosa simile a mia sorella? Lei ti amava con tutto il cuore! Stava morendo, cazzo, e tu intanto facevi questo?»*

Oddio. Il fratello di Louisa.

«*Figlio di puttana!*»

Quando gli agenti riescono a tirarlo indietro, Ryder giace a terra privo di sensi e coperto di sangue.

«*Per tutti questi anni ci ha mentito fingendo che gli importasse del ricordo di mia sorella?*»

Completamente fuori controllo, l'uomo si dimena mentre gli agenti cercano di ammanettarlo.

«Merda.»

Con quest'unica parola sussurrata, Kane riassume al meglio la situazione.

La giudice batte il martelletto e richiama l'ordine in aula, mentre entrano i paramedici per Ryder.

«Voglio vedere gli avvocati nel mio ufficio. Subito.»

Batte di nuovo il martelletto. «La corte si aggiorna.»

Esce dall'aula seguita da Josh e dall'avvocato di Ryder, che viene caricato su una barella e portato via.

«Che cosa diamine è appena successo?» domanda Kane, scioccato come tutti noi.

«Louisa, la ragazza di Ryder, fu ricoverata in un hospice più o meno nel periodo dell'aggressione. Quello era suo fratello.»

«Cavolo. Wow. Quindi, per tutto questo tempo, era convinto che Ryder fosse innocente.»

«A quanto pare.»

Alcuni agenti si assicurano che i presenti, impegnati a chiacchierare tra loro scioccati dagli eventi, lascino l'aula in maniera ordinata.

Davanti a me compare Cam Elliott. «Volevo dirti di persona che mi dispiace per quello che facemmo dopo che Ryder fu accusato la prima volta. Io e gli altri ragazzi presenteremo delle scuse pubbliche e finanzieremo la creazione di un centro in zona per le ragazze vittima di stupro.»

«Accetto le scuse e apprezzo il gesto.»

Lo fanno solo nella speranza che non li citi per aver infangato la mia reputazione, ma pazienza. Il centro sarà molto utile per le ragazze come me che non sanno dove andare dopo un simile trauma.

«Mi dispiace per tutto quello che è successo» aggiunge Cam.

«Grazie.»

Le sue scuse non cambiano nulla, ma non posso negare che questa giornata abbia il sapore della giustizia.

Josh mi chiama.

Lo raggiungo insieme a Kane.

Ci fa segno di seguirlo in un angolo tranquillo. «La giudice è propensa a lasciare che Ryder si dichiari colpevole e metta fine a questa storia una volta per tutte. Ho detto che a lei non stava bene e la giudice vuole sapere se la pensa ancora così.»

Inspiro a fondo e rifletto sulle sue parole. «Quello che volevo l'ho avuto oggi, e cioè che la gente sentisse, in un'aula pubblica, che lui mi aveva *davvero* stuprato e abbandonato incinta e a pezzi. Volevo che sentisse da Blaise e Ramona che non me l'ero inventato.» Lancio un'occhiata a Kane, che mi fissa con affetto e ammirazione. «Ho avuto la mia giornata in tribunale, e anche di più. Mi basta così.»

«Riferirò che è favorevole a un accordo.»

«Grazie di tutto, Josh.»

«Vorrei poter dire che è stato un piacere, ma giustizia è stata fatta, nonostante tutto il casino.»

«Che tipo di sentenza lo aspetta?»

«Molto probabilmente da cinque a dieci anni, seguiti da alcuni anni di libertà vigilata e dall'iscrizione a vita nel registro degli autori di crimini sessuali. Tra un paio di settimane ci sarà un'altra udienza per emettere la sentenza. Dopo di che, verrà preso in custodia.»

Lancio un'altra occhiata a Kane per valutare la sua reazione e lui annuisce.

«Va bene» dico a Josh. «Faccia pure l'accordo.»

«Le farò sapere.»

Non appena si allontana, mi lascio cingere da Kane e avviluppare dal suo amore.

«Sono davvero fiero di te.»

«Grazie per il tuo sostegno incrollabile fino alla fine.»

«Ti amo. Da sempre e per sempre.»

«Anch'io ti amo. Più di qualsiasi altra cosa. Scrivo a mio padre.» Avrebbe voluto venire in tribunale, ma gli ho chiesto di non farlo perché sarebbe rimasto troppo turbato nel sentire in dettaglio quanto mi è accaduto. Gli mando un messaggio per dirgli che è tutto sistemato e che lo chiamerò più tardi, poi metto il telefono in tasca e mi giro verso il mio amore. «Sai che cosa abbiamo?»

«Che cosa?»

«Ventiquattr'ore senza i bambini prima del volo di domani.»

«Giusto. Come vorresti passarle?»

«Andiamo in un bell'albergo, ordiniamo il servizio in camera e dimentichiamoci di tutta questa storia.»

«Ci sto, piccola.»

Blaise
Presente

Jack è indignato che Sienna mi abbia schiaffeggiato.

Sono rimasta scioccata anch'io. Quando è venuta verso di me, non ho avuto il tempo di reagire prima che mi mollasse uno ceffone tanto forte da farmi vedere le stelle.

«Cazzo, non riesco a credere che ti abbia colpito» commenta lui a bordo del SUV della polizia. Abbiamo salutato i miei famigliari con la promessa di rivederli presto, e non sto nella pelle. «Spero che le diano una punizione esemplare.»

«Sto bene.»

«Be', io no! Che *stronzata*!»

Non l'ho mai visto tanto arrabbiato e il fatto che sia per conto mio è decisamente sexy. A parte la mia famiglia, nessuno ha mai tenuto tanto a me prima d'ora. «Vieni qui.»

«Sono qui.»

«Più vicino.»

Slaccia la cintura, scivola sul sedile e mi cinge con un braccio.

«Io sto bene, tu stai bene e Fenway sta bene. È tutto a posto.»

«Ti ha picchiato, che cavolo.»

«Lo so, e mi ha fatto male. Ma adesso è finita.»

«Ne ho abbastanza che la gente ti faccia del male.»

Mi lascio andare nel suo caldo abbraccio. «Non riesco a credere a quello che ha detto Ramona in tribunale. Quando ci siamo viste, non mi ha parlato dell'episodio in biblioteca.»

«Chissà come mai.»

«Avrà avuto paura che la gente si rivoltasse contro di lei come con Denise la prima volta che l'ha denunciato per stupro. Scommetto che Ramona non avrebbe detto niente a nessuno se non glielo avessero chiesto sotto giuramento.»

«Di sicuro ha contribuito a definire una specie di schema.»

«Ed è ancora più scioccante. Non avevo idea che Ryder fosse così prima di vederlo con i miei occhi.»

Mi squilla il telefono.

Jack si raddrizza e lo recupero dalla tasca del cappotto.

«È Josh.» Nel rispondere, per poco non mi cade il cellulare. È tutto più difficile con la mano e il braccio destro immobilizzati. «Salve, Josh.»

«È stato un vero spettacolo, eh?»

«Può dirlo forte.»

«Lei sta bene?»

«Sì.»

«Sienna verrà accusata di aggressione.»

«Oh, wow. Va bene.»

«E abbiamo concordato per un patteggiamento con Denise e l'avvocato di Ryder. Non appena lui potrà rivedere i termini e approvarli, sconterà dai cinque ai dieci anni, più diversi anni di libertà vigilata, e sarà iscritto a vita nel registro degli autori di crimini sessuali.»

«Quindi è finita?»

«Se Ryder approverà l'accordo, come sembrava intenzionato a fare, e la giudice firmerà la sentenza, sì, è finita.»

Chiudo gli occhi e mi concedo un profondo sospiro. È finita. Una volta per tutte. «Dovrò testimoniare contro suo padre?»

«Mi hanno appena informato che è stato coinvolto in una sparatoria con gli U.S. Marshals nella zona occidentale del Massachussetts. Il signor Elliott è stato ucciso.»

«Oddio.» Com'è possibile che mi dispiaccia per la famiglia Elliott anche dopo che il padre ha cercato di uccidermi?

«La buona notizia è che, siccome lui non rappresenta più una minaccia, possiamo farvi uscire dal programma di protezione testimoni.»

«Bene.»

«È tutto a posto, Blaise?»

«Tornerà tutto a posto. Con il tempo. Non avrei mai immaginato tutto quello che è successo dopo che ho riferito a Houston quello che avevo visto.»

«Nessuno avrebbe potuto prevederlo.»

«Per quel che vale, penso che il fratello di Louisa non dovrebbe essere accusato di niente. Ne ha già passate abbastanza.»

«Lo penso anch'io. Ne parlerò con il procuratore e vedremo che cosa possiamo fare per lui.»

«Grazie di tutto, Josh.»

«Si figuri. Grazie a lei per il coraggio che ha dimostrato. Ha fatto la differenza.»

«È finita» annuncio a Jack non appena termino la chiamata e gli riferisco della morte del signor Elliott.

«Grazie al cielo.»

«Voglio andare a casa e dormire per una settimana.» Gli lancio un'occhiata, d'un tratto in imbarazzo. «Non so quando sia successo ma, quando penso a casa, penso alla tua.»

«Bene perché, quando io penso a casa, penso a te. E so esattamente quando è successo.»

«Quando?»

«Il giorno in cui una bella donna dai capelli rossi è comparsa sul mio vialetto e mi ha stravolto la vita nel miglior modo possibile.»

Poso la testa sulla sua spalla, meravigliata da tutto quello che è successo. Sono tornata a casa per rimediare a un terribile errore, e ho trovato il vero amore. «Sei la mia ricompensa per aver finalmente fatto la cosa giusta.»

«Hai fatto un bel lavoro, e sono contento di essere la tua ricompensa.»

EPILOGUE

Due anni dopo...

Ryder

Vivo per la domenica, quando vedo i miei figli che adesso hanno nove, sette e cinque anni. Crescono davvero in fretta, e la cosa mi spezza il cuore. Mi sto perdendo tutto con loro ma, se non altro, ho un'ora a settimana per recuperare il tempo perso e assicurarmi che sappiano che, anche se non posso stare con loro ogni giorno, li amerò per sempre.

I bambini hanno una straordinaria capacità di perdono e sono fortunato che mi vogliano ancora bene dopo tutto quello che ho fatto passare loro. Mi spediscono disegni e lettere, mi portano dei dolci e mi dicono sempre che mi vogliono bene, anche se non me lo merito.

Ho passato due mesi difficili dopo che Marty mi ha aggredito in tribunale, rompendomi la mascella e procurandomi una commozione cerebrale i cui strascichi sono durati a lungo. L'hanno accusato di un reato minore, ma mi va benissimo così. Non ce l'ho con lui per essersi arrabbiato. Me lo sono meritato, anche se avrei fatto a meno di avere la mascella bloccata con il fil di ferro per due mesi. È stato orribile.

Circa sei mesi dopo il mio ingresso nella prigione statale di Cranston, ho ricevuto da Caroline i documenti per il divorzio. Anche se mi porta i bambini ogni settimana, non mi ha più parlato, quindi non è stata una sorpresa. Tuttavia, ho sofferto come un cane a firmare quei fogli e rimandarglieli. L'ho fatto solo perché è quello che voleva lei, non perché non la ami più.

La amerò per sempre, ma il nostro matrimonio è finito il giorno in cui sono stato arrestato in quel campo.

Ci sono cose da cui non si può tornare indietro e mentire a mia moglie per dieci anni è tra quelle. Me ne assumo la responsabilità, insieme a quella per tutte le mie altre mancanze.

In prigione, ho trovato Dio.

Può sembrare buffo detto da me ma, dopo essermi allontanato dalla religione da ragazzo, ora trovo conforto nel perdono che Dio offre a tutte le sue creature, incluse quelle come me. Ogni settimana partecipo a un gruppo di studio della Bibbia e l'ho già letta per intero due volte. Ogni volta che la prendo in mano, imparo qualcosa di nuovo e provo una gran pace, che a lungo mi era mancata.

Bridget dice che potrei essere scarcerato prima, forse addirittura tra un anno o diciotto mesi, ma io non mi faccio troppe speranze. Ho imparato a vivere un giorno alla volta, con la consapevolezza delle nuove sfide che mi aspetteranno se e quando uscirò. Tanto per cominciare, non so come mi manterrò con una condanna alle spalle, e poi Caroline ha la custodia esclusiva dei bambini, quindi il tempo che passerò con loro sarà comunque limitato.

Ma va bene così. Mi accontento di quel che posso.

I bambini entrano sempre da soli nella sala visite.

Caroline li aspetta fuori dalla porta.

Mi abbracciano e mi baciano come al solito, reclamano la mia completa attenzione e mi raccontano le ultime novità sugli amici, sugli sport che praticano, sul loro nuovo cane e sui cuginetti.

«Houston ci sta costruendo un'altalena» mi dice Grace.

A queste parole, è come se una freccia di fuoco mi si conficcasse nel cuore. «Houston?»

«È l'amico speciale della mamma» aggiunge Elise.

Devo obbligarmi a respirare. È ovvio che si vedesse con qualcuno, ma Houston, che era un mio amico? Fa male.

«Sei arrabbiato, papà?» Miles è abbastanza grande da capire come vanno queste cose.

«Per niente. La mamma si merita di essere felice.» È verissimo.

Ci divertiamo con il gioco di scale e serpenti che hanno portato.

Elise vince per la prima volta in vita sua e il suo entusiasmo mi fa venire le lacrime agli occhi.

Quando finisce l'ora, non sono pronto a lasciarli andare.

«Ehi, venite a darmi un bell'abbraccio che mi duri per tutta la settimana.»

Ubbidiscono sempre.

«Sei al sicuro qui, papà?» chiede Grace con la sua vocina.

«Certo, tesoro. Non preoccuparti per me.»

«Ci manchi.»

«Anche voi mi mancate. Ma continuate a mandarmi le vostre lettere.»

«Io ho conservato tutte quelle che mi hai scritto» dice Elise.

«Che pensiero dolce.»

Miles mi abbraccia per ultimo.

«Ti voglio bene, figliolo. Più di qualsiasi altra cosa al mondo.»

«Ti voglio bene anch'io, papà. Non vedo l'ora che torni a casa.»

Spero sappia che non tornerò a vivere con loro, ma sarò comunque vicino per poterli vedere più spesso rispetto ad adesso. Almeno, così spero.

La porta si apre e la guardia dice ai bambini che è ora di andare.

Quando mi abbracciano di nuovo, le piccole piangono, mentre Miles si mostra stoico come sempre e, con una mano sulla spalla di ognuna, le conduce fuori.

Sulla soglia compare Caroline, con espressione incerta.

Sono sorpreso di vederla. È la prima volta che capita da quando sono qui.

«Tutto bene?»

Mi stringo nelle spalle. «Per quanto possibile.»

Annuisce.

«Ti vedi con Houston?»

L'ho colta alla sprovvista con questa domanda.

«I bambini hanno fatto un commento.»

«Io... ehm... sì.»

«È un brav'uomo.»

«Lo è davvero.»

«Sono contento per te.»

«Io... devo andare.»

«Grazie per avermeli portati. Vivo per quest'ora insieme a loro.»

«Anche loro. Abbi cura di te, Ryder.»

«Anche tu.»

Quando se ne vanno, chiedo di poter fare una telefonata. La maggior parte delle volte me la negano ma, ogni tanto, come oggi, me la concedono.

Cam

Lascio il tè in infusione, poi porto la tazza delicata posata su un piattino a mia madre nella veranda chiusa dove in questa stagione trascorriamo la maggior parte del tempo. Alcuni mesi dopo quell'orribile giornata in tribunale, abbiamo venduto le nostre case e ci siamo trasferiti insieme a Tampa. Mia madre ha una stanza e un bagno tutti per sé, i bambini adorano che viva con noi e lei si è abituata alla sua nuova vita dopo aver perso il marito in modo tanto drammatico e aver visto il primogenito maschio finire in prigione.

Bridget è riuscita a far convertire in una multa l'accusa di aggressione nei confronti di Sienna, che ha dovuto pagare mille dollari e fare cento ore di lavori socialmente utili.

Ci siamo trasferiti non appena le ha concluse.

Se devo essere sincero, dopo il suo comportamento in tribunale avevo pensato di divorziare ma, alla fine, ho deciso di restare con lei per il bene dei bambini. Stiamo ancora lavorando sul nostro matrimonio, ci sono dei giorni buoni e dei giorni meno buoni, ma restiamo uniti come una famiglia in questa nuova vita che ci stiamo costruendo lontano dall'unica casa che conoscevamo.

Ho preso la licenza per esercitare in Florida e ho trovato un lavoro per pagare le bollette. Non guadagno minimamente come prima, ma spero di riuscirci dopo essermi fatto un po' di esperienza.

Sono grato per ogni giorno che passa senza che il passato torni a tormentarci. Non sarebbe stato possibile a casa, dove tutti sapevano quello che avevano fatto mio fratello, mio padre e mia moglie.

«Com'è il tè, mamma?»

«Perfetto, tesoro. Grazie.»

«Prego.»

Da quel terribile autunno, mia madre soffre di malinconia, ma stare con i nipoti la aiuta. Adora accompagnarli alla fermata dell'autobus e ci torna utile che possa guardarli quando usciamo, anche se non accade spesso.

È strano condurre un'esistenza tanto solitaria quando eravamo abituati a essere circondati dagli amici di una vita. Semmai sarò ancora così fortunato da appartenere a una comunità, non la darò più per scontato come ho fatto prima che andasse tutto all'aria.

Mi suona il telefono. È una chiamata a mio carico dal carcere di Cranston.

La accetto.

«Ciao» esordisce Ryder. «Grazie per aver accettato la chiamata.»

Dopo quel giorno in tribunale, non l'ho fatto per un anno. Poi mia madre mi ha chiesto di parlargli per lei e, alla fine, ho ceduto.

«Come va? Non è giorno di visite oggi?»

«I bambini sono stati qui. Sono appena andati via.»

«Come stanno?»

«Benone. Mi sorprende che non si scompongano per niente nel vedermi qui.»

«Con un po' di fortuna, crescendo non ricorderanno granché di questo periodo.»

«Mi hanno detto che Caroline si vede con Houston.»

«Ah, davvero?»

«Sì, hanno detto che lui gli sta costruendo una nuova altalena e che è l'amico speciale della mamma.»

«Sarà stata dura sentirlo.»

«Prima o poi doveva succedere. Solo non immaginavo che sarebbe stato con un mio amico.»

«Non eravate certo amici intimi e non l'avevi mai presentato a Caroline.»

«È comunque uno schifo. So che era altamente improbabile, ma speravo ancora che potessimo rimettere a posto le cose dopo...»

«Non succederà, Ry. Con o senza Houston di mezzo.»

«Lo so, come ho detto.»

«La cosa più importante è che i bambini facciano ancora parte della tua vita.»

«Lo so. Come state voi?»

«Bene. Lucy è tutta entusiasta per la mostra d'arte di stasera e Duncan sta diventando piuttosto bravo a pallacanestro. I piccoli sono diventati grandissimi. Ti manderò qualche nuova foto.»

«Mi farebbe piacere Di' loro che mi mancano e che gli voglio bene.»

«Certo. Vuoi parlare con la mamma?»

«D'accordo.»

Le passo il telefono e, alla voce di Ryder, la vedo illuminarsi in viso. Lascio loro un po' di privacy e vado nel mio studio, mi siedo alla scrivania e fisso la foto con i miei genitori e i miei fratelli quando ancora vivevamo tutti a casa.

Sembra una vita fa.

Caroline

Di ritorno a casa dopo la visita settimanale in carcere (nonostante tutto questo tempo, non riesco ancora a credere di dover portare i miei figli a vedere il padre in prigione), troviamo Houston nel giardino sul retro intento a dare gli ultimi ritocchi alla nuova altalena in legno che ha costruito per i bambini. Quella che aveva messo Ryder anni fa aveva cominciato a marcire, come una metafora della mia vita.

È stato il terapeuta da cui vado dopo l'arresto e la condanna di Ryder a incoraggiarmi a portare i bambini da lui e a farlo restare nelle loro vite nel loro interesse, malgrado l'accaduto.

All'inizio, mi sono rifiutata.

Però loro sentivano così tanto la sua mancanza che, alla fine, ho cambiato idea.

Sono contenta di averlo fatto. I piccoli sono più felici quando lo vedono, e mi rendono la vita più facile.

Un fine settimana poco dopo l'arresto di Ryder, sono venuti dalla Pennsylvania i miei fratelli e hanno trasformato il seminterrato in un appartamento che ho affittato all'adorabile signora Dugan. Per i bambini è diventata come una nonna ed è sempre felice di guardarli se ho bisogno. Tra l'affitto e quello che guadagno con i dolci fatti in casa, sono riuscita a tenere la casa. Non ci resta molto per gli extra, ma non ci manca niente.

E poi c'è Houston, una vera benedizione per me e i bambini in questa strana, nuova vita che ci stiamo costruendo.

Di recente, quella che era cominciata come un'amicizia si è trasformata in qualcosa di più e non potrei essere più felice che sia capitato con una persona che mi è rimasta accanto nel periodo più brutto della mia vita. Sapendo quanto fossi fragile dopo l'addio a Ryder, a lungo Houston non mi ha mai fatto pressioni.

Mi chiamava e scriveva regolarmente per sapere come stessi e, una volta, da buon amico, è arrivato di corsa quando un procione si era infilato nel bidone della spazzatura.

Sono stata io a chiedergli se volesse qualcosa di più e, quando lui ha confermato con entusiasmo, siamo usciti dalla friend zone per entrare nella fase attuale, che mi piace un sacco.

Ieri sera, dopo che i bambini sono andati a letto, ci siamo lasciati trasportare sul mio divano e siamo quasi andati fino in fondo. Mi viene da ridere a questa espressione da liceali. Stasera mi ha invitato a cena a casa sua e so benissimo che concluderemo.

Oggi la signora Dugan guarderà i bambini e io farò sesso con Houston Rafferty.

Non vedo l'ora.

È sorprendente come un tempo fossi convinta di aver trovato l'uomo con cui passare il resto della vita e quanto fossi stupidamente felice con lui. Avevo costruito la mia esistenza intorno a lui e, quando è uscito di scena, mi sono ritrovata a pezzi. Non permetterò più che accada. Nonostante pensi di essere innamorata di Houston, ci andrò con calma.

La posta in gioco è troppo alta, con i miei dolci bambini dal cuore puro.

Tuttavia, mentre guardo Houston che li spinge sull'altalena e risponde con pazienza e un sorriso a una sfilza di domande, so di non avere nulla da temere con lui. È gentile e affidabile almeno quanto è sexy.

Mi sorprende a guardarlo e mi sorride.

Provo una scarica di eccitazione.

Houston lascia i bambini a giocare da soli e mi raggiunge. «Ciao.»

«Ciao. È bellissima. Grazie ancora per averla costruita.»

«Mi sono divertito ogni minuto.»

«Anche quando, a metà, hai dovuto ricominciare daccapo?»

«Anche in quel momento.»

«Bugiardo.» Gli do una leggera spinta, strappandogli una risata.

«Com'è andata oggi?»

«Al solito.»

«Come stai tu?»

«Al solito» rispondo, abbozzando un sorriso.

Mi serra in uno dei suoi abbracci che rendono tutto più bello. Non riesco più a farne a meno. «Tra quanto possiamo svignarcela?»

«Mi serve un'ora per farli mangiare, poi sarò tutta tua.»

«Non vedo l'ora.»

«Nemmeno io.»

Denise

Com'è possibile che i miei piccoli abbiano già *tre anni*? Me lo chiedo da settimane, presa dai preparativi per la loro festa di compleanno.

Insieme, come sempre, mi corrono incontro, biondi e con le guance rosse e un'aria da monelli. Li amo alla follia.

Mi chino e li abbraccio. «Chi è entusiasta per la festa?»

«Noi!»

«Sono più che entusiasti» commenta mio padre, sbucando dal corridoio su cui affacciano le camere dei bambini.

Siamo tornati a vivere nella contea di Fairfax, vicino a molti amici con cui io a Kane abbiamo frequentato il liceo. Ci saranno più di cinquanta bambini alla festa, una cosa da pazzi, ma non potevamo tralasciare nessuno.

Kane entra dal garage con la torta che l'ho mandato a ritirare.

«Vogliamo vedere» strilla Hudson e corre da lui, facendolo quasi cadere.

Hayes lo segue a ruota per sbirciare la torta a tema camion dei pompieri che ho ordinato tre mesi fa.

Arrivo appena in tempo per salvarla.

Ridendo, Kane mi dà un bacio. «L'ennesima giornata in questa gabbia di matti.»

«Oggi lo sarà ancora di più.»

«Cinquanta bambini, hai detto?»

Mi stringo nelle spalle.

«Devo bere qualcosa.»

Mio padre giunge dietro di me e mi stringe le spalle. «Sei stupenda, Dee.»

«Perché lo dici?»

«Riesci a fare tutto, e lo fai sembrare facile.»

«Grazie, papà. Sono contenta che tu e Anita siate riusciti a venire alla festa.»

«Non ce la saremmo persa per nulla al mondo.» Mi fa voltare per guardarmi in faccia. «Voglio che tu sappia che sono davvero fiero di te, di Kane e dei miei bellissimi nipoti. Sei sopravvissuta, Dee. E hai dato il meglio di te.»

«Ho avuto tanto aiuto.»

«E adesso lo stai restituendo alle giovani che affrontano quello che hai passato tu.»

«È un lavoro davvero gratificante.»

«Motivo di più per essere orgoglioso.»

Ho studiato di sera e nei fine settimana per un anno per poter lavorare con le ragazze che si rivolgono al centro antiviolenza. All'inizio, Kane e mio padre temevano che sarebbe stato troppo per me e, qualche volta, hanno ragione. Però mi sarebbe piaciuto avere le risorse che mettiamo a disposizione di queste ragazze. Avrebbe fatto una grossa differenza per me, perciò adesso faccio la differenza per loro.

Charlotte e Levi rientrano di corsa per informarmi che hanno finito di decorare il giardino con i palloncini.

Suona il campanello.

Kane si sfrega le mani. «Che la follia abbia inizio.»

Blaise

«Un'ultima spinta, Blaise. Ce la puoi fare.»

Non ce la posso fare. Assolutamente. Non capisco più niente per il dolore, la pressione, la stanchezza e la fame da lupi.

«Sono fiero di te, piccola» dice Jack mentre mi asciuga il sudore dalla fronte con un panno inumidito. È la sensazione migliore del mondo.

«Ci siamo!» esclama l'ostetrica in tono fin troppo allegro.

Vorrei farle passare l'allegria a suon di schiaffi.

Jack mi regge per le spalle e io do una forte spinta *finalmente* finale, quasi ventiquattr'ore dopo che mi si sono rotte le acque a casa.

«Ecco qui la vostra bella bambina!» annuncia l'ostetrica.

Mi accorgo che sto piangendo solo perché Jack mi asciuga le lacrime dalle guance.

«Ce l'hai fatta, Rossa. È stupenda.»

Quando me la portano, avvolta in una morbida copertina bianca, mi basta un'occhiata ai suoi lineamenti delicati per capire che ha ragione. È la cosa più bella che abbia mai visto.

«Oh, ma guardatela.» Jack si asciuga a sua volta le lacrime. «È incantevole come la mamma.»

«Fai bene a dirlo. Sei tu la causa di tutto questo.»

«Già.» Gonfia il petto, come fa da quando ho scoperto di essere incinta. «E, per inciso, è la verità. È identica a te.»

A me non sembra ma, in questo momento, non ho le forze per discutere. Voglio solo fissare la bambina che un tempo pensavo che non avrei mai avuto, quando ancora la mia vita era un gran casino. Con il senno di poi, me ne sono resa conto: è stato un gran casino per tutti i quattordici anni in cui ho mantenuto quell'orribile segreto.

Nell'istante in cui ho rivelato a Houston quello che avevo visto, la mia vera vita ha finalmente potuto avere inizio.

E, al centro di questa nuova vita, c'è Jack Olsen.

Ci siamo sposati un anno fa con una cerimonia intima e informale nel giardino di casa. Erano presenti tutti i miei famigliari e qualche improbabile amico, tra cui Houston Rafferty e Caroline Elliott. Quando hanno annunciato di essere una coppia sono rimasta scioccata e, all'inizio, ero un po' guardinga con lei, invece è una persona adorabile e non nutre alcun risentimento nei miei confronti per il ruolo non indifferente che ho avuto nella fine del suo matrimonio.

È un esempio di grazia e perseveranza e la ammiro per come è andata avanti con la sua vita.

Contro ogni aspettativa, messaggio dopo messaggio, negli ultimi due anni anche Denise Messner è diventata una mia cara amica e, come tanti, aspettava con ansia la nascita della bambina.

La vita a volte è un viaggio davvero strano, terribile e meraviglioso.

Grazie a Jack, ho anche cominciato una nuova carriera e, oltre a lui, faccio da assistente a due suoi ex compagni di studi. Il lavoro è divertente, interessante e impegnativo, e il vantaggio migliore è che posso passare gran parte della giornata insieme a lui.

«Come si chiama?» chiede l'ostetrica.

«Diana Elizabeth Olsen» rispondo. «In onore della madre di Jack e di mia nonna.»

«È proprio un bel nome per una bella bambina.»

«Ciao, Diana 11» dice Jack, con le lacrime agli occhi.

Quando gli ho detto che volevo chiamarla come sua madre, si è commosso tantissimo.

«Grazie per avermi dato questa bambina, Rossa» mi sussurra, dà un bacio a me e uno alla piccola.

Stento ancora a credere a tutti i modi in cui la verità mi ha reso libera, ma non c'è nulla di più incredibile dell'amore di quest'uomo e della vita che stiamo costruendo insieme.

È valsa la pena attraversare l'inferno e tutta quella sofferenza per arrivare a lui e a Diana.

Non darò mai per scontato né loro né tutti gli altri doni che la vita mi ha dato.

ACKNOWLEDGMENTS

Wow. Non so da dove sia uscita questa storia ma, non appena mi è venuta l'idea, scriverla è diventata come un'ossessione. Sono cresciuta e vivo tuttora in una piccola cittadina, dove tutti conoscono tutti e i legami sono profondi. Non solo i bambini si conoscono da tutta la vita, ma spesso è così anche per i loro genitori, e persino i loro nonni sono amici. Ho voluto mettere Blaise in una situazione in cui si sentisse obbligata a tacere ciò a cui aveva assistito, e poi ho voluto farla *soffrire*. Il resto è venuto di conseguenza e, mentre lo scrivevo, mi ha tenuto con il fiato sospeso.

Nelle località fittizie di Hope, Monroe e Land's End, gli abitanti del Rhode Island riconosceranno Portsmouth, Tiverton e Little Compton. Vorrei sottolineare tuttavia che, sebbene la descrizione delle cittadine corrisponda alla realtà, tutti gli aspetti più cupi presenti in questo libro sono frutto della mia fantasia e, proprio per questo motivo, ho modificato il nome dei paesi. Crescere a Portsmouth è stato meraviglioso per i miei figli e siamo grati della fantastica comunità di amici che sono come una famiglia per noi. La maggior parte di loro si conoscono da tutta la vita!

Ero combattuta se includere il punto di vista di Ryder ma, alla fine, ho deciso che fosse il migliore per vedere andare a rotoli la sua vita a causa delle sue orribili azioni. Esplorare il modo in cui un'esistenza promettente possa essere rovinata e una famiglia stravolta per sempre nel giro di pochi, terribili minuti è stato estremamente affascinante.

Mi sono sentita molto coinvolta anche dalla storia di Denise e da come ha ripreso in mano la sua vita grazie all'affetto del fidanzato e del padre. Soprattutto però, mi sono divertita a vederla scoprire il proprio potere e la propria forza interiore. Quando ho scritto la frase «Li deporrò dal loro trono», mi sono venuti i brividi.

Sono consapevole delle controversie che potrebbe generare il personaggio di Blaise, che può essere visto come buono oppure cattivo. Spero che, alla fine, prevarrà l'affetto sul disdegno nei confronti di un'adolescente travolta da uno tsunami quasi letale. Come in alcuni dei miei libri precedenti, per esempio *Annaspare nell'acqua*, mi piace scrivere della zona grigia tra il bene e il male e di come sia impossibile sapere di preciso come ci comporteremo in una situazione fino a quando non ci siamo dentro. È in quei momenti, in cui avviene gran parte della vita, che il bianco e il nero diventano grigio. Adoro questo genere di dilemmi... nel mondo immaginario, s'intende. Non nella vita reale!

Se ancora non conoscete me e i miei libri, benvenuti a bordo! Questo è il mio 105° libro! Potete trovare maggiori informazioni sui precedenti sul sito marieforce.com/books. Molti sono disponibili su Kindle Unlimited (per la lista completa, andate su marieforce.com/ku). Se cercate una storia dai toni simili a quelli di questo libro, vi consiglio *The Wreck* e le serie Fatal e First Family. Iscrivetevi alla mia newsletter su marieforce.com/connect, cercatemi su TikTok, Instagram e Threads al profilo @marieforceauthor oppure mettete "mi piace" alla mia pagina Facebook facebook.com/marieforceauthor.

Potete unirvi al gruppo di lettura (in inglese) di questo libro alla pagina facebook.com/groups/intheairtonightreaders/ per discutere dei vari colpi di scena (attenzione: gli spoiler sono permessi, quindi aspettate di aver finito il libro).

Un grazie speciale va a Liz Berry, MJ Rose e Jillian Greenfield Stein della Bluebox per il vostro sostegno ed entusiasmo per questo libro. Sono contentissima di collaborare con delle donne speciali come voi per far arrivare questa storia ai lettori! Grazie anche al team della Simon&Schuster per la distribuzione dell'edizione cartacea.

Grazie mille al capitano ora in pensione Russel Hayes del dipartimento di Newport per l'aiuto con i dettagli riguardanti le forze dell'ordine e le procedure giudiziarie dello stato del Rhode Island. Russ è stato essenziale per definire la catena degli eventi quando Blaise è tornata a casa per denunciare un crimine avvenuto quattordici anni prima. Grazie all'infermiera Sarah Hewitt, che mi ha dato una grande mano a definire i dettagli dell'appuntamento di Denise alla clinica della base e ha risposto alle mie numerose domande legate all'ambito medico e alla gravidanza.

Come sempre, un grosso grazie va al team che mi supporta ogni giorno: Julie Cupp, Lisa Cafferty, Jean Mello, Nikki Haley, Ashley Lopez e Rachel Spencer. Grazie anche alle mie lettrici beta: Anne Woodall, Kara Conrad, Tracey Suppo e Gwen Neff. Grazie a Sarah Mayberry, amica di lunga data e fantastica scrittrice, per il suo perspicace feedback.

Grazie con tutto il cuore a Dan, Emily e Jake, per le risate e le sciocchezze con cui riempiono la nostra famiglia, e ai miei figli pelosi Sam Sullivan e Louie, miei eterni compagni, insieme a Tommy, il mio nipotino peloso.

Infine, grazie a voi lettori, che mi seguite ovunque mi porti la mia pazza musa. Grazie per avermi regalato la carriera dei miei sogni. Vi voglio un gran bene!

xoxo,
Marie

TEMI DI DISCUSSIONE PER IL GRUPPO DI LETTURA

1. Blaise è convinta che farebbe sempre la cosa giusta in qualsiasi situazione, fino a quando accade qualcosa che la spinge a dubitare di tutto ciò che crede su di sé e sugli altri. Blaise si può considerare un personaggio buono oppure no? Perché?

2.La cittadina di Hope, con i profondi legami che si snodano tra generazioni di famiglie e amici, può essere considerata a tutti gli effetti un «personaggio» del libro. Quando uno degli abitanti è accusato di un crimine tremendo, gli altri serrano i ranghi intorno a lui. Avete mai vissuto qualcosa di simile nella città in cui abitate o conoscete qualcuno a cui è capitato? Come è stato?

3. Nei ringraziamenti, l'autrice spiega di essere stata combattuta all'idea di includere nel libro il punto di vista di Ryder. Alla fine, ha deciso di voler mostrare come la sua vita sia andata a rotoli per via delle sue azioni passate. Che ne pensate dell'inclusione del suo punto di vista?

4. Cam, il fratello di Ryder, ha un ruolo centrale nella storia. Apprende quasi subito che le accuse rivolte al fratello sono vere e, come gli altri, una volta scoperta la verità, sbaglia tutto, arrivando a firmare una dichiarazione giurata che infanga la reputazione della giovane che accusa Ryder di stupro. In seguito, come conseguenza delle azioni passate, la vita di Cam finisce fuori controllo insieme a quella del fratello. Provate empatia o rabbia nei confronti di Cam per quello che ha fatto per proteggere il fratello e la famiglia?

5. Quattordici anni dopo la sera che le ha cambiato la vita, Denise si fa i fatti suoi quando Houston Rafferty si presenta alla sua porta per informarla che si è fatta avanti una testimone in grado di corroborare la sua versione dei fatti. Se vi capitasse qualcosa di simile, come vi sentireste? In seguito, per quanto paia improbabile, veniamo a sapere che Denise e Blaise diventano amiche. Al posto di Denise, sareste riusciti a stringere amicizia con Blaise?

6. Sia Denise sia Blaise hanno al loro fianco uomini che le amano e le sostengono. Secondo voi, quanto hanno fatto la differenza i personaggi di Kane e Jack per queste due donne e quanto, con il loro amore e il loro supporto, hanno influito sul risultato finale?

7. Quando Blaise si fa avanti come testimone di un crimine avvenuto anni prima a una festa da lui organizzata, Houston Rafferty si ritrova in una posizione per nulla invidiabile. Inoltre, suo fratello è tra i firmatari della dichiarazione giurata a favore di Ryder e potrebbe perdere la reputazione e il lavoro se Houston rinnoverà le accuse contro Ryder. Secondo voi, Houston ha gestito bene il caso? Al posto suo, che cosa avreste fatto di diverso?

8. Dave Elliott si spinge più volte oltre il limite nel malaccorto tentativo di salvare il figlio. Provate compassione per lui in quanto genitore oppure siete rimasti disgustati da ciò che ha fatto per «proteggere» Ryder?

9. Caroline Elliott viene colta alla sprovvista dalle accuse contro il marito, soprattutto quando scopre che lui le ha mentito circa lo stupro di Denise. Che cosa pensate della sua reazione quando la verità viene alla luce e che cosa pensate della sua nuova storia d'amore con Houston?

10. Nel libro, Sienna Elliott dà l'impressione di essere una persona egoista. Tuttavia, fin dall'istante in cui capisce quello che ha fatto Ryder, è convinta di fare la cosa migliore per Cam e la sua famiglia. Secondo voi, in una situazione come questa, quanto è importante il concetto di fedeltà? Sienna è un'eroina o una cattiva?

11. Avete mai assistito a un crimine? Se sì, pensate di aver agito nel modo corretto? Se assisteste a un crimine come quello descritto nel libro, con tutte le complicazioni che devono affrontare Blaise e Sienna, che cosa fareste? Non dimenticate che avete diciassette anni e, come per la maggior parte degli adolescenti, i vostri amici sono al centro della vostra vita.

12. L'epilogo mostra come stanno i personaggi principali due anni dopo la memorabile giornata in tribunale. Che cosa ne pensate della loro vita adesso?

12. L'epilogo mostra come stanno i personaggi principali due anni dopo la memorabile giornata in tribunale. Che cosa ne pensate della loro vita adesso?

LISTA DEI PERSONAGGI, IN ORDINE DI APPARIZIONE

Blaise Merrick, 31, originaria di Hope, Rhode Island, capelli rossi, occhi azzurri, vive a New York e lavora come assistente di Wendall Brooks, stella di Broadway.

Wendall Brooks, capo di Blaise, stella dello spettacolo *Materia grigia* a Broadway.

Deena Merrick, madre di Blaise.

Teagan Merrick, 34, sorella di Blaise, incinta del quinto figlio.

Doug, marito di Teagan.

Ryder Elliott, 32, compagno di classe di Blaise, migliore amico di suo fratello Arlo.

Arlo Merrick, 32, fratello di Blaise, marito di Jen.

Sienna Lawton, 31, ex migliore amica di Blaise, sposata con il fratello di Ryder, Camden Elliott, madre di quattro figli, tra cui Lucy e Duncan.

Juniper Merrick, 28, sorella di Blaise, chiamata anche June o Junie.

Camden "Cam" Elliott, 31, fratello di Ryder, compagno di classe di Blaise, marito di Sienna, avvocato, padre di quattro figli, amico di Arlo.

Houston Rafferty, 35, capo della polizia di Land's End, fratello di Dallas e Austin, figlio di Chuck, ex capo della polizia.

Dallas Rafferty, 31, fratello di Houston e Austin, sposato con tre figli.

Austin Rafferty, 28, sorella di Houston e Dallas, vive in California, sposata con due figli maschi.

Brooke, 32, compagna di classe di Arlo, di un anno più grande rispetto a Blaise e Sienna.

Denise Sutton Messner, 31, compagna di classe di Blaise, moglie di Kane Messner, soprannominata Neisy da adolescente e Dee da adulta, madre di quattro figli.

Louisa Davies, morta a 18 anni per un linfoma di Hodgkin, fidanzata storica di Ryder Elliott.

Kane Messner, 31, marito di Denise, tenente comandante della Marina.

Capitano Rick Sutton, padre di Denise, capitano della Marina.

Ronnie, cugino della madre di Denise, proprietario del ristorante The Daily Catch dove Denise e Houston hanno lavorato insieme.

Dottoressa Cummings, tenente comandante della Marina, lavora alla clinica della base.

David Elliott, padre di Ryder e Camden.

Signora Dalton, vicina di casa della famiglia Sutton, accompagna la madre di Denise agli alcolisti anonimi.

Neil DeGrasso, viceprocuratore, si occupa del primo caso contro Ryder Elliott.

Giudice Morgan Denton, presiede la corte durante la prima udienza preliminare contro Ryder.

Chuck Rafferty, padre di Houston, Dallas e Austin, ex capo della polizia di Land's End, sposato con una ex direttrice di scuola elementare.

Mary Elliott, madre di Ryder e Camden e di due figlie più grandi di cui non si conosce il nome.

Jack Olsen, 35, affitta dei bungalow a Land's End, amico di Houston, innamorato di Blaise, lavora come illustratore.

Fenway, Golden Retriever di Jack, 3 anni.

Joshua Spurling, viceprocuratore che si occupa della riapertura del caso contro Ryder Elliott.

Victor Roberts, procuratore del Rhode Island, in carica da poco meno di tre anni.

Levi Messner, 6, figlio di Denise e Kane.

Charlotte Messner, 9, figlia di Denise e Kane.

Hayes e Hudson Messner, gemelli di nove mesi figli di Denise e Kane.

Gretchen, vicina di casa di Denise.

Caroline Elliott, moglie di Ryder, madre di tre figli.

Miles Elliott, 7, figlio di Ryder e Caroline.

Grace Elliott, 5, figlia di Ryder e Caroline.

Elise Elliott, 3, figlia di Ryder e Caroline.

Marty Davis, fratello di Louisa.

Petey Johnson, compagno di squadra di Miles.

Jalen, compagno di squadra di Miles.

Rich Morton, compagno di corso di Camden che lavora nell'ufficio del procuratore.

Ramona Travers Silvia, 31, compagna di classe di Blaise, Ryder, Camden e Sienna, abita a Bristol con il marito Tony e i tre figli Audra, Heidi e James.

Brody, firmatario della dichiarazione giurata in favore di Ryder, ha avuto una breve relazione con Ramona.

Bennett Gormley, avvocato iniziale di Ryder.

Maggie, sorella di Caroline Elliott, vive a Philadelphia.

Michael, compagno di squadra di Miles.

Lori, madre di Michael, compagno di squadra di Miles.

Aimee, vicina di casa e amica di Caroline.

Jen, moglie di Arlo Merrick, migliore amica di Caroline.

Jane, moglie di Dallas Rafferty.

Kim, collega di Blaise che prende il suo posto come assistente di Wendall.

Bridget Doyle, avvocato difensore di Ryder.

Marge, segretaria al dipartimento di polizia di Land's End.

Caleb Anders, agente di polizia di Hope, compagno di classe di Ryder, Cam, Blaise e Sienna.

Signora Dugan, affittuaria di Caroline.

Anita, compagna di Rick Sutton.

Diana Elizabeth Olsen, figlia di Blaise e Jack.

Luoghi

Hope, Rhode Island, cittadina natale di Teagan, Arlo, Blaise e Juniper Merrick, Ryder e Camden Elliott, Sienna Lawton e, per un breve periodo, casa di Denise Sutton.

Land's End, Rhode Island, cittadina natale di Houston, Dallas e Austin Rafferty.

Monroe, Rhode Island, cittadina tra Hope e Land's End, raggiungibile da Hope attraverso un ponte su un fiume.

The Daily Catch, ristorante di Monroe dove Houston e Denise hanno lavorato insieme.

Bristol, Rhode Island, cittadina raggiungibile da Hope attraverso il Mount Hope Bridge dove abita Ramona Travers Silvia.

Rhode Island School of Design, rinomata accademia d'arte situata a Providence, Rhode Island, dove si è laureato Jack Olsen.

Bishop Stang High School, scuola superiore cattolica a Dartmouth, Massachusetts, dove ha studiato Jack Olsen.

Tisch School of the Arts della New York University, università in cui ha studiato Blaise Merrick.

Newport News, Virginia, cittadina dove abitano Denise e Kane Messner.
Charlton Memorial Hospital, situato a Fall River, Massachusetts.
Rhode Island Hospital, situato a Providence, Rhode Island, unico centro traumatologico di primo livello della zona.
Cranston, Rhode Island, città situata a sud di Providence, Rhode Island.

L'autrice

Marie Force è un'autrice di best seller del *New York Times* con più di 100 libri all'attivo tra romanzi rosa contemporanei e romanzi erotici. Tra le serie che ha scritto figurano Fatal, First Family, Gansett Island, Butler, Vermont, Quantum, Treading Water, Miami Nights e Wild Widows. È autrice anche di 12 standalone (ma il numero continua ad aumentare).

I suoi libri, tradotti in una decina di lingue, hanno venduto più di 13 milioni di copie in tutto il mondo, sono rientrati nella lista dei best seller del *New York Times* e di *Der Spiegel* in Germania e hanno raggiunto la prima posizione nella classifica di *USA Today* e del *Wall Street Journal*.

I suoi obiettivi nella vita sono semplici: passare molto tempo con i figli ormai adulti, continuare a scrivere libri il più a lungo possibile e non viaggiare mai su un volo che finisca sui giornali.

Per iscriversi alla mailing list marieforce.com/subscribe

Per scriverle via mail marie@marieforce.com

Per seguirla sui social
Facebook facebook.com/marieforceauthor

Instagram @marieforceauthor
TikTok @marieforceauthor
Threads @marieforceauthor

Per scoprire di più su Marie Force https://marieforce.com

www.ingramcontent.com/pod-product-compliance
Lightning Source LLC
Chambersburg PA
CBHW061642190726
48289CB00006B/1700